Anna Moretti
Effi liest

Anna Moretti

Effi liest

Eine Romantische Komödie

Lübbe

Dieser Titel ist auch als E-Book erschienen

MIX
Papier aus verantwortungsvollen Quellen
FSC® C014496

Originalausgabe

Lektorat: Lena Schäfer
Umschlaggestaltung: Christin Wilhelm, www.grafic4u.de
Unter Verwendung von Motiven von shutterstock:
© OlgaSouslova | astudio | SuslO | Magnia | elmm |
eisfrei | alex74 | natniki | HorenkO | lilima
Illustration im Innenteil: © shutterstock: Jochen Schoenfeld
Satz: hanseatenSatz-bremen, Bremen
Gesetzt aus der Adobe Caslon Pro
Druck und Einband: GGP Media GmbH, Pößneck

Die Zitate aus den Briefen von Sigmund Freud sind folgender Ausgabe entnommen: Jeffrey M. Masson (Hrsg.): Sigmund Freud, Briefe an Wilhelm Fließ, 1887–1904, S. Fischer, Frankfurt 1986.

Printed in Germany
ISBN 978-3-7857-2652-5

2 4 5 3 1

Sie finden uns im Internet unter: www.luebbe.de
Bitte beachten Sie auch: www.lesejury.de

»Die große Frage, die ich trotz meines dreißigjährigen Studiums der weiblichen Seele nicht zu beantworten vermag, lautet: Was will eine Frau eigentlich?«

Sigmund Freud

»Man könnte einfach mal eine fragen …«

Elena Sophie von Burow

Das 19. Jahrhundert

Es gibt in der deutschen Geschichte keine prüdere Phase als die zweite Hälfte des 19. Jahrhunderts. Sexuelle Aufklärung im heutigen Sinne gab es damals nicht. Alles Geschlechtliche wurde mehr denn je zuvor als finstere, drohende Macht empfunden, vor der man vor allem Frauen angeblich schützen müsse. Und das, obwohl die Medizin gerade in jener Zeit erstaunliche Fortschritte machte. Dieser vermeintliche Schutz wurde vielen Frauen zum Verhängnis, und von den medizinischen Fortschritten profitierten sie nicht. Im Gegenteil.

1806: Das Endoskop wird erfunden. Damit ist es möglich, ins Körperinnere zu blicken.

1816: Das Stethoskop wird erfunden. Nun können Ärzte sogar die Herztöne Ungeborener hören.

1838: Biologen entdecken, dass der menschliche Körper aus Zellen besteht.

1839: In einem feinen Mädchenpensionat werden die geschwungenen Beine eines Klaviers mit Höschen verhüllt. Die jungen Mädchen sollen durch nichts an ihren oder an fremde Körper erinnert werden. Von Zellen oder Ungeborenen im Mutterleib haben sie zweifelsohne noch nie gehört.

1856: Gustave Flaubert veröffentlicht den Roman *Madame Bovary*. Er handelt von einer Frau, die Ehebruch begeht, was tödlich endet.

1857: Der Sexualforscher William Acton kommt zu dem Schluss: »Die Mehrzahl der Frauen werden zum Glück nicht von sexuellen Gefühlen irgendeiner Art geplagt. Was bei Männern die Regel ist, bildet bei Frauen die Ausnahme.«

1877: Leo Tolstoi veröffentlicht den Roman *Anna Karenina*. Er handelt von einer Frau, die Ehebruch begeht, was tödlich endet.

1882: In Europas Großstädten greift eine seltsame Krankheit um sich, die vor allem Frauen befällt: die Hysterie. Sie äußert sich durch Nervosität, Reizbarkeit, sexuelle Triebhaftigkeit und Anfälle von Wahn. Außerdem zeigen die betroffenen Patientinnen oft Lähmungserscheinungen in den Beinen.

1883: Ärzten gelingt es, diese Symptome durch spezielle Massagen im Vaginalbereich zu lindern. Durch lang andauernde Reibung können sie bei betroffenen Frauen einen »Hysterischen Paroxismus« hervorrufen, eine Art Anfall, bei dem die Frauen stöhnen, zucken und sogar jauchzen. Danach sind sie ruhig und entspannt. Die Behandlung erfreut sich großer Beliebtheit bei den Patientinnen, muss allerdings regelmäßig wiederholt werden. Deswegen suchen Ärzte nach dauerhafteren Behandlungsmöglichkeiten.

1884: Zur Vorbeugung der Hysterie werden Mädchen weiterhin angehalten, jeden unkeuschen Gedanken zu vermeiden. Ein Mädchenkalender rät seinen Leserinnen sogar: »Wenn du ein Bad nimmst, so streue etwas Sägemehl auf das Wasser, damit dir der peinliche Anblick deiner Scham erspart bleibe.«

1894: Theodor Fontane veröffentlicht den Roman *Effi Briest*. Er handelt von einer Frau, die Ehebruch begeht, was tödlich endet.

1895: Die Ärzte Sigmund Freud und Wilhelm Fließ erwägen, weibliche Hysterie durch eine Nasenoperation zu heilen.

In dieser Zeit spielt die Geschichte von Effi und Max. Sie ist erfunden. Die Rahmenhandlung allerdings beruht auf wahren Begebenheiten.

Sommer 1894

Kapitel 1

»Die Anstalt besteht seit 1869 und gewährt den Zöglingen ein Familienleben, in welchem sie eine ihren Lebensverhältnissen entsprechende Erziehung empfangen. Gelegenheit zur Ausbildung in Wissenschaften und fremden Sprachen, Musik, Malen, Handarbeiten und Turnen. Sorgfältigste körperliche Pflege, besondere Berücksichtigung guter Umgangsformen.«

Werbeanzeige eines Pensionats für Töchter höherer Stände

Das Buch lag am Flussufer unter einem Stein. Nur eine braune Ecke seines Ledereinbands ragte hervor. Unauffällig legte ich den Kopf schräg und blinzelte gegen die Sonne. War das wirklich ein Buch? Oder doch nur ein kantiges Stück Holz, das unter den kniehohen Felsbrocken gerutscht war?

Wir standen in einer kleinen, sandigen Bucht an der Elbe, umgeben von Schilf, und lauschten dem endlosen Vortrag unserer Lehrerin, die uns auf diesem Schulausflug die Besonderheiten der Flusslandschaft nahebringen wollte. Ich hatte den klobigen Stein am Rande des Schilfs sehnsüchtig angestarrt, weil ich mich nur allzu gern daraufgesetzt hätte, aber so was tat eine Dame ja leider nicht. Dabei war mir die Spalte zwischen Sandboden und Stein aufgefallen, und dann die braune Kante, die daraus hervorragte.

Aus den Augenwinkeln musterte ich meine Mitschülerinnen. Hatten sie auch etwas gesehen? Doch alle waren voll und ganz damit beschäftigt, sich in der heißen Julisonne mit ihren Fächern Luft zuzuwedeln und ein aufmerksames Gesicht zu machen, während sie vermutlich heimlich an etwas anderes dachten.

Langsam näherte ich mich dem Stein, tastete mit dem Fuß

nach dem braunen Gegenstand und schob ihn ein winziges Stück zur Seite. Tatsächlich. Ein Buch. In Leder gebunden, mit Goldbuchstaben auf dem Einband. Irgendjemand hatte es hier versteckt. Aber wer? Warum? Und was stand darin? Das *musste* ich wissen. Ohne viel nachzudenken, stellte ich mich mit einem schnellen Schritt vor meinen Fund und verdeckte ihn mit meinem langen weißen Rock.

Gerade noch rechtzeitig.

»Was ist los, Effi?«, wisperte Betty mir zu.

Effi, so wurde ich in der Schule genannt, obwohl mein Name Elena Sophie lautete. Die Abkürzungen Elli und Leni waren nämlich schon von Elvira und Helene besetzt.

Leider wurde durch Bettys Flüstern unsere Lehrerin, Fräulein Grimaud, auf mich aufmerksam, deren Geieraugen selten etwas entging. »Ist Ihnen nicht wohl, Fräulein von Burow?«, fragte sie streng.

»Oh. Also. Doch«, stotterte ich.

»Fräulein von Burow!« Fräulein Grimauds Stimme klang scharf wie gesplittertes Glas. »Sprechen Sie bitte in ganzen Sätzen! Wie oft habe ich Ihnen das schon gesagt!«

»Verzeihung, Fräulein Grimaud!« Ich rückte noch etwas näher an den Stein, um das Buch zu verbergen. »Ich war einen Moment achtlos und bin gestolpert.«

Ausgerechnet jetzt wichen meine Klassenkameradinnen unter dem strengen Blick unserer ältlichen Lehrerin zurück und bildeten eine Gasse, sodass Fräulein Grimaud mich mit ihren eisgrauen Augen von oben bis unten mustern konnte. Zum Glück bemerkte sie nichts von dem Buch. Mahnend hob sie ihren langen, knochigen Zeigefinger.

»Das ist peinlich! Überaus peinlich!« Sie richtete ihren Blick gen Himmel, als erhoffte sie von dort Hilfe für ihre schwere Aufgabe als Erzieherin. »Eine junge Dame von Stand stolpert nicht, sie schwebt.«

Ein Seufzen ging durch die Gruppe der Mädchen.

»Nicht wieder ein Vortrag!«, flüsterte Betty hinter ihrem Fächer. »Es ist so heiß!«

Sie trug ebenso wie ich ein weißes Kleid, das zwar sommerlich aussah, aber aus so viel Stoff bestand, dass er auch für drei Kleider gereicht hätte. Und die Hüte auf unseren aufgebauschten Flechtfrisuren wärmten bei der schräg stehenden Nachmittagssonne mehr, als dass sie uns Schutz boten.

»Zu spät!« Johanna verdrehte fast unmerklich die Augen. »Wenn ihr Finger erst oben ist, lässt sie sich nicht mehr bremsen.«

Und wirklich, Fräulein Grimaud holte tief Luft. Ihr hochgeschlossenes schwarzes Kleid spannte sich über dem mageren Brustkorb. »Niemand, wirklich niemand auf dieser Welt findet einen solchen Fauxpas anrührend oder liebenswert«, verkündete sie und pikte mit dem Zeigefinger Löcher in die Luft.

Ich wollte gerade den Mund öffnen, um zu sagen, dass niemand, wirklich niemand auf dieser Welt mit Absicht stolperte, da erhielt ich von hinten einen sanften Stoß.

»Sei still, Effi«, flüsterte Betty. »Sonst dauert das ewig.«

Also ließ ich den Vortrag meiner Lehrerin ebenso an mir abperlen wie die Schweißtropfen von meiner Stirn und nickte nur hin und wieder gehorsam.

In Gedanken war ich längst wieder bei dem mysteriösen Buch. Ich musste es haben. Ich wollte es lesen. Aber Fräulein Grimaud durfte es auf keinen Fall finden. Sie würde es sofort konfiszieren und niemandem auch nur einen Blick hinein gestatten, selbst wenn es sich bei dem Werk um die Bibel handeln sollte. Neugier war ihrer Meinung nach das letzte Gefühl, dem eine feine Dame nachgeben durfte.

Aber das Buch unter dem Stein war bestimmt keine Bibel, und ich brannte gerade höchst unfein vor Neugier, ich loderte geradezu.

Doch wie sollte ich unbemerkt danach greifen? Das war unmöglich. Fräulein Grimauds Vortrag zog sich in die Länge wie klebrige Spinnfäden, und immer noch sah sie mich unverwandt an. Und selbst wenn ich es irgendwie schaffen würde, das Buch unauffällig unter dem Stein hervorzuziehen, konnte ich es nicht in meine Rocktasche schieben. Es war zu groß. Wohin also damit?

Plötzlich stieß die zarte Hedwig einen Schreckenslaut aus. Sie wedelte mit der Hand und verzog das Gesicht. »Eine Biene!«, jammerte sie. »Sie hat mich gestochen. So ein Biest!«

Instinktiv hob Fräulein Grimaud den Zeigefinger, um erneut eine Strafpredigt zu halten, vermutlich über die Peinlichkeit von Bienenstichen bei einer Dame von Stand. Doch Hedwig wurde auf einmal ganz weiß im Gesicht. Sie schwankte sogar ein bisschen.

»Reißen Sie sich zusammen, meine Liebe«, befahl Fräulein Grimaud und ließ den Finger sinken. Sie musterte Hedwig und wirkte nun doch ein wenig nervös. »Atmen Sie tief ein! Das ist kein Grund für eine Ohnmacht.« Sie wandte sich an die ganze Klasse und machte hektische Handbewegungen, als wollte sie uns scheuchen wie eine Schar Hühner. »Rasch! Wir gehen jetzt alle in den Schatten und suchen dort nach Spitzwegerichblättern. Wenn man ihren Saft auf einen Bienenstich träufelt, lindert das Schwellung und Schmerz.« Mit hochgereckter Geiernase und zackigem Schritt steuerte Fräulein Grimaud auf den Pfad zu, der durch das hohe Schilf auf eine Baumgruppe zuführte. »Merken Sie sich das, meine Damen«, verkündete sie beim Gehen. »Die Natur verfügt über alles, was wir benötigen. Man muss sich nur auskennen. Gewisse Kenntnisse der Naturkunde zieren jede Dame.«

Meine Klassenkameradinnen sortierten sich automatisch in Zweierreihen und folgten ihr. Florence ergriff Hedwigs Arm und stützte sie.

Ich blieb stehen, bückte mich und nestelte an meiner Schnürstiefelette. »Mein Schuh ist offen«, rief ich den anderen zu. »Ich komme gleich nach.«

Doch die Mädchen waren viel zu sehr damit beschäftigt, auf dem sumpfigen Untergrund nicht auszurutschen, um mich zu beachten. Eine nach der anderen verschwand zwischen den schwankenden Schilfhalmen.

Ihre Stimmen verebbten, ich hörte nur noch das leise Schwappen der Wellen und das Schnattern einer Ente im Schilf. Langsam richtete ich mich auf und sah mich noch einmal um. Niemand war mehr da, ich war allein. Rasch bückte ich mich wieder, zog das Buch unter dem Stein hervor und wischte mit dem Ärmel den Sand vom Einband. In goldenen Buchstaben, die sorgfältig in das dunkle Leder geprägt waren, stand dort: *Paolo Mantegazza.* Und darunter: *Physiologie des Genusses.*

Nachdenklich hielt ich inne. Paolo Mantegazza? Der Name kam mir bekannt vor. War das nicht dieser italienische Märchenerzähler, von dem uns Fräulein Grimaud erst kürzlich ein Blumenmärchen vorgelesen hatte? Es hatte von der Entstehung der Schneerose gehandelt und war ziemlich kitschig gewesen. Warum versteckte jemand ausgerechnet ein Buch dieses Mannes unter einem Stein am Fluss? Und was war das für ein merkwürdiger Titel? *Physiologie*, dieses Wort klang überhaupt nicht nach einem Märchen, eher nach einer Wissenschaft. Aber wie passten Genuss und Wissenschaft zusammen? Hoffentlich war das kein Kochbuch.

Ich hob den Kopf und sah mich erneut um. Von den anderen war noch immer nichts zu hören oder zu sehen. Nur das Schilf raschelte leise im Wind.

Rasch schlug ich das Buch in der Mitte auf und las ein paar Wörter. *Die bloße gegenseitige Annäherung und Berührung zweier Personen*, stand da, und mein Herz klopfte schneller. Offenbar hatte ich Glück, ein Kochbuch war das garantiert nicht. Und ein Märchen auch nicht. Das klang eher analytisch. Wie interessant!

Ich las noch einmal den ganzen Satz. *Die bloße gegenseitige*

Annäherung und Berührung zweier Personen, welche sich lieben, führt alle Nerven des Tastsinns in einen Zustand der Aufregung und Reizbarkeit.

Wie bitte? Plötzlich war ich hellwach. Stand da wirklich *welche sich lieben?*

Ja, tatsächlich. Hastig ließ ich meinen Blick über die nächsten Zeilen wandern. *Die Haut wird heiß, die Lippen beben und lassen nur abgebrochene Worte herauskommen. Der fliegenden Brust entsteigen von Zeit zu Zeit lange Seufzer.*

Ich schluckte. Das war … ungewöhnlich. Mein Gesicht wurde nun ebenfalls heiß. Vielleicht sollte ich das Buch doch lieber zurücklegen.

Oder nein, ich würde noch ein Stück weiterlesen. Das war ja wirklich zu merkwürdig. Rasch überflog ich die nächste Zeile. *Fast unwillkürlich suchen und finden sich alsdann die empfindlichsten Teile des Körpers.*

Um Himmels willen! Ich atmete scharf ein. Jetzt ahnte ich, worum es hier ging.

Wieder schnatterte eine Ente, diesmal ganz nah. Ich fühlte mich plötzlich ertappt und spürte, wie sich mein Gesicht dunkelrot färbte. Schnell klappte ich das Buch zu. Was da stand, war sicher nicht für meine Augen bestimmt.

Andererseits … Unschlüssig strich ich mit dem Finger über die eingeprägten Goldbuchstaben auf dem Einband. Physiologie war offenbar tatsächlich eine Wissenschaft. Und Wissenschaften waren seriös und wichtig. Konnte denn unmoralisch sein, was in einem wissenschaftlichen Werk stand? Und konnte es wirklich *davon* handeln? Also vom … *Liebesakt?* Oder hatte ich mich geirrt?

»Eeeffiii!«, rief jemand aus der Ferne.

Ich fuhr vor Schreck zusammen. Das war Betty, sie suchte mich bestimmt schon. Ich klappte das Buch zu und verbarg es hastig wieder unter dem Stein.

Als ich atemlos bei meinen Mitschülerinnen ankam, war ich sicher, dass jede mir ansehen konnte, was ich eben gelesen hatte. Doch alle, selbst Fräulein Grimaud, waren mit der Betrachtung eines Igels beschäftigt. Er saß unter einem Baum und versuchte mit zuckender Nase zu erschnuppern, was es mit den hell gekleideten, aufgeregt durcheinanderredenden Mädchen vor seinem Versteck auf sich hatte. Selbst Hedwigs Bienenstich schien vergessen, obwohl diese noch immer blass um die Nase war.

»Entzückend!«

»Wie possierlich!«

»Dürfen wir ihn mitnehmen?«

Die Stimmen hallten durcheinander, als stünde dort eine Gruppe Kinder, und nicht die Absolventinnen der Selekta, der Abschlussklasse des vornehmen Mädchenpensionats Luisenstift.

»Zurückbleiben!«, befahl Fräulein Grimaud. »Igel beherbergen auf ihrer Haut Ungeziefer. Studieren Sie seine Erscheinung, aber berühren Sie ihn nicht!«

Beim Wort *Berühren* zuckte ich zusammen. Sofort fiel mir die Sache mit den empfindlichen Körperteilen wieder ein. Berührte man sie wirklich, wenn man … diese Dinge tat? Ich spürte, wie mein Gesicht erneut rot wurde. Zum Glück schenkte mir niemand Beachtung. Danke, Igel, dachte ich und betrachtete nun ebenfalls das ängstliche Tier, das sich zu einer Kugel zusammenrollte und tot stellte. Doch meine Gedanken irrten immer wieder zu dem Buch am Flussufer zurück, zu den verwirrenden Zeilen und zu all den Fragen, die sie aufgeworfen hatten. Ging es in dem gesamten Werk um diese, nun ja, *Angelegenheiten?* Und was genau war Physiologie?

Ich wollte mehr darüber wissen, nein, ich musste es sogar. Mein Blick wanderte über meine Klassenkameradinnen, die in ihren hellen Sommerkleidern um mich herum standen. Wenn es nach dem Willen unserer Eltern und Lehrerinnen ging, sollten wir alle bald heiraten. Und Fräulein Grimauds Aufgabe war es, uns darauf vorzubereiten. Aber das tat sie nicht. Andauernd redete sie nur von Anstand und Anmut und Allgemeinbildung. Von den Dingen, die nach Handkuss, Herzklopfen und Um-die-Hand-Anhalten kamen, war niemals die Rede, unsere Lehrerin mied sie wie der Teufel das Weihwasser. Und doch standen uns diese Dinge bevor, einigen vermutlich schon bald. Wir mussten uns doch irgendwie dafür wappnen. Daher kam mir das Buch wie ein Geschenk des Himmels vor.

Als wir unter Fräulein Grimauds Führung wenig später den Heimweg antraten, überlegte ich hin und her, was ich tun sollte. Denn egal, ob das Buch nun unmoralisch war oder nicht, eines stand fest: Es würde mir für die Zukunft überaus nützlich sein.

Physiologie war die Lehre vom Leben. Das fand ich in der Schulbibliothek heraus, als ich das Wort in einem Lexikon nachschlug. Über Mantegazza stand dort nichts, und ich fand auch sein Buch in keinem der Regale. Doch das hatte ich auch nicht erwartet. An den Wänden des düsteren Raums waren Hunderte ledergebundener Schwarten aufgereiht, die alle äußerst ehrwürdig und wichtig aussahen. Doch sie enthielten nur Frömmeleien und Banalitäten. Ich hatte hier anfangs viel Zeit verbracht, auf der Suche nach Wissen, aber dabei kein einziges Buch entdeckt, dessen Lektüre sich gelohnt hätte. Über neuere Erkenntnisse der Wissenschaften konnte man rein gar nichts finden. Die Entdeckung Amerikas war die letzte Errungenschaft, die in dieser Bibliothek Beachtung gefunden hatte, und die war schon vierhundert Jahre her.

Nachdenklich ging ich in mein Zimmer, einen großen Raum, der mit altmodischen Möbeln aus Rosenholz und hellen, geblümten Stoffen eingerichtet war. Irgendwie fühlte ich mich hier immer fehl am Platz. Alles wirkte so zart, mädchenhaft und lieblich, wie ich es einfach nicht war. Und auch nicht sein wollte.

Und jetzt? Was sollte ich tun? Seufzend nahm ich den Hut

ab und warf ihn aufs Bett. Na, was wohl? Das, was jeden Tag von mir erwartet wurde: mich frisch machen und zum Tee in den Speisesaal gehen.

Ich trat an den Frisiertisch und sah in den Spiegel.

Die dunklen, fast schwarzen Augen, die mir entgegenblickten, erinnerten mich an das Bild meiner Mutter, das zu Hause im Salon überm Kamin hing. Ich sah ihr ähnlich, das hörte ich oft. Auch meine dunklen Haare, meine schmale Nase und meine geschwungenen Lippen hatte ich von ihr. Von Vater hatte ich nur die hohe Stirn geerbt.

Was hätte meine Mutter in dieser Situation getan? Ich erinnerte mich kaum an sie, doch Vater sprach immer noch viel von ihr. Sie wollte die Welt verstehen, die Menschen und die Dinge hinter den Dingen. Lebenslustig war sie gewesen, wissbegierig, offen für alles. Sie hatte stets viele Fragen gestellt und in Gesprächen lieber zugehört, als selbst das Wort zu ergreifen. Aber sie mochte nur Menschen, die etwas zu sagen hatten, Dummköpfe und Schwätzer waren ihr zuwider. Und sie ließ sich niemals von einer Idee abbringen, das hatte mein Vater mir oft schmunzelnd erzählt.

So war ich auch. Ein Sturkopf. Meine Mutter und ich hatten mehr gemein als nur Äußerlichkeiten.

Ich richtete mich auf und holte tief Luft. Ich brauchte dieses Buch, also würde ich es mir holen. Und zwar sofort. Mit drei Schritten war ich an der Zimmertür und lauschte auf den Gang hinaus.

Kaum waren die anderen Mädchen im Speisesaal verschwunden, schlich ich mich aus dem Pensionat. Weil die Haustür beim Öffnen jedes Mal knarrte, schlüpfte ich ins Musikzimmer und wählte den Weg über die Veranda. Von dort aus huschte ich im Schatten des Gebäudes Richtung Fluss.

Als ich endlich außer Sichtweite war, missachtete ich alle

Benimmregeln und rannte höchst undamenhaft mit fliegenden Röcken zum Ufer. Kurz hatte ich überlegt, ob ich Betty einweihen sollte. Sie war mir ähnlich, sie wäre bestimmt mitgekommen. Doch dann hatte ich den Gedanken verworfen. Ich durfte sie nicht in die Sache mit hineinziehen. Sie hatte erst letzte Woche einen strengen Tadel von Fräulein Grimaud erhalten, weil sie angeblich neugierig und vorlaut gewesen war. In nächster Zeit sollte sie lieber nicht unangenehm auffallen. Falls das Buch interessant war, konnte ich es ihr ja immer noch leihen.

Am Ufer scheuchte ich aus Versehen einen Schwarm schwarzer Vögel auf und erschrak bis ins Mark, als sie flügelschlagend davonflatterten. Fast wäre ich weggelaufen, doch ich zwang mich zur Ruhe und griff unter den Stein.

Zum Glück war das Buch noch da. Ich schlug es unverzüglich an einer beliebigen Stelle auf, doch als mein Blick auf das Wort *Geschlechtsvereinigung* fiel, klappte ich es schnell wieder zu. Dies war kein geeigneter Ort, um so etwas zu lesen. Viel zu gefährlich! Vielleicht kam der Besitzer des Buches zurück, um es zu holen. Oder ein Spaziergänger.

Aber wohin sollte ich sonst damit? Ein solches Buch konnte ich auf gar keinen Fall mit ins Pensionat nehmen, dort war das Risiko viel zu groß, ertappt zu werden. Und wenn das geschah, würde Fräulein Grimaud erst in Ohnmacht fallen und dann Zeter und Mordio schreien. Undenkbar! Besser war es, irgendwo hier draußen unter freiem Himmel einen sicheren Ort für meine Lektüre zu suchen.

Nach kurzem Nachdenken fiel mir die Eiche ein, unter der am Vormittag der Igel gesessen hatte. Sie besaß einen gewaltigen Stamm, hinter dem ich, halb von Gebüsch verborgen, sitzen konnte, um noch ein bisschen in dem Buch zu blättern. Und unter den Wurzeln fand ich danach bestimmt ein trockenes Versteck, in dem ich es so lange deponieren konnte, bis ich es ganz gelesen hatte. Jetzt blieb mir nicht genug Zeit, man würde mich beim Tee bald vermissen. Aber vielleicht fand sich in den nächsten Tagen eine günstige Gelegenheit. Und sobald ich mit dem Werk durch war, würde ich es zum ursprünglichen Fundort zurückbringen. Ich war ja keine Diebin.

Zum zweiten Mal an diesem Tag eilte ich also durchs Schilf auf die Baumgruppe zu. Doch als die wogenden Halme den Blick auf die Bäume freigaben, fuhr ich jäh zurück, schrie auf, und das Buch rutschte mir aus der Hand. Unter der Eiche saß diesmal kein Igel. Dort stand Fräulein Grimaud. Ihr Blick ließ das Blut in meinen Adern gefrieren.

Dr. med. Maximilian von Waldau, Dresden,
an stud. med. Benjamin von Waldau, Jena

Lieber Bruder,

hoffentlich bist du gesund! Und fleißig! Und höflich, brav und fromm. Außerdem hoffe ich, dass du die Vorlesungen regelmäßig besuchst, ausreichend schläfst, niemals rauchst, keine Schulden machst und eine gute Verdauung hast.
So. Damit habe ich meine Pflichten als Familienoberhaupt hinreichend erfüllt. Kommen wir also zum brüderlichen Teil meines Briefes.
Holla, alter Knabe, wie schmeckt dir dein Leben als Studiosus? Fühlst du dich schon heimisch in der neuen Stadt? Ist deine Zimmerwirtin erträglich? Schmeckt das Bier? Und was mich natürlich vor allem interessiert: Gibt es ein Mädchen, das dir gefällt?
Ach, wenn du wüsstest, wie sehr ich mich nach dem Studentenleben zurücksehne! Aber du kannst dir's sicher denken. Allzu lang ist das bei mir ja auch noch nicht her. Und im Moment ist mein Leben wirklich trister als trist.
Ich führe täglich Mietinteressenten durch Großmutters Haus und versuche dabei, nicht an die Zeit zurückzudenken, in der sie noch lebte und diese Räume mit ihrer warmen Fröhlichkeit und ihrem Gesang füllte. Und wenn die Besucher sich dann tatsächlich für das Haus interessieren, werde ich nervös. Denn ich habe immer noch kein Quartier in Berlin gefunden. Und ich schrecke davor zurück, die alte Bleibe zu vermieten, ohne zu wissen, wo ich künftig meine Zelte aufschlagen werde. Aber vermutlich muss ich genau diesen Schritt wagen und mich für die erste Zeit in einem Hotel einmieten.
Jetzt fragst du dich sicher, warum ich keine Wirtin finde, die bereit ist, dauerhaft einen aufstrebenden jungen Arzt zu beherbergen.
Nun, offenbar habe ich die Bereitwilligkeit von Zimmerwirtinnen überschätzt, aufstrebende junge Ärzte samt Katze zu beherbergen. Aber

ich habe Großmutter versprochen, mich um Salomé zu kümmern. Und dieses Versprechen werde ich auch halten, egal, was passiert.
Genug davon. Die Dinge sind, wie sie sind. Nun berichte ich dir lieber von einem weiteren Experiment, das ich getreu meines Mottos unternahm, einmal pro Woche einen medizinischen Versuch am eigenen Leibe zu wagen.
Erinnerst du dich an John Taylor? Er hat mit mir studiert und ist dann wieder zurück nach Amerika gegangen. Am Sonntag war er zu Besuch und brachte mir ein neuartiges Elixier mit, das in seiner Heimat gerade für Furore sorgt. Es heißt Coca-Cola und wirkt angeblich gegen Konzentrationsschwäche, Kopfschmerzen und Kater, Melancholie, Neurasthenie und Hysterie. Da ich, als ich es einnahm, an nichts davon litt, kann ich nicht sagen, ob es wirklich hilft. Aber eines steht fest: Es ist wohlschmeckend, es schadet nicht und wirkt ausgesprochen belebend. Es vertrieb alle Schläfrigkeit aus meinem müden Kopf, ich fühlte mich danach großartig und konnte zwei Stunden länger arbeiten als sonst. Vermutlich liegt das an den Wirkstoffen. Das braune Elixier besteht aus Substraten der Kokapflanze und der Kolanuss. Es enthält daher Koffein und Kokain. Von Kokain ist derzeit in medizinischen Kreisen viel die Rede, es zeigt erstaunliche Wirkung bei vielen Leiden. Also merke dir den Namen, du kannst mit diesem Wissen bestimmt im Studium glänzen. Sollte dieses Coca-Cola auch hierzulande auf den Markt kommen, ist das eine gute Sache, und ich werde es meinen Patienten oft und gern verschreiben.
So, genug geplaudert. Der Brief muss zur Post. Antworte bald!

Voll Experimentierfreude grüßen
das gestrenge Familienoberhaupt sowie
dein Bruder Max in ein und derselben Person

PS: Auch Salomé lässt herzlich grüßen.

Kapitel 2

»Bei den Frauen ist jede Anspielung auf das geschlechtliche Leben offiziell verpönt. Es wird den Mädchen so lange als möglich verheimlicht.«

Havelock Ellis, *Arzt und Sexualforscher*

Vielleicht wäre Fräulein Grimaud tatsächlich wie erwartet in Ohnmacht gefallen. Vielleicht hätte sie danach auch wirklich gezetert wie eine aufgeregte Elster. Aber dazu kam es nicht.

Denn wenn das Pech zuschlägt, dann gerne gründlich. So auch in diesem Fall.

Doch ich beginne besser von vorn: Ich stand starr vor Schreck zwischen den Schilfhalmen. Fräulein Grimaud kam in zackigen Schritten auf mich zu, den faltigen, putenähnlichen Hals weit vorgereckt.

»Heben Sie das Buch auf!«, befahl sie mit bebender Stimme. Ich gehorchte, und mit einer herrischen Handbewegung forderte sie mich auf, es ihr auszuhändigen. Was ich auch tat, weil ich keinen anderen Ausweg sah.

Fräulein Grimaud schlug es auf, studierte das Inhaltsverzeichnis und erbleichte. Dann griff sie sich an den Hals, wankte, und ich dachte, jetzt wäre es so weit. Ich machte mich schon bereit, um sie aufzufangen, doch genau in diesem Moment knackte es unweit von uns im Gebüsch. Wir fuhren beide zusammen.

Wieder knackte es, diesmal ganz nah. Vorsichtig wichen wir einen Schritt zurück.

»Ein Wildschwein?«, flüsterte Fräulein Grimaud. Vor Angst rückten wir näher aneinander.

Was nun aus dem Gebüsch hervorbrach, war allerdings kein grimmiger Eber, sondern ein hoch aufgeschossener junger Mann mit flammend rotem Haar in Gymnasiastenuniform. Er sah uns und blieb stehen. Sein Blick fiel auf das Buch in Fräulein Grimauds Hand. Er riss die Augen auf, drehte sich hastig um und floh in den Schutz des Gebüschs.

Als sich seine Schritte laut knackend entfernt hatten, atmete ich erleichtert auf. Das war bestimmt kein Unhold gewesen, sondern der wahre Besitzer des Buches.

Leider wirkte Fräulein Grimaud kein bisschen erleichtert. Im Gegenteil, sie wurde noch bleicher als zuvor. Ihr Gesicht schimmerte geradezu grün, und sie wich vor mir zurück, als würde ich üblen Aasgeruch verströmen.

»Wie abscheulich«, flüsterte sie. »Erbärmlich.« Sie rang nach Atem. »Abstoßend. Widerlich. Beschämend.« Ein Seufzer entrang sich ihrer Brust. »Eine Schülerin unseres Instituts trifft sich heimlich mit einem Jüngling und liest mit ihm unzüchtige Schriften. Das ist … unfassbar!«

»Aber … Nein, das …«, widersprach ich.

Doch sie ließ mich nicht ausreden. »Und wer weiß, was Sie sonst noch mit ihm getan haben.«

»Nichts!« Ich starrte sie entsetzt an. »Wirklich, Fräulein Grimaud! Ich kenne diesen Menschen gar nicht. Ich habe ihn nie zuvor gesehen.«

»Was für eine infame Lüge!« Fräulein Grimaud spuckte die Wörter förmlich aus.

»Aber …«, begann ich wieder.

Doch Fräulein Grimaud wandte sich wortlos ab und hastete wie vom Teufel gejagt zurück zum Pensionat. Das Buch hielt sie dabei mit spitzen Fingern weit von sich, als wäre es schmutzig.

Ich war fassungslos. Starr vor Schreck. Unfähig, etwas zu tun. Und dennoch, oder vielleicht sogar genau deswegen, schoss mir in diesem Moment ein äußerst unpassender Gedanke durch den

Kopf: Als damenhaftes Schweben konnte man ihren Gang in diesem Moment wahrlich nicht bezeichnen. Eher als hasenähnliches Hoppeln.

Die elegante cremefarbene Villa, in der sich unser Pensionat befand, leuchtete hell in der Nachmittagssonne. Eine Amsel saß auf dem rosenumrankten Brunnen vor dem Eingang und sang aus voller Kehle. Doch ich konnte die Schönheit dieses Ortes gerade nicht angemessen würdigen. Ich hatte nur Augen für Fräulein Grimaud, der ich in großem Abstand folgte. Warum hielt sie mir keine Moralpredigt? Weshalb forderte sie keine Erklärung? Wieso ließ sie mich einfach stehen?

Jetzt stürmte sie die Eingangstreppe hinauf, eilte an den majestätischen Säulen vorbei und hastete durch das weit geöffnete Portal, das sie krachend hinter sich zuwarf. Auch nicht gerade damenhaft, dachte ich kurz. Aber dann hielt ich inne und versuchte, endlich einen sinnvollen Gedanken zu fassen. Irgendetwas musste doch jetzt passieren. Aber mir fiel nichts ein. Unschlüssig stand ich eine Weile vor dem Gebäude, bevor ich mich hineinwagte, ebenso ratlos wie zuvor.

In der hellen, kühlen Eingangshalle war niemand zu sehen. Irgendwo weit oben hallten Fräulein Grimauds Schritte auf der Marmortreppe. Ansonsten war es still wie in einer Gruft. Vermutlich waren die anderen noch immer im Speisesaal.

So leise wie möglich schlich ich die Treppe hinauf, huschte in mein Zimmer und warf mich aufs Bett. Geistesabwesend betrachtete ich das Spiel der zarten weißen Vorhänge, die sich im Wind bauschten, und die Gedanken schwirrten durch meinen Kopf wie ein Schwarm aufgeregter Spatzen. Hätte ich das Buch doch nur gelassen, wo es war. Warum musste ich immer so unbedacht sein?

Andererseits, nicht einmal in meinen bizarrsten Fantasien hätte ich eine solche Situation vorhersehen können. Fräulein Grimaud. Zur Teezeit. Am Fluss. Und dann auch noch dieser

Gymnasiast. Das war so dermaßen ungewöhnlich, damit hätte niemand rechnen können. Und, meine Güte, warum tat Fräulein Grimaud, als wäre ich eine Schwerverbrecherin? Es war doch nur ein Buch.

Ich zog mir das Kopfkissen übers Gesicht, biss vor lauter Wut sogar hinein, klagte mich in Gedanken selbst an und verteidigte mich im nächsten Atemzug wieder glühend, um dann erneut in Verzweiflung zu verfallen.

Nach einer halben Ewigkeit – zumindest kam es mir so vor –, hörte ich Schritte auf dem Korridor. Rasch setzte ich mich auf, strich meinen Rock glatt und fuhr mir über die Haare. Kam jetzt Fräulein Grimaud, um mich zur Rede zu stellen?

Jemand riss ohne zu klopfen die Tür auf, doch es war nicht Fräulein Grimaud, sondern Betty, die atemlos hereinstürmte.

»Effi, da bist du ja«, rief sie und rang nach Luft. »Wo warst du denn eben? Es gab Cremetörtchen.«

»Ich hatte keinen Appetit.«

»Bist du krank?« Sie legte den Kopf schräg und sah mich mit ihren großen blauen Augen besorgt an.

Ich schüttelte den Kopf. »Nein. Es ist nur so heiß.«

Betty stemmte die Hände in die Hüften und runzelte die Stirn. »Jetzt musst du dich aber aufraffen. Wir sollen sofort in den großen Saal kommen.«

In den Festsaal? Wollte Fräulein Grimaud vor allen anderen über mich Gericht halten? Nun gut, ich würde es irgendwie überstehen. Ich hatte ja keine Wahl. Ich erhob mich und seufzte abgrundtief.

Betty hingegen schien ganz unbefangen. Sie trat vor meinen Spiegel, strich sich eine lange blonde Haarsträhne hinters Ohr, die aus ihrer Frisur gerutscht war, rückte den Kragen ihres Kleides zurecht und lächelte mir im Spiegel zu.

»Du fragst ja gar nicht, was los ist.« Ihre Augen sprühten vor Lebensfreude.

Weil ich es vermutlich genauer weiß als du, dachte ich. Aber ich wollte sie nicht in meine missliche Lage einweihen. Sie sollte gleich ehrlich überrascht sein, wenn die Rede auf das Buch kam. Deswegen sagte ich nur, wie von ihr gewünscht: »Was ist denn los?«

»Die Schneiderin ist da.« Betty drehte sich schwungvoll um die eigene Achse. »Mit unseren Unterröcken für den Sommerball. Sie kommen direkt aus Paris.«

Ich kannte Betty gut genug, um zu wissen, dass sie sich weniger über die Röcke freute als vielmehr über die Abwechslung und den Hauch von weiter Welt, der mit ihnen in unsere Schule wehte. Betty litt immer unter Fernweh, und sie verfügte über mehr Fantasie als wir anderen zusammen. Vermutlich wandelte sie in Gedanken gerade Arm in Arm mit mir über die Champs-Élysées.

Ich trat hinter sie und musterte mein blasses Gesicht im Spiegel. Schneeweißchen und Rosenrot, so nannten uns die anderen manchmal, denn Betty war mit ihren blonden Haaren und ihren blauen Augen so zart und hell, wie ich rosig und dunkel war. Dennoch hätten wir Schwestern sein können wie die beiden Mädchen im Märchen, denn wir waren beide groß und schlank, hatten unsere Haare auf dieselbe Weise aufgesteckt und trugen sogar die gleiche Halskette, ein schlichtes Silberkettchen mit einem tropfenförmigen Granat, unsere Freundschaftskette.

»Die Unterröcke?«, fragte ich ungläubig. »In der Halle?«

»*Oui!*« Betty strahlte vor Begeisterung. »Pariser Chic! Sie werden groß sein wie Wagenräder.«

Konnte das wirklich der Grund für das anberaumte Treffen sein? Immer noch misstrauisch, aber voll Hoffnung, folgte ich Betty auf den Korridor.

Im großen Saal herrschte dank der dunkelroten Samtvorhänge gedämpftes Licht. Fräulein von Liebowitz, die jüngste unserer Lehrerinnen, stand neben einem Stapel cremefarbener Pappschachteln und parlierte auf Französisch mit der Schneiderin. Alles sprach dafür, dass wir tatsächlich nur unsere Unterröcke bekommen sollten.

Jetzt verabschiedete Fräulein von Liebowitz sich mit einem Lächeln von der Schneiderin, stemmte die Hände in die Hüften und ließ ihren Blick über uns schweifen. Sie war nicht viel älter als wir. Hätte sie kein hochgeschlossenes schwarzes Lehrerinnenkleid getragen, hätte man sie mit ihren hellblonden Haaren und den rosigen Wangen für eine von uns halten können. Ihre Lippen bewegten sich, ohne dass sie etwas sagte. Offenbar zählte sie ihre Schäfchen. Dabei glitt ihr Blick einfach über mich hinweg, ohne hängen zu bleiben. Sie schien nichts von meinen Verfehlungen zu wissen. Ich atmete auf.

Mit einem freundlichen Lächeln begrüßte sie uns. »Sie haben es sicher schon vernommen, Ihre Jupons sind da!«

Nicken. Füßescharren. Aufgeregtes Getuschel.

Fräulein von Liebowitz öffnete eine der Schachteln und entnahm ihr ein duftiges Gebilde in zartem Rosé. »Die Röcke sind farblich genau auf Ihre Roben abgestimmt«, teilte sie uns mit. »Also achten Sie, wenn Sie Ihre Schachtel heraussuchen, nicht nur auf die Beschriftung. Kontrollieren Sie bitte zusätzlich den Farbton, damit keine Fehler passieren. Und noch etwas.« Sie schwenkte den Rock hin und her. »Fällt Ihnen etwas auf?«

»Er raschelt«, murmelte Betty neben mir.

Fräulein von Liebowitz hatte sie gehört und nickte. »Genau. Er ist aus Seidentaft und raschelt bei jeder Bewegung. Und das ist kein Zufall. Man bezeichnet dieses Geräusch mit dem französischen Wort *Froufrou*. Meine Damen, ab sofort werden Sie zu hören sein, wenn Sie einen Raum betreten.«

Kurz blieb es still. Sie hatte das so bedeutungsvoll gesagt, als sei es wichtig. Aber weshalb?

Betty sprach wieder einmal aus, was alle dachten. »Warum um Himmels willen sollen wir denn rascheln?«

Fräulein Grimaud hasste Bettys ständige Einwürfe, aber Fräulein von Liebowitz tadelte sie deswegen nie. Sie nickte ihr sogar wohlwollend zu. »Nun«, sagte sie. »Das Geräusch schafft schon bei Ihrer Ankunft eine verheißungsvolle Atmosphäre. Es lenkt die Aufmerksamkeit unauffällig auf die Trägerin dieses Kleidungsstücks.«

Jetzt konnte die schüchterne Johanna nicht mehr an sich halten. »Aber …«, begann sie und stockte. Sie holte tief Luft und begann noch einmal. »Aber es lenkt die Aufmerksamkeit doch auf unsere … Wäsche.«

Jemand kicherte, und Johannas Gesicht färbte sich dunkelrot.

Fräulein von Liebowitz runzelte die Stirn. Sie war eigentlich ein heller, sonniger Mensch, aber Spott und Hohn duldete sie unter ihren Schülerinnen nicht. Die kichernde Missetäterin hatte ihre Fassung jedoch schon zurückgewonnen, und Fräulein von Liebowitz konnte sie nicht mehr identifizieren.

»Der Einwand von Baroness Günzel ist durchaus berechtigt«, sagte sie und sah uns alle streng an. »Zu jedem anderen Zeitpunkt Ihres Lebens wäre ein solches Geraschel äußerst unangebracht. Doch Sie werden sehen, dass in der nächsten Zeit einiges anders ist als sonst.«

»Anders?«, fragte Johanna. Über ihrer Nasenwurzel erschien eine steile Falte.

»Sie müssen das nicht verstehen«, sagte Fräulein von Liebowitz und lächelte milde. »Nehmen Sie es einfach hin.«

Johanna senkte den Kopf. Ihr war deutlich anzusehen, wie unglücklich sie über diese Anordnung war, aber sie widersprach nicht.

Fräulein von Liebowitz betrachtete Johanna nachdenklich, dann räusperte sie sich. »Meine Damen«, sagte sie. »Ich erkläre es Ihnen kurz mit einem bildhaften Vergleich. Stellen Sie sich einfach eine wunderschöne Pralinenpackung vor. Schon beim Knistern des Papiers entsteht Appetit. Und so ist es auch mit dem Froufrou.« Sie sah uns erneut bedeutungsvoll an, sprach aber nicht weiter, als wäre damit alles gesagt.

Langsam sickerte die Bedeutung ihrer Worte in mein Bewusstsein. Hatte sie uns eben tatsächlich mit Pralinen verglichen? Aber Pralinen wurden doch aus dem raschelnden Papier gewickelt und anschließend vernascht. Was sie da andeutete, war ja geradezu anzüglich.

Und dann begriff ich: Genau so hatte sie es auch gemeint. Deswegen war ihr Blick so bedeutungsschwer. Sie wollte uns damit indirekt sagen, dass jeder Mann bei unserem Erscheinen Appetit auf … Dinge bekommen sollte, über die man nicht sprach.

Das Scharren und Hüsteln um mich herum bewies, dass auch meine Mitschülerinnen verstanden hatten, worauf Fräulein von Liebowitz anspielte. Doch bevor irgendjemand nachhaken konnte, klatschte unsere Lehrerin in die Hände.

»So, meine Damen! Keine weiteren Fragen. Jede nimmt ihre Schachtel, bringt sie auf ihr Zimmer und hängt den Jupon sorgfältig in den Schrank. Morgen werden Sie ihn tragen und zur Übung schon einmal rascheln.«

Sie wandte sich ab, und die anderen Mädchen strömten aufgeregt flüsternd und kichernd nach vorn, zu den Kartons.

Ich blieb noch kurz stehen und atmete tief durch. Keine Strafpredigt. Das war ja noch einmal gut gegangen. Und über das Pralinenrascheln wollte ich mir jetzt nicht den Kopf zerbrechen. Sicher, ich war keine Praline, ich war ein ernst zu nehmender Mensch, und ich würde beim Ball garantiert nicht rascheln. Aber ich wollte jetzt nicht noch einen Konflikt heraufbeschwören, also schwieg ich. Ich würde den Unterrock einfach mit Natron waschen, das machte Stoffe ganz weich, und schon hatte es sich ausgeraschelt.

Doch ich hatte mich zu früh gefreut. Jemand klopfte an die Tür. Martha, eins der Dienstmädchen, betrat den Raum und reichte Fräulein von Liebowitz einen Zettel. Die warf einen

Blick darauf, dann wanderte ihr Blick fragend zu mir. Von den anderen unbemerkt, kam sie auf mich zu.

»Fräulein von Burow«, sagte sie leise. »Sie werden im Büro der Vorsteherin erwartet. Es liegt offenbar etwas gegen Sie vor.«

Ich zuckte zusammen. Die Vorsteherin erwartete mich? Damit hatte ich nicht gerechnet. Normalerweise behelligte Fräulein Grimaud die Gräfin nicht mit unseren Vergehen.

»Kann ich Ihnen irgendwie helfen?« Fräulein von Liebowitz sah mich ernst an.

»Ich habe nichts von dem getan, was man mir vorwirft«, sagte ich heftig.

Sie legte ihre schmale Hand auf meinen Arm. »Dann wird Ihnen auch nichts geschehen«, entgegnete sie mit sanfter Stimme. Davon war ich jedoch nicht überzeugt.

Jetzt kam Betty auf mich zu, sie hatte ihren Karton schon gefunden. »Ist etwas passiert?«, fragte sie, als sie mein Gesicht sah. Ihr Blick wanderte zu Fräulein von Liebowitz, die mich bekümmert betrachtete.

Nur zu gern hätte ich Betty alles erzählt. Aber ich durfte sie da wirklich nicht mit hineinziehen. Allen war bekannt, wie gut wir befreundet waren, und sie würde ohnehin in Verdacht geraten, mit mir unter einer Decke zu stecken. Deswegen schüttelte ich nur den Kopf.

»Später erzähle ich dir alles«, raunte ich Betty zu. Dann eilte ich so schnell wie möglich aus dem Saal.

»Dein Jupon«, rief Betty mir noch nach. Doch ich drehte mich nicht um. Ich hatte die ungute Ahnung, dass ich keinen Unterrock für den Sommerball mehr benötigen würde.

Gräfin Cäcilie von Zeutschlitz residierte im obersten Stockwerk der Villa. Hier oben war es still wie in einer Kirche, und meine Schritte hallten unangenehm laut auf dem Marmorboden. Vor der weißen Tür mit dem goldenen Knauf hatte ich schon einige Male gestanden, um mein Zeugnis in Empfang zu nehmen. Doch für eine Strafpredigt war ich noch nie hierherzitiert worden. Kam mir das Warten deswegen so quälend lang vor? Sollte ich an die Tür klopfen? Oder würde Gräfin von Zeutschlitz mich hineinrufen?

Unruhig ging ich den Korridor auf und ab und betrachtete die Ahnengemälde derer von Zeutschlitz, die die Wände schmückten. Eine freudlose Matrone mit Dreifachkinn und Perlendiadem auf der Stirn sah ausgesprochen missbilligend auf mich herab. Eine hagere alte Gräfin mit dünnen Lippen presste ihre Bibel an sich und riss die Augen so erschrocken auf, als wäre ich der Teufel in Person. Und ein weißhaariger General mit gezwirbeltem Schnurrbart zog die buschigen Augenbrauen zusammen und starrte mich durch sein Monokel so grimmig an, dass ich mich ganz klein und unbedeutend fühlte.

Sollte ich vielleicht doch an die Tür klopfen, um auf mich aufmerksam zu machen? Ich hob die rechte Hand und ließ sie dann wieder sinken. Ich wagte es einfach nicht. Stattdessen blieb ich stehen, wartete, ließ mich von den Gemälden anstarren und starrte zurück.

Wie arrogant sie alle wirkten! Sie schienen sich für unfehlbar zu halten, so hochmütig, wie sie auf mich herabsahen. Dabei waren sie bestimmt auch nur Menschen gewesen, mit Fehlern, Schwächen und Mängeln. Ich trat näher an den bärtigen General heran, fasste den schweren goldenen Rahmen vorsichtig mit beiden Händen und zog das Bild an der linken Seite ein bisschen tiefer. Es war an einem Draht befestigt und gab tatsächlich nach. Jetzt hing der General schief, was seinen Gesichtsausdruck etwas veränderte, nur um eine Nuance. Aber die war entscheidend. Seine Miene wirkte jetzt nicht mehr so selbstherrlich, sondern eher fragend.

Von dem Erfolg ermutigt wandte ich mich der dürren Gräfin neben dem General zu und senkte ihr Bild auf der rechten Seite ein gutes Stück ab. Jetzt war der Schreck in ihren Augen wenigstens begründet. Sie sah aus, als könnte sie jeden Moment aus dem Rahmen fallen.

Ich ging langsam den Gang entlang, und wenige Sekunden später hing jedes Bild schief, manche mehr, manche weniger. Es war erstaunlich, wie viel menschlicher der endlos lange Flur dadurch wirkte.

Auf einmal hörte ich Schritte auf der Treppe. Ich eilte zur Tür der Gräfin zurück, senkte den Kopf und faltete fromm die Hände. Gerade noch rechtzeitig, denn Fräulein Grimaud bog um die Ecke. Zum Glück schenkte sie den Gemälden keine Beachtung. Stattdessen sah sie mich an, und zwar wie ein ekelerregendes Insekt. Mit hochgerecktem Kinn schritt sie an mir vorbei und pochte leise an die Tür. Als von innen die Aufforderung zum Eintreten kam, drückte sie die Klinke hinunter und gab mir mit einer Kopfbewegung zu verstehen, dass ich nach ihr ebenfalls einzutreten hatte.

Gräfin Cäcilie von Zeutschlitz stand aufrecht hinter ihrem Mahagonischreibtisch. Sie trug eine schwarze Seidenrobe mit langer Schleppe, als hätte sie heute noch eine Einladung bei Hofe.

»Ah«, sagte sie zu Fräulein Grimaud. »Gut, dass Sie kommen. Ich wollte Sie gerade rufen lassen. Setzen Sie sich.« Sie wies auf einen der gepolsterten Stühle, die vor dem Schreibtisch standen.

Mich forderte sie nicht zum Sitzen auf, also blieb ich stehen.

Die Gräfin ließ ihren Blick lange auf mir ruhen, und ich wich ihm nicht aus. Ihr weißes Haar war straff nach hinten gebunden und zu einem Knoten zusammengefasst. Ihre Augen wirkten kalt, um ihren Mund zeigten sich feine Linien ungelebten Lebens.

Nach einigen Sekunden brach sie ihr Schweigen. »Mit Ihnen, Fräulein von Burow, werde ich heute zum letzten Mal sprechen«, begann sie leise und ruhig. »Ich will gar nicht davon reden, dass

Sie sich an unserer Schule von Anfang an schwierig und widerspenstig gezeigt haben. Sie sind ohne Mutter aufgewachsen, da kommt so etwas in den besten Familien vor. Im Allgemeinen gelingt es uns hier, die Persönlichkeiten unserer Schülerinnen so zu formen und zu feilen, dass irgendwann dennoch wohlerzogene junge Damen aus ihnen werden. Das habe ich Ihrem Vater stets versichert.« Die Gräfin nahm hinter ihrem Schreibtisch Platz und legte die Fingerspitzen ihrer schneeweißen Hände aneinander. »Doch seit heute weiß ich, dass Sie auf eine abschüssige Bahn geraten und nicht mehr aufzuhalten sind. Und ich kann es nicht riskieren, dass Sie andere Schülerinnen mit Ihrer Verderbnis infizieren.«

»Aber ich …«, begann ich.

Doch sie ließ mich nicht zu Wort kommen. »Ein fauler Apfel kann alle anderen anstecken«, fuhr sie ruhig fort. »Und ein Eitergeschwür an verborgener Stelle kann einen ganzen Organismus zerstören. Deswegen bleibt mir nichts anderes übrig, als Sie nach Hause zu schicken.«

»Aber …«, versuchte ich es wieder.

»Genug!«, sagte die Gräfin bestimmt. Ihre Stimme klang kühl, und in Gedanken schien sie schon wieder bei anderen Dingen zu sein. Mit ihrem wohlgepflegten Zeigefinger wies sie zur Tür. »Ich möchte kein weiteres Wort darüber hören. Fräulein Grimaud wird Vorbereitungen für Ihre Heimreise treffen und Sie gütigerweise nach Berlin begleiten, um dort alles zu klären. Ihr Vater wurde bereits telegraphisch von Ihrer Rückkehr verständigt. Bis zur Abreise wohnen Sie im Krankenzimmer und haben keinen Kontakt zu den anderen Mädchen.«

Ich blieb stehen und sah der Gräfin geradewegs in die Augen.

»Aber ich habe nicht getan, was mir vorgeworfen wird«, sagte ich.

Die Gräfin senkte den Blick. Nicht, um mir auszuweichen, sondern um ein Schriftstück zu lesen, das vor ihr auf dem Tisch lag. Für sie war offenbar alles geklärt, und sie tat, als wäre ich nicht mehr da.

Das war ich aber. Und so leicht wurde sie mich nicht los. In mir wallten plötzlich Gefühle auf, die ich zunächst gar nicht zuordnen konnte. Mein Gesicht wurde heiß, mein Atem stockte. Erst dachte ich, ich würde ohnmächtig, aber dann erkannte ich, dass es unbändige Wut war, die mich erfüllte. Wut über diese Ungerechtigkeit. Ich war nicht dabei, die Besinnung zu verlieren, sondern die Beherrschung.

Aber das durfte nicht passieren. Ich ballte die Hände zu Fäusten und zwang mich mit aller Kraft zu ruhiger Atmung. Erst als mir das gelungen war, richtete ich mich auf und sah die Gräfin direkt an. »Ich gehe erst, wenn ich verstehe, was ich getan haben soll«, sagte ich mit fester Stimme. »Selbst wenn ich bis morgen früh hier stehe.«

Fräulein Grimaud hatte sich schon zur Tür gewandt, jetzt fuhr sie herum. »Was erdreisten Sie sich!«, rief sie mit vor Empörung tiefer Stimme.

Ich verschränkte die Arme und blieb einfach ruhig stehen.

Die Gräfin sah auf. Blassblaue Augen musterten mich kühl. Dann senkte sie den Blick wieder auf ihre Papiere. Es war ihr ganz offensichtlich egal, ob ich blieb, selbst wenn ich morgen noch hier wäre.

Fräulein Grimaud allerdings war aus einem anderen Holz geschnitzt. »Was Sie getan haben, wollen Sie wissen?«, fauchte sie.

»Ich habe nur ein Buch aufgehoben, das am Boden lag«, sagte ich und behielt die Gräfin weiter im Blick, die sich gerade in aller Ruhe Notizen auf einem Blatt Papier machte.

»Sie haben sich mit einem Mann getroffen«, schleuderte Fräulein Grimaud mir entgegen.

»Das habe ich nicht«, widersprach ich ruhig. »Sein Eintreffen war Zufall. Man könnte ihn dazu befragen, um die Wahrheit herauszufinden. Er trug eine Schuluniform und hatte auffällig rote Haare. Bestimmt kann man ihn leicht ausfindig machen.«

»Selbst wenn es so wäre«, sagte Fräulein Grimaud. »Das würde nichts ändern. Sie wissen genau, was das für ein Buch war.«

»Es war ein Buch von Paolo Mantegazza.« Ich sah wieder nur die Gräfin an, und die nächsten Worte wählte ich sehr bedacht. »Wir haben ein Werk dieses Mannes im Unterricht gelesen. Ein Märchen über eine Blume. Wie konnte ich annehmen, dass dieses Buch unmoralisch und schlecht sein könnte? Es war außerdem aus dem Italienischen übersetzt worden. Und die Ausgabe stammte von einem renommierten deutschen Verlagshaus. Warum um Himmels willen sollte ich es nicht lesen?«

Die Gräfin griff nach einem Briefmesser und schlitzte einen Umschlag auf.

Wieder war es Fräulein Grimaud, die an ihrer Stelle antwortete. »Dieses Buch war nicht für die Augen eines jungen Mädchens bestimmt, und das war Ihnen klar, sonst hätten Sie es nicht heimlich am Fluss gelesen.«

Ich seufzte. »Ich habe es nicht gelesen«, sagte ich. »Ich habe es dort *gefunden*. Und außerdem verstehe ich nicht, was meine Augen von denen anderer Leser auf dieser Welt unterscheidet.«

Jetzt sah die Gräfin auf. »Und genau das ist das Problem«, sagte sie leise und ruhig. »Genau deswegen müssen Sie gehen. Weil Sie das nicht verstehen. Ich kann Ihnen Benimm beibringen, Fräulein von Burow. Aber den natürlichen Anstand des Herzens müssen Sie von Haus aus haben, den kann man nicht lehren. Und darüber verfügen Sie nicht. Nun gehen Sie bitte. Sie ekeln mich an.«

Meine Wangen brannten, als hätte sie mich geohrfeigt. Auf einmal fühlte ich mich, als wäre ich wirklich ein Eitergeschwür. Aber dann sah ich die Gräfin an, wie sie da saß, steif und unbewegt, in ihrer schwarzen Robe, mit ihren sorgfältig frisierten

Haaren und den dünnen, freudlosen Lippen. Und plötzlich war da ein neuer Gedanke: Sah sie nicht jetzt schon aus wie eins der verstaubten Ahnengemälde?

Ich stellte mir vor, wie ich näher trat, um auch ihr Bild ein wenig schief zu rücken. Nur eine Nuance. Und nun konnte ich sehen, wie sie wirklich war: engstirnig, eingebildet und alt. Jedes weitere Wort an sie war verschwendete Atemluft. Trotzdem musste ich mir von dieser Person keine Demütigung gefallen lassen.

Ich trat einen Schritt vor. »Ja, wir haben zum letzten Mal miteinander gesprochen«, sagte ich mit fester Stimme. »Aber Sie werden bestimmt noch von mir hören.«

Ich weiß nicht, woher ich den Mut nahm, so zu sprechen. Ich hatte das ganz spontan gesagt. Nicht, weil ich es wirklich so meinte, sondern nur, weil es gut klang und weil ich nicht zulassen wollte, dass sich ein Mensch wie diese Gräfin wegen eines lächerlichen Buchs so über mich stellte. Aber als ich mit hocherhobenem Kinn den Raum verließ und dabei die Tränen der Wut unterdrückte, wünschte ich mir, dass es genau so sein würde. Ja, sie sollte von mir hören. Und was sie hören würde, sollte an ihr nagen. Sie sollte sich gescheitert fühlen. Und genauso alt und dumm, wie sie war.

Dr. med. Maximilian von Waldau, Dresden,
an stud. med. Benjamin von Waldau, Jena

Lieber Ben,

so, es ist vollbracht. Das Haus ist vermietet, die Fahrkarte nach Berlin ist gekauft. Jetzt nimmst du sicher an, dass ich in der Metropole eine neue Bleibe gefunden habe, aber das ist leider nicht der Fall. Salomé und ich reisen übermorgen ins Ungewisse. Anders geht es nicht, denn in einer Woche beginnt meine Anstellung bei Doktor Fließ.
Aber mach dir keine Sorgen um mich. Ich werde zunächst ein Hotelzimmer beziehen. Dort beherbergt man, wie ich hörte, gegen einen Preisaufschlag jederzeit Reisende mit Hund. Bestimmt wird sich auch ein Hotel finden lassen, das für ein paar Tage einen Mann mit Katze aufnimmt. Und dann suche ich mir vor Ort eine Wohnung.
Wundere dich nicht, wenn du eine Weile nichts von mir hörst. Ich sende dir meine neue Anschrift, sobald ich sie kenne.

Du fragtest in deinem letzten Brief, ob ich ein neues Experiment gewagt habe. Oh ja, selbstverständlich. Ich litt in den vergangenen Tagen unter einem lästigen Geräusch im Ohr. Es summte und brummte, als hätte sich eine Hummel darin verirrt, aber da war nichts, das hätte ich ja gespürt. Vermutlich hat mir meine ungeklärte Wohnsituation Ohrensausen bereitet. Ich habe es dann auf Anraten eines Kollegen mit Blutegeln versucht. Ja, du liest richtig.
Wir Mediziner dürfen auch im Selbstversuch nicht zimperlich sein. Jener Kollege, du kennst ihn nicht, überließ mir zwei Blutegel, denen ich hinter meinem Ohr ein Festmahl bereitete.
Ich erspare dir die Details und beschreibe die fetten, schwarzen, wurmartigen Tiere nicht näher. Auch den Moment, in dem sie ihre widerhakenbesetzten Kiefer in mich bohrten, lasse ich aus. Erwähnen muss ich aber, dass mein lästiges Ohrgeräusch sich tatsächlich schlagartig

veränderte. Es war nun eher ein schlürfendes Saugen als ein Brummen. Vielleicht waren das die Egel, die sich an mir gütlich taten. Doch als sie nach einer halben Stunde vollgesogen von mir abfielen, war jedes Geräusch verschwunden, und mein Gehör war vollständig wiederhergestellt. Ich kann dir diese Behandlungsmethode also durchaus empfehlen. (Bei zartbesaiteten Damen würde ich allerdings eher davon absehen. Vielleicht empfiehlt man ihnen doch lieber ein Lavendelbad, wenn man sie als Patientinnen nicht verlieren möchte.)

Ben, ich sehe vor mir, wie du gerade lachst. Und gleichzeitig den Kopf über deinen schrulligen Bruder schüttelst. Aber wie du weißt, haben meine Experimente einen ernsten Hintergrund. Ich bin Arzt, zumindest steht das auf dem Papier, das ich nach meinem Examen erhalten habe. Und alle sagen, dass ich sogar ein guter Arzt bin, einzig und allein, weil ich gute Noten vorweisen kann. Aber in Wahrheit fühle ich, dass alles ganz anders ist. Ich kenne wohl die lateinischen Bezeichnungen von Knochen und Weichteilen sowie das Wirkungsspektrum der gängigsten Medikamente. Aber das alles habe ich nur auswendig gelernt und nicht durch eigene Erfahrungen untermauert. Und wann immer ich in meinem Studium bei einer Frage beharrlich nachgehakt habe, musste ich feststellen, dass die meisten Behandlungsmethoden im Wesentlichen auf Überlieferung basieren und nicht auf aussagekräftigen Experimenten.
Ich vermute daher, dass andere Ärzte auch nicht mehr können und wissen als ich. Und das ist kein schöner Gedanke.
Ich versuche in dieser Zwickmühle nun eine Art Spagat. Der Außenwelt präsentiere ich mich weiterhin als gediegener Arzt mit profundem Wissen (und Zwicker auf der Nase, du solltest mich damit sehen! Es ist zwar nur Fensterglas darin, aber ich wirke damit um Jahre älter, würdiger und weiser). Ich täusche also im Alltag einfach über meine Wissenslücken hinweg wie alle anderen Kollegen auch. Aber insgeheim versuche ich, diese Lücken mit Eifer und Fleiß zu verkleinern oder im besten Falle sogar zu beseitigen. Ich eigne mir also ständig neues Wissen

an, und zwar durch meine von dir so belächelten Selbstexperimente. Denn wir Ärzte sind ja keine hinterlistigen Betrüger, die ihre Patienten absichtlich belügen. Vieles hat die Wissenschaft einfach noch nicht erforscht, handeln müssen wir am Krankenbett aber trotzdem. Lache also ruhig weiter über mich. Aber erwäge hin und wieder den Einsatz von Blutegeln, sofern deine Patienten psychisch und physisch in der Lage sind, sie auszuhalten. Es hilft.
Und mach dir keine Sorgen, wenn nun eine Weile keine Nachricht von mir kommt.

Beste Wünsche sendet
dein großer Bruder Max

Kapitel 3

»Man muss jungen Mädchen untersagen, vorwitzige Fragen zu stellen, da sie klug genug sind, um Geheimnisse, die man ihnen verbirgt, zu ahnen, und weil sie schlau genug sind, die zu entdecken.«

Jean-Jacques Rousseau, *Schriftsteller und Pädagoge*

Fräulein Grimaud benötigte nur einen Tag, um meine Sachen packen zu lassen und die Heimreise zu organisieren. Diesen Tag und die darauffolgende Nacht musste ich wie angeordnet im Krankenzimmer verbringen, einem kargen Raum mit einem schmalen, harten Bett, der nach Desinfektionsmittel roch. Niemand durfte mich besuchen.

Betty benötigte aber auch nur einen Tag, um herauszufinden, wo ich steckte. Und als ich in der Nacht vor der Abreise schlaflos auf dem schmalen Krankenbett lag und in die Dunkelheit starrte, klopfte sie leise an die Tür. Das Besuchsverbot kümmerte sie kein bisschen.

»Ich bin so froh, dass du da bist«, flüsterte ich und umarmte sie fest.

Endlich Ablenkung von meinen quälenden Gedanken! Den ganzen Tag hatte ich mit ergebnislosen Grübeleien verbracht. Was würde Vater sagen, wenn ich vorzeitig nach Hause kam? Was würden die anderen Mädchen jetzt von mir denken? Durfte überhaupt noch eine von ihnen mit mir verkehren? Ich konnte das alles nicht wissen, aber ich konnte auch nicht aufhören, darüber nachzudenken.

Wenig später saßen Betty und ich eng aneinandergeschmiegt

auf dem Bett, hüllten uns fröstelnd in meine dünne Decke, und ich erzählte ihr, was passiert war. Ihr gegenüber konnte ich offen sein.

»Das ist ja nicht zu fassen!«, fuhr Betty auf.

»Psssst!«, warnte ich sie.

»Uns haben sie erzählt, dass du eine ansteckende Krankheit hast und dringend nach Hause musst«, flüsterte Betty.

»Sonst nichts?« Ich hatte erwartet, dass Fräulein Grimaud meine Schande genussvoll vor allen anderen ausbreiten würde, zur Abschreckung und Warnung.

Ich spürte, wie Betty den Kopf schüttelte.

»Und du bist trotzdem gekommen?«

Sie lachte leise auf. »Ich hab das natürlich nicht geglaubt. Ich hatte dich doch kurz vorher noch gesehen, und es ging dir bestens. Niemand hat das geglaubt.«

»Seltsam, dass sie euch nicht die Wahrheit erzählt haben«, murmelte ich.

»Nun ja«, meinte Betty. »Es würde den Ruf der Schule gefährden, wenn herauskäme, dass sich eine Schülerin heimlich mit einem Mann getroffen hat, um unzüchtige Schriften zu lesen.«

Jetzt war ich es, die hochfuhr. »Das habe ich nicht getan.«

»Psssst!«, machte Betty. »Weiß ich doch. Aber das ist es, was sie glauben.«

Ich schüttelte heftig den Kopf. »Nein«, gab ich zurück. »Das ist nur, was sie glauben *wollen*. Ich habe alles richtiggestellt, da konnte kein Zweifel bleiben. Aber sie wollten meine Erklärungen nicht hören.«

Betty zog die Decke enger um ihre Schultern, denn die Nacht war kühl. »Warum haben sie nur so hart reagiert?«, murmelte sie. »Ich verstehe das einfach nicht.«

Ich lehnte den Kopf an die Wand hinter dem Bett und dachte nach. »Vielleicht, weil sie glauben, dass ich das Buch doch gelesen habe. Irgendwie scheine ich in ihren Augen dadurch gefährliches Wissen erlangt zu haben, so klang es zumindest in unserem Gespräch. Und jetzt bin ich offenbar ansteckend wie die Pest.«

Betty flüsterte etwas, aber so leise, dass ich es nicht verstand.

»Wie bitte?«, hakte ich nach.

»Was stand denn darin?«, hauchte Betty ein bisschen lauter.

»Ich. Hab. Es. Doch. Nicht. Gelesen«, sagte ich voller Groll. Aber dann vergaß ich meinen Ärger und kicherte. »Es ging um den Liebesakt, und wie er … also, ich meine, wie er abläuft. Aber ich hab nur die Überschrift gelesen. Mehr weiß ich leider wirklich nicht.«

Betty quiekte leise auf. »Darüber gibt es Bücher?«

»Ja. Sogar wissenschaftliche.«

»Oh.« Betty dachte nach. »Aber … wäre es nicht gut, wenn wir die lesen würden? Um mehr darüber zu wissen? Ich meine, bevor … du weißt schon.«

Ich nickte in der Dunkelheit. Wir wussten wirklich nichts über dieses Thema. Nur, dass es den Liebesakt gab und dass man davon irgendwann irgendwie Kinder bekam. »Genau das dachte ich auch«, flüsterte ich. »Und jetzt bin ich zutiefst verdorben, sagen sie.«

»Seltsam.« Betty wollte noch etwas sagen, stockte aber.

»Was ist seltsam?« Ich stupste sie an. »Sag schon!«

»Was ist so schlimm an einer Praline, die weiß, wofür sie raschelt?«, fragte Betty.

Ich richtete mich auf. »Genau das ist die Frage. Zumal alle anderen diese Dinge ja zu wissen scheinen. Der Autor zum Beispiel. Sein Verleger. Seine Leser. Vermutlich sogar Fräulein Grimaud und die Gräfin. Warum sollen ausgerechnet wir nichtsahnend bleiben?«

»Vielleicht würden wir sonst weglaufen«, sagte Betty düster. »Vielleicht sind diese Dinge so schrecklich und unangenehm, dass wir fliehen würden, wenn wir davon wüssten.«

»So hinterlistig wären unsere Eltern doch nicht«, sagte ich voll Überzeugung. »Wenn uns nach der Heirat Schreckliches drohte, würden sie uns dem nicht aussetzen. Und so furchtbar unangenehm haben die wenigen Worte, die ich gelesen habe, eigentlich nicht geklungen. Im Buchtitel war sogar von Genuss die Rede.«

Wir schwiegen eine Weile und dachten nach.

»Vielleicht ist es folgendermaßen«, überlegte Betty laut. »Männer dürfen alles wissen. Und es auch tun. Aber Frauen dürfen es nur *tun*.«

Ich schnaubte. »So muss es wohl sein. Aber warum?«

Betty dachte lange nach. »Vielleicht sind Frauen von Natur aus anders als Männer. Vielleicht schadet uns dieses Wissen aus irgendeinem Grund.«

»Ja«, sagte ich zögernd. »Vielleicht.« Dann fiel mir etwas ein. »Das könnte damals bei Theresa passiert sein.«

Betty nickte langsam. »Stimmt. Das wäre möglich.«

Theresa war eine Klasse unter uns gewesen. Sie hatte sich beim Spaziergang im Park in einen hübschen, jungen Offizier verliebt und sich heimlich mit ihm getroffen. Die Lehrerinnen hatten nichts davon gewusst, nur uns Mädchen hatte sie davon erzählt, und wir hatten sie nicht verraten. Im vergangenen Jahr war dann irgendetwas passiert. Der Offizier verschwand, und von Theresa hieß es, sie habe plötzlich Lähmungen in beiden Beinen bekommen, ohne dass die Ärzte einen Grund dafür finden konnten. Die ganze Schule war in Sorge. Theresa reiste nach Hause, und wie wir gehört hatten, war sie noch immer leidend und verbrachte ihre Tage im Bett.

»Du meinst, sie wusste Sachen, die nicht gut für sie waren? Und das hat sie krank gemacht?«, fragte Betty. »Aber woher hätte sie so was wissen sollen?«

»Vielleicht hat sie auch ein Buch gefunden.« Ich starrte erschrocken in die Schwärze, die uns umgab. »Oder vielleicht hat dieser Mann ihr alles erzählt. Und sie damit infiziert.« Das würde auch zu der Sache mit dem Eitergeschwür passen. Vielleicht konnte man andere wirklich mit Wissen anstecken.

Betty blieb einen Moment lang still. »Wie fühlst du dich?«, fragte sie dann vorsichtig. »Wie geht es deinen Beinen?«

Ich wackelte mit den Zehen. »Gut. Ganz und gar ungelähmt. Aber ich hab das Buch, wie schon mehrfach betont, auch nicht gelesen.« Ich pufffte Betty mit dem Ellbogen in die Seite, und sie quiekte leise. Nach kurzem Nachdenken fügte ich noch hinzu: »Und ehrlich gesagt glaube ich nicht an diese Erklärung. Denn wenn es so einfach wäre, könnten sie doch zu uns sagen: Mädchen, lest solche Bücher nicht, sonst erkrankt eure Beinmuskulatur. Warum schweigen sie stattdessen so verbissen und versuchen, uns mit Geheimhaltung und Strafen von diesem Thema fernzuhalten?«

Betty dachte nach. »Du hast recht«, sagte sie. »Habe ich dir schon von meiner Cousine Maria erzählt?«

Ich schüttelte den Kopf. »Nein.«

»Sie lebt in Süddeutschland«, erzählte Betty. »Und sie studiert. Richtig an der Universität, in Tübingen. Sie belegt Kurse in Naturwissenschaften. Und weißt du was? Solche Bücher könnte sie ganz einfach in der Universitätsbibliothek lesen. Die stehen da doch bestimmt herum. Niemand würde ihr das verbieten.«

Ich konnte kaum glauben, was ich da hörte. »Wirklich? Sie studiert? So richtig?«, hakte ich nach.

»Wenn ich's doch sage!«, gab Betty zurück. »Und ihren Beinen geht es wunderbar. Es ist und bleibt seltsam. Aber eines ist klar.« Sie legte den Arm um meine Schulter. »Wir beide, du und ich, wir werden herausfinden, was es mit dieser Sache auf sich hat.«

»Wie denn?«, fragte ich düster. »Ich bin ab morgen in Berlin.«

»Und ich bald auch«, sagte Betty und drückte mich an sich. »Und ich schwöre dir, ich werde keine Ruhe geben, bis ich weiß, was die hier alle vor uns verbergen. In Berlin finden wir es heraus.«

»Und wenn du danach nicht mehr laufen kannst?«

Betty kicherte. »Dann kannst du es auch nicht. Und dann

machen wir es uns zusammen vorm Kamin gemütlich und warten, bis alles vorüber ist.«

»*Falls* es überhaupt wieder vorübergeht ...«, sagte ich mit tiefer, unheilvoller Stimme.

»Wird es«, meinte Betty unbeschwert. »Schließlich ist die Welt nicht voll von Mädchen, die ihr Leben lang im Bett liegen und nicht mehr aufstehen können.«

Irgendwo klapperte eine Tür. Wir erstarrten.

»Ich gehe jetzt besser«, hauchte Betty. Sie drückte mich noch einmal fest an sich, dann war sie weg.

Ich war wieder allein, und jetzt konnte ich erst recht nicht mehr einschlafen. Denn unser Gespräch hatte mir wieder die paar Sätze ins Gedächtnis gerufen, die ich in dem mysteriösen Buch gelesen hatte. Von einem Zustand der Aufregung und Reizbarkeit war da die Rede gewesen. Das klang tatsächlich eher unangenehm. Auch die beschriebene heiße Haut, die bebenden Lippen und die Seufzer erinnerten an eine Art Fieberanfall. Aber der letzte Satz ließ etwas in mir anklingen, und unangenehm war dieses Gefühl wirklich nicht. Eher verwirrend. Ich hatte die Worte nur einmal gelesen, und doch kannte ich sie auswendig. Leise sprach ich sie vor mich hin: »Fast unwillkürlich suchen und finden sich alsdann die empfindlichsten Teile des Körpers.«

Mir wurde schwindelig, und meine Beine wurden schwer. Aber eine Lähmung war das nicht, eher ein äußerst lebendiges Gefühl. Und auf einmal hatte ich einen Verdacht. Vielleicht ging es hier ja sogar um etwas äußerst Angenehmes. Der Titel des Buches verhieß schließlich Genuss. Aber warum sollten wir dann nichts davon wissen? Es war und blieb mysteriös. Irgendwann schlief ich über diesen Gedanken ein.

Am nächsten Morgen ging alles sehr schnell. Ich zog mein Reisekostüm an, frisierte mich sorgfältig, frühstückte im Krankenzimmer, dann kam Fräulein Grimaud und holte mich ab.

Vor der Schule stand schon die Kutsche bereit, ein geschlossener Landauer, und das, obwohl die Sonne bereits warm auf uns herabschien. Vermutlich sollte nichts an dieser Fahrt auch nur im Entferntesten angenehm für mich sein.

Einer der beiden Rappen erkannte mich, reckte den Hals und wieherte mir zu. Doch als ich wie gewohnt zunächst die Pferde und dann Franz, den Kutscher, begrüßen wollte, rief Fräulein Grimaud mich scharf zurück.

»Beeilen Sie sich, Fräulein von Burow! Für Unwichtiges ist jetzt keine Zeit!«

Franz lächelte mir zu und hob fast unmerklich die Schultern. So ist sie eben, sollte das wohl heißen.

Wie im Traum stieg ich ein. Fräulein Grimaud folgte mir und ließ sich mit stocksteifem Rückgrat auf den Sitz mir gegenüber sinken.

Franz ließ die Peitsche knallen, und die beiden Rappen zogen an. Knirschend setzten sich die Räder in Bewegung. Ich lehnte mich zurück, wandte den Kopf ab und starrte hinaus auf die vorübergleitenden Bäume. Eigentlich interessierte mich der Sommermorgen da draußen zwar nicht, aber ich wollte Fräulein Grimaud nicht sehen. Ich musste sie schon riechen, das war mehr als genug. Der staubige Lavendelhauch, der ihrem Kleid entströmte, nahm mir den Atem, und ich kämpfte gegen den Würgereiz an. Meine Nase konnte oder wollte sich an diesen Geruch nicht gewöhnen. Er war ekelhaft.

Um mich abzulenken, warf ich einen letzten Blick auf das Haus, das zwei Jahre lang mein Zuhause gewesen war. In der Morgensonne wirkte die Villa mit ihren Säulen und Skulpturen ehrfurchtgebietend. Und aus diesen heiligen Hallen war ich nun für immer vertrieben worden. Richtig begreifen konnte ich das noch immer nicht.

Doch mit Blick auf die entschwindenden Säulen spürte ich auf einmal, dass mich mein Schulverweis nicht wirklich betrübte.

Ich war gedemütigt worden, das schon. Aber eigentlich war dieses ganze Pensionat genauso langweilig wie die ledergebundenen Bücher in der Bibliothek. Ehrfurcht gebietend war es nur auf den ersten Blick. Bei genauerem Hinsehen kam es mir pompös und geschmacklos vor, wie eine Theaterkulisse, hohl und nichtssagend wie alles, was darin gelehrt wurde. Ich hatte zwei Jahre lang gehofft, hier mehr über die Welt und die Menschen zu erfahren. Stattdessen hatte ich Sticken, Nähen, Klavierspielen und steifes, künstliches Benehmen gelernt, während draußen das wahre Leben pulsierte. Das alles war ich jetzt los. Genau genommen konnte ich froh darüber sein. Als ich die Sache so betrachtete, war ich es auch.

Aber dann wich mein Triumph, denn meine Gedanken wanderten zu meinen Klassenkameradinnen. Fräulein Grimaud hatte mir jeden Kontakt verboten, nicht einmal verabschiedet hatte ich mich von ihnen. Und das mit der Krankheit hatten sie nicht geglaubt. Nun würden bestimmt wilde Gerüchte über mich kursieren. Sicher, Betty konnte alles richtigstellen. Aber würden die anderen ihr glauben, dass ich nichts Unmoralisches getan hatte? Gequält schloss ich die Augen. Ich hatte einige meiner Mitschülerinnen sehr gemocht.

Doch dann atmete ich tief ein und fasste mich wieder. So wie ich Betty kannte, würde sie bestimmt die richtigen Worte finden. Und für meinen Ruf würde sie kämpfen wie eine Löwin.

Die Kutsche bog auf die Chaussee ein, die Pferde fielen in Trab, und das Pensionat entschwand meinem Blick. Trotzdem starrte ich weiter aus dem Fenster. Ich wollte nicht, dass Fräulein Grimaud mir meine Gefühle ansah.

Als ich am Waldrand eine Bewegung wahrnahm, rechnete ich zunächst mit einem Reh. Doch Rehe sind braun, und was da aus dem Schatten der Bäume heraustrat, war eine helle Gestalt. Ich kniff die Augen zusammen, um mehr erkennen zu können, und stellte fest: Das war ein Mensch. Eine Frau. Sie hatte einen großen weißen Hut auf dem Kopf, den sie jetzt abnahm und schwenkte.

Betty! Mein Atem stockte. Und nun tauchten neben ihr weitere Gestalten in weißen Kleidern auf. Ich erkannte Hedwig, Florence, Elli, Paula, Wilhelmine, Maria, Louise, Minna, Johanna, Caroline, Franziska, Leni und Ida. Alle aus der Selekta waren da. Alle winkten mir zum Abschied. Meine Augen füllten sich mit Tränen. Sie waren immer noch meine Freundinnen.

Jetzt bemerkte auch Fräulein Grimaud die winkenden Mädchen. »Was …«, rief sie und richtete sich auf. »Also, das ist ja unerhört!« Sie spuckte die Wörter förmlich aus. »Woher wissen die Mädchen von Ihrer Abfahrt?« Sie wandte sich mir zu, ihr Blick wurde nadelspitz. »Sie!« Mit dem Zeigefinger bohrte sie ein Loch in die Luft. »Sie waren das! Das wird Konsequenzen haben!«

Und da begriff ich auf einmal die ganze Wahrheit. Es war, als hätte jemand einen Schleier von meinen Gedanken gezogen, und in meinem Kopf wurde es ganz hell.

»Nein«, sagte ich. »Wird es nicht.«

Ich löste die Haken am Fenster und schob die Scheibe nach unten. Dann lehnte ich mich weit hinaus und winkte mit beiden Armen zurück. Erst als die Mädchen nicht mehr zu sehen waren, setzte ich mich wieder auf meinen Platz.

»Fräulein Grimaud«, sagte ich und lächelte die alte Krähe an. »Sie sind nicht mehr meine Lehrerin. Nichts von dem, was Sie sagen oder tun, hat für mich noch Konsequenzen.«

»Sie!«, begann Fräulein Grimaud wieder. »Das ist …«

»… die Wahrheit!«, ergänzte ich und ließ mich noch tiefer in den gepolsterten Sitz sinken. Meine Haare flatterten im Fahrtwind, der durch das geöffnete Fenster hereinwehte und allen Lavendelstaub mit sich nahm. Und ich erkannte in diesem Moment: Ich war frei.

Dr. med. Maximilian von Waldau, Dresden,
an stud. med. Benjamin von Waldau, Jena

Ben!

Eben kam dein Brief hier an, und ich will noch schnell die letzten Minuten vor der Abfahrt nutzen, um ihn zu beantworten. Was du schreibst, entbehrt jeglicher Grundlage. Mir geht es gut. Wirklich!
Das brüderliche Gespür, das du erwähnst und über das du normalerweise ganz sicher verfügst, täuscht dich in diesem Fall. Ich verheimliche dir nichts. Ich gebe mich auch nicht aufgeräumter und vergnügter, als ich es bin. Und ich gehe nicht mit bangem Herzen, sondern voll Abenteuerlust ins Ungewisse.
Natürlich war Großmutters Tod ein großer Einschnitt für uns beide, da hast du recht. Und natürlich fällt es mir schwer, unser Zuhause zu verlassen. Aber glaub mir, ich bin dem gewachsen und verdränge meinen Kummer nicht.
Mach dir bitte keine Sorgen um mich! Sorgenmachen ist meine Aufgabe, das weißt du doch, und die erfülle ich gewissenhaft.
Widme du dich deinen Studien und genieße das Leben!
Genug. Ich muss los.

Bald mehr von
Max

Kapitel 4

»Als Dame hast du auf Reisen natürlich vorsichtiger mit deiner Unterhaltung zu sein als ein Herr unter den gleichen Umständen. Einem nach Form und Inhalt schicklichen Gespräche brauchst du indessen umso weniger aus dem Wege zu gehen, als es ja in deiner Macht steht, es durch dein Schweigen abzubrechen, sobald es dir nicht mehr zusagt.«

Constanze von Franken, *Autorin von Benimmbüchern*

Fräulein Grimaud bebte noch immer vor Zorn, als wir am Bahnhof eintrafen, zeitgleich mit dem Zug, der ähnlich schnaubte und dampfte wie sie.

Mit verkniffenem Mund kletterte sie aus der Kutsche und wies Franz an, mein Gepäck aufzugeben. Sie selbst wollte nur eine Nacht in Berlin bleiben, deswegen hatte sie nur eine lederne Reisetasche dabei, in die sie jetzt ihre Finger krallte. »Die bleibt bei mir«, ordnete sie an.

Sie drückte die Tasche an sich und schritt mit gerecktem Hals an den Abteilwagen vorbei, während ich mich schnell von Franz und den Pferden verabschiedete.

»Alles Gute!«, raunte er mir zu.

Ich lächelte, dann eilte ich hinter Fräulein Grimaud her, die den Bahnsteig entlanghastete. Auf die anderen Passagiere, die ein- oder aussteigen wollten, achtete sie gar nicht. Sie erwartete einfach, dass alle ihr Platz machten, und das funktionierte sogar. Denn sobald die scharf klackernden Absätze ihrer Schnürstiefeletten ertönten, sahen sich alle um. Und wenn dann die hagere schwarze Gestalt mit ihren zackigen Schritten nahte, wichen sie unwillkürlich zurück.

Ein Geschäftsreisender mit rundem Hut und Aktentasche machte Fräulein Grimaud mit einer angedeuteten Verbeugung Platz, doch sie nahm ihn gar nicht zur Kenntnis. Sie war voll und ganz damit beschäftigt, mit ihrem Geierblick in jeden Wagen hineinzuspähen, um den besten Platz zu finden. Erst als sie ein fast leeres Abteil entdeckt hatte, in dem nur eine einzige Dame saß, stieg sie in den Zug ein. Ich folgte ihr.

Die Dame am Fenster trug ein vornehmes hellgrünes Seidenkleid, das hervorragend mit den dunkelgrünen Samtsitzen und den gleichfarbigen Vorhängen harmonierte. Sie nickte uns freundlich zu.

Fräulein Grimaud grüßte ausnahmsweise sogar höflich zurück, vermutlich, weil die Dame wohlhabend aussah. Dann strich sie ihr schwarzes Kleid glatt und ließ sich auf den Fensterplatz gegenüber der Dame sinken. Mich verwies sie mit einer herrischen Kopfbewegung auf den Platz neben sich. Doch ich brauchte ganz dringend Abstand zu ihr. Viel Abstand. Deswegen setzte ich mich auf die Seite der Dame, ganz dicht an die Tür, was Fräulein Grimaud mit einer hochgezogenen Augenbraue zur Kenntnis nahm.

Der Stationsvorsteher schloss die Türen aller Waggons und blies trillernd in seine Pfeife. Ein Ruck ging durch den Zug.

Plötzlich wurde die Tür unseres Abteils noch einmal geöffnet. »Verzeihung!« Ein junger Mann steckte den Kopf zu uns herein. »Ist hier noch ein Platz frei?«

»Ja«, sagten die Dame und ich.

»Nein«, widersprach Fräulein Grimaud.

»Kommen Sie doch bitte herein«, forderte ich den Mann auf. Meine Güte, wir waren zu dritt, da war doch nun wirklich nichts dabei.

Der Mann lächelte mich dankbar an und schob die Tür ganz

auf. Er drehte sich um, bückte sich und zog einen rechteckigen Weidenkorb ins Abteil, was schwierig war, denn zwischen den Sitzen war nur wenig Platz. Schnell erhob ich mich und blieb so lange stehen, bis er den Korb zwischen sich und Fräulein Grimaud bugsiert hatte.

»Ich danke Ihnen und entschuldige mich für die Umstände, die ich Ihnen bereitet habe«, sagte er.

»Das macht doch nichts«, antwortete ich, setzte mich wieder und lächelte ihn an.

Fräulein Grimaud sah so säuerlich aus, als hätte sie in eine Zitrone gebissen. Bei ihrem Anblick vertiefte sich mein Lächeln.

Der Mann war älter als ich, aber wie alt, konnte ich schwer schätzen, denn seine Wangen waren glatt rasiert, was Männer ja immer jünger aussehen lässt. Er trug einen schwarzen Überrock aus feinem Stoff. Jetzt nahm er seinen Hut ab, hängte ihn an einen verschnörkelten Haken und strich unauffällig sein braunes Haar glatt. Das war auch notwendig, denn es besaß scheinbar ein Eigenleben und wollte sich nicht einmal durch die reichlich verwendete Pomade in eine Frisur zwingen lassen.

Der Mann streifte seinen Überrock ab und hängte ihn ebenfalls auf. Dann blieb er unschlüssig stehen und nestelte an seinen Manschettenknöpfen herum.

»Nehmen Sie doch bitte Platz«, sagte ich, weil ich den Eindruck hatte, dass er auf eine solche Aufforderung wartete.

Fräulein Grimaud gab ein missbilligendes Schnauben von sich.

Wieder lächelte der Mann. Diesmal lag aber keine Verlegenheit in seinem Blick. Seine warmen braunen Augen funkelten amüsiert. Vermutlich hatte er meine Abneigung gegenüber Fräulein Grimaud gespürt und teilte sie, denn er ließ sich so schwungvoll neben ihr nieder, dass sie – mager, wie sie war – auf der gepolsterten Bank auf und nieder wogte wie ein Schiff bei hohem Seegang. Das passte so gar nicht zu ihrer würdevoll steifen Haltung.

Fräulein Grimaud kniff die Lippen zu einem Strich zusammen. Wieder blitzte der Schalk aus den Augen des jungen Mannes. Das war der Moment, in dem ich ahnte, dass dies eine äußerst kurzweilige Reise werden würde.

Jetzt wandte der Fremde sich seinem Überrock zu, fuhr mit der Hand in die Tasche und zog eine Schachtel heraus, der er einen Zwicker entnahm. Als er ihn sich auf die Nase klemmte, wirkte er prompt sehr viel gesetzter.

»Der Sommer ist in diesem Jahr ausgesprochen sonnig«, begann er ein Gespräch, ohne sich dabei gezielt an eine von uns zu wenden.

»In der Tat«, sagte die Dame in Grün.

Fräulein Grimaud sagte nichts. Sie zog nur die Mundwinkel so weit herab, dass sie aussah wie ein Karpfen.

»Sind Sie, wenn ich fragen darf, ebenfalls nach Berlin unterwegs?«, wollte der Mann jetzt wissen.

»In der Tat«, sagte die Dame zum zweiten Mal.

Fräulein Grimaud sagte noch immer nichts. Der Karpfen sah jetzt aus, als würde er gleich zuschnappen.

Hinter dem Zwicker sah ich die Augen des Mannes erneut aufblitzen. »Erlauben Sie, dass ich mich vorstelle?«, fragte er in die Runde. Und obwohl keine von uns zu erkennen gab, dass sie auch nur irgendetwas erlaubte, fuhr er fort: »Mein Name ist Max von Waldau. Ich bin Arzt.«

»Angenehm«, sagte die grüne Dame und neigte huldvoll den Kopf. »Von Pfühl.«

Ich hätte fast »Gesundheit« gesagt, merkte aber gerade noch rechtzeitig, dass sie gar nicht geniest hatte.

Der Mann wartete darauf, dass auch wir uns vorstellten, doch Fräulein Grimaud blickte starr aus dem Fenster und zeigte ihm nur ihren grauhaarigen Hinterkopf.

Da fasste ich mir ein Herz. Es gab wirklich keinen Grund, diesen freundlichen Mitreisenden unhöflich zu behandeln.

»Mein Name ist Elena von Burow«, sagte ich. »Und dies ist Fräulein Grimaud, meine frühere Lehrerin. Sie begleitet mich auf der Fahrt nach Hause.«

Fräulein Grimauds Kopf fuhr ruckartig in meine Richtung. Sie durchbohrte mich mit einem Dolchblick und gab ein gekünsteltes Hüsteln von sich, um mich zum Schweigen zu bringen.

»Sehr angenehm«, sagte Max von Waldau. Er warf Fräulein Grimaud einen raschen Blick zu, den man nur verschmitzt nennen konnte. »Von Burow«, wiederholte er dann, jetzt sah er nachdenklich aus. »Der Name kommt mir bekannt vor. Sind wir uns schon einmal begegnet?«

»Nein«, sagte ich, ohne nachzudenken. »Daran würde ich mich erinnern.«

Er lächelte, und erst jetzt fiel mir auf, dass man diesen Satz auch als Schmeichelei verstehen konnte. So hatte ich ihn gar nicht gemeint. Wie peinlich.

»Ich habe ein sehr gutes Gedächtnis«, fügte ich rasch hinzu.

Wieder lächelte von Waldau, diesmal vermutlich über meine deutlich sichtbare Verwirrung. Doch er war Kavalier genug, das Thema zu wechseln. »Sie fahren nach Berlin?«, fragte er, diesmal in meine Richtung.

Ich nickte. »Zu meinem Vater.«

Fräulein Grimaud führte ein spitzenbesetztes Taschentuch zum Mund und hustete kurz und scharf, um mich nachdrücklich auf ihr Missfallen aufmerksam zu machen.

Max von Waldau zuckte zusammen, wandte sich dann aber wieder mir zu. »Ich fahre ebenfalls nach Berlin.« Sein Zwicker geriet ins Rutschen, und er klemmte ihn erneut auf die Nase. »Ich werde die Fahrt allerdings unterwegs unterbrechen. In Elsterwerda steige ich aus und verbringe dort die Zeit bis zum Nachmittagszug.«

»Ach«, sagte ich. »Wie ungewöhnlich.«

Fräulein Grimaud räusperte sich jetzt so laut, dass er sie nicht mehr überhören konnte. »Haben Sie sich verkühlt?«, fragte er höflich. »Darf ich Ihnen vielleicht eine Lutschpastille anbieten?« Er beugte sich vor und wirkte auf einmal ganz eifrig. »Es handelt sich um ein Präparat namens Krügerol. Mein Bruder hat mir aus Jena eine Dose zugesandt, damit ich die Wirkung experimentell überprüfen kann. Ich warte schon seit einiger Zeit auf eine Gelegenheit, die Pastillen zu testen, aber leider verfüge ich über eine wahre Rossnatur und werde nie krank.« Kurz sah er so bekümmert aus, als wäre eine solch gute Gesundheit ein wahrhaft schweres Schicksal.

»Nein«, sagte Fräulein Grimaud mit schneidender Stimme.

Ich sah überrascht auf. Ausgerechnet sie, die immer predigte, dass wir in ganzen Sätzen zu sprechen hatten, sagte nur ein einziges Wort, nicht einmal »Nein, danke«. Das hätte sie keiner ihrer Schülerinnen durchgehen lassen.

»Sie sollen äußerst wohlschmeckend sein«, beteuerte von Waldau.

»Nein. Ich. Möchte. Keine«, sagte Fräulein Grimaud, und ihr Blick hätte die Hölle zu Eis gefrieren lassen.

»Ich persönlich hätte sehr gern eine der Pastillen«, sagte ich rasch. »Ich spüre nämlich ein unangenehmes Gefühl in den Atemwegen. Das könnte eine herannahende Erkältung sein.« Eigentlich hatte ich nur höflich sein wollen, aber als ich die Worte aussprach, merkte ich, dass sie zutrafen. Tatsächlich spürte ich ein unangenehmes Kitzeln im Hals und in der Nase.

Eilfertig zog von Waldau eine Blechdose aus seiner Tasche und bot mir eine Pastille an. Sie schmeckte nach Thymian, Minze und Anis. Fräulein Grimaud starrte wütend aus dem Fenster. Aber sie hustete wenigstens nicht mehr. Offenbar hatte sie den Kampf um meine Seele nun endgültig aufgegeben.

»Haben Sie in Elsterroda Verwandte?«, wollte ich wissen. Gerade noch rechtzeitig konnte ich den Drang zu niesen unterdrücken.

»Elsterwerda meinen Sie?«, fragte Max von Waldau. »Nein, ich mache dort einen kleinen Spaziergang mit Salomé, sie muss sich die Beine vertreten und etwas essen.«

»Salomé?« Diesen Namen hörte ich zum ersten Mal. »Sitzt sie in einem anderen Abteil?«

Hinter dem Zwicker erschienen Lachfältchen. »Nein, sie ist hier«, sagte von Waldau.

Jetzt wurde mir der Mann ein bisschen unheimlich.

»Ich verstehe nicht«, sagte ich, und gab mir Mühe, einen reservierten, abweisenden Tonfall in meine Stimme zu legen.

»Erlauben Sie, dass ich Ihnen Salomé vorstelle?«, fragte von Waldau.

Ich atmete scharf ein. Der Mann war eindeutig verrückt. Als er sich nach vorn beugte, zuckte ich zurück. Doch er zog nur den Weidenkorb ein bisschen näher zu sich heran und hob den Deckel an.

»Mau«, machte jemand. Oder etwas. Und dann tauchte der Kopf einer schneeweißen, flauschigen Katze mit himmelblauen Augen auf. »Mau«, machte sie noch einmal und blinzelte mich misstrauisch an.

»Salomé«, sagte Max von Waldau. »Das ist Fräulein von Burow. Fräulein von Burow, darf ich vorstellen? Das ist Salomé.«

»Oooh!«, quietschte ich statt einer Antwort. »Die ist ja hinreißend. Darf ich sie herausnehmen? Bitte!«

Fräulein Grimaud sank in ihrem Sitz in sich zusammen. Sie wirkte plötzlich um Jahre gealtert. Klar, weniger damenhaft als ich konnte man sich kaum benehmen. Aber das war mir jetzt vollkommen egal, Salomé war einfach zu bezaubernd. Sie sah aus wie ein Wölkchen auf vier Pfoten.

»Natürlich!« Von Waldau lächelte mich an. »Salomé liebt es, gestreichelt zu werden.«

Vorsichtig hob ich die Katze aus dem Korb und nahm sie auf den Schoß. Sie war weicher als alle Katzen, die ich kannte, und blickte mich aus unergründlichen tiefblauen Augen an. Dann rollte sie sich zusammen und rieb ihr linkes Ohr an meinem Arm. Ich verstand die Aufforderung und begann, sie an genau dieser Stelle zu kraulen. Sofort schnurrte sie.

»Wie machen Sie das?«, fragte ich. »Ich meine den Spaziergang in Elsterwerda. Läuft Salomé nicht weg, wenn Sie sie aus dem Korb befreien?«

»Laufen?«, fragte er zurück und lächelte. »Salomé läuft nicht, sie schreitet. Aber ich gehe dennoch kein Risiko ein. Kennen Sie den Bahnhof von Elsterwerda?«

Ich kraulte Salomés flauschiges weißes Ohr, und sie schmiegte sich an mich. »Nein«, sagte ich.

»Es gibt dort einen kleinen umzäunten Garten«, sagte Max von Waldau. »Ich werde den Bahnhofsvorsteher bitten, dass sie dort ein bisschen an den Gänseblümchen riechen darf. Und so lange lasse ich mir in der Sonne einen Kaffee servieren. Dann reisen wir weiter.«

Ich sah auf. »Wie umsichtig Sie diese Reise geplant haben.«

Er lächelte, und ich stellte fest, dass seine Mundwinkel dabei einen kleinen Kringel nach oben machten, was ausgesprochen charmant aussah. »Nicht halb so umsichtig, wie Sie denken«, sagte er. »Salomé und ich haben in Berlin bis jetzt nicht einmal ein Quartier für die Nacht. Ob es dort wohl ein Hotel oder sogar eine Pension gibt, die nicht nur einen Reisenden, sondern auch seine Katze aufnimmt?«

Meine Nase begann zu tropfen, und ich hatte kein Taschentuch bei mir. Unauffällig atmete ich tief ein und hoffte, dass das Rattern des Zuges mein Schniefen übertönte. »Wie viel Luxus benötigen Sie denn?«, fragte ich.

Mein Gesprächspartner schmunzelte. »Luxus? Ein Dach über dem Kopf und ein Gärtchen für Salomé würden fürs Erste genügen.«

»Dann weiß ich vielleicht etwas für Sie.« Ich nannte ihm

eine Adresse in der Nähe unseres Hauses. »Frau Adelung, eine freundliche Witwe, betreibt dort eine kleine familiäre Pension. Sie hatte früher selbst eine Katze und freut sich bestimmt über Salomé. Einen wundervoll bepflanzten Hinterhof besitzt sie auch. Ein wahres Katzenparadies. Und sie hat sogar oft Dauermieter.«

Max von Waldau wiederholte den Namen der Straße, und ich beschrieb ihm die Lage. Erfreut stellte er fest, dass die Pension ganz in der Nähe seiner zukünftigen Arbeitsstätte lag. Das passte also.

»Wo arbeiten Sie, wenn ich fragen darf?«, erkundigte ich mich.

»In der Praxis von Doktor Wilhelm Fließ in der Wichmannstraße«, antwortete von Waldau. »Vielleicht kennen Sie die Gegend.«

»Ich kenne sogar die Praxis«, sagte ich überrascht. »Doktor Fließ ist der Hausarzt meines Vaters.«

»Vielleicht sehen wir uns dann einmal dort.« Wieder zeigten sich die kleinen Kringel in seinen Mundwinkeln.

»Bei Doktor Fließ?« Ich schüttelte den Kopf. »Das ist unwahrscheinlich.« Bei meinem einzigen Besuch dort hatte ich den Mann spontan höchst unsympathisch gefunden. Aber das wollte ich jetzt nicht erwähnen, zumal ich keinen handfesten Grund hätte nennen können. »Ich bin nie krank«, setzte ich rasch hinzu.

Er zog eine Augenbraue hoch. »Sie wirken ein wenig verschnupft. Und dann das Kratzen in Ihrer Kehle …«

Also hatte er mein Schniefen doch gehört. Ich überspielte meine Verlegenheit mit einem Lächeln. »Das waren vermutlich nur die Worte, die mir in den vergangenen Tagen im Halse stecken geblieben sind. Und verschnupft bin ich auch eher im übertragenen Sinne.«

Fräulein Grimauds Kiefermuskeln traten plötzlich deutlich hervor, und ein knarzendes Geräusch war zu hören. Knirschte sie wirklich mit den Zähnen? Nicht zu fassen! Wie undamenhaft!

Rasch wandte ich mich wieder an mein Gegenüber, und mein Lächeln vertiefte sich. »Dank Krügerol ist alles wieder in Ordnung.«

Das stimmte nicht ganz, aber ich wollte mit diesem fremden Mann nun wirklich nicht über Krankheiten reden. Und als Arzt würde ich ihn mit hundertprozentiger Gewissheit niemals konsultieren. Dafür war er viel zu jung und viel zu gut aussehend. Nicht einmal den Puls würde ich mir von ihm messen lassen. Allein der Gedanke machte mich nervös.

Um das Thema zu wechseln, strich ich Salomé über den Rücken. »Wie kommt es, dass ein junger Arzt eine Katze hat?«, fragte ich. »Sie sind doch berufstätig und können sich tagsüber nicht um sie kümmern.«

»Sie gehörte meiner verstorbenen Großmutter«, antwortete von Waldau, sprach aber nicht weiter. Seine Augen wurden noch dunkler, und ich begriff sofort, dass ihr Ableben noch nicht lange zurücklag.

»Das tut mir sehr leid«, sagte ich, und er nickte.

Rasch fragte ich ihn nach dem Alter der Katze, um ihn auf andere Gedanken zu bringen.

»Sie ist sieben«, sagte er. »Also im besten Katzenalter.« Und dann erzählte er, dass Salomé eine Angorakatze sei und einer sehr seltenen englischen Zuchtlinie entstamme.

Die Dame in Grün war inzwischen wohl eingenickt. Sie atmete ganz tief. Und Fräulein Grimaud starrte aus dem Fenster. Sie tat, als wäre sie gar nicht mehr existent, und wir bestärkten sie darin, indem wir sie vollkommen ignorierten und uns glänzend weiter unterhielten. Nur einmal zuckte Fräulein Grimaud noch zusammen. Das war, als ich dann doch irgendwann nieste, und Max von Waldau mir sein Taschentuch verehrte, was ich mangels eines eigenen zwar errötend, aber dennoch dankend annahm. So etwas tat eine junge Dame von Stand natürlich niemals, aber mir war das völlig gleichgültig. Sollte ich lieber weiterschniefen?

Ich tupfte mir die Nase ab und lächelte ihn an. »Sie haben ihren Beruf klug gewählt«, sagte ich. »Ärzte braucht man immer. Und außerdem kann man als Arzt sein eigenes Wissen jederzeit praktisch anwenden.«

Er nickte. »In der Tat. Aber das ist es nicht, was mich bewogen hat, diesen Beruf zu ergreifen.«

»Was dann?«, wollte ich wissen.

Er ließ sich mit der Antwort Zeit. »Ich möchte mehr wissen«, sagte er nach einer Weile nachdenklich. »Ich habe den Eindruck, dass die Wissenschaft der Medizin noch ganz am Anfang steht. Ich möchte mehr über Krankheiten und Heilmethoden herausfinden. Am liebsten würde ich sie selbst erforschen.«

»Wie interessant«, sagte ich. »Mir geht es ähnlich. Ich möchte auch immer mehr wissen, als ich schon weiß.«

Aus Fräulein Grimauds Augen traf mich jetzt doch wieder ein flammender Blick. Aber damit brachte sie mich nicht zum Schweigen. Damit entfachte sie im Gegenteil meinen Mut.

»Darf ich Sie etwas fragen?«, begann ich.

»Selbstverständlich, gern«, sagte der junge Arzt.

»Kann Wissen krank machen?«, wollte ich wissen, bevor mich mein Mut wieder verlassen konnte.

Überrascht sah er mich an. »Ich verstehe Ihre Frage nicht ganz.«

Ich suchte nach Worten. Nun, da ich mich schon so weit hervorgewagt hatte, wollte ich auch eine richtige Antwort haben. Immerhin war der Mann Arzt. Er musste so etwas doch wissen. »Ich frage mich: Kann es sein, dass es Wissen gibt, das Frauen schadet, Männern aber nicht?«

Er runzelte die Stirn. »Wenn ich Sie richtig verstehe, möchten Sie wissen, ob man Frauen aus medizinischen Gründen vor manchem Wissen bewahren sollte. Ob man sie also schonen sollte, wenn es um beunruhigende Fakten geht.«

Ich nickte erleichtert. »Ja, genau.« So formuliert klang meine Frage erstaunlich harmlos.

Wieder ließ Max von Waldau sich Zeit mit der Antwort. »Es gibt viele Ärzte, die diesen Standpunkt vertreten«, sagte er. »Sie argumentieren, das weibliche Nervensystem sei zarter als das männliche, und deswegen empfindlicher. Wenn ich allerdings an meine Großmutter denke …« Er brach ab, und seine Augen wurden wieder dunkel vor Trauer. Er holte tief Luft und rang sich dazu durch, den Gedanken fortzuführen. »Meine Großmutter war eine ebenso großherzige wie feingeistige Dame. Doch als eine schwere Krankheit Besitz von ihr ergriff, sah sie dem Tod ebenso unerschrocken ins Auge, wie sie zuvor dem Leben begegnet war. Ich glaube nicht, dass irgendein Wissen auf dieser Welt meine Großmutter zum Straucheln gebracht hätte. Niemand musste sie je schonen. Sie war mutiger als ein Soldat im Feld.« Er dachte kurz nach. »Sie könnte natürlich ein Einzelfall gewesen sein. Aber mir sind keine wissenschaftlichen Experimente bekannt, die beweisen, dass Frauen empfindlicher sind als Männer. Man nimmt das zwar gemeinhin an, aber der Wissenschaftler in mir muss zugeben: Es könnte sich hier um ein Vorurteil handeln.«

»Sie sprechen von Experimenten«, hakte ich nach. »Was meinen Sie damit?«

»Nun, wissenschaftliche Versuche mit nachvollziehbarem Aufbau an einer aussagekräftigen Menge von Probanden, mit deren Hilfe man nachmessen kann, wie sich ein Sachverhalt wirklich verhält. Damit könnte man testen, wie empfindlich Frauen im Vergleich zu Männern sind.«

»Nachmessen?«, echote ich wenig intelligent. »Kann man menschliches Denken und Fühlen denn messen?«

Der Arzt nickte. »Man kann sehr viel mehr messen, als gemeinhin angenommen. Und mit exakten und umfassenden Daten vermeidet man Fehler, die auf Vorurteilen beruhen.«

»Zum Beispiel?«, fragte ich.

Er dachte kurz nach. »Nun, bleiben wir ruhig beim Unterschied zwischen Männern und Frauen. Ein gutes Beispiel finden wir bei Aristoteles. Er war einer der bekanntesten griechischen Naturforscher. Und er hat in einem Forschungsbericht behauptet, Frauen hätten grundsätzlich weniger Zähne als Männer. Nur dreißig, während es im männlichen Gebiss zweiunddreißig seien.«

»Und?«, wollte ich wissen. »Ist das falsch?«

Max von Waldau schmunzelte. »Vielleicht hatte Frau Aristoteles wirklich nur dreißig Zähne«, sagte er. »Das ist gut möglich. Aber von Natur aus gibt es keinen Unterschied zwischen dem männlichen und dem weiblichen Gebiss. Trotzdem haben Generationen von Forschern dieses Wissen von Aristoteles übernommen und es selbst vertreten. Lange Zeit hat niemand nachgezählt.«

»Ich verstehe, was Sie meinen«, sagte ich nachdenklich. »Aristoteles und seine Nachfolger hätten diese Aussage überprüfen müssen. Und *ein* weibliches Gebiss reicht dafür nicht aus. Sie hätten viele Frauen bitten müssen, einfach mal den Mund aufzumachen.«

Von Waldau musste lachen. »In der Tat. Sie bringen das Problem sehr schön auf den Punkt.«

Dieses Lob tat mir gut, aber ich war mit seiner Argumentation noch nicht ganz zufrieden. »Bei Zähnen leuchtet mir dieses Vorgehen ein«, überlegte ich laut. »Aber nicht bei Fragen der Empfindsamkeit. Hier handelt es sich ja um Gefühle. Und die kann man wohl kaum objektiv messen.«

Von Waldau lehnte sich zurück. »Doch, das ist möglich«, sagte er. »Gefühle äußern sich nämlich in Körperreaktionen. Bei Angst zum Beispiel erhöht sich der Pulsschlag. Die Pupillen weiten sich. Die Körpertemperatur steigt. All dies kann man aufzeichnen. Es gibt in Berlin sogar ein psychologisches Testlabor, das genau solchen Zwecken dient. Aber wir stehen in der Wissenschaft der Psychologie noch ganz am Anfang. Und Ihre Frage nach dem unterschiedlichen Empfinden von Männern und Frauen wurde meines Wissens nach überhaupt noch nicht untersucht.«

»Psychologie«, sagte ich leise. »Wie interessant.«

Mir fiel Bettys Cousine wieder ein. Konnten Frauen vielleicht auch Psychologie studieren? Womöglich sogar ich selbst? Ich stellte mir vor, wie ich in einem weißen Laborkittel an einem Experiment mitwirkte, in dem die unterschiedlichen Gefühle von Männern und Frauen auf bahnbrechende Weise systematisch untersucht wurden. Und dieser Gedanke verursachte mir richtig Herzklopfen. Wie spannend das wäre!

Doch vor den Ohren von Fräulein Grimaud wollte ich dieses Thema nicht weiter vertiefen. Ich beschloss, später mehr darüber in Erfahrung zu bringen. Wenn ich zu Hause war. Rasch lenkte ich unser Gespräch in sichere Gewässer und fragte Max von Waldau erneut über seine Katze aus. Auch das war sehr unterhaltsam und herzerwärmend, denn er hing mit rührender Liebe an diesem Tier.

Die restliche Zeit verging wie im Fluge, und als der Zug in Elsterwerda einfuhr, konnte ich es kaum fassen, die halbe Strecke schon hinter mir zu haben.

»Falls Sie jemanden suchen, der Salomé dauerhaft bei sich aufnimmt, stehe ich gern zur Verfügung«, sagte ich zum Abschied.

Doch von Waldau schüttelte lächelnd den Kopf. »Meine Großmutter würde mir jede Nacht im Traum erscheinen und mir die Ohren lang ziehen, wenn ich sie aus der Hand gäbe.«

Der Zug verlangsamte seine Fahrt, und bedauernd setzte ich die flauschige Salomé zurück in ihren Korb.

Max von Waldau deutete eine kleine Verbeugung an, bevor er die Tür des Abteils öffnete und uns eine gute Weiterreise wünschte. Er nahm seinen Zwicker ab und schob ihn in die Tasche. Dann bückte er sich, um nach dem Korb zu greifen. Doch er richtete sich noch einmal auf.

»Ach, da fällt mir noch etwas ein.« Er zog die klappernde Blechdose mit den Krügerol-Pastillen aus der Tasche des Überrocks und hielt sie mir hin. »Die sind für Sie! Nehmen Sie bitte alle zwanzig Minuten eine, gegen Ihre Erkältung. Und falls wir uns in Berlin je über den Weg laufen sollten, erzählen Sie mir bitte, ob Sie den herannahenden Katarrh damit aufhalten konnten.«

Ich überlegte, ob ich ihn einladen sollte, in Berlin bei uns vorzusprechen. Oder ging das nun doch zu weit? Würde er daraus falsche Schlüsse ziehen? Wir kannten uns ja nur ganz flüchtig. Vielleicht würde ihm das übereifrig und distanzlos vorkommen.

Leider zögerte ich zu lange. Max von Waldau verneigte sich noch einmal kurz in unsere Richtung, dann zog er den Korb aus dem Abteil, die Tür fiel hinter ihm zu, und ich blieb mit einem Gefühl des Bedauerns zurück.

Dr. med. Maximilian von Waldau, Elsterwerda,
an stud. med. Benjamin von Waldau, Jena

Lieber Ben!
Herzliche Grüße von unterwegs
senden Max und Salome

Kapitel 5

»Lobe keines Menschen Weisheit und Tugend,
bis du siehst, wie er für seine Kinder gesorgt
und wie diese der Sorgfalt ihres Vaters für sie entsprechen.«

Johann Heinrich Pestalozzi, *Philosoph und Pädagoge*

Fräulein Grimaud starrte weiter aus dem Fenster und schwieg verbissen. Offenbar hatte sie beschlossen, kein Wort mehr mit mir zu sprechen, was mir sehr recht war. Die zweite Hälfte der Fahrt konnte ich so zum Nachdenken nutzen.

Zunächst beherrschte Max von Waldau meine Gedanken. Ich hatte noch nie so ein unkompliziertes Gespräch mit einem männlichen Wesen geführt. Genau genommen hatte ich außer mit Betty überhaupt noch nie mit irgendeinem Menschen so frei und ungezwungen gesprochen. Von Waldau hatte mit mir über Wissensfragen diskutiert, als wäre das ganz normal. Als könnte jeder Mensch Wissen erlangen, ja, als müsste man das sogar tun, unabhängig ob Mann oder Frau, jung oder alt, gebildet oder unwissend. Mit ihm zu reden und zu lachen war so einfach gewesen wie atmen. Und was er gesagt hatte, war überaus interessant gewesen. Es gab offenbar keine Beweise für Bettys und meine Befürchtung, dass manches Wissen Frauen schaden könnte. Was mich wirklich erleichterte. Und ich glaubte dem jungen Arzt. Vorschnelle Urteile waren ihm ganz offensichtlich wesensfremd. Er redete nicht einfach drauflos, um irgendetwas zu sagen, wie viele Männer das meiner Erfahrung nach taten. Von Waldau dachte nach und prüfte sein Urteil, wo immer möglich.

Und ich Feigling hatte diesen interessanten Menschen nicht

eingeladen! Warum hatte ich mich nur so geziert? Weil eine junge Dame so etwas nicht tat? Ja, wen kümmerte das denn?

Doch dann tröstete ich mich mit dem Gedanken, dass ich Max von Waldau leicht wiedersehen konnte, wenn ich das wollte. Ich wusste ja, wo er arbeitete, und vermutlich sogar, wo er sich einquartieren würde. Und auch er konnte über seinen Arbeitgeber leicht in Erfahrung bringen, wo Vater und ich zu Hause waren. Wenn ihm unser Gespräch also ebenso angenehm gewesen war wie mir, würde er vielleicht seine Visitenkarte bei uns abgeben, und dann würde Vater ihn einladen. Vielleicht würden wir uns auch vorher schon zufällig bei einem Spaziergang im Tiergarten begegnen. Wer in unserem Viertel wohnte, flanierte dort oft sonntags vor dem Nachmittagskaffee.

Ich vertrieb mir die Zeit mit der Vorstellung, wie ich mit Vater über die Luiseninsel schlenderte und plötzlich auf Höhe des Denkmals der Königin eine vertraute Gestalt erblickte. Max von Waldau, diesmal natürlich ohne Katze. Ich würde ihn Vater vorstellen, und bestimmt würde er ihn dann einladen. Wie einfach das wäre.

Doch noch war ich nicht in Berlin, der Tiergarten war weit weg, der Spaziergang mit Vater nur ein Traum. Zuallererst musste ich ihm erklären, warum ich das Schuljahr vorzeitig beendet hatte.

Ich seufzte, als ich daran dachte. Angst hatte ich vor dem Gespräch nicht. Vater war wirklich ein guter Mensch, und ich liebte ihn von ganzem Herzen. Er würde bestimmt mir glauben und nicht Fräulein Grimaud. Aber es gab Dinge, über die ich nicht mit ihm sprechen konnte und wollte. Und die Themen, die Mantegazza in seinem Werk behandelte, gehörten eindeutig dazu. Ich wurde rot, wenn ich nur daran dachte.

In den letzten Minuten der Fahrt überlegte ich mir daher genau, was ich zu Vater sagen würde. Und als wir am Nachmittag in den Anhalter Bahnhof einrollten, hatte ich mir meine Worte gut zurechtgelegt. Fräulein Grimaud kam in meinen Überlegungen überhaupt nicht mehr vor, ich hatte mich innerlich schon längst von ihr verabschiedet. Quietschend kam der Zug zum Stehen. Ich erhob mich sofort und eilte zur Tür des Abteils.

Im Gedränge auf dem Bahnsteig konnte ich meinen Vater leider nicht entdecken. Männer und Frauen strömten an mir vorbei und schoben mich mit sich. Nirgends sah ich sein vertrautes Gesicht.

»Ich finde ihn schon«, rief ich Fräulein Grimaud dennoch zu. »Bemühen Sie sich nicht. Und mit meinem Gepäck komme ich auch zurecht.«

Ich wollte sie endlich loswerden. Doch die alte Krähe presste wieder einmal die Lippen zusammen und ließ sich nicht abschütteln. Mit knochiger Hand winkte sie einen Gepäckträger herbei und gab ihm unfreundlich die Anweisung, meine Koffer auf einen Wagen zu laden.

»Elfchen!«, hörte ich auf einmal eine tiefe Stimme hinter mir.

»Vater!« Ich wirbelte herum und warf mich in seine Arme. An meiner Wange spürte ich den rauen Stoff seines Überrocks. Ich roch seine vertraute Rasierseife und den Pfeifentabak, den er immer schmauchte. Jetzt lag das Schlimmste hinter mir. Ich war zu Hause angekommen.

Nein, noch nicht ganz. Hinter mir hüstelte Fräulein Grimaud, um auf sich aufmerksam zu machen. Und vermutlich auch auf den Fauxpas einer so herzlichen Begrüßung in der Öffentlichkeit. Zögernd löste ich mich aus Vaters Umarmung, und auch er nahm Haltung an. Groß, schlank und breitschultrig, bot er mit seinem markanten Gesicht, seinen ausgesprochen wachen Augen und dem gepflegten grauen Bart eine stattliche Erscheinung.

»Fräulein Grimaud!« Er deute eine Verbeugung an. »Es ist überaus freundlich von Ihnen, dass Sie meine Tochter begleitet haben. Ich bin Ihnen sehr dankbar dafür.« Prüfend ruhte sein

Blick auf dem verbitterten Gesicht meiner Lehrerin. »Meine Verpflichtungen haben in diesen Tagen keine Reise zugelassen, und Elena hätte sonst ganz allein fahren müssen«, sagte er.

Dürfen, dachte ich. Ich hätte allein fahren *dürfen*, wenn sie sich nicht aufgedrängt hätte. Erleichtert stellte ich fest, dass Vater nur sehr sparsam lächelte. Hinter seinen scheinbar freundlichen Worten verbarg sich eine deutliche Reserviertheit. Was er sah, schien ihm nicht zu gefallen. Ich atmete auf. Das erleichterte unser späteres Gespräch.

»Das ist doch eine Selbstverständlichkeit«, sagte Fräulein Grimaud und verzog dabei die Mundwinkel leicht in Richtung Ohren.

Erst dachte ich, sie würde die Zähne blecken, aber dann begriff ich, dass das vermutlich ein Lächeln sein sollte. Fasziniert starrte ich sie an. Diesen Gesichtsausdruck hatte ich noch nie an ihr gesehen.

»Fahren Sie gleich zurück nach Dresden?«, wollte Vater wissen.

»Nein, das wäre zu anstrengend.« Fräulein Grimaud sank ein bisschen in sich zusammen, vermutlich um zu zeigen, wie entkräftet sie schon jetzt war. »Ich werde meine Schwester besuchen, die am Tiergarten wohnt. Aber ich werde dort erst in zwei Stunden erwartet.«

Sie sah Vater eindringlich an, und weil er leider eine gute Erziehung genossen hatte, tat er, worauf sie ganz offensichtlich hoffte. »Darf ich Sie vorher zu einer Tasse Kaffee in mein Haus einladen? Es liegt ebenfalls im Tiergartenviertel. Mein Kutscher wird Sie dann später zu Ihrer Schwester fahren.«

»Sehr gern!«, sagte Fräulein Grimaud und bleckte wieder die Zähne. Mir war bisher nie aufgefallen, wie gelb sie waren. Vielleicht lächelte sie deswegen so selten.

Meine gute Laune erlosch wie eine Kerzenflamme im Eiswind, und fast hätte ich selbst die Zähne gebleckt. Um meine

Enttäuschung und Empörung zu überspielen, wandte ich mich dem Gepäckträger zu, der bereits alle Koffer auf seinen Wagen geladen hatte. »Bitte folgen Sie uns.«

Vor dem Bahnhof wartete unser Kutscher Jakob. Sein zerknittertes altes Gesicht verzog sich zu einem echten Lächeln, als er mich sah, und mir wurde wieder leichter ums Herz. Wir waren Freunde, seit ich laufen gelernt hatte und bei der ersten Gelegenheit auf ihn und die Kutschpferde zugerannt war. Mir zuliebe hatte er Kassandra und Nike angespannt, unsere beiden Trakehnerstuten und meine Lieblinge.

Nike rieb zärtlich die Nase an meinem Reisemantel, als ich sie begrüßte, was mir wieder einmal einen tadelnden Blick von Fräulein Grimaud einbrachte. Aber ich befand mich nicht mehr in ihrem Bannkreis. In aller Ruhe tätschelte ich beiden Stuten den Hals und wechselte ein paar Worte mit Jakob, der sich sichtlich freute, mich zu sehen.

Kurze Zeit später rollten wir durch die Straßen der Stadt. Zu dritt. Und das fühlte sich falsch an. Etwas in mir sträubte sich mittlerweile richtiggehend gegen Fräulein Grimauds Anwesenheit.

»Ihre Schwester freut sich vielleicht, wenn Sie früher kommen!«, sagte ich, als Jakob die Pferde zum Stehen brachte.

Ich wollte Fräulein Grimaud einfach nicht in unserem Haus haben. Aber die alte Krähe reagierte nicht auf meinen Vorstoß, und ich musste einsehen, dass ich verloren hatte. Doch wenn ich schon nicht verhindern konnte, dass sie unser Haus betrat, wollte ich sie dabei wenigstens nicht sehen müssen. Das Bild, wie sie an unserem Tisch saß und Kaffee trank, würde sich in meine Erinnerung einbrennen, und ich würde dort nie wieder unbeschwert Platz nehmen können.

»Verzeih, Vater!«, sagte ich. »Ich war so lange weg, und jetzt würde ich sehr gern zuallererst …« Ich stockte, denn ich wollte vor Fräulein Grimaud nicht aussprechen, wohin es mich zog. Sie sollte nicht noch mehr von mir erfahren. »Kann Jakob mich vielleicht mit der Kutsche noch … weiterfahren?«, fragte ich und sah ihn bittend an.

Vater wusste sofort, was ich meinte. »Natürlich, Elfchen«, sagte er leise. »Das verstehe ich gut. Fräulein Grimaud wird deine Abwesenheit gewiss entschuldigen.«

Die Krähe nickte. Was sollte sie auch anderes tun? Vielleicht fand sie den Gedanken sogar verlockend, Vater ihre Sicht der Dinge in meiner Abwesenheit schildern zu können. Dann musste sie es mit der Wahrheit nicht so genau nehmen. Doch mir war gleichgültig, was sie ihm erzählte. Ich wusste, er würde sich später auch meine Version der Geschichte in aller Ruhe anhören.

Vater reichte Fräulein Grimaud die Hand, und sie kletterte geradezu anmutig aus der Kutsche.

»Ich wünsche Ihnen alles Glück der Welt, Fräulein von Burow!«, sagte sie. Doch ihre Miene verriet, dass sie mir in Wahrheit die Pest an den Hals wünschte.

Ich neigte huldvoll den Kopf. »Und ich wünsche Ihnen, dass Sie ernten, was Sie säen«, sagte ich. An Fräulein Grimauds zusammengepressten Lippen erkannte ich, dass sie meine Worte richtig verstanden hatte.

Vater sprach kurz mit Jakob, der gab den Pferden ein Zeichen, und die Kutsche fuhr wieder an.

Der mittlerweile grauhaarige Jakob war schon vor meiner Geburt unser Kutscher gewesen. Er kannte nicht nur den Weg zum Friedhof, den wir auf meine Bitte hin einschlugen, er war es sogar gewesen, der Mutters Sarg vor elf Jahren dorthin gefahren hatte. Seine Frau war Mutter ein Jahr später gefolgt und lag nun ebenfalls hinter den moosigen Friedhofsmauern begraben. Und immer wenn ich Mutters Grab besuchen wollte, fuhr er mich hin und nutzte die Zeit zu einem Gespräch mit seiner Margarethe. Ich spürte stets, dass ihm meine Anwesenheit auf der Fahrt ebenso angenehm war wie mir die seine. Wir waren in unserer Trauer verbunden und dadurch beide ein bisschen weniger allein.

So auch heute. Vor dem Friedhof nickte Jakob mir kurz zu, wir lächelten uns an und traten dann schweigend durch das schmiedeeiserne Tor, hinter dem sich unsere Wege trennten. Jakob wandte sich nach links, ich mich nach rechts.

Einen Zeitpunkt für die Rückfahrt vereinbarten wir nicht. Zeit spielte hier keine Rolle. Wer zuerst fertig wäre, würde wie stets an der Kutsche auf den anderen warten.

Vor Mutters Grab stand eine Bank. Ich ließ mich darauf nieder und betrachtete den steinernen Engel, der ihre letzte Ruhestätte bewachte. *Isabella Sophie von Burow*, stand auf dem Sockel zu seinen Füßen. Und darunter: *Du wirst immer bei uns sein.* Diese Inschrift hatte ich nach Mutters Tod selbst verfasst. Ich war damals sieben gewesen und hatte gerade Lesen und Schreiben gelernt. Der Spruch tröstete mich, deswegen hatte Vater ihn auf den Grabstein setzen lassen, obwohl an dieser Stelle normalerweise etwas wie *Geliebte Gattin und Mutter* oder *Ruhe sanft* hätte stehen müssen.

Wenn ich an Mutters Grab saß, fühlte ich mich ihr immer noch nah. Meine Erinnerungen an sie waren zwar verblasst, aber hier unter den alten Bäumen spürte ich trotzdem ihre Gegenwart. Der Grabspruch sagte die Wahrheit.

Der Engel sah sanft und milde auf mich herab. Die grünen Blätter der Rosen bewegten sich leise im Wind, ein weißes Blütenblatt löste sich und schwebte aufs Grab. Die Schönheit des Ortes berührte mich, und nach einer Weile wurde ich ruhiger. Sähe mein Leben jetzt anders aus, wenn Mutter nicht gestorben wäre? Müsste ich mein Wissen über die Liebe dann nicht in Büchern suchen? Würde sie mir davon erzählen? Hätte mich meine Mutter in die Geheimnisse des Ehelebens eingeweiht?

Ich wusste es nicht. Bettys Mutter zumindest tat nichts dergleichen, und Betty war genauso ahnungslos wie ich. Soweit ich wusste, hatten auch die Mütter der anderen Mädchen in meiner Klasse diese Themen nie mit ihren Töchtern besprochen. Aber vielleicht wäre meine anders gewesen. Sie war doch so wissbegierig gewesen wie ich. Vielleicht hätte ich sie nach vielen Dingen auch gar nicht fragen müssen, wenn ich den Ehealltag meiner Eltern miterlebt hätte. Vielleicht hätten sie manchmal innig und vertraut miteinander gesprochen. Vielleicht hätte ich sogar Umarmungen und Küsse beobachtet.

So saß ich in Gedanken versunken am Grab, bis irgendwann das Friedhofstor quietschte und ein Pferd leise wieherte. Ich erhob mich und ging zurück zur Kutsche, wo Jakob schon auf mich wartete.

»Wir können uns Zeit lassen mit der Rückfahrt«, sagte ich leise.

Jakob nickte, er hatte mich verstanden.

Als ich in der Kutsche saß, ließ er die Pferde nur im Schritt gehen und fuhr einen langen Umweg zu unserem Haus.

Unser Haus wurde offiziell Villa Burow genannt, doch der Name täuschte. Es war nicht so riesig und protzig wie andere Villen in der Umgebung. Es war einfach ein großes, wohlproportioniertes Haus aus hellem Sandstein mit schmiedeeisernen Balkongeländern, das fast ein bisschen französisch wirkte. Seinen Namen verdankte es dem prächtigen Garten, der es umgab. Mit den Rosenbüschen, den weißen Kieswegen und dem romantischen Brunnen in der Mitte erinnerte er an einen etwas verwilderten Schlosspark.

Alle Fenster unseres Hauses reichten vom Boden bis zur Decke, und so lebten wir eng mit den alten Bäumen zusammen, die es umstanden. Im Herbst sahen wir den Blättern beim Fallen zu, im Winter bezauberte uns der Schnee auf den knorrigen Ästen, im Frühling gaben uns zarte hellgrüne Knospen neue Hoffnung auf Wärme, und jetzt im Sommer freuten wir uns über den Schatten, den das kräftige Laub spendete.

Vater liebte die hohen Fenster mit Blick ins Grüne sehr, und so waren sie überall von zarten, hellen Vorhängen umrahmt. Auf elegante Möbel legte er dagegen keinen Wert, deswegen waren all unsere Zimmer zurückhaltend eingerichtet.

Erleichtert stellte ich fest, dass Fräulein Grimaud bereits fort war. Vater hatte ihr eine Mietdroschke gerufen. Und mich erwartete noch eine weitere freudige Überraschung. Als ich die Eingangshalle betrat, stürmte schlingernd und schlitternd ein schlanker hellbrauner Wirbelwind die Treppe herab und auf mich zu. Artus, der alte Jagdhund meines Vaters, fiel vor lauter freudigem Schwanzwedeln fast um, als er mich begrüßte. Ich ging in die Knie und drückte mein Gesicht in sein Fell, was er mit einem feuchten Kuss auf mein Ohr beantwortete. Gut, dass Fräulein Grimaud das nicht sah. Sie wäre in Ohnmacht gefallen.

Vater hingegen schmunzelte nur über die stürmische Begrüßung.

»Warum ist Artus hier?«, fragte ich, als ich mich wieder aufgerichtet hatte. Normalerweise lebte der Hund auf unserem Landgut in Brandenburg.

»Der alte Knabe braucht nicht mehr viel Bewegung«, sagte Vater. »Meistens liegt er nur noch in der Sonne und lässt sich das Fell wärmen. Und das kann er auch hier tun. Weil er auf dem Gut unter all den jungen Hunden ein bisschen einsam wirkte, habe ich ihn mitgenommen.«

Aufmerksam musterte ich Vater. Seine Haare und sein Bart waren grauer geworden, um seine Augen sah ich Fältchen, die ich noch nicht kannte. War er vielleicht auch ein bisschen einsam gewesen ohne mich?

Nun, jetzt war ich ja wieder da.

»Elfchen, Elfchen«, sagte Vater, als ich neben ihm in einem der schweren Ledersessel in der Bibliothek Platz genommen hatte, Artus zu meinen Füßen. »Was ist denn das für eine Geschichte?«

Sein Blick ruhte nachdenklich auf mir. Er zog seine Pfeife aus der Westentasche und begann, sie zu stopfen. Das war für mich das Signal, ihm die ganze Geschichte aus meiner Sicht zu erzählen, so, wie ich mir die Worte im Zug zurechtgelegt hatte.

»Es war ein Buch«, sagte ich. »Es lag unter einem Stein am Flussufer. Ich habe es bei einem Ausflug entdeckt, aber niemandem etwas davon erzählt. Später bin ich neugierig geworden und heimlich zurückgegangen, um es mir genauer anzusehen. Dabei hat Fräulein Grimaud mich überrascht.«

Vater entflammte ein Zündholz, hielt es an den Tabak und zog an der Pfeife, bis sie brannte. »Und dieser junge Mann?«

Ich richtete mich auf. »Ich habe ihn nie zuvor gesehen«, sagte ich. »Wirklich! Ich schwöre es dir. Vermutlich war es sein Buch, und er wollte es holen. Zufälligerweise zur selben Zeit.«

Vater nickte bedächtig. »Was war das für ein Buch?«, fragte er und lehnte sich zurück. »Deine Lehrerin wollte es mir nicht sagen. Sie behauptete, der Anstand würde ihr jedes weitere Wort verbieten.«

»Es war ein wissenschaftliches Werk«, sagte ich. »Mehr weiß ich nicht. Ich habe es ja nicht gelesen, weil sie mir in die Quere kam.«

Das war nicht ganz die Wahrheit, und ich spürte, wie ich errötete. Aber gelogen war es auch nicht. Ich schlug die Augen nieder und hoffte, dass Vater nicht weiterfragen würde. Über solche Themen konnte ich nicht mit ihm sprechen. Allein der Gedanke nahm mir die Luft. Ich bückte mich, um Artus zu streicheln, sodass er mein Gesicht nicht mehr sehen konnte.

»Elfchen, Elfchen«, sagte Vater wieder. Aber er hakte zum Glück nicht nach. »Fräulein Grimaud meinte, das sei nicht der erste Zwischenfall gewesen, den du dir im Pensionat geleistet hättest.«

Ich nickte schuldbewusst. »Ich glaube, ich war ein einziger Zwischenfall«, gab ich zu. »Aber das wird man dort auch sehr schnell. Wir durften nicht viel. Nicht mal laut lachen. Oder im Bett lesen.«

»Elena!« Diesmal klang Vater streng, und ich sah auf. Auch Artus hob den Kopf. »Ich habe durchaus bemerkt, dass du deiner Lehrerin nicht den Respekt gezollt hast, den ich mir in dieser Situation gewünscht hätte. Und ich glaube nicht, dass du an all diesen Zwischenfällen ganz und gar unschuldig warst. Ich kenne dich, und ich kenne auch die Klagen der Gouvernanten, die dich erzogen haben, bevor du das Pensionat besucht hast.«

Ich nickte. Was sollte ich auch sonst tun? Ich hatte mich wirklich schon immer über Regeln hinweggesetzt, wenn ich ihren Sinn nicht einsah. Und seit meiner Kindheit hatten sich alle Gouvernanten darüber beschwert.

»Das ist wahr, Vater«, gab ich zu. »Ich tue oft Dinge, von denen ich weiß, dass ich sie nicht tun sollte. Und zwar immer dann, wenn ich Regeln sinnlos finde. Doch glaub mir, niemals verstoße ich gegen Regeln, die mein eigener Anstand mir gebietet. Und dieser ist geprägt von allem, was ich von dir gelernt habe. Ich bin nicht unmoralisch und verdorben, und schon gar kein ansteckendes Eitergeschwür, das andere infiziert.«

Artus schien meine Anspannung zu spüren. Er erhob sich und legte mir seinen Kopf auf den Schoß.

»Ein Eitergeschwür?«, fragte Vater und zog eine Augenbraue hoch. »Wie kommst du denn darauf?«

»Die Gräfin hat mich so genannt.« Ich zwang mich zur Ruhe und kraulte Artus hinterm Ohr.

Nun wurde Vaters Blick weicher. »Ich habe in der Tat ebenfalls bemerkt, dass deine Lehrerin nicht die Form von Erziehung vertritt, die ich mir für dich gewünscht hätte«, sagte er.

Dann schwiegen wir beide.

»Wünschen«, sagte ich schließlich versonnen. Und dann nahm ich all meinen Mut zusammen. Wann, wenn nicht jetzt? »Vater, darf ich mir vielleicht auch etwas wünschen?«

Mein Vater runzelte die Stirn. »Soll ich dich für dein Verhalten auch noch belohnen?«

Ich schüttelte den Kopf. »Nein. Ich bitte nicht um einen Lohn. Nur um eine Chance.«

Nachdenklich paffte er seine Pfeife. »Was wünschst du dir denn?«, fragte er zwischen zwei Zügen.

»Ich möchte mehr *wissen!*«, brach es aus mir hervor. »Ich bin so ungebildet und naiv, das spüre ich jeden Tag.«

»Mach dich nicht klein«, sagte Vater. »Du hast einen klugen Kopf.«

Ich schüttelte ebendiesen. »Im Zug wurde ich Zeugin eines Gesprächs«, begann ich, was ja nicht ganz falsch war. »Und dabei habe ich völlig neue Welten kennengelernt. Es ging um die Wissenschaften, also um gesichertes und überprüftes Wissen, frei von Vorurteilen und persönlichen Meinungen. Man kann so vieles nachweisen und messen. Davon wusste ich gar nichts. Ich hatte nicht einmal davon gehört.«

Mein Vater nickte bedächtig. »Das ist wahr«, sagte er. »In der Forschung wird derzeit Großes geleistet. Dort ist ein Umdenken im Gange. Man versucht vermehrt, Wissen durch Experimente abzusichern.«

Ich war nicht erstaunt, dass Vater Bescheid wusste. Er war sehr gebildet und stets gut informiert. »Genau darum ging es!«, stimmte ich ihm zu. »Und ich möchte mehr darüber wissen. Ich möchte Bücher lesen, lernen, studieren. Vater, ich bin jetzt achtzehn Jahre alt. Bald muss ich entscheiden, wo und wie ich leben will. Aber wie kann ich das, wenn ich gar nichts über das Leben weiß?«

Vater sah mich liebevoll an. »Ich werde dir natürlich bei all diesen Entscheidungen helfen.«

Ich legte meine Hand auf den Kopf des alten Jagdhundes, in dem verzweifelten Versuch, mich nicht aufzuregen. Aber ich kam nicht gegen meine Gefühle an. Ich wusste einfach nicht, wie ich Vater die graue Leere in mir erklären konnte. Er kannte sie selbst wohl nicht. Er war Jurist, beriet mehrere Minister, verwaltete äußerst erfolgreich seine Güter, reiste gern und viel, las kluge Bücher und unterhielt sich oft mit gebildeten Menschen. Er verfügte über so viel Wissen auf den unterschiedlichsten Gebieten, dass er quasi randvoll davon war. Ich aber nicht. Ich war leer wie ein Fass ohne Boden. Und ich wollte, dass er das verstand.

In meiner Ratlosigkeit wiederholte ich einfach mein Anliegen. »Ich muss mich selbst fortbilden, Vater. Ich benötige *eigenes* Wissen. Verstehst du das nicht?«

»Meine Bibliothek steht dir zur Verfügung.« Er breitete die Arme aus und wies auf die Bücher um uns herum. »Lies ruhig alles, was dich interessiert.«

»Das reicht mir nicht«, sagte ich leise. »Das ist deine Welt. Ich brauche meine eigene.«

»Dir fehlt die Mutter, Elfchen.« Vaters Stimme klang auf einmal ganz rau. »Sie hätte dich verstanden. Sie war wie du.«

Ich nickte.

Wieder schwiegen wir beide.

Dann wagte ich einen weiteren Vorstoß. »Vater, Betty hat eine Cousine, Maria. Sie lebt in Süddeutschland. Und stell dir vor, sie studiert. Nicht nur zu Hause, für sich allein, sondern richtig. Sie belegt Kurse in naturwissenschaftlichen Fächern an der Universität Tübingen. Man braucht dafür als Frau eine Sondergenehmigung, sagt Betty. Aber dann ist es möglich.«

Er legte die Pfeife weg und strich sich nachdenklich über den grauen Bart.

»Vater«, sagte ich leise. »Könnte ich das nicht auch tun?«

Erst wirkte sein Blick unter den buschigen Brauen düster, und ich ahnte, dass er an Mutter dachte. Dann glättete sich seine Stirn, und zuletzt nickte er, als stimme er sich selbst zu. »Ich mache dir einen Vorschlag.« Wieder nickte er bedächtig. »Ich werde Auguste einladen. Sie kann die Sommersaison bei uns verbringen und dir in allen wichtigen Frauenfragen weiterhelfen. Das wird das Beste sein.«

»Tante Auguste?«, rief ich so laut, dass Artus zusammenzuckte.

Vater hob beschwichtigend die Hand. »Ich weiß, sie ist nicht ganz einfach. Aber sie kann dir Fragen beantworten, bei denen ein alter Vater dir keine Hilfe ist.«

»Sie ist nicht einmal verheiratet!«, fuhr ich auf, und dachte an das geheimnisvolle Buch und die Dinge, die es beschrieb. Tante Auguste würde mir da nicht weiterhelfen können. Oder wollen.

Vater zog die Augenbrauen zusammen. »Wozu sollte das erforderlich sein?«, fragte er. »Sie kennt sich hervorragend mit den Regeln der Gesellschaft aus. Und für die Ballsaison benötigen wir dringend ihren Rat. Kleider, Blumen, Einladungen, Dankesschreiben, von all diesen Dingen verstehe ich nichts.«

»Aber …«, begann ich. Doch dann brach ich ab. Vater hatte kein bisschen verstanden, worum es mir ging. Wie sollte ich es ihm nur erklären?

Er musterte mich aufmerksam, dann erhellte sich seine Miene. »Ach, diese Dinge meinst du!«, sagte er.

Ich spürte, wie ich errötete.

»Nun«, sagte er nachdenklich. »Solltest du je dein Herz an einen jungen Mann verlieren und dich fragen, ob er der Richtige ist, kannst du dich natürlich vertrauensvoll an deinen alten Vater wenden. Meine Menschenkenntnis stelle ich dir gern zur Verfügung. Ich mag ja zum alten Eisen gehören. Aber ich kann sehr wohl erkennen, ob ein junger Mann ein Prachtkerl oder ein Windhund ist.«

Ich seufzte tief, und Vater deutete das als Erleichterung. Aufmunternd lächelte er mir zu. Er lebte einfach in einer ganz anderen Welt als ich. Sein Denken folgte festen Schienen, wie eine Lokomotive, während meine Gedanken an einer ganz anderen Strecke lagen. Er konnte sie nicht erreichen, selbst wenn er es wollte.

Und dennoch, ich musste einen letzten Versuch wagen. »Vater«, begann ich noch einmal. »Die Fragen, die ich ans Leben habe, sind viel tiefer gehend, als du vermutest. Ich weiß ja nicht einmal, ob ich überhaupt heiraten will. Aber ich weiß, dass ich nicht wie Tante Auguste leben möchte und ständig nur noch Sticken und Stricken und wohltätige Dinge tun. Ich wünsche mir ein freies, interessantes Leben, in dem ich täglich dazulerne. Und deshalb möchte ich studieren. Wenigstens einige Semester lang. Bis ich mir über mich und das Leben klar geworden bin.«

Vater legte die Fingerspitzen aneinander und sah mich prüfend an. »Meinst du das ernst?« Er schüttelte langsam den Kopf. »Ich bin ja wirklich ein fortschrittlicher Mensch und möchte dir alle Chancen bieten, die du dir wünschst. Aber Elfchen, du bist gerade von der Schule verwiesen worden. Und deine Noten, also, ich kann mir nicht vorstellen, dass du an einer Universität gut aufgehoben wärst.«

»Das war keine Schule, das war ein geistiges Gefängnis«, entgegnete ich trotzig. »Und einen Abschluss hätte ich da sowieso nicht bekommen, selbst wenn ich bis zum Schluss geblieben wäre. Welchen denn auch? Einen in Stickerei und künstlichem Gehabe?« Ich wollte noch mehr hinzufügen, doch er hob die Hand, damit ich ihn zu Wort kommen ließ.

»Ich meine das nicht als Kritik. Aber warum solltest du an der Universität deine Zeit verschwenden? Du wirst ja doch nie einen akademischen Beruf ergreifen können. Was also willst du mit einem Studium anfangen?«

»Ich weiß nicht, wozu ich mein Wissen einsetzen werde«, gab ich ehrlich zu. »Aber Kenntnisse kann man immer gebrauchen. Egal, was man tut. Und wir können uns das doch leisten. Ich muss doch nicht möglichst schnell verheiratet werden, oder?«

Dass dem nicht so war, wusste ich. Nicht einmal Vater musste arbeiten, wenn er das nicht wollte. Er tat es nicht des Geldes wegen.

»Was würdest du denn studieren wollen?«, fragte er.

»Psychologie«, antwortete ich, ohne zu zögern. »Ich möchte wissen, wie Menschen zu dem werden, was sie sind. Solche Kenntnisse sind immer und überall hilfreich.«

Vater zog erneut an seiner Pfeife, und ich sah ihm an, dass er nachdachte. Die Minuten dehnten sich aus, und ich fürchtete, dass er sich gerade passende Worte für eine Ablehnung meines Wunsches zurechtlegte. Deswegen war ich voll inneren Widerstands, als er endlich antwortete.

»Elena, sieh mich nicht an wie ein bissiger Hund«, sagte er und schmunzelte. »Und du auch nicht, Artus!«

Erst jetzt merkte ich, dass Artus Vater fixierte.

»Ich mache dir einen Vorschlag, der uns alle Möglichkeiten offenlässt.« Vater nahm einen weiteren Zug aus seiner Pfeife und stieß langsam den Rauch aus.

Jetzt hatte er meine volle Aufmerksamkeit.

»Ich werde meine Beziehungen spielen lassen, und wenn alles klappt, kannst du an der Berliner Universität als Gasthörerin Vorlesungen besuchen. Allerdings darfst du mich nicht blamieren.« Er zog seine buschigen Augenbrauen zusammen und sah mich streng an. »Du musst dich gründlich vorbereiten und natürlich Latein lernen. Man muss an einer Universität schon ein bisschen mehr wissen als das, was ihr im Luisenstift gelernt habt. Das geht nicht von heute auf morgen, ich erwarte also, dass du fleißig arbeitest.«

Ich sprang auf und wollte ihm um den Hals fallen. Mit einer so raschen Zustimmung hatte ich nicht gerechnet. Doch mein Vater hielt mich mit einer Handbewegung zurück, und ich sank wieder auf meinen Sessel.

»Im Gegenzug erwarte ich aber auch etwas von dir«, fuhr er fort.

»Und das wäre?«

»Auguste wird dennoch kommen und dich ebenso gründlich

auf ein Leben als Ehefrau vorbereiten, wie du dich auf dein Studium vorbereitest. Und du wirst auch diese Lektionen mit allem Eifer studieren. Erst wenn du beides kennengelernt hast, wirst du entscheiden, wie du später leben möchtest.«

Ich dachte kurz nach. Das war mehr, als ich erhofft hatte. Also nickte ich. »Einverstanden. Das ist eine gute Lösung. Allerdings weiß ich schon, wie ich mich entscheiden werde.«

Vater schmunzelte. »Glaube deinem alten Vater, Elfchen, auch wenn du nicht gern hören wirst, was er nun sagt: Wenn du erst den passenden jungen Mann kennengelernt hast, wirst du die Studienpläne ganz von selbst aufgeben. Hausfrau und Mutter zu sein, das ist der natürliche Beruf jeder Frau.«

Ich gab mir Mühe, nicht die Augen zu verdrehen. Aber ich wollte jetzt nicht mit ihm streiten, ich hatte schließlich viel erreicht. »Wir werden sehen«, entgegnete ich ausweichend.

»Noch etwas …« Vaters Blick wurde jetzt streng.

»Ja, Vater?«

»Ich möchte, dass du meiner Schwester mit Respekt begegnest«, sagte er. »Eine einzige Beschwerde von Auguste genügt, und ich setze mich nicht mehr für dein Studium ein. Hast du das verstanden, Elena Sophie?«

Ich nickte mit unbewegtem Gesicht. Wenn er mich mit meinem vollen Namen ansprach, war Widerspruch nicht ratsam. Aber innerlich sank ich in mich zusammen. Tante Auguste war eine echte Heimsuchung. Ich würde mein Temperament zügeln müssen, um nicht mit ihr aneinanderzugeraten.

Vaters ältere Schwester war leider ganz anders als er selbst. Klein, stur, mollig, geschwätzig, kurzatmig und schwerhörig. Trotz ihres Ohrenleidens hörte sie allerdings das Gras wachsen, und sie hatte zu allem und jedem eine Meinung, die sie laut und gern kundtat. Sie lebte in einer kleinen Stadt nahe unseres Landguts und war dort im wahrsten Sinne des Wortes ins öffentliche Leben verstrickt. Sie fertigte nämlich unaufhörlich Handarbeiten an, die dann guten Zwecken zugeführt wurden. Wenn wir auf dem Lande waren, begegnete ich ihr oft. In Berlin war ich bisher vor ihr sicher gewesen.

Nun, das war jetzt vorbei. Und es würde schwer sein, ihr nicht zu widersprechen. Sehr schwer. Aber wenn das der Preis war, um zu studieren, wollte ich ihn zahlen.

Plötzlich fiel mir siedend heiß etwas ein. »Was wird Tante Auguste sagen, wenn sie den Grund für meinen Schulverweis erfährt?«

Vater strich sich wieder nachdenklich über den Bart. »Ich denke nicht, dass sie davon erfahren muss«, sagte er und sah mich prüfend an. »Du bist blass, und so ist es keine Lüge, wenn ich erwähne, dass du gesundheitlich angegriffen bist und die Schule deswegen verlassen musstest.«

Ich nickte. Tatsächlich fühlte ich mich beim Gedanken an Tante Auguste ein bisschen schwach und kränklich. »Und was wird sie von meinen Studienplänen halten?«, fragte ich weiter.

Vater lächelte. »Nichts. Aber das lasse nur meine Sorge sein.«

Ich nickte zögernd. Wenn ich erreichen wollte, was ich mir in den Kopf gesetzt hatte, musste ich die Dinge nehmen, wie sie kamen.

Aber Tante Auguste war wirklich eine Zumutung. Trotz meines Sieges sah ich der Zukunft mit gemischten Gefühlen entgegen.

Dr. med. Maximilian von Waldau, Berlin,
an stud. med. Benjamin von Waldau, Jena

Lieber Bruder,

ich schreibe rasch, damit du dir keine Sorgen machen musst.
Salomé hat die Reise aufs Angenehmste überstanden, und auch für mich war sie kurzweilig. Ich steckte zwar mit zwei schrecklichen alten Drachen in einem Abteil fest, wurde aber durch ein reizendes Gespräch mit einer ebenfalls mitreisenden jungen Berlinerin entschädigt, die angenehm wenig kokettierte und für klare Gedanken nicht zu geziert war. Sie war so offen, frei und wissbegierig, wie man es von weiblichen Wesen sonst nicht kennt. Wirklich ganz zauberhaft. Das fand Salomé übrigens auch, die beiden haben sich glänzend verstanden. Ich habe diese Dame natürlich gleich als Versuchskaninchen eingespannt und ihr dein Krügerol verabreicht. Nun hoffe ich, sie wiederzusehen. Aber nicht nur wegen des Krügerols. Sie war wirklich bezaubernd. Habe ich das schon erwähnt?
Nein, ich habe meine Zeilen eben noch einmal überflogen und finde sie in diesem Punkt ausgesprochen mangelhaft. Pass auf: Ich stieg also in den Zug ein, fand ein mit drei Damen besetztes Abteil, und eine davon hatte so lebhafte Augen und ein so echtes Lächeln, dass mir die beiden anderen plötzlich geradezu mumifiziert vorkamen. Und das lag nicht am Alter und auch nicht an der Schönheit der jungen Dame. Es war allein ihre Ausstrahlung.
Ja, sie war jung und hübsch, aber sie hatte nicht dieses puppenhaft leere, starre Gesicht, wie man es oft bei gefeierten Schönheiten findet. Alles an ihr schien vor Lebenslust zu sprühen. Wenn sie lachte, wurde ihr Mund breit und ihre braunen Augen funkelten vor Vergnügen. Wenn sie nachdachte, runzelte sie die Stirn und rieb sich das Ohrläppchen. Und wenn sie grollte, entstand zwischen ihren Augenbrauen eine steile Falte, ohne dass es ihr selbst bewusst war.

Nein, sie grollte nicht mir. Zwischen ihr und einer der älteren Damen, ihrer ehemaligen Lehrerin, schienen starke Spannungen zu bestehen. Wobei das nicht gegen Fräulein von Burow spricht. (Das ist ihr Name.) Diese Lehrerin war das verbiestertste Frauenzimmer, das ich je gesehen habe. Vielleicht kennst du die Art von Patientin, die wegen zu viel Magensäure in die Praxis kommt, obwohl ihr nichts fehlt? Man schickt sie am besten nach kurzem Beratungsgespräch zu einer mehrmonatigen Kur in den Süden, um sich selbst und ihr häusliches Umfeld von ihr zu befreien, damit nicht alle in ihrer Nähe krank werden. Diese Sorte Mensch war sie.

Fräulein von Burow hingegen ... Ach, nein, ich glaube, jetzt habe ich sie ausreichend geschildert, und du kannst sie vor dir sehen.

Eine Wohnung habe ich in Berlin noch nicht gefunden, wohl aber ein bequemes Zimmer in einer guten Wohnlage am Tiergarten. Das ist ein Park, den man nicht mit dem nahe gelegenen Zoo verwechseln darf. Der Tiergarten ist der Rest eines einst fürstlichen Waldes, stark gelichtet, aber wundervoll gepflegt. Tiere gibt es dort nicht, aber Denkmäler, Reiter, Kutschen, Kinder und Kinderfräulein beleben ihn. Es gibt dort auch große Teiche für Ruderboote. Schutzleute sorgen für Ruhe und Ordnung, sodass man sehr angenehm spazieren gehen kann. Die Wohngegend am Tiergarten gilt nicht ohne Grund als eine der schönsten Berlins. Die Häuser, in denen viele einflussreiche Geschäftsleute und Bankiers wohnen, erinnern an französische Villen.

Mein Zimmer liegt in der Beletage eines würdevollen Stadthauses, und ich nenne sogar ein Kanapee mein eigen, was Salomé mit Entzücken erfüllt, da sie sich so gern auf Sofas niederlässt. Für die Katze gibt es hier ein Gärtchen zum Spazierengehen, und alles ist ganz solide. Einzig die Tatsache, dass Salomés Wohl meiner Zimmerwirtin sehr viel stärker am Herzen liegt als mein eigenes, erfüllt mich mit Verdruss, zumindest bei den Mahlzeiten. Stell dir vor, Salomé speist Huhn, während ich mich mit Butterbroten begnügen muss. Ich fühle zuweilen den Impuls, zu ihrem Napf zu schleichen und ihr etwas davon zu

stibitzen. Aber den unterdrücke ich natürlich. Sie würde es mir nie verzeihen. Und die Wirtin gewiss auch nicht.
Insgesamt ist hier alles so katzenfreundlich, dass ich erwäge, mich dauerhaft einzumieten. Mehr als ein Zimmer benötige ich eigentlich gar nicht. Und an die Butterbrote kann ich mich vielleicht gewöhnen.
So, für heute muss dieser kurze Brief genügen.

Bald mehr von
Max

PS: Leider habe ich das Fräulein aus dem Zug bis jetzt nicht wiedergesehen, obwohl sie hier irgendwo in der Nähe wohnen muss. Habe ich schon erwähnt, wie bezaubernd sie war?

Kapitel 6

»Embonpoint, zu Deutsch Wohlbeleibtheit:
Dass man das weibliche Geschlecht auch das schöne nennt, haben die Frauen der gesunden Ernährung ihres Körpers zu verdanken, welche den Formen die gefällige Rundung gibt. Sorge, Gram, Ärger, unglückliche Liebe, alles, was Herzklopfen erregt und den Pulsschlag fieberhaft beschleunigt, zehrt das Fett auf oder hindert die Bildung desselben, und es gehören Gemütsruhe und stille Ergebenheit zu den wesentlichen Schönheitsmitteln.«

Aus dem *Damen-Conversationslexikon*

In den ersten Tagen zu Hause war ich so glücklich wie ein Fisch, der nach langer Zeit auf dem Trockenen endlich wieder Wasser um die Flossen hat. Alles Quälende schien hinter mir zu liegen, ich sah einer verheißungsvollen neuen Welt entgegen.

Der lästige Schnupfen verschwand so schnell, wie er gekommen war. Und Vater hielt seine Versprechen. Er schickte Tante Auguste einen Eilbrief und dem Unterrichtsminister ein Schreiben mit der Bitte, mich als Gasthörerin an der Universität zuzulassen. Mit feierlichem Gesicht überreichte er mir danach eine lateinische Grammatik für die Vorbereitung auf meine Studien.

Und nun saß ich an dem blank polierten Sekretär in Mutters früherem Arbeitszimmer und versuchte, die Feinheiten dieser uralten Sprache zu verstehen. Obwohl das nicht leicht war, hatte ich noch nie so gern etwas gelernt. Zum ersten Mal in meinem Leben stand ich nämlich vor einer Aufgabe, die mich *nicht* langweilte. Erstmals wusste ich nicht schon Wochen vor einem Ereignis, was mich erwartete.

Wie sah es in einer Universität aus? Keine Ahnung, ich kannte das Gebäude nur von außen. Wie verhielten sich Professoren? Waren sie streng? Auch das wusste ich nicht. Und nach welchen ungeschriebenen Gesetzen handelten Studenten? All dies musste ich herausfinden, und das würde ich auch. Ich würde Neuland betreten. Was für ein wundervolles Gefühl!

»Nie wieder häkeln, nie wieder sticken«, summte ich vor mich hin, »nie wieder knicksen, nie wieder nicken.« Triumphierend stellte ich mir vor, wie ich in der Universitätsbibliothek das Buch von Mantegazza aus dem Regal ziehen und darin lesen würde. Nichts und niemand würde mir das dann noch verbieten können.

Am liebsten hätte ich Max von Waldau von meinen Plänen erzählt. Ich hätte nur allzu gern gewusst, was er davon hielt. Doch anders als gehofft wurde er nicht bei uns vorstellig.

Am Sonntag überredete ich Vater dann tatsächlich zu einem Spaziergang in den Tiergarten. Vielleicht würde ja alles so kommen, wie ich es mir auf der Zugfahrt ausgemalt hatte. Doch leider hatte ich kein Glück. Anders als in meinen Tagträumen saßen auf den Bänken rund um das Denkmal der Königin Luise nur drei ältere Ehepaare. Und auch auf den Parkwegen unter den alten Bäumen trafen wir nur Bekannte von Vater. Von dem jungen Arzt aus Dresden keine Spur. Vermutlich leistete er Salomé Gesellschaft oder suchte nach einer geeigneten Wohnung für sie und sich.

Ein paar Tage später landete ich nach meinem Stimmungshoch wieder auf dem harten Boden der Tatsachen. Die lateinische Sprache erwies sich als schwieriger als gedacht, ich kam überhaupt nicht voran. Außerdem kündigte Tante Auguste ihre Ankunft in einem Brief schon für Samstag an, und mit der Ruhe war es auf einen Schlag vorbei. Unsere Hausdame, Frau Wingersdorff, verfiel sofort in hektische Betriebsamkeit. Zusätzlich zu unseren beiden

Hausmädchen stellte sie noch drei Zugehfrauen ein, und im ganzen Haus gab es fortan keinen stillen Winkel mehr.

Seit Jahren schaltete und waltete die mollige, warmherzige Frau Wingersdorff in unserem Haushalt ganz so, wie es ihr beliebte. Weder Vater noch ich redeten ihr in ihre Arbeit hinein. Nun aber nahte meine äußerst strenge und penible Tante, der trotz ihrer Sehschwäche kein Staubkörnchen entging, und Frau Wingersdorff wollte sich von ihr nichts nachsagen lassen. Überall wurden also Regale entstaubt, Böden geschrubbt, Kamine gereinigt, Vorhänge abgenommen und gewaschen, Fenster blank geputzt und Möbel poliert, bis alles funkelte und glänzte. Aus den Tiefen der Schränke holte Frau Wingersdorff feine Leinentischdecken, zarte Bettwäsche, Kristallkaraffen und hauchdünnes Porzellan hervor. Alltagstauglichere Gebrauchsgegenstände, die für Vater und mich immer gut genug gewesen waren, schien sie in Tante Augustes Anwesenheit für ungeeignet zu halten.

Natürlich half ich, wo ich konnte. Aber die Arbeit wurde nicht weniger, und je näher Augustes Ankunft rückte, desto nervöser wurde Frau Wingersdorff. Ihr rundes Gesicht war gerötet, ihr Dutt saß schief, sie war ständig außer Atem.

Es gab auch einen Herrn Wingersdorff, er war Angestellter in einer Versicherung, aber vermutlich bekam er seine Frau zurzeit nicht oft zu sehen.

»Morgen ist Ihr freier Tag«, erinnerte Vater die treue Seele am Donnerstag, als sie uns das Mittagessen servierte. Es gab trotz der vielen Arbeit feinen Braten mit Kartoffelknödeln.

Doch die Hausdame schüttelte ihren grauhaarigen Kopf. »Der fällt diese Woche aus. Ich muss noch das Silber putzen.« Sie seufzte.

Ich drehte die Gabel in meiner Hand. Tatsächlich, die Zinken waren angelaufen. »Das kann ich doch machen«, bot ich an.

Frau Wingersdorff hob abwehrend die Hände, doch ich ließ sie nicht zu Wort kommen.

»Das mache ich wirklich gern«, beharrte ich. Und das war nicht gelogen. Das Lernen machte mir gerade überhaupt keinen Spaß mehr. Ich trat völlig auf der Stelle, und beim Silberputzen konnte ich immer so schön nachdenken. Vielleicht fand ich dabei eine Lösung für mein Problem.

Jetzt sprang auch Vater mir bei. »Ich bestehe darauf«, sagte er mit einem warmen Lächeln. »Sie haben diesen freien Tag mehr als verdient.«

Wieder seufzte Frau Wingersdorff, aber sie nickte. »Meine Cousine braucht mich«, sagte sie wie zur Entschuldigung.

»Oh!« Vater nickte wohlwollend. »Hat sich Nachwuchs eingestellt?«

»Nein.« Frau Wingersdorff errötete. »Sie ist Mitglied in einer Gesellschaft, die sich für eine Lesehalle einsetzt. Und morgen treffen die ersten Bücher ein. Ich helfe ihr beim Einsortieren, das ist sehr viel Arbeit.«

Vater sah überrascht auf. »Ah, davon habe ich in der Zeitung gelesen.« Er legte sein Besteck zur Seite. »Eine Lesehalle für die Arbeiterklasse. Viele große Köpfe setzen sich dafür ein. Ein ehrenwertes Projekt!« Wohlwollend nickte er der Hausdame zu. »Umso wichtiger, dass Sie Ihren freien Tag bekommen.«

Frau Wingersdorff bedankte sich, sie schien sich wirklich zu freuen. Vermutlich mehr über Vaters Lob als darauf, selbst an ihrem freien Tag noch arbeiten zu müssen.

Wobei, vielleicht war es ja wirklich schön, sich für eine gute Sache mit aller Kraft einzusetzen. Ich spürte einen kleinen Stich, als ich darüber nachdachte. Frau Wingersdorff war nicht nur hier bei uns unabkömmlich, auch in ihrer eigenen Familie war sie es, und nun sogar bei diesem öffentlichen Projekt. Sie kam mir vor wie ein Stützpfeiler der Gesellschaft. Mich hingegen brauchte niemand, ich war einfach nur da. Wenn Frau Wingersdorff ein Stützpfeiler war, war ich eine kleine, unwichtige Verzierung. Ein Schnörkel, mehr nicht.

Dieser Schnörkel versuchte am nächsten Tag, seine bitteren Gedanken zu unterdrücken, wenigstens das Silber ordentlich zu polieren und Zukunftspläne zu schmieden, die ebenso viel Bestand hatten wie das hundert Jahre alte, solide gefertigte Familienbesteck. Doch Erfolg hatte ich nur beim Silber. Meine Selbstzweifel erwiesen sich als viel hartnäckiger als der Schmutz an Messern, Gabeln und Löffeln.

War ich vielleicht einfach zu dumm für ein Studium? Ich konnte ja nicht einmal Latein lernen. Und selbst wenn ich es schaffte, was wollte ich später überhaupt damit anfangen? Einen Beruf würde ich ja doch niemals ergreifen können. Forschungsprojekte, Laborkittel und akademische Erfolge, so etwas gab es nur für Männer. Warum also plagte ich mich überhaupt mit diesem Unsinn ab? War ich einfach nur eitel, wollte ich etwas Besonderes sein, suchte ich Bestätigung?

Auf all diese Fragen fand ich keine Antworten, und abends ging ich bedrückt zu Bett.

Am Samstag rollte dann Tante Auguste an, und zwar im wahrsten Sinne des Wortes. Erst rollte ihre Kutsche vors Haus, dann stieg Tante Auguste aus und rollte ins Haus herein. Klein und rund, wie sie war, hatte sie sich nämlich einen flinken, mausähnlichen Trippelschritt angewöhnt, und weil man ihre Füße unter dem langen Rock nicht sehen konnte, wirkte sie, als würde sie auf winzigen Rädern dahingleiten.

Als sie mich sah, streckte sie die Arme nach mir aus und zog mich an sich. »Elena!« Küsschen links, Küsschen rechts. Graue Löckchen fuhren mir kitzelnd durchs Gesicht, eine gewaltige Wolke aus Maiglöckchenduft nahm mir den Atem. Dann hielt Tante Auguste mich auf Abstand, um mich besser betrachten zu können. Ihre klaren blauen Augen wanderten über meinen Körper, ihr rundes rosiges Gesicht verfinsterte sich, ihr Doppelkinn zitterte vor Entrüstung.

»Das dachte ich mir«, trompete sie mit dröhnender Stimme und schüttelte missbilligend den Kopf. »Zu blass. Zu dünn. Zu spitznasig.« Dabei war ich wirklich nichts davon. Ich konnte mich hinter ihr im Garderobenspiegel sehen, ich sah aus wie das blühende Leben.

Tante Auguste wandte sich an Frau Wingersdorff, die hinter mir stand, und reichte ihr huldvoll die Hand. »Wie schön, Sie wiederzusehen, meine Liebe! Ich sehe auf den ersten Blick, Sie haben den Haushalt im Griff. Gemeinsam werden wir gewiss auch dieses magere Vögelchen wieder aufpäppeln, nicht wahr?«

Frau Wingersdorff errötete vor Stolz, knickste und nickte heftig. »Ich habe der Köchin bereits entsprechende Anweisungen gegeben.«

Ich seufzte, denn mir war klar, was die Stunde geschlagen hatte. Von nun an würde ich gemästet werden, ob ich wollte oder nicht. Aber ich nickte respektvoll, schließlich hatte ich es Vater versprochen. Und Widerspruch war ohnehin zwecklos, Tante Auguste hätte ihn gar nicht gehört. Ohne ihr Hörrohr konnte sie keiner Unterhaltung folgen, und weil sie es gerade nicht in den Händen hielt, war es gleichgültig, was ich sagte.

Mit Tante Augustes Ankunft ging ein weiterer Ruck durch unser Haus. Alle verhielten sich plötzlich korrekter als sonst. Vater zog den Bauch ein und reckte das Kinn, wenn er zu Tische schritt. Er war vor der Ankunft seiner Schwester zum Friseur gegangen, hatte seinen Bart stutzen lassen, und selbst seine Augenbrauen wirkten weniger struppig als zuvor. Sogar Artus benahm sich besser. Er hörte auf, bei Tisch um einen Bissen zu betteln, auch wenn ihm das sichtlich schwerfiel. Frau Wingersdorff servierte uns jetzt nämlich aufwendige Menüs, und immer waren die Speisen mit viel Butter und Sahne verfeinert. Seufzend lag Artus während der Mahlzeiten am Kamin und folgte jeder unserer Bewegungen mit den Augen, aber anders als früher erhob er sich nicht, um sich in Erinnerung zu bringen.

Ich gab meinen Arbeitsplatz an Mutters Sekretär zunächst auf, verabschiedete mich vorübergehend von allen Gedanken an Latein und bemühte mich um einen damenhafteren Gang, einen undurchdringlichen Gesichtsausdruck sowie einen großen Appetit, um die rosige Stimmung meiner kleinen, runden Tante durch nichts zu trüben. Manchmal bildete ich mir sogar ein, dass die Bäume im Garten gerader standen als sonst und dass die Vögel virtuoser sangen, wenn Tante Auguste an ihnen vorüberschritt.

Anfangs durchschaute ich nicht, wie meine Tante das alles erreichte. Ihr Auftreten hatte nichts wirklich Strenges, Gebieterisches an sich, sie war nie absichtlich unfreundlich und hob nie die Stimme. Im Gegenteil, sie war ein ausgesprochen herzlicher und sogar fröhlicher Mensch. Sie plapperte nur ständig vor sich hin, und plötzlich stand alles stramm.

Nach und nach analysierte ich ihre Strategie. Sie kommentierte einfach alles und jeden, und zwar immer und überall. Dabei war sie stets darauf bedacht, Makel und Fehler zu finden. Und wenn sie diese ausgemacht hatte, betonte sie die gravierenden Folgen des schädlichen Tuns und hatte stets einfache Ratschläge parat, wie man diesen fürchterlichen Auswirkungen vorbeugen konnte. Diese Ratschläge waren meistens äußerst unangenehm für die Betroffenen, aber sie erwartete trotzdem, dass man sie befolgte. Eine andere Möglichkeit schien für sie überhaupt nicht denkbar zu sein, und in ihren Anordnungen war nie auch nur der kleinste Hinweis auf einen Zweifel enthalten. Für die armen Opfer ihrer Ermahnungen gab es dann nur noch zwei Möglichkeiten: Entweder man widersprach Tante Auguste, was erstens respektlos und zweitens erfolglos gewesen wäre, denn bei Ungehorsam folgte eine wahre Flut weiterer, noch viel schlimmerer Vorschläge. Oder man tat gleich wie geheißen, selbst wenn es unangenehm war. Bisher hatten alle die zweite Möglichkeit gewählt.

»Elena, du bist zu leicht angezogen«, sagte sie beispielsweise eines Morgens zu mir. »Du wirst dir einen Schnupfen einfangen. Wenn du aber krank bist, wirst du noch dünner und blasser, als du es ohnehin bist. Woraufhin ein gefährlicher Kreislauf einsetzen wird, der dich deiner Jugendfrische beraubt. Glaub mir, ich habe schon viele junge Damen gesehen, die vor ihrer Blütezeit verwelkt sind. Also iss kräftig, ruhe dich aus, und, ganz wichtig, trinke vor jeder Mahlzeit ein Glas heißes Wasser, das fördert die Verdauung, kräftigt und regt den Appetit an.«

Weil ich Angst vor weiteren Hausmitteln hatte, Lebertran zum Beispiel, aß und ruhte ich fortan gehorsam und trank heißes Wasser, bis ich bei jeder Bewegung gluckernde Geräusche von mir gab. Kurzum: Ich tat alles, um Tante Auguste keine Gelegenheit zu weiteren Verbesserungsvorschlägen zu geben.

Vater erging es nicht besser, wie ich amüsiert feststellte, und mit dem heißen Wasser hatte ich sogar noch richtig Glück gehabt.

»Edgar, mir scheint, dein Atem ist nicht ganz frisch«, verkündete Auguste ihrem Bruder, als er in ihrer Nähe einmal versehentlich laut auflachte. »Das kommt vom Pfeiferauchen und könnte ein Anzeichen für einen geschädigten Hals sein. Was oft tödlich endet. Das allerdings kannst du dir im Moment wirklich nicht leisten, du wirst hier noch gebraucht. Also rauche nicht so viel, trage ein Seidentuch um den Hals, und, ganz wichtig, nimm morgens und abends einen Teelöffel Zwiebelschleim ein, das schmiert die Stimmbänder.«

Wenig später erschien Tante Auguste höchstpersönlich in der Küche und gab der Köchin Anweisungen, wie dieser ominöse Zwiebelschleim zuzubereiten war. Kein Wunder, dass Vater sein Lachen künftig zügelte, ständig Pfefferminzpastillen lutschte und zum Pfeiferauchen ab sofort im hintersten Winkel der Bibliothek verschwand.

Mein Tagesablauf wurde nach Tante Augustes Eintreffen leider nicht nur äußerst langweilig und kräfteschonend. Ich wurde außerdem ständig von ihr gerufen, um ihr bei der Suche nach ihrem Hörrohr und ihrer Lorgnette zu helfen, einer zierlichen Brille mit einem Griff aus Perlmutt. Das kleine, mollige, stets in Blumenkleider gewandete Tantchen eilte nämlich unermüdlich mit Trippelschritten durchs Haus, immer tat sie irgendetwas, wofür sie beide Hände benötigte, und immer verlegte sie dabei ihre Hör- und Sehhilfe an den seltsamsten Orten. Die gesuchten Gegenstände konnten überall und nirgends sein, und ich lernte beim Suchen alle Nischen unseres Hauses besser kennen, als mir lieb war.

Ich bemühte mich wirklich um Respekt. Das ist die reine Wahrheit. Aber nach drei Tagen hatte ich das Gefühl, einen Schreikrampf zu bekommen, wenn ich noch länger essen, ruhen und Brillen oder Hörrohre suchen musste. Was zweifelsohne kein respektvolles Verhalten gewesen wäre. Und so begann ich, meine Tante auszutricksen. Sie besaß nämlich auch eine überaus angenehme Eigenschaft: Sie hatte einen großen Schlafbedarf. Wenn sie endlich einmal ruhig irgendwo saß und nichts tat, nickte sie fast immer sofort ein. Ich musste es also nur schaffen, sie zum Hinsetzen zu bewegen, um sie zum Schweigen zu bringen, und mit etwas Übung gelang mir das immer öfter. Ich verwickelte sie einfach unter einem Vorwand in ein Gespräch und langweilte sie dabei so sehr, dass sie nach einigen Minuten sanft einschlummerte, mal im Sessel, mal auf dem Sofa, manchmal sogar draußen im Korbsessel unter der alten Linde. So schnell weckte sie dann nichts mehr auf, denn sie hörte ja schlecht. Ich konnte mich also beim ersten schnorchelnden Atemzug unbemerkt aus ihrer Nähe schleichen und ein bisschen Latein lernen. Was ich nun wieder öfter tat.

Ob Vater schon mit Auguste über meine Studienpläne gesprochen hatte, wusste ich nicht. Ich zumindest mied dieses Thema. Schlafende Tanten sollte man bekanntlich nicht wecken, weder im wörtlichen noch im übertragenen Sinne.

Eine Woche nach Tante Augustes Ankunft erwachte ich ganz früh. Draußen graute der Morgen, und in meinem Bett graute mir. Und zwar vor allem. Nichts stimmte mehr. Alles kam mir auf einmal falsch vor. Meine Seidendecke schien zu warm, das Federkissen zu weich, das Zwitschern der Spatzen zu laut und das Morgenlicht zu hell. Dabei schlug die Kirchturmuhr gerade erst halb sechs.

Was war nur los? Und wie konnte ein Tag weitergehen, der so begann?

Ich wälzte mich von einer Seite auf die andere und versuchte, zur Ruhe zu kommen. Doch irgendwann hielt ich es nicht mehr aus und sprang aus dem Bett. Einem plötzlichen Impuls folgend, wickelte ich mir einen Schal um die Schultern und riss die Tür zum Balkon auf. Frische Luft kühlte mein heißes Gesicht. Bei der Berührung meines nackten Fußes mit dem kalten Steinboden fuhr ich zurück, aber nach den ersten Schritten fühlte sich der Stein angenehm rau und fest unter meinen Fußsohlen an. Und als ich meine Hände aufs Geländer legte, konnte ich endlich wieder tief durchatmen. Zwischen den Blättern einer Eiche sah ich ein Vogelnest. Gelbe Schnäbel ragten daraus hervor und riefen piepsend nach Nahrung. Unter dem Baum hüpfte eine Amsel durchs Gras und pickte nach Würmern, vermutlich der Vater oder die Mutter. Bald würden die hungrigen Schnäbel gestopft werden.

Die Knospen der Rosen am Gartenhaus waren noch geschlossen. Der steinerne Engel am Brunnenbecken schien mir mit seiner erhobenen Hand zuzuwinken. Von der Straße her hörte ich Schritte, und hinter dem schmiedeeisernen Tor tauchten schattenhaft erste Passanten auf. Ich wich zurück ins Zimmer.

Seufzend ließ ich mich auf die Bettkante sinken. Und in diesem Moment wurde mir klar, dass sich in meinem Leben bei genauer Betrachtung rein gar nichts geändert hatte. Sicher, an die

Stelle des kalten Internats war mein geliebtes Zuhause getreten. Und statt der hageren, freudlosen Lehrerin bewachte mich jetzt ein molliges Tantchen, dem man zwar einiges vorwerfen konnte, aber schlechte Laune und Freudlosigkeit beim besten Willen nicht. Selbst Vaters Bericht über meine Studienpläne hatte sie gestern mit einem Lächeln hingenommen. »Das findet sich«, hatte sie leise gemurmelt.

Doch dem geheimnisvollen Buch und dem Wissen, das darin verborgen lag, war ich keinen Schritt näher gekommen. Von der grenzenlosen Freiheit, die ich in den ersten Tagen zu Hause empfunden hatte, war nichts mehr zu spüren. Und mein Gespräch mit Max von Waldau kam mir inzwischen vor wie ein Traum.

Gab es die von mir erträumte Freiheit gar nicht? Hatte ich sie mir im Rausch der Erleichterung über meine Heimkehr nur eingebildet? Und war ein Studium wirklich die Lösung für meine Probleme?

Ich wusste natürlich, vor den Erfolg hatten die Götter den Schweiß gesetzt, das besagte nicht umsonst ein uraltes Sprichwort. Und Latein lernte niemand innerhalb von drei Wochen. Trotzdem, ich hatte mir das alles leichter und abwechslungsreicher vorgestellt.

Meine Gedanken wanderten erneut zu Max von Waldau. Er hatte gesagt, Wissen schade Frauen nicht. Aber konnte es ihnen nutzen? Wie hätte er diese Frage beantwortet? Kurz überlegte ich, ob ich die Pension aufsuchen sollte, die ich ihm als Bleibe vorgeschlagen hatte, um mit ihm zu sprechen. Oder sollte ich ein Schreiben dorthin schicken und ihn zu uns einladen? Ich hätte auch seine warmen dunklen Augen und die Kringel in seinen Mundwinkeln sehr gern wiedergesehen.

Doch dann schüttelte ich energisch den Kopf. Das war keine gute Idee. Im Gespräch war es mir zwar vorgekommen, als würden wir uns schon ewig kennen, doch das entsprach nicht den

Tatsachen. Wir hatten uns flüchtig und oberflächlich im Zug unterhalten, mehr nicht, und man schüttete sein Herz keinem Fremden aus. Außerdem wagte ich nicht, ihn einfach zu besuchen. Schon bei dem Gedanken daran bekam ich wildes Herzklopfen.

Wieder seufzte ich. Es gab keinen anderen Weg und auch niemanden, der mir helfen konnte. Ich musste einfach weitermachen, selbst wenn sich im Moment alles falsch anfühlte. Vor mir lag ein endlos langer, heißer, drückender Sommer unter Tante Augustes Knute, die sie ebenso vergnügt wie unerbittlich schwang. Ich würde heute ruhen und essen, und morgen essen und ruhen, und übermorgen wieder.

In vier Tagen würde ich dann mit Vater und Auguste aufs Land fahren, um der städtischen Hitze zu entkommen und dort, umgeben von frischer Landluft, besser ruhen und essen zu können. Und all dies nur, um im Herbst prall und rosig wie ein Apfel in die Saison zu starten und auf dem Heiratsmarkt Höchstpreise zu erzielen. Es sei denn, mir würde es gelingen, diese gemeine, kryptische lateinische Sprache zu lernen und durch ein Schlupfloch zu entkommen, von dem ich nicht einmal sicher war, ob es überhaupt existierte.

Ich straffte die Schultern. Ich würde nicht aufgeben. Und in diesem Moment, auf meiner Bettkante sitzend, schwor ich mir selbst: Wenn es ein Schlupfloch gab, würde ich mich hindurchzwängen, auch wenn es noch so mühsam wäre. Und wenn es keins gab, würde ich mir höchstpersönlich eins graben. Mit Klauen und Zähnen, falls nötig.

Dr. med. Maximilian von Waldau, Berlin
an stud. med. Benjamin von Waldau, Jena

Lieber Studiosus,

ich beglückwünsche dich zu deinen herausragenden Zensuren und platze fast vor brüderlichem Stolz. Schon sehe ich es vor mir, das Schild, das in wenigen Jahren ein respektables Haus hier in Berlin zieren wird. Gerade poliere ich es in Gedanken. Gebrüder Waldau, Arztpraxis, Termine nach Vereinbarung *steht darauf. So, jetzt glänzt es mir aus der Zukunft entgegen.*
Der Weg dorthin ist allerdings dornig, für dich wie für mich. Ich habe inzwischen meine ersten Arbeitstage hinter mir, und meine Einkünfte sind wahrhaft sauer verdientes Geld. Die Praxis von Doktor Fließ ist zwar ausgesprochen gut besucht, und die Patienten entstammen alle nur den besten Familien. Aber dementsprechend hoch ist auch ihr Dünkel. Die Hausbesuche besorgt Fließ noch allein, aber in der Sprechstunde bin ich gleich am ersten Tag eingesetzt worden, und schon dieser Tag brachte mich an meine Grenzen.
Ben, du weißt, ich bin ein Menschenfreund. Aber einige dieser Patientinnen und Patienten wecken in mir Mordgelüste. Sie haben nichts, aber auch gar nichts. Nein, falsch, sie haben alles, was ein Mensch auf dieser Welt nur haben kann, außer Krankheiten. Feist und rotwangig sitzen sie vor mir – und lamentieren und klagen. Wenn sie zu viel essen, drückt sie der Wanst, und sie tun es dennoch immer wieder. Wenn sie wenig schlafen, jucken ihre Augen und ihr Geist ist müde. Trotzdem feiern sie bis in den Morgen. Und sprechen sie dabei dem Alkohol zu stark zu, schmerzt natürlich ihr Kopf. Ich darf sie aber nicht einfach für gesund erklären und nach Hause schicken. Das würden sie mir nicht verzeihen, und Doktor Fließ würde es auch nicht gutheißen. Ich muss ihnen also zuhören, sie abhorchen, ihren Puls fühlen und ihren Rachen betrachten. Und dann muss ich ihnen Kuren verschreiben.

Kuren sind das A und O in dieser Praxis. Spannt der Wanst, empfehle ich eine Haferschleimkur. Bei Schlafmangel und Alkoholmissbrauch schicke ich die Patienten zur Kur in den Schwarzwald, um ein gemäßigteres Leben zu erzwingen. Bei Kater rate ich zu einer Ruhekur in abgedunkelten Räumen. Und immer verschreibe ich auch ein Stärkungsmittel. Die Apotheker wollen ja schließlich auch leben, und ein Patient, der keine Verschreibung erhält, fühlt sich nicht ernst genommen.

Ich persönlich habe dabei das Gefühl, Scharlatanerie zu betreiben. Aber Doktor Fließ beurteilt die Lage anders. Wir sorgen so dafür, dass die Menschen gar nicht erst krank werden, sagt er, und auch das sei ärztliche Pflicht. Außerdem lernen wir unsere Patienten so über einen längeren Zeitraum hinweg kennen und bemerken wirklich krankhafte Veränderungen früher.

Da hat der Doktor natürlich recht. Dennoch kann ich schwer darüber hinwegsehen, dass ich in vielen Gegenden Berlins über arme und kranke Menschen fast stolpere, die sich hustend und keuchend zur Arbeit schleppen und sich gewiss keine ärztliche Behandlung leisten können, obwohl sie sie dringend benötigen. Vor diesem Hintergrund macht mich das grundlose und selbstverschuldete Jammern der Reichen manchmal wütend.

Doktor Fließ allerdings scheint mir ein sehr angenehmer Arbeitgeber zu sein. Sein Fachwissen ist beeindruckend, seine Beobachtungsgabe wach. Jeden Patienten betrachtet er als Forschungsfeld, das er zu ergründen versucht. Er ist nämlich wie ich der Meinung, dass Ärzte heutzutage viel zu wenig wissen. Und wie ich versucht er, sein medizinisches Wissen täglich zu vergrößern. Dabei hilft ihm eine ganz besondere Gabe: Er kann Menschen begeistern. Er zieht sie förmlich in seinen Bann, und schon nach einem kurzen Gespräch mit ihm fühlt man sich besser.

Das gelingt ihm sogar bei mir. Egal, wie unfähig ich mir in der neuen Praxis vorkomme – wenn ich zum Beispiel wieder einmal nach einem Gerät suche oder ein Arzneimittel im Medikamentenschrank nicht

finde –, nach ein paar Worten von ihm fühle ich mich plötzlich wieder wie ein fähiger Arzt, der seinen Patienten Gutes tut.
Fließ ist 36 Jahre alt und ein überaus charismatischer Mann, gut aussehend, von hoher Statur, mit stattlichem Bart und blitzenden Augen. Erst waren wir nur Kollegen, die auf Augenhöhe fachliche Gespräche führten. Aber inzwischen ist unser Verhältnis freundschaftlich geworden, und ich freue mich jeden Tag auf die Unterhaltungen mit ihm. Ich lerne dadurch viel.
Ach, da fällt mir ein: Er brachte mich auf mein neustes Selbstexperiment. Ich lasse mir einen Bart wachsen. Doktor Fließ wies mich nämlich darauf hin, dass Großstadtbewohner mit Bart offenbar gesünder leben als solche ohne. Anscheinend kann ein üppiger Bart die Atemluft von Schadstoffpartikeln und Bakterien reinigen, die sich in Großstädten vermehrt in der Luft befinden. Ich spüre tatsächlich manchmal in der Nähe von Fabriken, die scharfe Gerüche ausstoßen, einen Hustenreiz und möchte ausprobieren, ob ein Bart hier Abhilfe verschafft.
Außerdem – dies nur unter uns – hoffe ich, mit Bart ein wenig älter und gesetzter zu wirken. Das kann für einen Arzt nur von Vorteil sein.
Wie ist denn die Luft in Jena? Vielleicht solltest auch du Bart tragen …
Von Salomé kann ich nur Gutes berichten. Sie fühlt sich in Berlin sichtlich wohl und hüstelt nie. Vielleicht kann auch ihr Fell Schadstoffe aus der Luft filtern.
Die Situation meiner Vermieterin allerdings bereitet mir Sorgen. Meine Butterbrote werden immer dünner, und Butter kann ich darauf kaum mehr erkennen. Ich frage mich, wie gesichert ihre finanzielle Lage ist, und befürchte das Schlimmste. Hoffentlich muss ich mir nicht schon bald eine neue Bleibe suchen. Aber das Ganze hat auch sein Gutes. An den Folgen von Völlerei werde zumindest ich in Berlin gewiss nicht erkranken.

Es grüßt dich herzlich
dein stoppeliger, etwas hungriger Bruder
Max

PS: Auf dem Weg zur Arbeit komme ich immer an der Villa vorbei, in der meine Zugbekanntschaft lebt. Ich habe mich bei Fließ erkundigt, wo sie wohnt. Ich frage mich, ob ich dort einmal meine Aufwartung machen sollte, nur um mich nach ihrem Befinden und der Wirkung des Krügerol zu erkundigen. Oder ist das zu aufdringlich? Was meinst du? Ich glaube, ich warte noch eine Woche. Vielleicht treffe ich sie doch noch zufällig. Das wäre das Beste!

PPS: Weil das Postamt neulich schon geschlossen war, blieb der Brief ein paar Tage liegen, und so kann ich dir noch etwas Bedauerliches mitteilen: Sie ist weg. Sämtliche Fensterläden ihres Hauses sind geschlossen, sie muss wohl verreist sein. Was bin ich nur für ein Trottel!

Herbst 1894

Kapitel 7

»**Saison.** Die Zeit der Vergnügungen für die faishonable Welt, die Zeit der großen Bälle, Konzerte, die Glanzepoche der Oper, die Erntezeit der Modistinnen, der *point de mire* aller gefall- und genusssüchtigen Schönen, die während der Sommermonate in Bädern und Landhäusern sich rote Wangen und frische Kräfte zu verschaffen suchten. Gegen Herbst nimmt die Regsamkeit zu.«

Aus dem *Damen-Conversationslexikon*

Drei Wochen später stand ich mit ausgebreiteten Armen in unserem Salon, vor mir Madame Dubois, unsere Schneiderin. Kaum zurück in Berlin, hatte Tante Auguste sie zu uns bestellt. Madame Dubois umschlang gerade mit einem Maßband meine Taille und notierte die so ermittelte Zahl in ein kleines schwarzes Buch.

»Sie 'at nischt sugenommen«, sagte sie mit französischem Akzent. »Keine Millimeter.«

»Seltsam.« Tante Auguste runzelte die Stirn. Sie thronte mit ihrem Hörrohr bewaffnet auf einem Samtsessel, hatte die Füße auf ein weiches Kissen gebettet und musterte mich durch ihre Lorgnette mit kritischem Blick. »Elena hat wochenlang mit gutem Appetit gegessen. Unvorstellbar, was sie allein zum Frühstück verzehrt hat!«

Die beiden sprachen über mich, als wäre ich ein Möbelstück, das man ungestört betrachten und kommentieren konnte. Doch ich wehrte mich nicht, um keinen Ärger zu bekommen. Möbelstücke widersprechen schließlich nicht. Und niemals hätte ich den Grund für meinen guten Appetit zugegeben. Ich war nämlich während unserer Zeit auf dem Land fast jeden Tag im Morgengrauen aufgestanden und zu einem wilden Ausritt aufgebrochen. Bei jedem Wetter. Danach hatte ich natürlich Hunger wie ein Wolf gehabt.

»Wenn ich nicht zugenommen habe, brauche ich auch nichts Neues«, sagte ich, froh, der Schneiderin endlich entkommen zu können.

»Falsch.« Tante Auguste sah mich mit mildem Tadel im Blick an. »Du brauchst Kleider. Roben. Schleppen. Handschuhe. Hüte.«

»Das habe ich doch alles! Und meine Sachen sind noch gut.« Ich ließ missmutig die Arme sinken, was Madame Dubois nutzte, um sie rasch von der Schulter bis zum Handgelenk zu vermessen.

Tante Auguste schüttelte den Kopf, sodass ihre grauen Löckchen tanzten. »Liebling, glaub mir, das, was mir vorschwebt, hast du nicht! Alles muss nach der neusten Mode sein. Man trägt die Ärmel inzwischen bauschiger und die Taille ganz schmal.«

Ich verzog das Gesicht. Diese lächerlichen Keulenärmel! Die Oberarme sahen darin aus wie Hähnchenschlegel, und unpraktisch waren sie auch.

»Zieh keine Grimasse, Elena!«, befahl Tante Auguste streng. »Das macht Falten. Die ganz großen Bälle gibt es zwar erst im Winter, aber wir müssen jetzt die Grundlage dafür schaffen. Sehen und gesehen werden heißt unsere Devise. Die Leute müssen über dich sprechen.«

Ich seufzte. Eigentlich war es bisher immer besser gewesen, wenn ich keinen Gesprächsstoff geliefert hatte. Wenn ich für Gerede gesorgt hatte, waren die Stimmen niemals lobend gewesen. Der kleinste Regelverstoß, schon zerrissen sich alle die Mäuler. Und Mode war nun wirklich kein Gebiet, auf dem ich glänzen wollte. Ich liebte weiche Stoffe und bequeme Schnitte, modisch allerdings war beides nicht. Das einzige Kleidungsstück, das ich wirklich gern trug, war ein heller, seidener Kimono. Den konnte ich aber nur morgens und abends in meinem Zimmer tragen. Wie gut hatten es doch japanische Damen, die konnten in einem solchen Gewand sogar ausgehen. Wir hingegen mussten uns an manchen Stellen einquetschen und an anderen wiederum so aufbauschen, dass wir fast bewegungsunfähig waren. Nein, wirklich, ich hasste modische Kleidung, genau wie alle Anlässe, an denen man sie tragen musste.

Madame Dubois vermaß noch den Abstand zwischen meinen Schultern, dann hatte sie alle Werte, die sie benötigte. »Morgen komme isch wieder, mit die Stoffmuster und die neue Schnitte aus Pari'«, sagte sie. Für mich klang das wie eine Drohung.

Plötzlich hörte ich etwas. Pferdehufe und ratternde Kutschräder vor dem Haus. Die Geräusche verstummten, dann betätigte jemand so lange und vernehmlich den Türklopfer, dass Tante Auguste es selbst ohne Hörrohr vernommen hätte. Zwischen ihren Brauen erschien eine steile Falte.

»Um Himmels willen, welcher Flegel kündigt sich da so ungestüm an?«, fragte sie entrüstet.

Ein paar Augenblicke später hörte ich ein unverwechselbares Lachen in der Eingangshalle und wusste, wer dieser Flegel war. Betty! Ich raffte meinen Rock, ließ Tante Auguste und die Schneiderin einfach stehen und eilte ihr entgegen.

Betty stand in der Eingangshalle und plauderte mit Frau Wingersdorff. Ihr cremefarbenes Kleid war eindeutig nach der neusten Mode geschneidert, das sah ich auf einen Blick. Aber Betty schaffte das Kunststück, selbst mit eng geschnürter Taille und gewaltigen Keulenärmeln so frisch und natürlich auszusehen wie eine Waldblume. Gerührt bemerkte ich den tropfenförmigen roten Stein in ihrem Ausschnitt, unsere Freundschaftskette.

»Effi!« Sie kam auf mich zu und legte mir die Hände auf die Schultern. »Du siehst wundervoll aus! Rosig und ausgeruht.«

Ich gab ein leises Knurren von mir. »Meine Tante ist immer noch hier. Sie hat mich gemästet wie ein Schlachtferkel.«

Betty pfiff durch die Zähne wie ein Gassenjunge. »Sapperlot!«, sagte sie. »Das verleiht all meinen Plänen den Todesstoß. Ich habe nämlich eine Idee, wie wir an dieses Buch kommen könnten. Du weißt schon, welches. Aber das geht natürlich nur ohne deine Tante.«

»Was geht nur ohne mich?«, fragte da eine Stimme hinter uns, und wir fuhren herum.

In der Tür zum Salon stand Tante Auguste. Sie hatte ihr Hörrohr auf uns gerichtet, und ihre Augen blitzten. Warum um Himmels willen hatte sie es ausgerechnet in diesem Moment *nicht* verlegt?

Betty schaltete schnell wie ein Blitz. »Guten Tag, Fräulein von Burow!« Sie sank in einen tiefen Knicks. »Effi erzählte mir gerade, was sie Ihnen zum Geburtstag schenken möchte. Und sie fragte mich, ob ich ihr bei den Vorbereitungen helfen könne. Das muss natürlich alles heimlich geplant werden, sonst ist es keine Überraschung mehr.«

Tante Augustes Blick wurde ein bisschen milder. »Elisabeth, sind Sie das?«, fragte sie. »Wo ist nur wieder meine Lorgnette?«

Betty nickte. »Oh ja. Ich bin's. Gerade frisch aus dem Pensionat zurückgekehrt.«

»Elisabeth! Ich hätte Sie fast nicht erkannt.« Tante Auguste strahlte, und Betty versank in einer Wolke aus Blümchenstoff und Maiglöckchenduft. »Sie sind ja eine junge Dame geworden, mein Kind.« Küsschen links, Küsschen rechts. »Und was für eine hübsche! Meine Güte, ich glaube, ich habe Sie zuletzt gesehen, als Sie vierzehn waren.«

Das stimmte. Betty und ich kannten uns seit unserer Kindheit. Wir waren nicht zufällig auf derselben Schule gewesen, wir hatten unsere Väter geradezu bekniet, uns beide im selben Pensionat anzumelden. Und Betty und Tante Auguste hatten sich vor vier Jahren bei meiner Konfirmation kennengelernt. Schon damals hatte Tante Auguste die zarte Betty auf den ersten Blick geliebt, vielleicht nicht zuletzt, weil sie die Tochter eines Grafen und damit eine echte Komtesse war.

Betty errötete genau in dem Maße, in dem junge Mädchen erröten sollten, wenn ältere Damen ihnen Anerkennung zollen. Sie knickste wieder und senkte den Blick.

»Mein Geburtstag ist allerdings erst im Dezember«, sagte Tante Auguste und blickte mich streng an. »Es scheint mir verfrüht, schon jetzt mit den Vorbereitungen zu beginnen.«

Ich murmelte etwas von Handarbeit und aufwendig und merkte zu spät, was für einen Klotz ich mir mit dieser Notlüge ans Bein gebunden hatte. Denn jetzt musste ich bis Dezember wirklich irgendetwas Kunstvolles anfertigen. Doch alles war besser, als Tante Augustes Misstrauen zu wecken. Zum Glück erschien in diesem Moment Madame Dubois, um sich zu verabschieden, was Tante Augustes Aufmerksamkeit erforderte.

Wenig später saßen Betty und ich wie früher auf Korbsesseln unter der alten Kastanie im Garten, um zu plaudern. Die Herbstsonne schien warm auf uns herab, in der Ferne läuteten Glocken, Spatzen tschilpten, eine Hummel summte an uns vorbei. Kindheitsgeräusche.

Doch etwas war anders als früher. Wir waren nämlich zu dritt. Tante Auguste leistete uns Gesellschaft. Und da saßen wir nun, tranken Tee aus zierlichen Tassen, aßen dazu sahnigen Bienenstich und parlierten wohlerzogen über Belanglosigkeiten, die weder Betty noch mich interessierten. Im Moment ging es um die Sehenswürdigkeiten Berlins, aber ich hatte nur einen Gedanken: Wann würde Tante Auguste endlich einschlafen? Ich hatte das doch immer irgendwie geschafft. Wenn es auch jetzt gelang, konnte ich endlich offen mit Betty reden.

Leider schien Bettys Gegenwart ausgesprochen belebend auf

Tante Auguste zu wirken. Von Schläfrigkeit keine Spur. Sie zwitscherte ebenso munter vor sich hin wie die Vögel in den Bäumen.

Wir mussten noch langweiliger werden. Nur wie?

»Betty, bitte erzähle mir mehr von dem Ball«, sagte ich und warf ihr einen verschwörerischen Blick zu. »Du weißt schon«, ich sah sie eindringlich an, »der Sommerball, an dem ich aus gesundheitlichen Gründen leider nicht teilnehmen konnte.«

Betty runzelte irritiert die Stirn. »Der Ball«, begann sie gedehnt. »Ja, der Ball.« Sie sah mich an, als wäre ich verrückt geworden, denn natürlich wusste sie, dass der Ball das Letzte war, was mich interessierte. Aber dann schien sie zu begreifen. Oder vielleicht vertraute sie mir auch einfach. »Er war ein großes Ereignis«, sagte sie. »Wie schade, dass du ihn verpasst hast.«

»Du musst mir *alles* erzählen«, ermunterte ich sie. »Wirklich alles. Jedes Detail. Ich bitte dich, lasse nichts aus.« Wieder sah ich sie flehend an. Tu es einfach, auch wenn du nicht verstehst, warum, sollte mein Blick sagen.

»Alles«, wiederholte Betty. »Sicher. Lass mich überlegen. Hedwig trug Grau. Weißt du, dieses Taubengrau, das leicht violett schimmert. Florence hatte sich für Rosé entschieden. Das steht ihr ja sehr gut zu Gesicht. Idas Himmelblau wollte erst gar nicht mit ihrem Teint harmonieren, da hatte sie sich vergriffen, aber die Schneiderin hat dann cremefarbene Spitze in den Ausschnitt des Kleides genäht, und so war der Gesamteindruck doch sehr gelungen.«

Ich nickte Betty zu. »Weiter«, forderte ich sie auf.

Tante Auguste zog missbilligend die Brauen zusammen. »Nun bedränge Elisabeth doch nicht so, liebes Kind. Sie wird dir gern alles schildern«, ermahnte sie mich sanft.

»Caroline sah in ihrem smaragdgrünen Seidenkleid aus wie eine Königin«, sagte Betty. »Johanna allerdings wirkte blass, fand ich. Weiß ist einfach nicht ihre Farbe. Aber das muss natürlich jede selbst entscheiden.«

Tante Auguste nickte. »Weiß steht nicht jedem«, gab sie Betty recht. »Wobei Grün auch schwierig sein kann, wenn man helles Haar hat.«

»Wie wahr«, stimmte Betty ihr zu. »Doch das hat Caroline glücklicherweise nicht.«

Auf diese Weise ging Betty nun alle Mädchen und ihre Kleider durch, und ich hoffte, dass wir Tante Auguste damit ausreichend langweilten.

Leider war das nicht der Fall. Ohne Unterlass richtete das Tantchen sein Hörrohr auf Betty und lauschte deren Schilderungen, als handele es sich dabei um den Bericht von einem spannenden Kriminalfall.

Doch ich gab nicht auf. Nun fragte ich Betty nach den Frisuren der Mädchen. Dann kam der Schmuck an die Reihe, und erstmals bemerkte ich einen kleinen Erfolg. Tante Auguste unterdrückte ein Gähnen und sank ein bisschen tiefer in den Korbsessel. Woraufhin ich um eine ausführliche Beschreibung des Menüs am Ballabend bat.

Als Betty einige Minuten später mit einer Schilderung des Saalschmuckes fortfuhr, sackte Tante Augustes Kopf zur Seite. Sie fuhr hoch, riss die Augen auf, klingelte nach Klara, dem Hausmädchen, und bat um ein Gläschen Likör zur Belebung. Doch dessen Wirkung blieb aus, und als Betty noch ein paar Minuten unbeirrt über die Musikkapelle sprach, die zum Tanz aufgespielt hatte, hatten wir endlich Erfolg. Erst sank Tante Augustes Hand mit dem Hörrohr in ihren Schoß, dann kippte ihr Kopf gegen die Lehne des Korbsessels, und zuletzt verrieten uns schnorchelnde Atemgeräusche, dass sie eingenickt war.

»Geschafft!«, flüsterte ich Betty zu. »Endlich! Fast wäre ich selbst eingeschlafen. Aber es hat sich gelohnt. Wenn wir leise sprechen, hört sie uns nicht, sie ist so gut wie taub.«

Verschwörerisch lächelten wir uns an. Tante Auguste schlummerte süß und selig, sie grunzte dabei wie ein Frischling im Wald.

Ich berichtete Betty von meinem geplanten Studium, und sie war begeistert.

»Ich dürfte das niemals«, sagte sie. »Es ist auf keinen Fall standesgemäß. Mutter würde tot umfallen, wenn ich ihr damit käme. Aber wenn du studierst, ist es fast, als wäre ich selbst an der Universität. Du wirst mir alles ganz genau berichten, oder?«

Ich nickte. »Du findest die Idee also gut?«

Betty richtete sich auf. »Na, hör mal! Gut? Die Idee ist genial. Man kann keine neuen Ufer entdecken, wenn man nicht den Mut hat, alte zu verlassen!« Vor lauter Begeisterung vergaß sie, leise zu sprechen.

»Pssst!«, zischte ich. »Wir dürfen uns nicht zu früh freuen. Es ist noch keine Antwort aus dem Ministerium eingetroffen. Vielleicht klappt das alles gar nicht. Aber du hattest doch auch einen Plan, oder? Was wolltest du mir erzählen, als du kamst?«

»Es geht um das Buch«, wisperte Betty mit einem nervösen Blick auf Tante Auguste. Doch die schlief tief und fest.

»Lass hören!« Ich beugte mich vor.

»Erstens«, begann Betty. »Wir gründen ein Kaffeekränzchen. Dann können wir uns jede Woche treffen und ausführlich miteinander reden, ohne Verdacht zu erwecken. Wie findest du das?«

»Gut!«, flüsterte ich zurück. »Aber wo? Wir können dabei keine Zuhörer gebrauchen.«

Betty seufzte. »Ich hatte eigentlich an euren Salon gedacht.« Sie runzelte bekümmert die Stirn. »Aber da wusste ich noch nicht, dass deine Tante da ist. Und dein Vater hätte uns bestimmt nicht gestört, anders als meine Mutter. Die würde uns nicht nur zuhören, sondern auch unaufhörlich belehren.«

Ich dachte kurz nach. »Wir machen es trotzdem hier«, entschied ich dann. »Tante Auguste hört schlecht und benötigt sehr viel Schlaf. Wenn wir es klug anstellen, können wir uns unterhalten, obwohl sie dabei ist, so wie heute. Optimal ist das nicht, aber eine bessere Möglichkeit fällt mir nicht ein.«

Betty nickte. Also stand der Plan. Einen Schönheitsfehler allerdings hatte er noch.

»Zwei Teilnehmerinnen sind ein bisschen wenig für ein Kaffeekränzchen«, flüsterte ich.

Auf einmal wirkte Betty verlegen. »Das dachte ich auch«, sagte sie. »Deswegen habe ich Johanna dazu eingeladen.« Sie warf mir einen nervösen Blick zu. »Bitte verzeih, dass ich dich vorher nicht gefragt habe. Aber es ging nicht anders. Ehrlich gesagt stammt die Idee mit dem Kränzchen sogar von ihr.«

Ich starrte sie an. »Von Johanna? Wieso ausgerechnet von Johanna? Mit ihr hatten wir doch nie viel zu tun.«

Betty nickte. »Ich hab in den letzten Wochen auf der Schule viel Zeit mit ihr verbracht. Und sie ist ganz anders, als wir dachten. Sie hat viel nach dir und dem Buch gefragt. Und sie hält dicht. Ich glaube, es lohnt sich, sie näher kennenzulernen.«

Ich spürte einen kleinen Stich in der Herzgegend. Das klang, als wären Betty und Johanna nach meiner Abreise Freundinnen geworden. Doch dann ermahnte ich mich selbst. Ja, warum denn auch nicht? Betty würde mich niemals durch Johanna ersetzen. Das war überhaupt nicht ihre Art, und ihr Herz war groß genug für zwei Freundinnen.

»Gut.« Ich nickte. »Ein Kaffeekränzchen also. Zu dritt. Und was hat das mit dem Buch zu tun?«

Tante Auguste hüstelte im Schlaf, und wir erstarrten. Doch kurz darauf hörten wir wieder ruhige, schnorchelnde Atemzüge.

»Ich weiß, wie wir es beschaffen können«, wisperte Betty fast unhörbar.

»Und wie?« Ich warf einen raschen Seitenblick auf Tante Auguste, aber die war tief in ihre Träume versunken. Sie schnarchte gleichmäßig, ihr Mund war halb geöffnet, und im Mundwinkel glitzerte es feucht.

»Wir kaufen es einfach«, flüsterte Betty. »In einer Buchhandlung.«

»Kann denn jeder einfach so Bücher kaufen?«, wollte ich wissen. »Egal, welche?«

Betty zuckte mit den Schultern. »Johanna behauptet es. Und warum auch nicht? Wozu sind Buchhandlungen sonst da? Aber genau wissen wir es erst, wenn wir es versuchen.«

Ich zögerte, doch nur kurz, dann nickte ich. »Das machen wir!«

Wir lächelten uns an, hoben unsere Teetassen und prosteten uns zu. Endlich kam Bewegung in mein Leben!

Mein Leben geriet nach diesem Nachmittag wirklich in Bewegung. Allerdings anders als gedacht. Ich saß abends in meinem kleinen Salon über einer Stickarbeit, hielt die Nadel ins Licht und fädelte einen dunkelgrünen Faden ein, als Tante Auguste aufgeregt in den Raum trippelte.

»Ich habe eine wundervolle Überraschung für dich«, sagte sie.

Ich wollte gerade eine Efeuranke sticken, die leider eher wie eine Schlingpflanze aussah. »Aha«, murmelte ich deswegen nur.

»Leg das Stickzeug lieber weg, sonst stichst du dich noch vor lauter Aufregung.« Tante Auguste vibrierte förmlich vor Ungeduld.

Gehorsam deponierte ich Nadel und Faden auf dem Tisch und bereitete mich darauf vor, Begeisterung vorzutäuschen. Bestimmt gab es Neuigkeiten von der Schneiderin. Vielleicht hatte Tante Auguste auch Theaterkarten ergattert.

Sie klatschte in die Hände wie ein begeistertes Kind. »Du und ich, wir beide …« Sie machte eine Kunstpause. »Wir besuchen am Wochenende einen Ball!«

»Was?«, fuhr ich auf.

Sie kicherte. »Ja, da staunst du! Als ich heute Nachmittag gehört habe, wie traurig du bist, diesen lächerlichen Schulball verpasst zu haben, hatte ich eine Idee. Und inzwischen habe ich alles in die Wege geleitet.«

»Alles? Was denn?«, hauchte ich entsetzt. Das Letzte, was ich jetzt brauchen konnte, war ein Ball mit all seinen lästigen Vorbereitungen.

Tante Auguste ließ sich auf einen zierlichen Sessel sinken, der unter ihrem Gewicht beängstigend ächzte. »Du kennst doch Marietta«, begann sie.

Ich schüttelte den Kopf. »Nein.«

»Na, die Contessa Mozzarone.« Tante Auguste klang so empört, als müsste jeder diesen Namen schon einmal gehört haben. Hatte ich aber nicht.

»Sie war mit mir auf dem Pensionat. Am Genfer See. Eine herrliche Zeit.« Tante Auguste blickte versonnen in die Ferne. Oder vermutlich eher in die Vergangenheit. »Eine wundervolle Freundin.«

»Und sie gibt diesen Ball?«, fragte ich vorsichtig, um die verträumte Tante behutsam in die Gegenwart zurückzuholen.

Sie richtete sich auf. »Ja, natürlich! Jedes Jahr. Hast du noch nie vom Rosenball gehört?«

Wieder schüttelte ich den Kopf. »Nein.«

»Marietta ist Italienerin«, sagte Tante Auguste, als würde das alles erklären.

Irgendwie hatte ich mir das schon gedacht. »Erzähl mehr«, bat ich, und überlegte gleichzeitig fieberhaft, wie ich mich vor diesem Ball drücken konnte.

Tante Auguste räusperte sich. »Wo fange ich an, wo höre ich auf? Ich bin ja so aufgeregt.« Sie wedelte sich mit der Hand Luft zu. »Pass auf. Mariettas Mann ist im diplomatischen Dienst, deswegen besitzen die beiden eine Villa in Berlin. Eine Art Palazzo, ganz entzückend. Dort gibt es einen Tanzsaal mit riesigen Glastüren zum Park. Wenn sie geöffnet sind, ist es, als würde man unter freiem Himmel tanzen. *Bellissimo!* Und Mariettas jährlicher Rosenball ist legendär. Ich habe ihr eine Nachricht geschickt, dass ich gerade in Berlin bin, um mich um dich zu kümmern. Und prompt hat sie demselben Boten eine Einladung an uns beide mitgegeben.« Sie sah mich auffordernd an und richtete ihr Hörrohr auf mich. »Na, was sagst du?«.

»Ich habe kein Kleid.«

»Was ist mit dem vom Schulball?«

»Das ist scheußlich«, behauptete ich, obwohl das nicht stimmte.

»Wir lassen es ändern. Dafür habe ich ein Händchen«, sagte Tante Auguste.

»Aber …«, wandte ich ein. Und brach ab. Tante Auguste hörte mir ohnehin nicht mehr zu.

»Die Damen tragen Kleider in Rosenfarben«, sagte sie mit verträumtem Blick. »Und Rosenblüten im Haar. Der Raum ist mit Rosen geschmückt, und alles duftet.«

»Das ist überhaupt nicht meine Welt«, sagte ich leise.

Tante Auguste nahm eine rote Rose aus der Vase auf dem Nähtisch und hielt sie sich unter die Nase. »Warst du schon einmal auf einem Ball?«, fragte sie, schloss die Augen und nahm einen tiefen Atemzug.

»Ja«, sagte ich. »Natürlich. Ich musste immer auf diese Kinderbälle, auf denen wir Tanzen gelernt haben.«

Tante Auguste riss die Augen auf. »Das sind doch keine Bälle«, sagte sie. »Das ist die reinste Quälerei. Kein Wunder, dass du so denkst.« Sie sah mich nachdenklich an. »Mag sein, dass du recht hast.« Sie runzelte die Stirn. »Vielleicht ist das wirklich nicht deine Welt. Aber wissen kannst du es erst, wenn du es ausprobiert hast, oder? Vielleicht musst du es als Experiment betrachten.«

Raffiniert. Sie wusste genau, wie ich dachte, dabei hatte ich mich ihr gegenüber nie offen geäußert. Und nun schlug sie mich mit meinen eigenen Waffen. Sie war eine auffallend gute Menschenkennerin.

Versonnen drehte sie jetzt den Rosenstängel zwischen Daumen und Zeigefinger. »Weißt du, es geht bei einem Ball wirklich nur um den schönen Schein. Und du hast recht, das ist nicht deine Welt.«

Ich starrte sie an. Jetzt hatte sie mir schon zweimal recht gegeben. Das hatte sie noch nie getan.

»Alles Hässliche soll für einige Stunden verschwinden«, fuhr Tante Auguste fort. »Deswegen bietet man an diesen Abenden alles auf, um so schön zu sein wie irgend möglich. Wir Damen glitzern und funkeln, wir leuchten und strahlen. Und die Herren tragen Fräcke, die sie breitschultriger und vor allem kultivierter erscheinen lassen. Musik erklingt, wir bewegen uns nach festen Regeln im Takt. Genau genommen sind wir in diesem Moment alle Teil eines wunderschönen lebendigen Bildes.« Sie betrachtete nachdenklich die zarten Blütenblätter der voll aufgeblühten Rose in ihrer Hand. »Man mag das überflüssig und dekadent finden. Und doch liebe ich es, in einer lauen Nacht Teil eines solchen Bildes zu sein. Natürlich ist die Welt in Wahrheit nicht so schön wie ein ewiger Rosenball. Aber für einen kurzen Moment *kann* sie es sein. Und das ist ein Geschenk. Die hässlichen Seiten sehen wir oft genug.« Vorsichtig stellte Tante Auguste die Rose in die Vase zurück.

Rosenblüten, Nacht, Glitzer, Musik – schöne Wörter. Vielleicht beschrieben sie ja wirklich etwas, das genauso schön war, wie es klang. Ich wurde nachdenklich. »Kommt Betty auch?«, wollte ich wissen.

Tante Auguste schüttelte den Kopf. »Ihre Mutter und die Contessa mochten sich nie. Aber das sollte dich nicht abhalten. Für eine Unterhaltung mit ihr hättest du auf diesem Ball vermutlich ohnehin kaum Zeit. Du wirst tanzen, tanzen, tanzen. Und das macht bekanntlich glücklich.«

»Also gut«, sagte ich zögernd. »Einen Versuch ist es wert.« Schließlich hatte ich Vater ein Versprechen gegeben.

Sofort sprang Tante Auguste auf. »Los geht's«, sagte sie. »Wir haben nur noch wenige Tage Zeit.«

Dr. med. Maximilian von Waldau, Berlin
an stud. med. Benjamin von Waldau, Jena

Lieber Ben,

es ist Herbst geworden in Berlin, und diese Jahreszeit steht der Stadt ganz vorzüglich. Was für ein Farbspektakel! Der Himmel ist immer noch blau, die Sonne scheint sanft und warm, und der wilde Wein vor meinem Fenster färbt sich rot. Die Bäume des Tiergartens schillern in bunter Pracht, und am Himmel ziehen Scharen schwarzer Wandervögel dahin. Welke Blätter taumeln auf das Steinpflaster, wo sie das Rattern der Kutschen und die hastigen Schritte der Menschen dämpfen. Und das herbstliche Licht verleiht den Fassaden der hohen Häuser einen goldenen Glanz. Da könnte selbst ein nüchterner Wissenschaftler wie ich zum Poeten werden!
Die Arbeit verläuft gerade ebenfalls sehr angenehm. Fließ und ich harmonieren bestens, und ich profitiere viel von seinem Wissen. Auch von seiner Art und Ausstrahlung kann ich einiges lernen. Denn wie er mir erklärte, müssen Ärzte nicht nur sachkundige Experten, sondern stets auch Schauspieler sein. So funktioniert die menschliche Seele nun einmal. Wer seine Ansichten gegenüber Patienten mit großer Überzeugung vertritt, hat bei derselben Behandlung bessere Heilerfolge als ein schüchterner Zauderer.
Und das stimmt! Seit ich selbstsicherer auftrete und mit großen Gesten spreche, begegnen mir die Patienten mit sehr viel mehr Respekt. Das ist auch gut so, denn die Arbeit wächst und wächst. Fließ ist seit einiger Zeit nicht ganz gesund, und so habe ich viele seiner Patienten übernommen.
In deinem letzten Brief hast du vorsichtig etwas angedeutet. Du fragtest, ob ich Fließ vielleicht allzu sehr verkläre. Aber glaube mir, das tue ich nicht. Ich habe meinen kritischen Geist nicht verloren, ich bin vielmehr nach eingehender, verstandesmäßiger Prüfung

begeistert von diesem Mann. Er ist wirklich kein Schwärmer oder Fantast. Im Gegenteil. Er beobachtet die menschliche Natur überaus akribisch, sieht stets ganz genau hin, forscht gewissenhaft und macht dabei Entdeckungen, die oberflächlicheren Ärzten seit Jahrhunderten verborgen geblieben sind.
Neulich hat er mir beispielsweise eine sehr interessante Berechnung gezeigt. Anhand seiner umfangreichen Patientendaten kann er nachweisen, dass Gesundheit und Krankheit im menschlichen Leben bestimmten Biorhythmen unterworfen sind. Ich habe die Sache noch nicht ganz durchdrungen, sie ist komplex, aber ein Blick auf seine mathematischen Beweise überzeugte mich. Ben, er konnte mir bei mehreren verstorbenen Patienten vorrechnen, dass sich ihr Todestag aufgrund von verschiedenen anderen Lebens- und Krankheitsdaten vorherbestimmen ließ. Und er vermutet, dass nicht nur der Tod eines Menschen berechenbar ist, sondern auch andere wichtige Lebensereignisse, schwere Erkrankungen genauso wie geistige Höhenflüge. Ich werde mich bald näher damit befassen, dann erfährst du mehr.

Zurück zu meinem Alltag. Alles könnte ganz wunderbar sein, doch leider gibt es ein kleines Problem: Meine Vermieterin, die gute Frau Adelung, hat mir gestern offenbart, dass sie die Pension in Kürze aufgeben muss. Sie kann sich das teure Stadtleben nicht länger leisten, daher verkauft sie das Haus und zieht zu ihrer Schwester aufs Land. Salomé und ich werden also bald eine neue Bleibe finden müssen, was vermutlich nicht einfach wird. Nun ja, es wird sich hoffentlich alles klären.
Du fragtest nach meinem neusten Experiment am eigenen Leibe. Und tatsächlich habe ich am Wochenende ein neues Medikament ausprobiert, allerdings nicht ganz freiwillig. Ich hatte vergangene Woche starke Zahnschmerzen, doch sie ebbten am Freitag ab, und so diagnostizierte ich flugs selbst eine vorübergehende nervöse Reizung und verzichtete auf den Gang zum Zahnarzt.

Ein böser Fehler! Es geschah, was geschehen musste. Samstagnacht wurden die Schmerzen schlimmer, und irgendwann waren sie unerträglich. Was tun? Ich irrte rastlos durchs nächtliche Haus, begegnete meiner Zimmerwirtin, und sie gab mir ein uraltes Buch mit heilkundlichen Hausmitteln.

Der Autor wusste tatsächlich Rat. Er empfahl bei Zahnschmerzen, nachts auf einen Friedhof zu gehen und in ein Totenbein zu beißen. Doch diesen Ratschlag konnte und wollte ich nicht befolgen. Nicht wegen des Friedhofs oder des Totenbeins, das hätte ich wahnsinnig vor Schmerz irgendwie fertiggebracht. Doch die Vorstellung, auf irgendetwas Hartes beißen zu müssen, hielt mich von einem nächtlichen Ausflug zum Kirchhof ab. Denn schon die kleinste Bewegung meines Kiefers löste Höllenqualen aus.

Am Sonntagmorgen eilte ich in meiner Verzweiflung zu Fließ nach Hause, und der gab mir glücklicherweise Kokain, ein Präparat, das seit einiger Zeit mit großem Erfolg als Schmerzmittel eingesetzt wird. Ich habe dir schon einmal davon berichtet, es ist auch in dem Trank namens Coca-Cola enthalten, erinnerst du dich?

Die Wirkung war auch diesmal verblüffend. Mir ging es nach kürzester Zeit wieder gut. Sehr gut sogar! Die Schmerzen waren weg, ich fühlte mich kräftig und voller Tatendrang, geradezu beschwingt. Nebenwirkungen spürte ich bis auf ein leichtes Schwindelgefühl keine. Was für ein Wunder!

Doch leider kamen die Beschwerden am Montag zurück, sobald die Wirkung des Kokains abebbte, und so war ein Gang zum Zahnarzt doch unausweichlich. Vorsichtshalber nahm ich vorher noch eine weitere Dosis des Medikaments zu mir, was klug war, denn der gute Mann beseitigte nicht nur die Symptome, sondern – mit einem beherzten Einsatz der Zange – auch den Zahn. Er war überrascht, wie gelassen ich dabei blieb, was ich allein dem Kokain zuschreibe.

Ich halte also fest, dass dieses Präparat die Ursache einer Zahnerkrankung zwar nicht beheben kann, aber doch immerhin die Symptome, was nicht wenig ist. Als Schmerzmittel, Lokalanästhetikum

und Kräftigungstonikum ist es eine echte Bereicherung für Arzt und Patienten. (Fließ nimmt es übrigens selbst, und zwar gegen seine ständige Migräne.)
Nun hoffe ich, dass die Sache ausgestanden ist und ich nie wieder solche Schmerzen erleiden muss.

Mehr gibt es von mir nicht zu berichten.
Ach doch, eines noch. Du erinnerst dich an die junge Dame, die ich im Zug kennengelernt habe, Elena von Burow? Sie ist wieder da! Das Haus ist wieder bewohnt, und ich bin sicher, sie am Fenster erspäht zu haben.
Wann immer es geht, lenke ich meine Schritte nun dort vorbei, und glaub mir, das geht oft. Irgendwann werde ich sie bestimmt einmal treffen, und dann werde ich sie einfach ansprechen. Ich werde unser Gespräch so lange auf mein ach so einsames Leben in dieser großen Stadt lenken, bis sie gar nicht mehr anders kann, als mich einzuladen.
Ja, ich gebe es zu. Sie geht mir nicht mehr aus dem Sinn, und das liegt nicht nur daran, dass ich gern wüsste, ob das Krügerol wirksam war. Man findet einfach selten junge Damen wie sie. Allein ihr Lachen! Und dieses reizende Zupfen am Ohrläppchen, wenn sie nachdenkt. Ich glaube, sie weiß gar nicht, dass sie das tut.
Wenn einem das Schicksal eine solche Person ins Zugabteil setzt, sollte man diese Bekanntschaft doch unbedingt vertiefen, meinst du nicht auch?

Herzlichst,
dein Bruder Maximilian im Barte

PS: Nicht ohne Stolz stelle ich fest, dieser Bart kleidet mich gut! Ich wirke ehrbar, respektabel und gesetzt. Die Patienten begegnen mir vielleicht auch deswegen mit deutlich mehr Respekt. Die Berliner Luft allerdings scheint dieselbe zu sein wie zuvor, und ich atme mit Bart nicht freier als ohne.

Kapitel 8

»Da der Cotillon ein Tanz ist, zu dem die Herren die von ihnen besonders bevorzugten Damen aufzufordern pflegen, so ist der Ton, den die Unterhaltungen während desselben annehmen, oft ein bedeutungsvoller.«

Constanze von Franken, *Autorin von Benimmbüchern*

Tante Auguste und ich passten gerade so nebeneinander in die Kutsche. Unsere Röcke benötigten allerdings dermaßen viel Platz, dass Jakob Mühe hatte, die Türen zu schließen. Hätte Vater ebenfalls am Ball teilnehmen wollen, hätten wir eine zweite Kutsche benötigt. Er wäre sonst in all dem Stoff untergegangen. Aber Vater legte überhaupt keinen Wert auf einen Ballbesuch.

»Das ist nicht meine Welt«, hatte er gesagt, als Tante Auguste ihn aufforderte, uns zu begleiten.

Mein spitzes »Ach!« hatten beide geflissentlich überhört.

Jetzt stand Vater vor dem Haus, winkte uns nach, und die Freude auf einen behaglichen Abend mit seinen Büchern war ihm ins Gesicht geschrieben. Ich hingegen schaukelte in der Kutsche von dannen und unterdrückte nur mühsam meinen Neid.

Das wogende Kleid, das ich trug, war an der Taille unglaublich eng. Wie von Tante Auguste geplant, hatte Madame Dubois mein Schulballkleid umgeändert. Es war elfenbeinweiß, also nicht im eigentlichen Sinne rosenfarben, doch schließlich gab es auch weiße Rosen. Meine hochgetürmten Haare waren mit dunkelroten Rosenblüten geschmückt. Als einzigen Schmuck trug ich den Granat, der Betty und mich verband. Er passte farblich genau zu den Rosen, und ich hatte ihn als Glücksbringer gewählt. Tante Auguste hatte zwar etwas von Perlen gemurmelt, aber ich hatte sie mit trotzig zusammengepressten Lippen überhört, und diesmal hatte sie nachgegeben.

»Schlicht, aber gerade deswegen wirkungsvoll«, hatte sie mit schräg gelegtem Kopf geurteilt und keine weiteren Einwände gegen meinen Schmuck erhoben.

Tante Auguste trug ein Kleid in genau demselben Rot wie meine Rosen und mein Anhänger, und die Blüte an ihrem Ausschnitt war weiß wie mein Kleid.

»Du siehst zauberhaft aus«, sagte sie und betrachtete mich von der Seite. »Wirklich zau-ber-haft!« Ihr Blick ruhte so stolz auf mir, als wäre ich ihr Werk. Und genau genommen war ich das auch. Sie hatte uns beide förmlich durchkomponiert.

»Du auch«, sagte ich. »Wie eine Königin.« Und das stimmte. Ihr Kleid passte hervorragend zu ihrem rosigen Teint, und das Diadem in ihren grauen Haaren glitzerte wie eine Krone.

»Ach, papperlapapp!«, sagte Tante Auguste. »Ich bilde nur einen stimmigen Hintergrund für dich, das ist meine Funktion bei diesem Ball. Und wenn du dich nachher im Tanze drehst, sitze ich bei all den anderen Matronen, verdrücke das ein oder andere Tränchen und trinke Rosenlikör.« Sie sah kein bisschen traurig aus bei diesem Gedanken, sondern höchst zufrieden. Offenbar freute sie sich auf ihre Rolle in diesem Gesamtkunstwerk, das Rosenball genannt wurde.

Mir war ein bisschen mulmig zumute, als wir in der Equipage durch die abendlichen Straßen rollten, denn ich hatte das Gefühl, in ein fremdes Land zu reisen, ohne die Landessprache zu sprechen und die landesüblichen Sitten zu kennen. Außerdem konnte ich fast nicht atmen, so eng war mein Kleid.

»Keine Angst, auf einem gut organisierten Ball ergibt sich alles wie von selbst.« Tante Auguste griff nach meiner Hand und drückte sie. »Und Marietta ist eine hervorragende Planerin. Ich bin ja schon so gespannt auf deine Tanzkarte! Die wird bestimmt etwas ganz Besonderes sein. Marietta legt auf solche Kleinigkeiten größten Wert.«

Ich seufzte. Dieses ganze Tanzkartentheater fand ich unglaublich lästig. Wieso musste man jeden Tanz vorab vergeben und dies sogar schriftlich fixieren? Das kam mir schrecklich bürokratisch vor für einen romantischen Ball.

»Ordnung muss sein«, sagte Tante Auguste, als ich diesen Einwand vorbrachte. »Außerdem hilft dir das, Fehler zu vermeiden.«

»Fehler?«, fragte ich.

Die Kutsche fuhr ruckartig schneller, und wir wurden tief in die Polster gedrückt. Mühsam hielten wir uns aufrecht, um unsere kunstvollen Frisuren nicht zu zerstören.

»Nun.« Tante Auguste betastete vorsichtig ihre Haare. »Auf jedem Ball gibt es drei wirklich wichtige Tänze: Da ist einmal der allererste Walzer, dann der Tanz nach dem Souper und zuletzt der Cotillon am Ende des Festes. Und für diese drei gibt es eine Art Geheimsprache. Wirst du von einem Mann zu einem der drei Tänze aufgefordert, bedeutet das, dass er Interesse an dir hat. Bittet er gar um zwei davon, sind seine Absichten ernsthafter Natur. Gewährst du ihm aber alle drei, wird man euch künftig quasi als Verlobte betrachten. Deswegen musst du sehr darauf achten, wem du diese Tänze versprichst. Bei allen anderen kannst du tanzen, mit wem du willst.«

Ich konnte kaum glauben, was ich da hörte. »Ich tanze dreimal mit demselben Mann und bin schon verlobt?«, hakte ich nach.

Tante Auguste nickte. »Zumindest werden dein Tanzpartner und sämtliche Beobachter das annehmen. Und wenn du es später dementieren musst, schadet es deinem Ruf.«

»Aber wie lehne ich eine Bitte um einen Tanz ab?«, fragte ich. »Ist das nicht unfreundlich?«

Tante Auguste schüttelte den Kopf. »Das kannst du jederzeit tun. Du sagst einfach höflich und bestimmt Nein. Eine Dame muss keinen Grund nennen.«

Ich sank in mich zusammen. Klang ein Nein nicht immer schroff? »Ich glaube, ich tanze lieber gar nicht und halte mich ans Büfett. Da kann ich nichts falsch machen.«

»Kommt nicht infrage!«, sagte Tante Auguste. »Du passt beim Vergeben dieser drei Tänze einfach auf. Und danach wirbelst du den ganzen Abend unbeschwert über die Tanzfläche, während dir bewundernde Blicke folgen. Sieh es als ein Spiel an. Du wirst es lieben, glaube mir.«

Das bezweifelte ich. Aber ich schwieg.

Der Ballsaal des Palazzo Mozzarone erwies sich tatsächlich als so schön, wie von Tante Auguste beschrieben. Auf dem schimmernden Parkett standen rosengeschmückte Damen und lackschwarz befrackte Herren in Grüppchen beieinander. Sie plauderten im Glanz glitzernder Kronleuchter, leiser Geigenklang begleitete sie dabei. Die offenen Flügeltüren des Saales lenkten den Blick in einen Rosengarten, in dem selbst jetzt im September noch weiße, rosa, rote und goldgelbe Rosen blühten.

Diener trugen Tabletts mit Kristallgläsern durch den Raum, in denen Champagner perlte. Und beflügelt vom Champagner perlte in den einzelnen Grüppchen immer wieder Gelächter auf.

Die Tanzkarte, die mir die rosafarben gekleidete Contessa Mozzarone bei der Ankunft überreicht hatte, war wirklich etwas Besonderes. Es war gar keine Karte, sondern ein schneeweißer Fächer aus edlem Papier mit Rosenprägung und Spitzenbesatz, in dessen weiß lackierten Griff ein zierlicher Bleistift eingearbeitet war. Alle Tänze des Abends waren in verschnörkelter Schrift auf die Falten des Fächerblatts geschrieben, und dahinter war jeweils genug Platz, um einen Namen einzutragen.

Tante Auguste wandelte mit mir von Grüppchen zu Grüppchen und machte mich mit vielen Gästen bekannt. Schon nach kürzester Zeit schwirrte mir der Kopf von all den Namen und Gesichtern. Doch das Tantchen bahnte sich zielstrebig einen Weg durch die Menge, grüßte aufgeräumt nach links und rechts, lachte, scherzte und schaffte es spielend, überall im Mittelpunkt zu stehen. Offenbar kannte sie so gut wie alle Anwesenden, obwohl sie nur selten in Berlin war. Aber in unseren Kreisen kannte man sich vermutlich irgendwann, wenn man nur lange genug Bälle besuchte.

Ich lächelte, nickte, reichte meine Hand zum Kuss und erwiderte bescheiden errötend höfliche Komplimente. Doch insgeheim fühlte ich mich unwohl und wünschte mich ganz weit weg.

Schon bald steuerte der erste Tänzer auf mich zu, ein hochgewachsener junger Mann mit stahlgrauen Augen. Er verneigte sich zackig vor mir.

»Fräulein von Burow, wollen Sie mir die Ehre erweisen, mich für den ersten Walzer zu notieren?«, fragte er.

Verwirrt nickte ich und ließ mir seinen Namen nennen. Achim von Wedlitz. Nein, Achim *Graf* von Wedlitz, wie er unverzüglich ergänzte. Ich zückte meinen Bleistift.

»Dürfte ich auch um den Cotillon bitten?«, wollte von Wedlitz wissen.

Vor Schreck rutschte mir der Stift aus der Hand und fiel klappernd zu Boden. Der war aber forsch. Gleich zu Beginn zwei der drei großen Tänze? Wir kannten uns doch nicht einmal.

Graf Wedlitz bückte sich, um meinen Bleistift aufzuheben, und diesen Moment nutzte Tante Auguste, um mich beschwörend anzusehen und unauffällig den Kopf zu schütteln.

Ich spürte, wie ich knallrot wurde, als von Wedlitz mir den Stift reichte. Ich schlug die Augen nieder. »Bitte halten Sie mich nicht für schroff«, sagte ich, »aber den Cotillon kann ich jetzt noch nicht vergeben.«

Graf Wedlitz verbeugte sich erneut. »Erlauben Sie mir, dass

ich später noch einmal nachfrage?« Er schenkte mir ein strahlendes Lächeln.

»Gewiss«, murmelte ich.

Er nickte mir zu und entfernte sich.

»Gut gemacht«, flüsterte Tante Auguste, und ich atmete auf.

Sie hakte sich bei mir unter und zog mich an den Rand des Saales. »Diesem Wedlitz steht das Wasser bis zum Hals«, raunte sie mir zu. »Lass dich nicht von seinem Titel blenden. Das Schloss seiner Familie ist heruntergekommen, und Spielschulden hat er auch. Kein Wunder, dass er sich so engagiert.«

Ich blieb stehen und starrte sie an. »Wie meinst du das?«

Sie schmunzelte. »Elena, du bist eine gute Partie. Er wollte wohl keine Zeit verlieren.«

Natürlich. Genau darum ging es hier. Und um nichts sonst. Auch wenn dieser Ball wie ein wunderschönes, rosengeschmücktes Bild wirkte, stellte er in Wahrheit einen Handelsplatz dar. Ich wusste das eigentlich. Aber kurz hatte ich mich tatsächlich vom schönen Schein blenden lassen. Und irgendwie ärgerte mich das.

»Sollte dieser Graf nicht besser mit Vater tanzen? Dann könnte er alles Geschäftliche mit ihm besprechen«, sagte ich spitz.

Tante Auguste lachte. »Wenn das möglich wäre, würde er es vermutlich tun.«

Ich sah mich um. Plötzlich fand ich den Rosenschmuck kitschig, die Geigen schrill und das Parkett viel zu glatt.

Nun, Augen zu und durch. Ich musste das hier einfach hinter mich bringen.

In der folgenden halben Stunde beschleunigte ich deswegen die Vergabe meiner Tänze, indem ich lächelnd jede Bitte annahm. Dabei gewährte ich aber keinem Tänzer mehr als einen einzigen Tanz. So konnte niemand auf dumme Gedanken kommen.

»Gleich geht es los«, flüsterte Tante Auguste irgendwann.

Und tatsächlich, die Musiker stimmten ihre Instrumente, die

Gäste wichen an den Rand der Tanzfläche, Graf Wedlitz steuerte auf mich zu.

»Darf ich bitten?«, fragte er und neigte den Kopf.

Ich reichte ihm die Hand und ließ mich auf die Tanzfläche führen. Aus den Augenwinkeln sah ich, wie Tante Auguste ein Taschentuch zückte und sich gerührt die Augenwinkel tupfte. Es war wohl höchste Zeit für den ersten Rosenlikör.

Achim von Wedlitz verneigte sich noch einmal kurz, dann legte er die Hand an meine Taille. Musik erklang, er zog mich an sich, und wenig später führte er mich mit festem Griff im Dreivierteltakt übers Parkett. Das machte er gut. Die Gesichter der Umstehenden verschwammen, die Kronleuchter glitzerten wie Sternschnuppen, und unsere Füße fanden wie von selbst den richtigen Schritt.

»Sie sind eine ausgezeichnete Tänzerin«, raunte von Wedlitz mir zu.

Und obwohl dieses Kompliment zweifelsohne meiner Mitgift galt und nicht mir, lächelte ich strahlend und senkte bescheiden den Blick. Alles ganz vorschriftsmäßig. Tante Auguste konnte zu Recht stolz auf mich sein.

Im Laufe des Tanzes erfuhr ich von Graf Wedlitz noch mehr über meine angeblichen Vorzüge. Offenbar war ich schön wie eine Rose, hatte Augen wie ein stiller See, in dem man zu versinken drohte, wenn man zu lange hineinsah, und besaß ein Lächeln, bei dem man die Welt vergaß. Meine Güte, war meine Mitgift wirklich so begehrt? Das hatte ich gar nicht gewusst.

So musste es aber wohl sein, denn mein nächster Tanzpartner behauptete dasselbe, und der übernächste ebenfalls. Nach dem vierten hätte ich gern ein bisschen Abwechslung gehabt. Aber als ich zufällig hörte, wie ein galanter Herr neben uns seiner ziemlich reizlosen, aber diamantgeschmückten Dame versicherte, sie habe Augen, in denen er zu versinken drohe, wurde mir klar, dass ich darauf nicht hoffen durfte.

Die einzige Variation in Sachen Komplimente kam von meinem siebten Tanzpartner, einem kleinen Baron mit Glatze, der mich mit einem Hinweis auf meine bezaubernden Zähne überraschte. Doch auch dieses Kompliment war nicht geeignet, mein Herz höher schlagen zu lassen. Der Baron stammte aus Ungarn und sprach nur gebrochen Deutsch. Vermutlich meinte er mein Lächeln. Und er war einfach so klein, dass er meine Augen nicht sehen konnte, weshalb er eine Etage tiefer ansetzte.

Als dieser Tanz endlich endete, reichte es mir. Ich raffte mein Kleid und eilte zu Tante Auguste, die vom vielen Likör schon rosenrote Wangen hatte.

Ich zog sie beiseite. »Muss ich wirklich alle Tänze tanzen, die ich versprochen habe?«, raunte ich. »Oder kann ich auch mal eine Pause einlegen?«

»Aber natürlich«, sagte sie und tätschelte mir den Arm. Ihre Augen glitzerten mit dem Diadem um die Wette. »Du sagst dem betreffenden Herrn einfach, dass du außer Atem bist, und bittest ihn, sich mit dir ein ruhiges Plätzchen zu suchen und den Tanz zu verplaudern. Auf Bällen sind wir Damen die Herrscherinnen. Was wir wünschen, ist Gesetz.«

Zufrieden kehrte ich zur Tanzfläche zurück und machte meinem nächsten Tanzpartner einen entsprechenden Vorschlag.

Aber man sollte sich immer gut überlegen, was man sich wünscht, denn es könnte in Erfüllung gehen. An dieses Sprichwort musste ich denken, als ich mich wenig später mit einem überaus langweiligen Herrn überaus quälend über einen überaus öden Jagdausflug unterhielt. Er hörte und hörte nicht auf, sein eigenes Gespür, seine Kühnheit und seine Treffsicherheit zu loben. Nach wenigen Minuten bat ich ihn mit drängenden Worten, doch lieber mit mir zu tanzen. Alles war besser als dieses Gespräch. Als er mir beim Tanzen irgendetwas über meine Augen und mein Lächeln zuraunte, hörte ich einfach nicht mehr hin.

Das Experiment Ball war eindeutig gescheitert. Ich hatte

Vaters Bedingungen eingehalten und getan, was Tante Auguste wollte. Und die Sache hatte mir tatsächlich etwas gebracht: Ich freute mich wieder richtig aufs Lateinlernen. Aber hier und jetzt war meine Toleranzgrenze erreicht. Ich wollte nicht mehr.

Die nächste Musikpause nutzte ich daher, um schnellstmöglich zu fliehen. Ich murmelte eine Entschuldigung, ließ meinen Tanzpartner stehen und eilte durch eine der Glastüren auf die Veranda. Dort sah ich mich um, als würde ich nach jemandem Ausschau halten, schritt dann rasch die Treppe zum Rosengarten hinab und entfernte mich mit suchendem Blick immer weiter vom Palazzo.

Je tiefer ich in den Garten vordrang, desto dunkler wurde es. Laternen erhellten in großen Abständen den Weg, aber ich wollte nicht gesehen werden und wich auf eine Wiese aus. Dort konnte ich unbemerkt zwischen dichten Büschen verschwinden. Schließlich erreichte ich einen schmalen Pfad. Das Stimmengewirr wurde leiser, und ich atmete auf.

Im hintersten Winkel des großen Gartens endete mein Weg an einer hohen Mauer. Dahinter hörte ich Hufe klappern, dort spielte sich wohl das wahre Leben ab. Das Licht einer Straßenlaterne drang durch die Blätter der Bäume und erhellte das gepflasterte Rondell, auf dem ich stand. Ich sah eine Bank, und am Rande des Platzes entdeckte ich zwischen blühenden Rosenbüschen die Skulptur eines steinernen Engels. Er erinnerte mich an Mutters Grab, und so beschloss ich, ein paar Tänze auszusetzen, um hier zur Ruhe zu kommen. Die Herren würden den Verlust bestimmt verkraften. Es gab genug reiche Erbinnen, in deren Augen sie metertief versinken konnten.

Matt und müde sank ich auf die kleine weiße Bank. Von Ferne hörte ich, dass die Musik wieder einsetzte. Ich erkannte den *Rosenwalzer* von Johann Strauss. Eine wunderschöne Melodie. Dennoch war ich unendlich froh, jetzt nicht im Palazzo sein und tanzen zu müssen.

»Fräulein von Burow?«, fragte plötzlich eine Männerstimme.

Ich fuhr hoch. Dass man mich so schnell finden würde, hatte ich nicht erwartet. Auf dem Pfad zwischen den Büschen erschien ein bärtiger Mann im eleganten Frack.

»Entschuldigen Sie«, sagte ich und erhob mich. »Das ist Ihr Tanz, nicht wahr? Ich habe die Zeit vergessen.« Ich ging auf ihn zu.

»Tanzen wir doch einfach hier!«, sagte er und breitete die Arme aus. Seine Stimme kam mir irgendwie bekannt vor. Sie klang tief und warm.

Ich blieb stehen. »Jetzt? Hier? Im Dunkeln? Nein, lieber nicht.«

Er trat noch einen Schritt vor und verneigte sich. »Darf ich bitten?«

In diesem Moment erkannte ich ihn, und mein Herz setzte einen Schlag aus. »Herr von Waldau?«

Dr. med. Maximilian von Waldau, Berlin
an stud. med. Benjamin von Waldau, Jena

Lieber Ben,

du denkst, du kennst deinen Bruder. Aber glaub mir, du kennst ihn nicht. Ich kenne mich nämlich selbst nicht mehr. Kann es sein, dass man sich grundlegend verändert, wenn man sich verliebt? Falls ja, ist mir das wohl passiert.
Ich habe mich immer für einen kühlen, besonnenen Planer und Realisten gehalten. Aber dieses Selbstbild hat heute Risse bekommen. Klüfte. Schluchten.
Ich weiß, was du jetzt denkst. Erstens: Das habe ich dir doch immer gesagt. Du bist gar nicht so vernünftig, wie du gern tust. Und zweitens: Wann kommst du endlich zur Sache und erzählst, was passiert ist?
Ja, du hast es immer gesagt. Und Folgendes ist passiert: Ich habe durch eine Plauderei mit einem Patienten erfahren, dass Elena von Burow Gast auf einem Ball sein würde. Sofort habe ich überlegt, wie ich an eine Einladung kommen könnte. Aber ich habe bisher kaum Kontakte hier in der Stadt, und es gelang mir nicht, jemanden ausfindig zu machen, den ich ins Vertrauen ziehen konnte.
Als ich dann auf meinem Abendspaziergang wieder einmal am Hause der von Burows vorbeischlenderte, gelangte ich dort genau in dem Moment an, in dem sie im Ballkleid in die Kutsche stieg. Ihr Anblick traf mich wie ein Blitz. Sie wirkte so märchenhaft, dass die Welt um mich herum verschwamm und ich mir plötzlich vorkam wie ein Prinz, der seine Prinzessin entschwinden sieht und Himmel und Hölle in Bewegung setzen muss, um sie wiederzufinden.
Da fuhr eine Idee durch meinen Kopf, kühn und unerhört, aber leicht umsetzbar. Sie nistete sich auf dem Heimweg in meinen Gedanken ein wie eine Krankheit und breitete sich darin aus. Ich versuchte mich mit

allen Mitteln zur Vernunft zu bringen, Ben. Ich ließ mir von meiner Wirtin einen Kamillentee servieren, als wäre ich wirklich krank, und probierte es sogar mit ein paar Tropfen Kokain. Aber nichts half. Ich hatte wochenlang auf ein Treffen mit Fräulein von Burow gewartet und gehofft. Nun wusste ich endlich, wo sie war. Mein Wunsch, sie zu sehen, war stärker als meine Vernunft. Irgendwann sprang ich auf, warf mich förmlich in meinen Frack und eilte zum Ball.

Ja, Ben. Es ist wahr. Ich habe mich dort eingeschlichen. Ohne Einladung. Zu späterer Stunde, als alles bereits in vollem Gang war und niemand mehr einen Überblick hatte, wer mit wem gekommen war.

Ich habe sie unter den Tanzenden sofort erblickt, und als ich sah, wie sich alle um sie scharten, brannte mein Herz, als hätte jemand Salzsäure darauf geträufelt. Ich wagte es nicht, sie anzusprechen, das wäre aufgefallen, alle sahen sie an, jung und schön, wie sie ist. Und dann erwachte ich wie aus einem Traum. Was hatte ich mir nur dabei gedacht? Was, wenn mich jemand erkannte? Bestimmt waren Patienten hier. Ich musste so schnell wie möglich wieder verschwinden! Doch als ich diesen Entschluss gerade in die Tat umsetzen wollte, beobachtete ich, wie sie ganz allein in den Garten lief, als würde sie vor etwas fliehen. Und ich folgte ihr. Ich konnte nicht anders.

Sie saß am Rande eines kleinen Platzes auf einer Bank, als ich sie fand. Durch die dunklen Büsche erreichte uns die Melodie des Rosenwalzers. Ich hörte auf zu denken und tat, was mein Herz mir befahl. Ich trat aus der Dunkelheit und forderte sie zum Tanzen auf.

Sie erschrak, als sie mich erkannte, und ich bereute meinen Vorstoß schon, denn um nichts in der Welt wollte ich sie beunruhigen. Doch plötzlich breitete sich ein Lächeln auf ihrem Gesicht aus.

»Sie haben ja einen Bart«, sagte sie und sah zu mir auf.

Mir fiel nichts ein, was ich darauf erwidern konnte, denn mein Verstand war ausgeschaltet, und was mein Herz mir zuflüsterte, konnte ich nicht aussprechen, ohne sie erneut zu erschrecken. Doch zum Glück knickste sie anmutig vor mir, reichte mir die Hand, und dann tanzten wir. Ja, wirklich, wir tanzten Walzer im dunklen Garten, zwischen

Rosenbüschen, zu den Klängen des Rosenwalzers, und ein steinerner Engel sah uns dabei zu.

Sie war so schmal und leicht in meinem Arm, ihre kleine, behandschuhte Hand in meiner so warm und lebendig, ihr weißes Kleid umwogte uns bei jeder Drehung, ihre Haare dufteten nach Rosen. Und ihre Augen. Ich hätte darin versinken können. Am liebsten hätte ich ihr das gesagt, aber ich brachte kein Wort heraus.

Ben, ich glaube, jeder erlebt in seinem Leben einen einzigen Moment, der vollkommen ist, so vollkommen, dass man schwebt. Und dies war meiner.

Er endete still. Keiner von uns wusste zunächst etwas zu sagen, als die letzten Töne der Melodie verklungen waren. Doch als ich sah, wie sie fröstelnd die Schultern hochzog, erwachte ich wie aus einem Traum.

»Sie sollten hineingehen«, sagte ich leise.

»Ich wusste nicht, dass Sie hier sind«, sagte sie.

»Bin ich auch nicht«, gab ich zu.

»Was?«, hauchte sie. »Aber ich sehe Sie doch. Oder nicht? Träume ich?« Sie legte den Kopf schräg. Dann streckte sie die Hand aus und zupfte an meinem Ärmel. »Nein, ich bin wach, und Sie stehen vor mir.«

Von Ferne hörten wir Stimmen, eine Frauenstimme rief ihren Namen.

»Sagen Sie niemandem, dass ich hier war«, flüsterte ich.

Und dann ließ ich sie stehen.

Ben. Du glaubst nicht, wie sehr es mich schmerzt, diese Wörter aufs Papier zu bannen. Aber es ist wahr. Ich beendete diesen Moment, indem ich sie stehen ließ. Ich Idiot!

Am Boden zerstört,
Max

Kapitel 9

»Es gibt niemanden, der sich einer Frau gegenüber arroganter, aggressiver oder verächtlicher verhält als ein Mann, der um seine Männlichkeit bangt.«

George Eliot, *Schriftstellerin*

Am Morgen nach dem Ball lag ich in meinem Bett und grübelte. Was war da gestern passiert? Ich hatte im Garten des Palazzo Mozzarone gesessen und darauf gewartet, dass die Zeit verging. Auf einmal war Max von Waldau wie aus dem Erdboden gewachsen vor mir gestanden. Als hätte ich ihn herbeigeträumt. Erst war ich erschrocken, aber dann hatte ich mich gefreut. Ich wollte mit ihm reden. Über diesen Abend, diesen Ball. Wollte ihn fragen, was er davon hielt, ob er irgendetwas daran finden konnte, was einen Besuch lohnte. Und natürlich wollte ich wissen, wie es ihm in Berlin ergangen war. Und Salomé.

Er wirkte ganz anders als bei unserer Zugfahrt. Äußerlich und innerlich. Dazu trugen sicher sein Frack und der dunkle Bart bei, den er sich hatte stehen lassen. Aber auch das innere Vibrieren, das ich an ihm bemerkte, war neu. Seine ruhige Ausstrahlung von damals war verschwunden. Nur die widerspenstigen Haare erinnerten noch an den Mann aus dem Zug.

Sämtliche Anstandsdamen dieser Welt hätten aufgejault, wenn sie unseren Tanz im dunklen Garten gesehen hätten. Doch ich sah keinen Grund, ihm zu misstrauen, und ich freute mich auf die Unterhaltung mit ihm.

Jetzt hier im Bett kam mir die Situation auf einmal merkwürdig vor. Aber gestern im nächtlichen Garten war alles ganz natürlich und sogar ziemlich romantisch gewesen. Ein Walzer unterm Sternenhimmel, fast wie in einem Liebesroman.

Max von Waldau hatte sich als ausgezeichneter Tänzer erwiesen. Trotz der unebenen Pflastersteine waren wir förmlich geschwebt. Dennoch, irgendetwas stimmte nicht mit ihm, das fiel mir gleich auf. Er sagte kein einziges Wort, er tanzte nur. Und dabei wirkte er so fremd. Inzwischen fragte ich mich, ob er vielleicht zu viel Champagner getrunken hatte.

Und dann hatte er seltsam reagiert. Kaum waren die letzten Töne verhallt, hörte ich von fern Tante Augustes Stimme, und Max von Waldau verschwand so schnell, wie er aufgetaucht war. Ich solle ihn nicht verraten, raunte er mir noch zu, dann war er weg.

Verwirrt, fast wie betäubt war ich Tante Auguste entgegengegangen. Sie schimpfte natürlich, weil ich allein verschwunden war, und zog mich zurück ins Ballgewimmel. Doch als die Musik um mich herum aufbrandete und ich die verschwitzten Paare auf der Tanzfläche sah, verließ mich auf einmal alle Kraft. Ich fühlte mich plötzlich ganz schwach, und die vielen Eindrücke, Bilder, Töne, Lichter, Gerüche, vermischten sich zu einem Inferno, dem ich nur noch entfliehen wollte. Außerdem hatte ich mich wohl verkühlt, denn meine Nase tropfte, und ich unterdrückte einen Niesreiz.

»Ich fühle mich nicht gut«, sagte ich zu Tante Auguste und hakte mich bei ihr unter. »Können wir nach Hause gehen? Bitte?«

Sie musterte mich von der Seite. »Meine Güte!«, rief sie erschrocken. »Du hast ja ganz gerötete Augen. Kind, du wirst mir doch nicht krank?«

Ohne zu zögern, ließ sie die Kutsche rufen, und wir verließen den Ball frühzeitig.

Aber ich war wohl gestern nur müde gewesen. Als ich jetzt die Beine über die Bettkante schwang, fühlte ich mich kräftig und gesund. Immer noch verwirrt. Das schon. Aber kein bisschen krank. Und mit dem kalten Wasser, das ich mir beim Waschen ins Gesicht schüttete, klärten sich auch meine Gedanken.

Max von Waldau war beschwipst gewesen, das schien mir nun sicher. Er hatte sich mit dem Tanz eine kleine Freiheit herausgenommen, mehr war nicht passiert. Und dabei wollte er sich nicht erwischen lassen. Vielleicht hatte er an einem anderen gesellschaftlichen Ereignis teilgenommen, war auf dem Heimweg in beschwingter Stimmung mit ein paar Freunden, mehr oder weniger zufällig, auf diesen Ball geraten, hatte mich dort gesehen, war mir in den Garten gefolgt und hatte eine kleine Tanzrunde mit mir gedreht. Danach war er vermutlich zu seinen Freunden zurückgekehrt. Das war alles. Ein bisschen sonderbar schien mir das schon, aber vermutlich war es unter jungen Männern nichts Ungewöhnliches. Wahrscheinlich wunderte sich nur ein unerfahrenes Hühnchen wie ich über solche Momente.

Als ich kurz darauf mein Sonntagskleid zuknöpfte, lag der Ball endgültig hinter mir. Ich verbuchte ihn als langweiliges Erlebnis mit einem merkwürdigen Zwischenfall und beschloss, nie wieder eine ähnliche Veranstaltung zu besuchen. Meine Pflicht hatte ich nun wirklich erfüllt. Mehr konnten Vater und Tante Auguste nicht von mir erwarten.

Wenig später saß ich mit den beiden am Frühstückstisch, trank Kaffee und aß gebuttertes Gebäck. Draußen vor dem Fenster leuchteten die Blätter der Bäume in allen Farben des Herbstes. Vater, duftend nach Eau de Cologne, blätterte in der Zeitung. Ab und zu runzelte er die Stirn, wenn er etwas las, was ihm nicht gefiel. Tante Auguste trug ein nagelneues Blümchenkleid in Herbstfarben mit enormen Keulenärmeln und war bester Laune, auch weil es mir wieder gut ging. Sie redete wie ein Wasserfall, Hauptthema war natürlich der gestrige Ball.

Ich tat, als hörte ich zu, überlegte aber insgeheim schon, was ich Betty und Johanna nachmittags bei unserem ersten Kaffeekränzchen anbieten sollte. Ich hatte noch keine Erfahrung als

Gastgeberin und war richtig aufgeregt. Was sollte ich den beiden auftischen? Eine richtige Sahnetorte vielleicht?

Doch als ich Tante Auguste darauf ansprach, fand sie Sahne unpassend. Viel zu profan. Geradezu bürgerlich. Immerhin würden wir zwei junge Damen von Adel bewirten.

»An Gebäck kann man zierlich knabbern«, sagte sie. »An Sahnetorte nicht. Deswegen nehmen wir Gebäck.«

Aber eben deswegen wollte ich ja die Torte. Warum trockene Krümel knabbern, wenn man stattdessen einen ganzen Mund voll sahniger Süße haben konnte?

Ich versuchte, Tante Auguste mit ihren eigenen Waffen zu schlagen. »Man kann mit einer zierlichen silbernen Gabel höchst anmutig ein wenig Torte zum Mund führen, das wirkt sehr vornehm«, behauptete ich. »Und so kann ich das schon einmal üben. Für später.«

Zum Glück war das Tantchen an diesem sonnigen Morgen in kompromissbereiter Stimmung. »Wie wäre es mit einer gefüllten Biskuitrolle?«, fragte sie. »Die ist nicht so opulent wie eine Torte und weniger gewöhnlich.«

»Einverstanden«, sagte ich schnell. »Ich finde, das passt wunderbar zu einem Kaffeekränzchen.«

Vater sah von seiner Zeitung auf. »Ein Kaffeekränzchen?«, fragte er überrascht. Offenbar hatte er jetzt erst registriert, worüber wir sprachen. »Warum um Himmels willen willst du ein Kaffeekränzchen abhalten?«

Ich machte ein betont unschuldiges Gesicht. »Warum denn nicht? Das tun viele Damen meines Alters mit ihren Freundinnen.«

Vater faltete mit lautem Rascheln die Zeitung zusammen. »Nun«, sagte er gedehnt. »Ich dachte, du kämest mit deinen Lateinstudien nicht gut voran und müsstest alle Zeit fürs Lernen verwenden. Gibst du schon auf?«

Tante Auguste schenkte ihm einen Blick, der die Milch hätte

sauer werden lassen können. Doch Vater ließ sich davon nicht beeindrucken. Er wirkte fast ein bisschen enttäuscht. Dabei war er es doch gewesen, der mir prophezeit hatte, dass ich das Studium sowieso nicht antreten würde. Und außerdem war immer noch keine Antwort vom Ministerium eingetroffen. Gut möglich, dass ich nie an der Universität zugelassen wurde. Trotzdem schien Vater inzwischen aus irgendeinem Grund zu hoffen, dass ich an meinem Plan festhielt.

»Natürlich gebe ich nicht auf«, sagte ich. »Das Kaffeekränzchen dient nur meiner Ausbildung.«

»Wie das?« Vater legte die Zeitung beiseite und sah mich fragend an.

»Du wolltest doch, dass ich mich parallel auf zwei Lebenswege vorbereite«, sagte ich. »Auf den einer Studentin und den einer Dame. Und das Kaffeekränzchen dient dem zweiten Zweck. Dabei gewinne ich Freundinnen und übe mich in gesellschaftlichen Umgangsformen.«

Tante Auguste hatte ihr Hörrohr auf mich gerichtet, damit ihr kein Wort entging. Jetzt nickte sie. »Elena hat recht, Edgar«, sagte sie. »Das ist ein kluger Schachzug von ihr. Elisabeth ist die Tochter des Grafen Aschersleben. Und Johanna die des Barons von Günzel. Solche Freundinnen werden ihr ein Leben lang nützlich sein.«

Bettys Plan ging also auf, Tante Auguste unterstützte uns voll und ganz. Sie sprach von dem Kaffeekränzchen, als wäre es ihr eigenes.

Am Nachmittag deckte sie sogar höchstpersönlich die Kaffeetafel, und zwar mit unserem besten Porzellan, dem weißen mit dem Blumenmuster. Es passte zu ihrem Kleid.

Später saßen wir zu viert um den kleinen Tisch im Salon, nippten an Kaffeetassen und taten so, als wären wir große Damen der Gesellschaft. Was gar nicht so einfach war, denn Betty blinzelte mir ständig zu und brachte mich damit zum Lachen.

Johanna erwies sich als echte Überraschung. Im Pensionat hatten Betty und ich ihr nie viel Beachtung geschenkt, obwohl sie von Anfang an in unserer Klasse gewesen war. Aber wir waren einfach nicht mit ihr warm geworden. Sie schien keinerlei Wert auf Gesellschaft zu legen und beteiligte sich nie an einer Unternehmung, außer wenn sie ausdrücklich vorgeschrieben war. Im Unterricht war sie gewissenhaft selbst den sinnlosesten Pflichten nachgekommen, die Fräulein Grimaud uns auferlegt hatte, aber nie hatte sie eigene Ideen eingebracht. Und in ihrer Freizeit verschwand sie immer sofort in ihrem Zimmer. Keine wusste, was sie dort tat, und es interessierte irgendwann auch niemanden mehr. Betty und ich hatten Johanna als langweilig und engstirnig eingestuft, und den anderen war es wohl ebenso ergangen.

Doch schon bei unserem ersten Kränzchen zeigte sich, wie unrecht wir gehabt hatten. Ja, Johanna war wunderlich, das schon. Aber langweilig war sie wirklich nicht. Sondern ziemlich gerissen.

Solange Tante Auguste noch wach war, verbarg Johanna ihr wahres Wesen, genau wie damals im Pensionat. Unser Gespräch verlief daher so fade, dass ich selbst ganz schläfrig davon wurde. Zunächst sprachen wir über den Ball. Aber wir wechselten das Thema rasch, weil es Tante Auguste offensichtlich belebte. Stattdessen redeten wir über Klavieretüden, eine halbe Stunde lang. Ich hatte nicht gewusst, dass es überhaupt möglich war, so lange über diese nerventötenden Übungsstücke zu reden.

Johanna erging sich in endlosen Monologen über Tonarten und Triller, und sie sprach nicht nur ausgesprochen langsam und eintönig, sie sah dabei auch noch unendlich langweilig aus. Neben Betty, die ein hübsches fliederfarbenes Kleid trug, erinnerte sie in ihrem braunen Gewand und mit den straff zurückgebunden Haaren an eine Nonne. Sie schien geradezu der Inbegriff von Temperamentlosigkeit zu sein. Und an ihrem Biskuitstück pickte sie nur herum.

Ich zweifelte schon an Bettys Menschenkenntnis und fragte mich, was sie bewogen hatte, sich ausgerechnet mit Johanna anzufreunden. Doch dann nickte Tante Auguste ein, und Johanna verwandelte sich wie durch Zauberei. Erst schaufelte sie die Reste ihres Biskuits schwungvoll in sich hinein. Dann bat sie um ein zweites Stück und fragte mich, wie es auf dem Ball wirklich gewesen war. Plötzlich waren Sprechtempo und Tonfall ganz normal. Ihre Wangen färbten sich rosa vor Eifer, sie fuhr sich übers Haar, und eine Strähne löste sich aus der strengen Frisur. Auf einmal sah sie richtig hübsch aus.

Ich erzählte Johanna und Betty die ganze Wahrheit über den Ball, einschließlich der Episode mit meiner Zugbekanntschaft.

»Das ist ja ungeheuerlich«, sagte Betty. »Glaubst du, er ist ein Lebemann?«

Ich zuckte mit den Schultern. »Ich weiß gar nicht genau, was das ist.«

Johanna pickte die letzten Krümel von ihrem Teller und nahm sich ein drittes Stück von der Biskuitrolle. »So nennt man Männer, die sich ständig auf Festen herumtreiben, Frauen umgarnen und lockere Sitten haben.«

»Hm.« Ich dachte kurz nach. »Im Zug kam er mir nicht so vor. Gestern dann vielleicht ein bisschen. Ich meine, wer macht so etwas? Man tanzt doch nicht heimlich im Garten!«

Johanna und Betty warfen mir einen langen Blick zu.

»Ja, ich weiß«, sagte ich. »*Ich* mach so etwas. Aber doch nur, weil er es vorgeschlagen hat. Sonst wäre ich nie auf diese Idee gekommen.«

»Wenn du ihn wiedersiehst, wirst du vorsichtig sein«, bestimmte Betty. »Aber jetzt dürfen wir keine Zeit mehr verlieren. Wir müssen unseren Plan besprechen. Wo kaufen wir dieses Buch?«

»Pssst!« Ich legte einen Finger an die Lippen und wies auf Tante Auguste. Sie war zwar schwerhörig, aber nicht taub.

»Wir müssen die Buchhandlung klug wählen«, flüsterte Johanna. »Sie darf nicht in der Nähe unserer Wohnorte liegen, sonst werden wir vielleicht erkannt.«

Das klang, als wäre längst klar, dass unser Plan auch ihr Plan war. Offenbar hatte Betty schon alles mit ihr besprochen. Nur wann? Auf der Fahrt zu mir, in der Kutsche? Oder hatten sich die beiden schon ohne mich getroffen?

Ich schluckte. Doch dann beschloss ich, nicht kindisch zu sein. Das war doch eigentlich wunderbar. Wir mussten uns jetzt nicht mehr mit Vorüberlegungen herumschlagen, sondern konnten direkt an die Umsetzung unseres Plans gehen. Wer wusste schon, wann Tante Auguste aufwachte und wie viel Zeit wir hatten?

Ich konzentrierte mich wieder auf unser Vorhaben. »Zu dritt ist das Risiko zu groß«, sagte ich mit gedämpfter Stimme. »Drei junge Damen in einer Buchhandlung fallen vermutlich auf. Besser wäre es, wenn eine von uns allein ginge.«

Betty atmete scharf ein. »Das wage ich nicht«, wisperte sie. »Ich habe noch nie ein Buch gekauft.«

Johanna sah überrascht auf. »Noch nie?«

Betty nickte betreten.

»Also ich«, sagte Johanna.

»Oder ich«, warf ich ein. Ich hatte zwar ebenfalls noch nie ein Buch gekauft, aber vor Johanna wollte ich das nicht zugeben. Tief in mir spürte ich immer noch dieses kleine nagende Gefühl, in dieser neuen Freundinnenrunde vielleicht bald ganz am Rande zu stehen. Und das wollte ich nicht. *Ich* hatte schließlich den Mantegazza gefunden. *Ich* war deswegen von der Schule geflogen. Da schien es nur folgerichtig, dass *ich* es auch war, die das Buch kaufte. Auf keinen Fall wollte ich plötzlich nur noch Zuschauerin sein, selbst wenn die Aufgabe mir insgeheim unangenehm war.

»Sollen wir losen?«, fragte Johanna.

Ich stimmte zu, und nach einer Runde *Schere, Stein, Papier* stand fest, dass ich diesen Part übernehmen würde.

Wir besprachen mit leisen Stimmen alles Notwendige, und als Tante Auguste hüstelnd erwachte, stand unser Plan. Rasch wechselten wir zu einem munteren Geplauder über Pferde. Danach verabschiedeten sich meine beiden Freundinnen.

»Das war ein großer Erfolg!«, sagte Tante Auguste, als wir wieder allein waren. »Sie sind zwei Stunden geblieben. Und von der Biskuitrolle ist kaum noch etwas übrig. Du kannst sehr zufrieden sein.«

Ich nickte. Das war ich auch. Wenn auch aus anderen Gründen.

Unsere Wahl war auf die Brögel'sche Buchhandlung am Potsdamer Platz gefallen. Ich war schon oft daran vorbeigefahren, und die großzügigen Schaufenster sprachen dafür, dass sie riesig sein musste. Außerdem war sie weit genug von unserem Haus entfernt, um dort nicht mit bekannten Gesichtern rechnen zu müssen, aber gerade noch nah genug, um den Weg zu Fuß zurücklegen zu können. Günstig war auch, dass es am Potsdamer Platz um die Mittagszeit so geschäftig zuging wie in einem Ameisenhaufen. Wo, wenn nicht dort, hatte ich die Chance, in der Kundenmasse unterzugehen? Außerdem wohnte Betty ganz in der Nähe. Falls mich jemand sah, konnte ich behaupten, mit ihr verabredet gewesen zu sein.

Jetzt wartete ich nur noch auf einen günstigen Moment für mein Verschwinden.

Er fand sich einige Tage später nach dem Mittagessen. Vater und Auguste hatten sich auf ihre Zimmer zurückgezogen, um zu ruhen. Es gelang mir, das Haus unbemerkt zu verlassen. Ich eilte, so schnell ich konnte, durch die Straßen und erreichte den Potsdamer Platz, ohne jemanden zu treffen, den ich kannte. Vor dem roten Backsteingebäude mit den großen Schaufenstern, in denen Bücher mit Ledereinband und Schnörkelschrift auslagen, holte ich tief Luft. Dann drückte ich mit klopfendem Herzen die Ladentür auf und trat ein. Kurz überlegte ich, ob mein Besuch in diesem Geschäft wirklich eine gute Idee gewesen war. Ich war wegen dieses Buches immerhin von der Schule geflogen, offenbar enthielt es Zündstoff. Doch dann straffte ich den Rücken und schloss die Tür hinter mir. Es ging schließlich nur um ein Buch.

Erleichtert stellte ich fest, wie geräumig das Geschäft war. Der riesige, hohe Saal war rundum mit Regalen bestückt, die bis zur Decke reichten. Davor war reichlich Platz für Tische, auf denen weitere Bücher, aber auch Briefpapier, Notizhefte, Füllfederhalter, Siegellack, Landkarten und Globen in allen Größen präsentiert wurden. Und überall standen Kunden, leider nur männliche. Ich hatte mich bewusst schlicht und zurückhaltend gekleidet. In dem hellgrauen Kleid hoffte ich älter auszusehen, der kleine Hut in derselben Farbe hatte weder Feder noch Blumenschmuck. Doch zwischen all den schwarz gekleideten Herren mit Zylinder und Gehstock fiel ich trotzdem auf wie ein bunter Papagei. Sie blätterten in Büchern, begutachteten Ware, redeten im Flüsterton miteinander, und als ich durch den Raum schritt, sahen alle auf und starrten mich an.

Ich hatte mir die Buchhandlung dämmrig vorgestellt, aber das war sie dank der großen Fenster und der Nachmittagssonne leider nicht.

Der Buchhändler saß in der Mitte des Raumes an einem leicht erhöhten Tisch, wo er Notizen in ein dickes Heft schrieb. Er hatte schütteres Haar, das in dünnen Strähnen an seinem Schädel klebte, und schien diese mangelnde Haarpracht durch einen struppigen Backenbart ausgleichen zu wollen.

Bei meinem Eintreten sah er auf, reckte den Hals, weitete die Nasenflügel, und mir schien es, als würde er meine Angst wittern. Daher setzte ich schnell ein unverbindliches Lächeln auf, nickte ihm zu und wandte mich zielstrebig nach links, als wüsste ich genau, wo ich hinmüsste. Doch der Mann ließ sich nicht ablenken. Er spähte mit seinen hervorquellenden Augen weiter in meine Richtung, und nun erhob er sich auch noch. Oh nein! Er würde doch nicht zu mir kommen? Ich hielt den Atem an.

Doch. Er schlängelte sich tatsächlich hinter seinem Ladentisch hervor und nahm Kurs auf mich. Sein Gang wirkte dabei äußerst sonderbar. Er knickte bei jedem Schritt seitlich in der Taille ein und legte den Kopf schief. Das hatte etwas Duckmäuserisches. Und je näher er kam, desto mehr verstärkte sich diese Marotte, sodass er mich, als er endlich vor mir stand, von schräg unten ansah, obwohl er eigentlich größer war als ich.

»Kann ich der Dame behilflich sein?«, fragte er und entblößte beim Lächeln große gelbe Pferdezähne.

Sein Atem roch faulig, unwillkürlich wich ich einen Schritt zurück. »Nein, danke.« Ich versuchte mich erneut an einem höflichen Lächeln. »Ich sehe mich zunächst einmal nur um.«

»Selbstverständlich.« Er verneigte sich und wies mit einer ausladenden Handbewegung in die rechte Ecke des Raumes. »Dort drüben finden Sie geeignete Damenlektüre. Gleich hinter den Globen. Wenn ich bitten darf …«

Gehorsam wandte ich mich nach rechts. Natürlich stand Mantegazzas Werk dort mit Sicherheit nicht. Ich vermutete es eher bei den wissenschaftlichen Büchern, und die hatte ich weiter links ausgemacht. Aber ich wollte den schmierigen Kerl loswerden, bevor ich danach suchte, und so blätterte ich minutenlang in religiösen Traktätchen, Kochbüchern, Modezeitschriften und gediegenen Romanen, die vom Familienleben auf dem Lande handelten.

Erst als der Buchhändler in ein Gespräch mit einem Kunden vertieft war, bewegte ich mich, scheinbar in Gedanken vertieft, langsam und stetig zur linken Seite des Ladens und ließ meinen Blick rasch über die Buchreihen der wissenschaftlichen Abteilung wandern.

Die Bücher dort waren alphabetisch geordnet. Und wieder hatte ich Pech. Die Werke der Autoren mit dem Buchstaben M standen ganz oben. Ich konnte sie kaum erkennen, geschweige denn ohne Hilfe erreichen. Ich sah nicht einmal, ob Mantegazzas Werk überhaupt vorhanden war. Enttäuscht wandte ich mich ab und überlegte, ob ich noch eine andere Buchhandlung aufsuchen sollte.

Aber dann fiel mein Blick auf einen nahe stehenden Tisch, und plötzlich sah ich es: *Paolo Mantegazza. Physiologie des Genusses. Zweite Auflage.* Nicht in Leder gebunden wie das Exemplar am Flussufer, sondern mit einem hellbraunen Leineneinband, der am Rand mit schlichten Ornamenten verziert war. Und auf dem Tisch lag nicht nur eins dieser Bücher, dort entdeckte ich einen ganzen Stapel davon. Das Werk musste sehr beliebt sein.

Rasch nahm ich ein Exemplar, schnappte förmlich danach, und eilte zurück zur »Damenlektüre«.

Gerade noch rechtzeitig. Der Kunde, mit dem der Buchhändler eben gesprochen hatte, bezahlte jetzt, und der Blick des Backenbärtigen, bei dem es sich dem Gebaren nach um Herrn Brögel höchstpersönlich handeln musste, wanderte schon wieder suchend durch den Raum. Rasch griff ich nach einem Buch über Rosen und einem weiteren über Hildegard von Bingen. Ich schlug sie auf, addierte im Kopf die Preise, dann verbarg ich den Mantegazza unter den beiden anderen und schritt zum Ladentisch. Ich reichte dem Buchhändler das ganze Paket. Dabei sah ich fest in seine wässrigen Augen. Das hatte Betty mir eingeschärft.

Der Mann legte die drei Bücher auf die Theke. Er betrachtete das Rosenbuch, das oben lag. »Eine gute Wahl.« Lächelnd entblößte er seine Pferdezähne. »Dieses Buch wird von Damen gern gekauft. Die Abbildungen sind naturgetreu und eignen sich als Vorlage für Stickereien aller Art.«

Ich nickte und gab mir alle Mühe, sein Lächeln zu erwidern. »Genau dafür benötige ich es«, schwindelte ich. Mein Herz klopfte so stark, als würde ich gerade eine kriminelle Handlung begehen. »Verzeihen Sie«, fügte ich hinzu. »Ich bin in Eile. Können Sie mir die Bücher bitte in Papier einwickeln? Ich habe den Preis schon berechnet. Hier ist das Geld.« Rasch nestelte ich mein Portemonnaie aus dem Pompadour und legte ein paar Münzen auf die Theke. »Das passt so. Das Restgeld führen Sie bitte einem guten Zweck zu.«

»Ich fliege, ich eile«, sagte der Mann mit künstlich singender Stimme. »Aber gar so schnell geht es dann doch nicht, junge Dame. Eine Rechnung muss ich schon schreiben. Alles muss seine Ordnung haben.« Er griff nach einem Formular und notierte darauf in altmodischer Handschrift den Titel des Rosenbuches. Dann legte er es beiseite und studierte den Umschlag des nächsten Buches. »Hildegard von Bingen«, murmelte er dabei vor sich hin. »Eine kluge und fromme Frau. Ein geeignetes Vorbild für eine junge Dame wie Sie.« Er notierte auch diesen Titel auf der Rechnung.

»Gewiss«, gab ich ihm recht. »Ich habe allerdings wirklich einen wichtigen Termin und muss gleich dort sein. Wenn Sie daher so freundlich wären …«

»Gemach, gemach, wir haben es gleich«, säuselte der backenbärtige Buchhändler und legte das zweite Buch zur Seite. Dann lag die *Physiologie des Genusses* vor ihm, und seine Augen weiteten sich. Er hüstelte, sah auf und ließ seinen Blick über mich wandern. »Hier muss ein Irrtum vorliegen.« Vor Aufregung lispelte er, ein Speicheltröpfchen traf meinen Handrücken. »Vermutlich nehmen Sie an, bei diesem Werk handele es sich um ein Kochbuch. Aber dem ist nicht so.«

»Ich nehme gar nichts an«, sagte ich mit schneidender Stimme und ahmte dabei bewusst Fräulein Grimaud nach. »Ich wünsche dieses Buch zu kaufen. Und wie schon betont, bin ich in Eile. Wenn Sie es mir also jetzt einpacken würden, wäre ich Ihnen sehr verbunden.« Ich hob eine Augenbraue und sah den

Buchhändler von oben herab damenhaft an. Diesen Blick hatte ich heute Morgen vor dem Spiegel eingeübt. Trotz meiner Nervosität gelang er mir, das spürte ich.

Doch der Mann war ein härterer Brocken als erwartet. Er richtete sich zu voller Größe auf. »Verehrtes Fräulein!«, sagte er mit salbungsvoller Stimme. »Sie scheinen zu glauben, ein Buchhändler sei lediglich ein Verkäufer von Büchern. Dem ist aber nicht so. Der Beruf des Buchhändlers gleicht dem eines Gärtners.«

Ich wollte ihn erneut zur Eile mahnen, doch er ließ mich nicht zu Wort kommen.

»Ein Buchhändler muss seine Bücher kennen wie ein Gärtner seine Pflanzen«, verkündete er.

Ich bemerkte, dass einige Kunden auf uns aufmerksam geworden waren. Mir wurde heiß, ich fühlte mich von ihren Blicken regelrecht aufgespießt und wünschte, mein Gegenüber würde seine Stimme senken.

Aber das tat er nicht. Im Gegenteil, er wurde sogar noch lauter. »Und seine Kunden sind für ihn wie ein Beet. Er muss einen guten Blick für beides haben und wissen, bei wem welches Wissen Wurzeln schlagen und gedeihen kann. Ihnen, mein Fräulein, verkaufe ich dieses Buch nicht. Es ist für Sie nicht geeignet. Es wird nicht die erwünschten Früchte tragen.«

Ich gab mir Mühe, seinem Blick standzuhalten, obwohl ich innerlich immer kleinlauter wurde. »Es ist nicht für mich«, behauptete ich. »Es ist für meinen … Bruder. Er studiert Medizin. Wenn Sie sich jetzt bitte beeilen würden.«

Der Buchhändler presste die Lippen zu einem ungläubigen Lächeln zusammen. »Nun, dann möge er selbst herkommen und das Buch kaufen, dieser Herr Bruder. Ich lege es gern für ihn zurück. Oder nein, machen wir es doch so: Sie nennen mir Namen und Adresse des Bruders, und ich lasse ihm das Buch liefern.«

In diesem Moment wusste ich, dass ich verloren hatte. Es gab nur noch eine Möglichkeit: den Rückzug.

»Nichts dergleichen werde ich tun«, sagte ich scharf. »Ich werde jetzt gehen. Und zwar, ohne etwas zu kaufen. Auch die anderen Bücher lasse ich hier. Ich werde Ihr Geschäft außerdem nie wieder betreten und auch meinen Bekannten davon abraten.« Hochmütig hob ich das Kinn und drehte mich auf dem Absatz um. Ich wollte nur noch eins. Weg.

Leider kam ich nicht weit. Im Drehen stieß ich gegen ein Hindernis. Ein lauter Knall war die Folge, und ich erschrak jäh. Ich war gegen den Kunden gestoßen, der hinter mir gewartet hatte, und hatte ihm versehentlich zwei Bücher aus der Hand geschlagen.

»Verzeihung!«, sagte der Mann. Er bückte sich, um die Bände aufzuheben, die ihm aus der Hand gerutscht waren.

Als er sich wieder aufrichtete, erkannte ich ihn, und mir stockte das Blut in den Adern. Vor mir stand Max von Waldau. Schon wieder. Das war ja wie verhext! So viele Zufälle konnte es doch gar nicht geben. Er war überaus elegant gekleidet und kam mir jetzt noch größer vor als kürzlich auf dem Ball. Mit seinem dichten Bart hatte er im hellen Tageslicht etwas von einem Piraten an sich.

Ich hätte nicht gedacht, dass mein Schreck noch größer werden konnte. Doch als ich hörte, was Max von Waldau jetzt sagte, schwanden mir fast die Sinne.

»Guten Tag, Fräulein von Burow!« Seine Stimme durchbrach die Stille im Verkaufsraum, und ich bemerkte, wie sich einige Köpfe in unsere Richtung drehten. Jetzt wussten alle, wer ich war, sogar der ekelhafte Buchhändler, der schmierig grinste.

Und dann tat ich etwas sehr Dummes. Ich rannte los. Oder besser, meine Beine rannten von selbst, mein Kopf war an dieser Entscheidung überhaupt nicht beteiligt. Ich raffte mit beiden Händen meine Röcke und eilte aus dem Geschäft, so schnell es die Absätze meiner Schuhe zuließen. Grußlos.

Auf der Straße angelangt, beschleunigte ich mein Tempo

höchst undamenhaft. Ich war nur noch von einem einzigen Gedanken beherrscht: weg hier! Erst, als ich in der Straße ankam, in der Betty wohnte, hielt ich keuchend an.

Tja, und da stand ich nun. Ohne Atemluft. Ohne Buch. Und ohne Hoffnung, unbeschadet aus dieser Angelegenheit wieder herauszukommen.

Dr. med. Maximilian von Waldau, Berlin
an stud. med. Benjamin von Waldau, Jena

Lieber Ben,

bitte entschuldige, wenn ich schon wieder mit der Tür ins Haus falle, aber ich bin verwirrt. Und besorgt. Ach was, ich bin in Wahrheit völlig außer mir. Ich muss dir einfach mein Herz ausschütten. Hier überstürzen sich die Ereignisse gerade, und ich kann kaum mit ihnen mithalten. Deswegen zwinge ich mich jetzt zur Ruhe und schreibe dir ausführlich. Das wird mir helfen, meine Gedanken zu ordnen. Hoffe ich.

Heute Nachmittag war die Praxis geschlossen, Fließ machte Hausbesuche, ich hatte frei. Weil das Wetter schön war, nahm ich auf dem Heimweg wieder mal einen kleinen Umweg in Kauf, um am Hause der von Burows vorbeizuschlendern. Wie jedes Mal wollte ich mich eigentlich aufraffen, dort zu klingeln und meine Visitenkarte zu hinterlassen. Aber nach dem nächtlichen Tanz auf dem Rosenball war ich verunsichert. Hatte sie jemandem davon erzählt? Wie sollte ich vor ihrer Familie auftreten? Wieder verwarf ich die Idee und ging unverrichteter Dinge an dem Haus vorüber.

Und da sah ich plötzlich, von der anderen Straßenseite aus, wie sie das Haus verließ. Sie schien es eilig zu haben. Natürlich folgte ich ihr, da ich auf eine Gelegenheit hoffte, sie anzusprechen.

Sie hastete zielstrebig voran, und im Gedränge auf dem gegenüberliegenden Bürgersteig hatte ich Mühe, ihr zu folgen. Doch es gelang mir, und ich sah, wie sie am Potsdamer Platz eine Buchhandlung betrat.

Als ich es ihr nachtat, war ich zunächst verwirrt. Das Geschäft war ausgesprochen gut besucht, und ich konnte Fräulein von Burow zwischen den Regalen nirgends entdecken. Erst als sie einige Zeit später mit einem Bücherstapel zur Kasse ging, erspähte ich sie, und rasch stand mein Plan fest. Ich griff auf gut Glück nach zwei Büchern und stellte mich damit hinter sie.

Nun wurde ich ungewollt Zeuge eines merkwürdigen Vorfalls. Sie versuchte, drei Bücher zu erwerben, doch der Buchhändler verweigerte ihr mit unhöflichen Worten den Kauf. Überstürzt und empört wollte sie den Laden verlassen und prallte dabei gegen mich. In ihrer Verwirrung beachtete sie mich kaum. Sie rannte einfach weg, und ich stand da wie ein begossener Pudel.

Doch ich wollte mein Vorhaben nicht kampflos aufgeben. Ich beschloss, mich als Kavalier zu erweisen, und kaufte die drei Bücher, die Fräulein von Burow auf dem Kassentisch zurückgelassen hatte. Den Buchhändler brachte ich mit einem scharfen Blick zum Schweigen. Anschließend beglückwünschte ich mich zu dieser grandiosen Idee. So hatte ich endlich eine Ausrede, an ihrer Tür zu klingeln.

Nun, es kam anders. Ich wollte das Paket mit den Büchern eigentlich sofort bei ihr abgeben und lenkte meine Schritte zu ihrem Haus. Doch unterwegs übermannte mich die Neugier. Die Sonne schien warm, und so setzte ich mich im Tiergarten auf eine Bank und wickelte die Bücher aus dem Papier, in das der Buchhändler sie zum Schutz eingeschlagen hatte. Ich wollte mir nur kurz einen Eindruck von der Lektüre verschaffen, die die junge Dame bevorzugte, denn ich hoffte, dieses Wissen bei dem bevorstehenden Gespräch nutzen zu können. Als ich allerdings die Bücher genauer betrachtete, war ich irritiert. Zwei waren ganz harmlos, sie befassten sich wie erwartet mit Allgemeinwissen für junge Damen. Aber das dritte war gar nicht damenhaft. Fräulein von Burow hatte tatsächlich versucht, ein Buch zu kaufen, das sich mit Genüssen aller Art, unter anderem auch mit … nun ja, sagen wir, der körperlichen Seite von Liebe und Leidenschaft befasst.

Ja, du hast richtig gelesen. Es ging darin um den Liebesakt. Nicht nur, aber auch. Ich war ebenso fassungslos, wie du es jetzt vermutlich bist. Mit allem hätte ich gerechnet, aber damit nicht. Niemals hätte ich vermutet, dass sich hinter der zarten Stirn dieses blütengleichen Wesens solche Gedanken verbergen! Wie kann das sein?

Ich blätterte in dem Buch, las einige Stellen, und was ich las, war …

nun, sagen wir, überaus interessant. Aus medizinischer Sicht, versteht sich. Ich konnte einiges daraus lernen.
Dennoch ließ es mich verwirrt zurück. Erst jetzt ergab der merkwürdige Disput zwischen dem Buchhändler und Fräulein von Burow für mich einen Sinn. Der Mann hatte betont, dies sei keine geeignete Lektüre für junge Damen. Und sie hatte ihm gegenüber behauptet, sie wolle es gar nicht für sich selbst kaufen, sondern für ihren Bruder. Aber aus Erkundigungen über die Familie weiß ich, dass sie gar keinen Bruder hat. Sie wollte das Buch also eindeutig selbst lesen. Und nun verstand ich auch, warum sie das Geschäft so fluchtartig verlassen hatte, als der Buchhändler ihr das Buch nicht aushändigen wollte. Ihr war die ganze Angelegenheit peinlich gewesen. Besonders vor mir.
Und da saß ich nun, auf einer Parkbank im Tiergarten, die Sonne schien drückend auf mich herab, und ich wusste nicht, wie ich mich verhalten sollte.
Ein solches Buch konnte ich nicht einfach bei ihr zu Hause abgeben. Wie konnte ich wissen, wer es dort in die Hände bekam? Außerdem würde ich damit in Verbindung gebracht werden. Undenkbar!
Als ich im Park die hell gekleideten, vornehmen Damen mit ihren spitzenbesetzten Schirmchen beobachtete, fragte ich mich, ob der Buchhändler nicht recht gehabt hatte, als er ihr das Buch nicht ausgehändigt hatte. Das war nun wirklich keine geeignete Lektüre für eine wohlbehütete, unverheiratete junge Dame.
Plötzlich fiel mir unser Gespräch im Zug wieder ein. Was hatte Fräulein von Burow noch zu mir gesagt? Sie hatte mich, wenn ich mich richtig erinnerte, gefragt, ob es grundsätzlich Wissen gebe, das für Männer unschädlich, für Frauen aber gefährlich sei. Und ich hatte diese Frage spontan verneint. Ich dachte, es ginge ihr um die Frage, ob man Damen schlimme Diagnosen verheimlichen sollte. Aber jetzt begriff ich, wovon sie vermutlich schon damals gesprochen hatte. Von solchen Büchern! Und ich Narr hatte ihr in besserwisserischer Ahnungslosigkeit versichert, die meisten Frauen seien belastbarer als viele Männer und es gebe keine wissenschaftlichen Erkenntnisse, die das Gegenteil bewiesen.

Irgendetwas von Aristoteles hatte ich gefaselt, um geistreich und gebildet zu erscheinen.

Doch was weiß ich denn wirklich über Frauen? Wenn ich diese Frage ehrlich und gewissenhaft beantworte, muss ich zugeben: nichts. Normalerweise bevorzugen junge Damen ja wohl zarte, gemütvolle Lektüren. Davon habe ich gehört. Und vielleicht hat dies gute Gründe. Vielleicht nehmen sie von unverblümten Schilderungen wirklich Schaden an Leib und Seele. Wie viele junge Damen kenne ich denn genauer, um dies beurteilen zu können? Keine einzige! Nicht einmal als Arzt! In unserer Praxis übernimmt Doktor Fließ bisher alle Patientinnen, um deren weibliches Zartgefühl zu schonen. Er ist ja deutlich älter als ich und außerdem verheiratet.

Oh, ich angeberisches Großmaul! Wie oft habe ich selbst schon darüber geklagt, dass mein Studium mir in vielen Fächern nur Halbwissen vermittelt hat. Wie konnte ich trotzdem so vorschnell einer jungen Dame eine solche Antwort geben, die sie vermutlich sogar als medizinisch fundiert betrachtete? Was hatte ich angerichtet?

In meiner Verwirrung fasste ich einen Entschluss. Ich konnte diese Angelegenheit nicht einfach auf sich beruhen lassen. Ich hatte eine Verantwortung dieser jungen Frau gegenüber, als Arzt und als Mensch. Ich wollte nicht daran schuld sein, ein so unschuldiges Wesen durch einen falschen ärztlichen Rat auf falsche oder gar schädliche Wege geleitet zu haben. Ich musste also ganz schnell herausfinden, ob ich unbeabsichtigt einen verheerenden Fehler begangen hatte. Und wenn meine Behauptung falsch gewesen war, musste ich sie unverzüglich revidieren. Das schuldete ich diesem zauberhaften Wesen. Und auch mir selbst.

Ich beschloss, mit einem Experten zu sprechen, und da gab es in meinem Umfeld nur einen, der infrage kam: Wilhelm Fließ. Als praktizierender Arzt und Ehemann kennt er sich in dieser Angelegenheit in Theorie und Praxis aus.

Ich eilte also zu ihm und traf ihn zum Glück noch in der Praxis an. Er war gerade im Begriff, zu einem Hausbesuch aufzubrechen. Weil der Weg zu dem Patienten nicht weit war, wollte er ihn zu Fuß zurücklegen, und auf sein Geheiß begleitete ich ihn. Wir eilten also die Straße entlang, und unterwegs schilderte ich ihm atemlos die ganze Angelegenheit. Fließ hörte sich alles geduldig an. Er nahm sich sogar die Zeit, stehen zu bleiben und das betreffende Buch mit großem Interesse durchzublättern. Und nun zeigte sich, dass meine Vorsicht berechtigt gewesen war. Fließ reagierte geradezu entsetzt, als er einige Zeilen des Buches gelesen hatte. Als er zudem erfuhr, dass es sich bei der potenziellen Leserin um Elena von Burow handelte, riet er mir in deutlichsten Worten davon ab, ihr dieses Werk auszuhändigen. Als unverheiratete junge Frau, und vor allem als Halbwaise ohne Mutter, so sagte er, könne ein solches Buch auf sie wie eine Lunte wirken, die man an Sprengstoff halte.

»Sie ist ein Weib in vollem Saft«, erklärte er. »Und in ihrem Leben fehlt die geschlechtliche Auslastung. Eine Mutter als Gesprächspartnerin steht ihr nicht zur Verfügung. Der Druck, der durch diese Lektüre entstünde, könnte von niemandem in gesunde Bahnen gelenkt werden.«

Ich war verwirrt. Für so brisant hatte ich das Buch nun doch nicht gehalten. Und Fließ neigt ja manchmal dazu, mit großem Feuer zu sprechen, sodass in seiner Rede einiges gewichtiger klingt, als es ist. Doch dann erwähnte Fließ eine neuartige medizinische Theorie, die er gemeinsam mit einem Wiener Arzt entwickelt hat, einem Experten für seelische Erkrankungen namens Sigmund Freud. Er versicherte mir, dass diese Theorie gut durchdacht sei und die Medizin revolutionieren werde.

»Glauben Sie mir«, sagte er, und sein Blick war voll Sorge. »Bitte glauben Sie mir, eine solche Lektüre kann und wird bei Fräulein von Burow schwere körperliche und seelische Schäden hervorrufen. Und nicht nur dieses Buch. Jeder Gedanke an Wollust und körperliche Liebe, den dieses junge Mädchen hegt, kann in ihrem Körper Prozesse auslösen, die fast zwangsläufig schlimme Folgen haben.« Er hielt inne und setzte dann neu an. »Es ist ein komplexes Thema, und ich kann es Ihnen in der Kürze der Zeit nicht ausführlich erklären, aber Fräulein von Burow könnte bei solchen Gedanken in … nun ja, in gewisse Wallungen geraten, die vielleicht zu … ich sage mal, ungebührlich triebhaftem Verhalten und nicht zuletzt zu krankhaften Veränderungen führen könnten.«

Ich erbleichte. »Und das ist gewiss?«, fragte ich, atemlos neben ihm her eilend.
Fließ nickte. Mit düsterer Stimme sagte er nur ein einziges Wort: »Hysterie.«
Leider waren wir mittlerweile vor dem Haus des Patienten angelangt, und Fließ musste sich verabschieden. »Morgen erkläre ich Ihnen mehr«, sagte er. »Aber bitte, tun Sie in der Zwischenzeit nichts Unbedachtes. Händigen Sie dem Mädchen dieses Buch nicht aus!« Was ich versprach. Und ich versicherte Fließ sogar noch mehr: Ich würde diese Angelegenheit bereinigen. Schließlich war ich es gewesen, der Fräulein von Burow im Zug unbedacht einen falschen ärztlichen Rat gegeben hatte. Und die dadurch bestehende Gefahr war noch nicht gebannt. Was, wenn sie sich das Buch auf anderem Wege beschaffte? Oder vergleichbare Bücher?

Bruder, ich weiß: Es ist meine ärztliche Pflicht, Fräulein von Burow aufzusuchen und sie über die Folgen ihres Tuns aufzuklären. Natürlich wird das kein leichter Gang, das ist mir klar, denn sie ist nicht meine Patientin. Wie aber führt man ein solches Gespräch ohne den schützenden Raum einer Arztpraxis und ohne den sicheren Rahmen des Verhältnisses zwischen Arzt und Patientin?
Ich kann ja wohl kaum in den Salon einer Dame spazieren und sagen: »Gnädiges Fräulein, ich weiß, dass Sie unangemessene Bücher lesen, und ich sehe voraus, dass dies schädliche Folgen für Ihre Gesundheit haben wird. Bitte lassen Sie es sein.« Das würde eine äußerst prekäre Situation schaffen.
Aber auf solche Empfindlichkeiten kann ich jetzt keine Rücksicht nehmen. Es ist meine heilige Pflicht, die passenden Worte zu finden, um ihr die Wahrheit schonend beizubringen.
Fließ hat mir zwar angeboten, die Sache zu übernehmen und mit dem Vater des Mädchens zu sprechen. Aber das halte ich für falsch. Wer weiß, welche Konsequenzen das für sie hätte.
Nein, ich muss es selbst tun und mit ihr höchstpersönlich reden! Und

am besten tue ich es gleich, bevor mich der Mut verlässt. Ich schreibe noch rasch einen Merkzettel, damit festgelegt ist, wie ich das Gespräch aufbauen will.
Und vielleicht kräftige ich mich auch noch mit ein wenig Kokain.
Aber dann los. Wünsche mir Glück …

Max

PS: Natürlich kenne ich die Studien über die Nebenwirkungen von Kokain. Du musst mich nicht darauf aufmerksam machen. Aber als Mediziner wissen wir beide: Die Dosis macht das Gift. Schlucke zehn Esslöffel Kochsalz, und du bist tot. Aber eine Prise davon gibt dem Leben Würze. Außerdem hängen die Nebenwirkungen von Kokain stark von der körperlichen Verfassung ab, und die ist bei mir hervorragend. Mach dir also keine Sorgen, ich bin bei Dr. Fließ in besten ärztlichen Händen, und er rät mir zu. Sein Wiener Kollege Freud unternimmt übrigens seit Jahren regelmäßig Selbstversuche mit Kokain. Und schwärmt davon! Bei ihm zeigt es nur Wirkung, keinerlei Nebenwirkungen. So auch bei mir.

Kapitel 10

»Aus der Art, wie ein Herr den Damen begegnet, kann man den Grad seiner Bildung bemessen. Liebenswürdige Zuvorkommenheit, zarte Rücksichtnahme, achtungsvolle Höflichkeit sollen seine Unterhaltung charakterisieren.
Für zarte Artigkeiten und feines Lob werden auch kluge und edle Frauen empfänglich sein und die Unterhaltung um ihres ritterlichen Anhauchs schätzen.«

Constanze von Franken, *Autorin von Benimmbüchern*

»Mein Kopf schmerzt.« Ich ließ mich auf die geblümte Chaiselongue sinken und legte demonstrativ meine Hand an die Stirn. »Lieber lege ich mich ein bisschen hin und ruhe mich aus. Das Wetter macht mir zu schaffen.«

Vater wollte mit Tante Auguste vor dem Abendessen einen kleinen Spaziergang machen, und ich wollte nicht mit. Ich hatte dank meines Ausflugs in die Buchhandlung für heute mehr als genug Bewegung gehabt. Und genug Aufregung ohnehin. Deswegen war ich erleichtert, als die beiden sich ohne mich auf den Weg machten. Ich benötigte dringend Zeit, um meine Gedanken und Gefühle zu sortieren.

Mein kurzer Besuch bei Betty hatte mich nicht beruhigt. Sie hatte die Hände über dem Kopf zusammengeschlagen, als sie die Geschichte aus der Buchhandlung gehört hatte.

»Um Himmels willen!«, hatte sie ausgerufen. »Er stand direkt hinter dir? Dann hat er sicher alles gehört und gesehen! Dieses Buch bringt Unglück!« Was nicht gerade dazu geführt hatte, dass ich mich besser fühlte.

Ach, gäbe es doch eine Zeitmaschine, mit der man die Uhr einige Stunden zurückdrehen könnte. Ich würde jeden Preis bezahlen, um sie heute nutzen zu dürfen. Betty hatte recht, dieses unselige Buch hatte mir wirklich kein Glück gebracht. Nun hatte es mich auch noch ausgerechnet vor Max von Waldau bloßgestellt.

Und so lag ich an diesem Abend ausgestreckt auf der Chaiselongue im Damensalon, lauschte dem nervenzerrenden Ticken der Kaminuhr, fühlte mich elend und versuchte, wieder einen klaren Kopf zu bekommen. Ich ließ die Situation in der Buchhandlung noch einmal vor meinem inneren Auge Revue passieren, in der Hoffnung, dass sie doch nicht ganz so peinlich gewesen war wie befürchtet. Aber sie war es. Daran ließ sich nicht rütteln.

Meine einzige Hoffnung war, dass Max von Waldau nicht mitbekommen hatte, was ich da zu kaufen versucht hatte. Davon konnte ich ausgehen, schließlich hatte er mich ganz freudig und unbefangen begrüßt. So war meine überstürzte Flucht aus dem Laden vielleicht der einzige Fauxpas, dessen Zeuge er geworden war. Und den konnte ich, sollten wir uns wiedersehen, leicht mit einer Ausrede kaschieren. Ich konnte Zeitnot als Grund anführen. Oder eine drohende Ohnmacht, was auch immer. Wenn dieser Mann ein Kavalier war, wovon ich ausging, würde er sich mit einer Andeutung zufriedengeben und die Sache nie wieder erwähnen. Erleichtert schloss ich die Augen. Ich lauschte dem Ticken der Kaminuhr, das in meinen Ohren jetzt schon viel fröhlicher klang, und nickte ein.

Es war der Türklopfer an unserer Haustür, der mich wenig später aus dem Schlaf riss. Ich nahm an, dass Vater seinen Schlüssel vergessen hatte, doch schlaftrunken, wie ich war, schenkte ich dem Klopfen wenig Beachtung. Klara, das Hausmädchen, würde die Tür schon öffnen. Ich drehte mich auf die Seite und schloss die Augen.

Von Ferne hörte ich Schritte im Treppenhaus, dann Stimmengemurmel, und kurz darauf klopfte jemand an die Tür.

Ich setzte mich auf und rieb mir die Augen. »Ja, bitte?«

Die Tür öffnete sich, Klara betrat den Raum und knickste. »Verzeihung, Fräulein von Burow. Draußen ist ein Herr, der Sie sprechen möchte. Sein Name ist von Waldau. Er sagt, es sei dringend.«

Ich erschrak. Max von Waldau? Träumte ich? Ich schloss kurz die Augen und öffnete sie wieder. Doch Klara stand immer noch an der Tür.

»Soll ich ihn wegschicken, weil weder Ihr Vater noch Ihre Tante da sind?«, fragte sie jetzt.

Ich wollte schon nicken, denn ich war noch ganz verschlafen und fühlte mich außerstande, in diesem Zustand mit Max von Waldau zu sprechen. Doch dann hielt ich inne. Ein solches Gespräch wollte ich auf keinen Fall im Beisein von Vater oder Tante Auguste führen. Die wussten ja nichts von meinem Besuch in der Buchhandlung. Also beschloss ich, die Angelegenheit hinter mich zu bringen.

Ich glättete meinen Rock und strich mir eine Haarsträhne hinters Ohr, die sich aus meiner Frisur gelöst hatte. Nach einem raschen Blick in den Spiegel über dem Kamin nickte ich Klara zu. »Führe den Herrn bitte herein.«

Mir blieben nur wenige Augenblicke, um tief durchzuatmen und nachzudenken. Welche Ausrede sollte ich für meine Flucht aus dem Ladengeschäft anführen? Keine nahende Ohnmacht, das wirkte so schwächlich. Lieber Zeitnot. Ein Termin mit Vater. Mehr war doch eigentlich nicht notwendig, oder?

Ich hörte Schritte vor der Tür und Klaras Stimme. »Hier entlang, bitte«, sagte sie.

Und dann stand Max von Waldau in der Tür. Er hatte eine schwere Ledertasche bei sich, vermutlich seine Arzttasche. Bestimmt kam er gerade aus der Praxis und war auf dem Heimweg. Seine Haare sträubten sich wie eh und je gegen die Frisur, doch von den Kringeln in den Mundwinkeln war nichts mehr zu sehen. Lag das am Bart? Oder war sein Gesicht ungewöhnlich ernst?

»Herr von Waldau! Schön, Sie zu sehen«, sagte ich, erhob mich und reichte ihm die Hand.

Er beugte sich über meine Finger und deutete einen Handkuss an. Dann wartete er kurz, bis Klaras Schritte im Treppenhaus verhallt waren. Erst jetzt begann er zu sprechen. »Ich komme in einer heiklen Angelegenheit.« Er räusperte sich und nestelte an seinem Kragen, als wäre er zu eng. »Erlauben Sie, dass ich die Tür schließe? Ich möchte keine Zuhörer haben.«

Erstaunt zog ich eine Augenbraue hoch. Er wollte ausführlich mit mir über diese Angelegenheit sprechen? Das lag überhaupt nicht in meinem Interesse. Schnell schüttelte ich den Kopf.

»Das wird nicht nötig sein. Die Angelegenheit ist schnell geklärt.« Ich blieb stehen und bot ihm auch keinen Platz an, um ihn auf eine kurze Unterredung einzustimmen. »Ich habe mich heute Nachmittag sehr unhöflich verhalten«, sagte ich. »Das weiß ich wohl. Aber ich hatte einen dringenden Termin, und mein Vater besteht auf Pünktlichkeit. Leider blieb für eine Erklärung keine Zeit.« Ich schenkte ihm ein bezauberndes Lächeln, zumindest hoffte ich, dass es eins war. Dann fuhr ich fort: »Doch obwohl ich gute Gründe hatte, ist ein solches Benehmen natürlich unverzeihlich. Können Sie es mir dennoch vergeben?«

Bescheiden senkte ich die Lider, in Erwartung einer höflichen Antwort. Doch die blieb aus.

Mit drei Schritten war Max von Waldau an der Tür und schloss sie. »Fräulein von Burow«, sagte er. »Zu den Pflichten eines Arztes gehört es, auch Themen anzusprechen, über die man gemeinhin schweigt. Wenn das Wohl eines Patienten davon abhängt, muss ein Arzt reden, selbst wenn er befürchtet, sich dadurch unbeliebt zu machen.« Wieder nestelte er an seinem Kragen herum.

»Ich verstehe nicht …«, begann ich, was den Tatsachen entsprach.

Er bückte sich und öffnete seine Tasche. »Ich habe hier etwas für Sie.«

Ich war viel zu verblüfft, um irgendetwas zu sagen.

Max von Waldau zog ein Paket hervor und reichte es mir. »Hier, die Bücher, die Sie kaufen wollten.«

Verwirrt nahm ich das Paket entgegen. Ich begann zu verstehen, worauf er hinauswollte, und sein nächster Satz zerstörte jeden Zweifel.

»Es sind nur zwei Ihrer Bücher. Das dritte habe ich einbehalten.«

Mir schoss das Blut ins Gesicht, und ich wandte mich ab. Was wollte er von mir? Und was sollte ich jetzt sagen? Oder tun?

Mein Kopf war plötzlich ganz leer, ich konnte keinen klaren Gedanken fassen. Am liebsten wäre ich wieder weggelaufen.

Zum Glück rettete mich ein Klopfen an der Tür. Mit zittriger Stimme rief ich: »Herein!«

Frau Wingersdorff trat ein, und nie zuvor hatte ich mich so gefreut, sie zu sehen. Klara musste sie alarmiert haben, vermutlich fand sie es besorgniserregend, dass ich hinter verschlossenen Türen ganz allein mit einem Mann sprach. Die sonst so freundlichen grauen Augen unserer Hausdame blitzten vor Empörung.

»Darf ich Ihnen etwas servieren?«, fragte sie dennoch höflich. »Einen Tee? Oder eine Limonade?«

»Nein, danke, ich habe keinen Durst«, sagte Max von Waldau geistesabwesend.

Kurz überlegte ich, ob ich um ein Glas Wasser bitten sollte, denn ich hatte plötzlich ein Kratzen in der Kehle. Doch ich hätte vor Aufregung keinen Schluck heruntergebracht, deswegen verzichtete ich darauf.

Frau Wingersdorff zog sich zurück, ließ die Tür aber weit geöffnet, und das gab mir ein wenig Sicherheit zurück.

Ich wandte mich wieder an meinen Besucher. »Ich danke Ihnen für die beiden Bücher«, sagte ich so laut, dass Frau Wingersdorff es im Treppenhaus hören konnte, falls sie dort noch stand. »Ich werde Ihnen den ausstehenden Betrag zukommen lassen. Sie wohnen in der Pension Adelung, nicht wahr?«

»Fräulein von Burow«, sagte von Waldau und sah mich eindringlich an. »Ich muss mit Ihnen sprechen. Allein. Bitte! Erlauben Sie, dass ich die Tür wieder schließe?«

Ich wandte mich ab. »Ich sehe keine Notwendigkeit dazu. Es gibt nichts, worüber ich reden möchte.«

Er kam einen Schritt auf mich zu und senkte die Stimme. »Ich muss mit Ihnen über den Mantegazza sprechen«, raunte er. »Sie dürfen solche Bücher nicht lesen!«

Mein Gesicht wurde heiß vor Scham, und meine Augen brannten. Sollte ich leugnen, dies überhaupt vorgehabt zu haben? Nein, eine Lüge hätte jetzt alles nur noch schlimmer gemacht. Und außerdem war ich zwiegespalten. Ein Teil von mir wollte plötzlich wissen, was Max von Waldau zu dem Buch zu sagen hatte. Er schien ja ein wichtiges Anliegen zu haben, und ich hatte ihn als offenen und wertvollen Gesprächspartner kennen und schätzen gelernt. Der andere Teil von mir wollte sich zwar lieber vor Scham in ein Mauseloch verkriechen, doch ich beschloss, dem peinlichen Thema nicht länger auszuweichen.

»Sie raten mir also davon ab, ein wissenschaftliches Werk zu lesen?«, fragte ich und sah ihn offen an.

Er nickte. »Ich muss es. Leider. Ich habe Hinweise darauf, dass dieses Wissen ihre Gesundheit schädigen kann.«

Unwillkürlich trat ich einen Schritt zurück. »Aber Sie sagten doch im Zug …«

»Ich weiß!«, unterbrach er mich. Seine Augen suchten die meinen. »Das ist es ja. Es ist mir sehr unangenehm, dass ich unbedacht solche Torheiten von mir gegeben habe. Aber das war ein Missverständnis, und nun sehe ich die Sache in einem neuen Licht. Deswegen muss ich mit Ihnen sprechen.«

Ich horchte auf. »Sie haben Experimente gemacht? Psychologischer Natur? Die beweisen, dass manches Wissen für Frauen doch schädlich sein kann?«

Er schüttelte den Kopf. »Das ist leider nicht der Fall.«

Ich nickte nachdenklich. »Dann haben Sie von solchen Experimenten gehört oder gelesen?«

Wieder schüttelte er den Kopf. »So ist es nicht, das muss ich zugeben.«

Jetzt war ich verwirrt. »Nun«, sagte ich. »Dann verstehe ich nicht, was Sie bewogen hat, Ihre Meinung zu ändern, und was mich von irgendeiner Lektüre abhalten sollte. Ich schlage also vor, dass Sie mir auch das dritte Buch aushändigen.«

Jetzt war es Max von Waldau, der einen Schritt zurückwich. »Das werde ich nicht tun«, sagte er.

Wie bitte? Meine Augen brannten plötzlich. Mein Gesicht wurde noch heißer. Was erdreistete sich dieser Mann? Erst kaufte er meine Bücher. Dann spionierte er mir nach, indem er darin las. Anschließend suchte er mich auf und brachte mich in Verlegenheit, ohne mir seine wahren Gründe offenzulegen. Und nun wollte er mir auch noch vorschreiben, was ich zu tun und zu lassen hatte? Wer war er denn? Nichts weiter als eine flüchtige Zugbekanntschaft, wenn ich ihn auch anfangs gemocht hatte. Aber nun stand er plötzlich in meinem Salon und führte sich auf wie Fräulein Grimaud! Mit welchem Recht? Weil er Arzt war? Da hatte er aber etwas falsch verstanden. Er war nämlich nicht *mein* Arzt. Und das würde er auch nicht werden.

»Ich lese, was ich will«, sagte ich kühl. »Und ich möchte nicht mit Ihnen darüber diskutieren. Geben Sie mir also einfach das Buch, und dann wird Klara Sie hinausbegleiten.«

Leider musste ich in diesem Moment niesen, was meinen Worten etwas von ihrer Wirkung nahm.

Max von Waldau wandte sich ab und schloss die Tür. »Hören Sie mich bitte an!«, sagte er, und seine Stimme bebte. »Es ist wichtig. Ich bin als Arzt hier.«

Jetzt wurde ich zornig. »Das habe ich begriffen.« Ich verschränkte die Arme vor der Brust. »Ich kann mich allerdings nicht erinnern, Sie konsultiert zu haben.«

Er kam auf mich zu, und ich zuckte zurück. Langsam wurde mir die Situation unheimlich. Würde er die Tatsache ausnutzen, dass er mit mir allein war?

Doch als Max von Waldau mein Zurückweichen bemerkte, blieb er sofort stehen. »Ich muss etwas zurechtrücken, das ich damals auf der Zugfahrt zu Ihnen gesagt habe.«

Er griff in seine Jackentasche, zog seinen Zwicker heraus und setzte ihn auf. Merkwürdigerweise veränderte das Glas die Größe seiner Augen nicht. Tante Augustes Augen wurden hinter ihrer Lorgnette stets eulenhaft groß. War das eine Attrappe? Doch das war jetzt nicht wichtig. Max von Waldau sah mich durch seine fleckigen Brillengläser eindringlich an.

»Ich weiß, dass Sie mich nicht um Rat gefragt haben«, sagte er. »Aber es ist meine ärztliche Pflicht, eine Fehlinformation zu korrigieren, die ich Ihnen gegeben habe. Sie fragten mich, ob es Wissen gebe, das Frauen schaden könne. Und ich verneinte dies. Doch nun weiß ich es besser.«

»Sprechen Sie weiter«, forderte ich ihn auf.

»Ich habe mit Doktor Fließ über dieses Buch gesprochen. Und er sagte, solche Bücher könnten Frauen durchaus ernsthafte Schäden an Leib und Seele zufügen. Besonders Frauen in Ihrer Situation, sagte er. Bitte, Sie müssen das ernst nehmen.«

In meinen Ohren rauschte das Blut. Er hatte *was?* Mit Doktor Fließ gesprochen? Mit dem Arzt meines Vaters? Über mich und dieses Buch? Ich schnappte nach Luft.

»Sie können doch nicht meine Privatangelegenheiten weitererzählen!«, begehrte ich auf. »Und schon gar nicht jemandem, der mit meinem Vater bekannt ist! Was soll das überhaupt heißen, *Frauen in meiner Situation?*«

»Nun«, sagte er. »Junge, gesunde Frauen mit überschäumendem Temperament ohne jede geschlechtliche Auslastung können …«

Ein erneutes Klopfen an der Tür unterbrach ihn. Wieder war es Frau Wingersdorff.

»Darf ich Ihnen vielleicht Kuchen anbieten?«, wandte sie sich an Max von Waldau. Die Gute schien wirklich alarmiert.

Er schüttelte den Kopf. »Nein, danke«, sagte er gereizt.

Und wartete, bis sie den Raum verlassen hatte.

Frau Wingersdorff schloss die Tür auch dieses Mal nicht. Max von Waldau zögerte, unser Gespräch fortzusetzen, und das gab mir die Gelegenheit, mich zu sammeln. Ich fühlte mich schlecht. Mein Hals war wie zugeschnürt. Meine Nase schwoll zu. Offenbar machte die Aufregung mich krank. Mir wurde klar: Ich musste dieses Gespräch beenden, und zwar ganz schnell, denn die Situation wurde immer verfahrener. Meine Güte, was für eine Katastrophe! Doch ich bezwang meine Gefühle und blieb äußerlich ganz ruhig.

»Ich denke, ich habe verstanden, was Sie mir sagen wollen.« Ich machte eine Pause, um damenhaft und gelassen zu wirken. »Aber da ich das Buch nicht besitze, kann ich es auch nicht lesen. Sie können also beruhigt nach Hause gehen.«

Ich wandte mich ab und ging zum Fenster. Die Blätter der Bäume wirkten fahl und matt. Und so fühlte ich mich auch. Doch gleichzeitig pochte mein Herz wie das eines gehetzten Kaninchens. Vater würde bestimmt bald von dem Mantegazza hören. Was er dazu sagen würde, wollte ich mir gar nicht ausmalen. Ich errötete allein bei dem Gedanken daran, mit ihm über solche Themen zu sprechen. Betty hatte recht, dieses Buch brachte mir kein Glück. Ich würde es niemals lesen. Ich wollte es gar nicht mehr. Ich fühlte mich krank und wollte nur noch eins: Von Waldau sollte endlich gehen.

»Ich muss unser Gespräch beenden«, sagte ich über die Schulter, »da ich mich nicht gut fühle.« Ich zog mein Taschentuch aus der Rocktasche und führte es zur Nase.

Max von Waldau blieb einfach stehen. »Ich bin nicht sicher, ob Sie die Dringlichkeit meiner Worte erfasst haben«, sagte er.

»Oh doch.« Ich starrte weiter in den Garten. Seine Penetranz regte mich auf. »Ich habe alles verstanden. Ich soll dieses Buch nicht lesen, sonst falle ich tot um. Mindestens. Aber ich wiederhole es noch einmal: Da ich es nicht besitze, besteht keinerlei Gefahr. Gehen Sie jetzt!«

Von Waldau machte noch immer keine Anstalten, den Raum zu verlassen. Stattdessen trat er näher und dämpfte erneut seine Stimme, damit Frau Wingersdorff ihn durch die geöffnete Tür nicht hören konnte. »Nicht nur dieses Buch ist gefährlich«, raunte er. »Auch andere Bücher mit ähnlichem Inhalt sind es. Und schon allein … äh, also … das Nachdenken über diese … äh, also … Zusammenhänge kann schlimme Folgen haben.« Er hielt inne und setzte dann neu an. »Es ist schwer zu erklären, aber Sie könnten bei solchen Gedanken in, nun ja, gewisse Wallungen geraten. Und das könnte Sie … also, ich sage mal, sozusagen entflammen. Woraufhin Sie sich vielleicht zu ungebührlichen Handlungen an sich selbst hinreißen lassen könnten, die …«

»Es reicht!«, sagte ich scharf. Jetzt war ich es, die mit drei Schritten an der Tür war und sie energisch zuschlug. In mir loderte plötzlich so viel Wut auf, dass ich es nicht mehr schaffte, mich zu kontrollieren. Ich ging drohend auf Max von Waldau zu. »Sie spionieren mir nach, indem Sie meine Bücher kaufen und sie heimlich begutachten. Sie stellen mich bloß, indem Sie mit Dritten über mich sprechen, und dann auch noch mit dem Arzt meines Vaters. Und jetzt wollen Sie nicht nur meine Lektüre zensieren, sondern sogar meine Gedanken. Außerdem unterstellen Sie mir Unzucht. Was fällt Ihnen eigentlich ein? Und dann verschanzen Sie sich auch noch hinter der Behauptung, Arzt zu sein! Ja, und? Ihr Beruf gibt Ihnen doch nicht das Recht, sich ungefragt in das Leben anderer einzumischen!«

Er wich zurück und wurde sichtlich blasser, aber das stachelte meine Wut nur an.

»Und das nach allem, was Sie im Zug gesagt haben, über Männer, Frauen und wissenschaftliche Erkenntnisse«, fuhr ich fort. »Und ohne jeglichen Beleg für Ihre Behauptung. Ich bin enttäuscht. Nein, mehr noch, ich bin erbost und wütend. Und ich finde Ihr Benehmen merkwürdig. Verhaltensauffällig. Krank.«

Er versuchte, mich zu unterbrechen. »Aber damals wusste ich noch nicht, dass …«

»Genug!«, rief ich. »Ich möchte diese Unterhaltung beenden. Und ich möchte Sie nie wiedersehen! Haben Sie mich verstanden?«

Bevor er antworten konnte, klopfte es hinter mir zum dritten Mal, diesmal sehr energisch. Frau Wingersdorff war offenbar in höchster Sorge. Sie wartete meine Antwort gar nicht ab, sondern öffnete unverzüglich die Tür.

»Gut, dass Sie kommen«, sagte ich, ohne Max von Waldau aus den Augen zu lassen, der jetzt an seinem Kragen zerrte, als würde er ersticken. »Der Herr wollte gerade gehen.«

Er wandte sich tatsächlich zur Tür. Doch dann blieb er stehen, und als mein Blick dem seinen folgte, erschrak ich jäh. Im Türrahmen stand nicht Frau Wingersdorff, sondern Tante Auguste mit gezücktem Hörrohr. Ihre Augen schleuderten förmlich Blitze.

Kurz war es, als wären wir alle drei versteinert. Niemand bewegte sich, keiner sagte ein Wort.

Tante Auguste war die Erste, die das Schweigen brach. »Möchtest du mir den Herrn nicht vorstellen, bevor er geht, Elena?«, ermahnte sie mich scheinbar sanft, doch ihre Augen waren wachsam wie die einer Raubkatze.

Die Situation erinnerte mich fatal an mein Zusammentreffen mit Fräulein Grimaud und dem Gymnasiasten. Innerlich bebte ich, doch äußerlich wahrte ich die Form.

»Tante Auguste, das ist Max von Waldau«, sagte ich mechanisch. »Wir haben uns im Zug kennengelernt. Herr von Waldau, dies ist meine Tante, Auguste von Burow.«

Ich rechnete fest mit einem Eklat.

Doch Tante Auguste entspannte sich plötzlich. Sie ließ das Hörrohr sinken und dachte nach. »Waldau. Hmmm«, murmelte sie und lauschte dem Klang des Namens nach, als hätte sie einen angenehmen Ton vernommen. »Sie sind nicht zufällig mit Käthe von Waldau aus Dresden verwandt?«

Von Waldau wirkte irritiert, doch er nickte. »Sie war meine Großmutter.«

Tante Auguste stieß einen kleinen Freudenschrei aus. »Dann sind Sie der kleine Max«, jubilierte sie. »Das Bübchen!«

Ich starrte sie an. Ihr Stimmungsumschwung kam mir ebenso unwirklich vor wie die ganze bizarre Situation.

Tante Auguste klatschte begeistert in die Hände. »Wir kennen uns, aber Sie werden sich nicht an mich erinnern. Bei unserer letzten Begegnung waren Sie höchstens vier Jahre alt. Nein, wie entzückend, dass Sie uns Ihre Aufwartung machen!« Sie wandte sich an mich. »Elena, warum hast du unserem Besucher nichts angeboten? Er sieht erhitzt aus, bestimmt hat er Durst. Ach, wie herrlich!« Die letzten Worte waren wieder an Max von Waldau gerichtet. »Ich habe nach dem Tod der lieben Käthe einen Kondolenzbrief nach Dresden geschrieben, um Sie und Ihren Bruder zu uns einzuladen. Aber der Brief kam zurück, Empfänger unbekannt. Ich wusste ja nicht, dass Sie längst in Berlin sind. Aber nun sind Sie von selbst gekommen. Wie wundervoll! Sie müssen zum Abendessen bleiben. Oh!« Sie klatschte wieder in die Hände. »Ich habe heute sogar eine Überraschung fürs Essen eingeplant. Als hätte ich es geahnt!«

»Ich, also, äh, ich wollte, ach nein, ich habe bereits …«, wandte Max von Waldau ein.

»Ach, papperlapapp!«, sagte Tante Auguste. »Ein junger Mann wie Sie kann leicht zweimal essen.« Sie hakte sich bei ihm unter und zog ihn aus dem Raum. Er sträubte sich und versuchte, etwas zu sagen, hatte aber keine Chance zu entkommen. »Ich lasse keine Ausrede gelten«, hörte ich Tante Auguste noch sagen. »Und jetzt stelle ich Sie meinem Bruder vor. Edgar! Wo steckst du denn? Edgar! Sieh mal, wen ich hier habe …«

Die Stimmen entfernten sich, und ich war wieder allein. Nur das Ticken der Kaminuhr war noch zu hören. Plötzlich hatte der Klang etwas Bedrohliches. Das konnte nicht gutgehen.

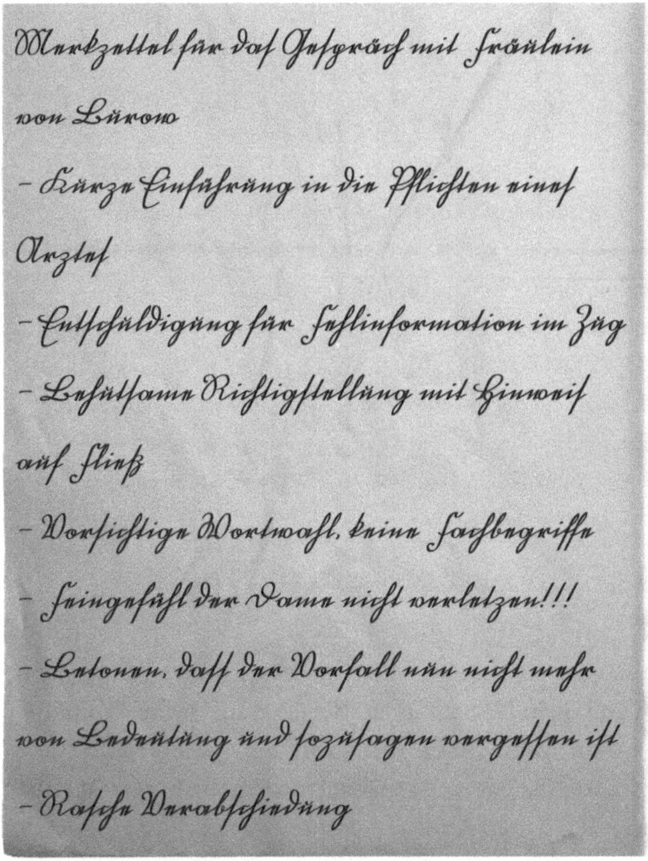
Merkzettel für das Gespräch mit Fräulein von Burow
- Kurze Einführung in die Pflichten eines Arztes
- Entschuldigung für Fehlinformation im Zug
- Behutsame Richtigstellung mit Hinweis auf Fließ
- Vorsichtige Wortwahl, keine Fachbegriffe
- Feingefühl der Dame nicht verletzen!!!
- Betonen, dass der Vorfall nun nicht mehr von Bedeutung und sozusagen vergessen ist
- Rasche Verabschiedung

Merkzettel für das Gespräch mit Fräulein von Burow

– Kurze Einführung in die Pflichten eines Arztes
– Entschuldigung für Fehlinformation im Zug
– Behutsame Richtigstellung mit Hinweis auf Fließ
– Vorsichtige Wortwahl, keine Fachbegriffe
– Feingefühl der Dame nicht verletzen!!!
– Betonen, dass der Vorfall nun nicht mehr von Bedeutung und sozusagen vergessen ist
– Rasche Verabschiedung

Kapitel 11

»Für Abendessen, bei denen die Suppe in Tassen serviert wird, gibt es eine allerliebste, sehr erfolgreiche Überraschung: Goldbouillon!
In der Kraftbrühe flimmert und schimmert es wie eitel Gold. Es lockt, verleitet zu Frag und Antwort, macht Stimmung, dieses Gold. Und dabei ist der Scherz sehr einfach herzustellen: Minimale Flöckchen Gold – bei Vergoldern erhältlich – werden, genau wie beim Danziger Goldwasser, in jede Tasse vor dem Zutischgeben geworfen.«

Aus der Zeitschrift *Die Welt der Frau*

Kaltes Wasser kann wahre Wunder bewirken. Ich wusch meine Hände und mein Gesicht in der Schüssel auf meiner Kommode und gewann nach kurzer Zeit nicht nur mein Wohlbefinden, sondern auch die Fassung zurück. Dass ich mich so in Max von Waldau geirrt hatte, war eine schwere Enttäuschung. Aber zum Glück hatte sich das so schnell herausgestellt. Von Anfang an war ich mir ja nicht sicher gewesen, ob der Tanz im Park nun romantisch oder eher merkwürdig gewesen war. Doch meine Fantasie hatte sich in den vergangenen Tagen verselbstständigt und mehr daraus gemacht. Ich hatte mich tatsächlich schon ein- oder zweimal dabei ertappt, von ihm zu träumen. Vielleicht sogar drei- oder viermal. Und ich hatte ihn dabei zu einem interessanten, klugen, anpackenden Mann gemacht, der sich nicht um lächerliche Sitten und überkommene Moralvorstellungen scherte, zu einer Art Seelenverwandten.

Aber das war er nicht. Er hatte mich verurteilt, ohne mich

überhaupt wirklich zu kennen. Er war ein männliches Fräulein Grimaud. Und so würde ich mich ihm gegenüber auch verhalten. Ich würde heute gute Miene zum bösen Spiel machen und ihn anschließend nie wieder sehen. In ein paar Tagen wäre er für mich nur noch eine merkwürdige Episode in der Vergangenheit.

Ach, dass ich mich so irren konnte! Vermutlich kam das daher, dass ich mir sehnlichst jemanden wünschte, der die Welt mit eigenen Augen betrachtete und dabei zu ähnlichen Schlüssen kam wie ich.

Zum Essen wollte ich mich wie jeden Abend umziehen, musste aber rasch feststellen, dass dieser Abend für Tante Auguste nicht wie jeder andere war. Ich hatte mich gerade für ein bequemes hellblaues Kleid entschieden, da klopfte sie einen Trommelwirbel an meine Tür. Bevor ich einen Ton von mir geben konnte, war sie ins Zimmer getrippelt. Ihre grauen Stirnlöckchen wippten, ihre Wangen waren rosa, sie sprühte vor Energie. Über ihrem Arm hing ein weißes Stoffgebilde, und sie verbarg etwas in ihrer Hand.

»Elena, meine Liebe«, säuselte sie mit singender Stimme. »Was ziehst du an?« Ihr Blick fiel auf das hellblaue Kleid, das auf meinem Bett bereitlag, und sofort verging ihr der Singsang. »Das auf gar keinen Fall!«, sagte sie, und in ihrer Stimme lag so viel Entrüstung, dass ich nicht widersprach. Gleich wurde sie wieder milder. »Die Herren rauchen noch eine Zigarre in der Bibliothek, das gibt uns Zeit.«

Leise summend ging sie zu meinem Schrank, der noch offen stand, und wies mit dem Kinn auf ein zartes pfirsichfarbenes Kleid. »Nimm dieses. Es ist zauberhaft.«

»Das ist doch für ein normales Abendessen viel zu weit ausgeschnitten«, widersprach ich.

»Ach, papperlapapp! Es ist genau richtig«, behauptete Tante Auguste.

Ich wusste, dass jede Diskussion zwecklos war, deswegen hängte ich das hellblaue Kleid zurück und nahm das pfirsichfarbene heraus. Ich legte es aufs Bett und breitete es aus, damit Tante Auguste den Ausschnitt sehen konnte, doch sie ließ sich davon nicht beeindrucken.

»Sieh dir das an«, sagte sie nur und öffnete ihre Faust. Auf ihrer Handfläche schimmerten Perlenohrringe mit Goldverschluss sowie eine passende Halskette aus winzigen Perlen, in deren Mitte eine auffallend große, tropfenförmige Perle hing. Beides legte sie behutsam auf das Kleid. Die Farbe des Perlmutts passte perfekt zu seinem Pfirsichton. »Der Schmuck stammt von deiner Großmutter«, erklärte Tante Auguste. »Du darfst ihn heute tragen. Und bei deiner Hochzeit schenke ich ihn dir.« Sie blinzelte mir verschwörerisch zu.

Das war der Moment, in dem ich begriff, was sie vorhatte. Sie verpackte mich als Praline. Sie wusste ja nicht, dass Max von Waldau und ich ungefähr so gut zusammenpassten wie Pralinen und Sauerkraut. Wobei er eindeutig das Sauerkraut war. Unsere Unterredung stieß mir noch immer sauer auf.

Plötzlich fiel Tante Auguste noch etwas ein, das meinen Verdacht bestätigte. »Ach ja!« Sie hielt das Stoffgebilde hoch, das sie über dem Arm trug. »Und diesen Rock ziehst du unter das Kleid.«

Sie schwenkte einen weißglänzenden Jupon hin und her, der bei jeder Bewegung raschelte. Mich holte gerade alles wieder ein, von dem ich mich längst befreit gefühlt hatte.

Obwohl sich alles in mir gegen diese Pralinenverpackung sträubte, nickte ich. Ich hatte Vater schließlich versprochen, Tante Auguste respektvoll zu behandeln.

Wenig später machte ich mich pfirsichfarben, perlenschimmernd und raschelnd auf den Weg. Vor dem Speisezimmer traf ich Tante Auguste, die auf mich wartete.

»Lass dich ansehen«, murmelte sie und musterte mich mit prüfendem Blick. »Sehr hübsch.« Sie lächelte, setzte sich in Bewegung, hielt aber noch einmal inne. »Ach, noch etwas, Elena.«

Ich sah sie fragend an.

»Du betreibst diese Angelegenheit mit einem sehr sicheren Instinkt«, sagte sie. »Doch vergiss nicht: Wenn du künftig durch widrige Umstände in die Verlegenheit kommst, allein mit einem jungen Mann zu sprechen, dann schließe niemals die Tür. Das fordert einen Mann förmlich dazu auf, sich Dinge herauszunehmen, die unentschuldbar wären.«

Ich runzelte die Stirn, doch bevor ich etwas sagen konnte, tätschelte sie beruhigend meinen Arm. »Schon gut, meine Liebe. Dein Herz hat gehandelt, und der liebe Max hat sich gewiss keine Freiheiten erlaubt, da bin ich sicher.« Sie blinzelte mir verschwörerisch zu, als verfolgten wir beide denselben Plan. Was natürlich nicht der Fall war.

Doch ich konnte nicht widersprechen, denn die Stimmen der Herren drangen bereits durch die geöffnete Tür zu uns. Es roch nach würzigen Speisen und ganz leicht nach Zigarrenrauch.

»Du bist zu blass«, befand Tante Auguste. Sie kniff mich in beide Wangen und schien nun mit meinem Anblick zufrieden. »Und jetzt lächele.«

Mit brennenden Wangen betrat ich das Speisezimmer. Und lächelte.

Die Fenster standen offen, und die Vorhänge bauschten sich im abendlichen Windhauch. Draußen war es dämmrig, und Tante Auguste ließ Klara Kerzen anzünden. Der Tisch war mit schneeweißem Porzellan und schwerem Tafelsilber gedeckt. Pfirsichfarbene Rosen aus unserem Garten schmückten die Tafel, vermutlich die letzten dieses Jahres.

Vater und Max von Waldau standen an einem der Fenster und nippten an Wermutgläsern. Als sie uns bemerkten, stellten sie die Gläser rasch auf dem Büfett ab und deuteten eine Verbeugung an. Max von Waldau wirkte verlegen, als er mich ansah. Er wurde sogar ein bisschen rot. Ich wusste ebenfalls nicht, wohin mit mir. Diesen Mann hatte ich eben aus dem Haus geworfen, weil er sich mehr als dreist verhalten hatte. Und nun wurde ich ihm als Praline zum Abendessen serviert und musste auch noch freundlich tun. Warum hatte er sich nicht einfach in Ausreden geflüchtet und das Haus verlassen? Er brachte uns beide in eine unmögliche Situation. Ich überlegte kurz, ob er mit Vater über den Mantegazza gesprochen hatte, aber nach einem prüfenden Blick auf die beiden schloss ich das aus. Vater wirkte entspannt und unbekümmert. Das wäre er sicher nicht gewesen, wenn er gewusst hätte, warum unser Gast wirklich hier war. Max von Waldau dagegen wirkte noch immer nervös und unsicher. Ständig zupfte er an seinem Kragen herum. Zu einem gut überlegten Gespräch unter Männern war er vermutlich gerade überhaupt nicht in der Lage.

»Du sitzt neben dem lieben Max, und Edgar neben mir«, bestimmte Tante Auguste.

Ich ordnete den Stoff meines Kleides und ließ mich auf den zugewiesenen Stuhl sinken, den Max von Waldau mir höflich zurechtgerückt hatte. Neben ihm zu sitzen war günstig, so musste ich ihn nicht ansehen. Leider saß Tante Auguste mir nun direkt gegenüber und hatte freie Sicht auf mich, das war nicht so optimal. Aber wenn ich eins im Luisenstift gelernt hatte, dann war es die Kunst einer unbewegten Miene. Und die setzte ich nun auf.

Ein kühler Windhauch traf mich, und ich musste niesen. Sofort erhob Max von Waldau sich und schloss die Fenster.

Vater füllte unsere Gläser mit Wein, und Klara servierte die Suppentassen. Darin glitzerte und flirrte es, als würden winzige Goldfischchen in der klaren Bouillon schwimmen.

»Eine Überraschung aus der Küche!« Tante Augustes Doppelkinn bebte vor Begeisterung. »Ist das nicht eine wahrhaft glänzende Vorspeise? In Paris ist dieser Trick gerade sehr *en vogue.* Esst, Kinder, esst! Es sind winzige Flocken aus edlem Gold, sie sind sehr bekömmlich.«

Wir lobten die Suppe angemessen, obwohl sie wie ganz normale Rinderbrühe schmeckte, nur eben mit Krümeln. Was für eine alberne Verschwendung.

Vater zwinkerte mir zu. Offenbar dachte er dasselbe.

»Darf ich Sie weiterhin Max nennen?«, fragte Tante Auguste unseren Gast und lächelte ihn an. Zwischen ihren Zähnen blitzte es golden auf. »Ich bin so sehr daran gewöhnt. Käthe hat in ihren Briefen immer von dem lieben Max geschrieben. Und natürlich von dem kleinen Benjamin. Wie geht es ihm?«

Max von Waldau betupfte sich die Lippen mit seiner Serviette und ließ sich dabei auffallend viel Zeit. Bei einem Seitenblick bemerkte ich, dass er sich heimlich mit der Zunge über die Zähne fuhr, um nicht wie Tante Auguste zu glitzern. Endlich legte er die Serviette beiseite und antwortete: »Natürlich dürfen Sie mich so nennen, Fräulein von Burow. Ben geht es sehr gut. Er studiert in Jena Medizin und macht hervorragende Fortschritte.«

»Hach, der Kleine ist auch schon so groß?«, säuselte Tante Auguste. »Wie die Zeit vergeht! Unsere Elena war auch eben noch ein pralles, rosiges Baby. Und nun ist sie zu einer wahren Schönheit herangereift.«

»Tante Auguste!«, sagte ich scharf. Das ging mir nun doch zu weit.

Max von Waldau deutete eine kleine Verneigung an. »Das ist sie in der Tat.«

Ich hätte ihn erwürgen können. Doch Tante Auguste richtete ihr Hörrohr auf ihn, um keines seiner Worte zu verpassen. Wieder strahlte sie ihn an, und ihre Zahnzwischenräume funkelten mit ihren Augen um die Wette.

Meine Fähigkeit zu einem unbewegten Gesicht kam langsam an ihre Grenzen. Tante Augustes Zähne belustigten mich, und gleichzeitig ärgerte ich mich immer mehr über Max von Waldau. Was für ein Schauspieler er war! Er wirkte wieder so ruhig und besonnen wie damals im Zug. Mit seinen dunklen Augen und der Haarsträhne, die ihm in die Stirn fiel, sah er ausgesprochen gut aus. Und seine Stimme war tief und warm. Hätte ich es nicht besser gewusst, hätte ich ihn sympathisch gefunden. Am liebsten hätte ich ihn mit einer scharfen Bemerkung verletzt, nur, damit er endlich ging. Aber das hätte viele Fragen nach sich gezogen, deswegen zwang ich mich weiter zur Ruhe.

Es war Vater, der die Situation rettete. Er wandte sich an unseren Gast. »Wie gefällt Ihnen Berlin?«, fragte er. Und das war endlich eine ganz normale Frage.

»Es ist eine faszinierende Stadt«, sagte Max von Waldau, ebenfalls sichtlich erleichtert.

Tante Auguste hatte wieder ihr Hörrohr auf ihn gerichtet. »Sie wohnen bei der Witwe Adelung?«

Er nickte. »Noch. Aber sie wird leider in Kürze aufs Land ziehen, und ich suche nach einem neuen Quartier. Was nicht ganz einfach ist. Großmutters Katze lebt ja bei mir. Und wer will schon einen Mieter mit Haustier?«

»Salomé!«, rief Tante Auguste und entblößte dabei wieder ihr Glitzergebiss. »Käthes Seelenfreundin! Sie ist bei Ihnen?«

Er nickte. »Frau Adelung kümmert sich ganz rührend um sie, wenn ich in der Praxis bin.«

Tante Auguste griff sich ans Herz und wandte sich an mich. »Du musst wissen, Elena, Käthe von Waldau und ich waren Jugendfreundinnen. Sie war einige Jahre älter als ich und hat mich in meiner ersten Ballsaison unter ihre Fittiche genommen.« Tante Auguste sah auf einmal ganz betrübt aus. »Sie war hinreißend! Schön und klug bis ins hohe Alter! Wir haben uns all die

Jahre Briefe geschrieben, und so habe ich aus der Ferne miterlebt, wie sie ihren Sohn bekommen hat, wie sie ihn aufzog, und auch, wie sie ihn und ihre Schwiegertochter später bei diesem tragischen Unfall verloren hat.«

Max von Waldau senkte den Kopf, und ungewohnt feinfühlig wechselte Tante Auguste das Thema. »Katzen sind wundervolle Tiere, findet ihr nicht?«

Natürlich stimmten wir ihr zu und lobten die spezielle Wesensart von Katzen im Allgemeinen und Salomé im Besonderen in den höchsten Tönen, bis der traurige Moment überstanden war. Die unerwartete Information, dass Max von Waldau ohne Eltern aufgewachsen war, machte mich betroffen.

Klara räumte die Suppentassen ab und servierte den Hauptgang. Es gab zarten Braten, Erbsen und Kartoffeln. Zum Glück glitzerte nichts davon. Ich tastete nach meiner Serviette und führte sie zum Schein an die Lippen, während ich mir in Wahrheit die wieder einmal tropfende Nase abtupfte.

Tante Auguste rührte ihr Essen kaum an. Sie schien ganz in Gedanken versunken. Plötzlich sah sie auf. »Ich habe eine Idee!«

Max von Waldau zog fragend eine Augenbraue hoch. Vater, der gerade eine Gabel voll Erbsen zum Mund hatte führen wollen, stockte in der Bewegung, und die Erbsen fielen auf den Teller zurück. Misstrauisch musterte er Tante Auguste.

Sie beugte sich vor. »Unser Fräulein hier hat große Pläne«, sagte sie mit verschwörerischer Stimme. »Sie will viel lernen. Unter anderem Latein.«

Jetzt wanderte die Augenbraue des jungen Arztes noch höher. »Latein?«, fragte er ungläubig.

»In der Tat«, sagte Tante Auguste. »Und wir haben nichts dagegen einzuwenden. Ein bisschen Bildung ziert jede junge Dame, nicht wahr?«

»Sicher«, stimmte Max von Waldau ihr zu. Irrte ich mich, oder schwang in seiner Stimme ein zweifelnder Tonfall mit?

Ich warf ihm einen eiskalten Blick zu. »Wissen jeder Art ist für alle Menschen von Vorteil«, sagte ich.

Statt auf der Stelle einzufrieren, erwiderte Max von Waldau meinen Blick mit einem verbindlichen Lächeln. »Wissen in der richtigen Dosis ist gewiss für viele Menschen eine Bereicherung«, sagte er, und ich wusste, dass auch er sich gerade nicht auf die lateinische Sprache bezog.

Doch Tante Auguste blieb arglos. »Genau!« Sie klatschte zufrieden in die Hände. »Aber Elena macht allein keine guten Fortschritte. Vielleicht könnten Sie ihr hin und wieder ein bisschen helfen? Als Arzt sprechen Sie diese Gelehrtensprache doch sicher fließend.«

Max von Waldau nickte. »Ich bin gern bereit, diese Aufgabe zu übernehmen, wenn Fräulein von Burow es wünscht.«

Ich stach mit meiner Gabel so heftig in eine Erbse, dass sie vom Teller sprang und auf den Boden fiel. Ich hatte diesen Mann vor einer Stunde aus dem Haus geworfen. Warum drängte er sich mir auf?

Ich übte mich noch einmal in der Kunst der unbewegten Miene. »Nein, danke. Ich will Ihre Höflichkeit nicht ausnutzen.«

»Aber es wäre mir ein Vergnügen«, sagte Max von Waldau.

War er nur höflich? Oder führte er etwas im Schilde?

Tante Auguste lächelte so zufrieden wie eine Katze, die gerade eine Maus verspeist hatte. »Dann wäre das also beschlossen«, sagte sie.

Ich schüttelte energisch den Kopf. »Was werden die Leute sagen?« Nicht dass mir das wirklich wichtig gewesen wäre. Aber ich musste nach jedem Strohhalm greifen.

»Wie bitte?« Tante Auguste führte erneut ihr Hörrohr ans Ohr.

»Mein Ruf!«, wiederholte ich lauter. »Es könnte Gerede geben.«

»Ach, papperlapapp!«, sagte Tante Auguste energisch. »Max

ist der Enkelsohn meiner verehrten Freundin Käthe. Er gehört fast zur Familie. Also wirklich, Elena! Außerdem werde ich natürlich an diesem Unterricht teilnehmen. Und du wirst von mir bewacht wie eine Prinzessin von einem alten Drachen, das weiß jeder. Niemand käme auf den Gedanken, hier könnte irgendetwas nicht mit rechten Dingen zugehen, solange ich dabeisitze. Was meinst du, Edgar?«

Vater strich sich nachdenklich über den Bart. Dann nickte er bedächtig. »Ich habe keinerlei Bedenken«, sagte er. »Elena könnte diese Hilfe gut gebrauchen. Bei mir selbst liegt das Latein doch sehr lange zurück. Und ich würde mich freuen, wenn Sie nach der Unterrichtsstunde hin und wieder ein Pfeifchen mit mir rauchen würden, Herr von Waldau.«

Ich starrte wütend auf die Tischdecke. Allein der Gedanke an diesen Unterricht schnürte mir die Kehle zu. Jedes Wort von Max von Waldau würde mich an das unangenehme Gespräch im Damensalon erinnern. Dieser Mann hatte mich verdächtigt, unschickliche Dinge zu tun, und das, ohne mich auch nur zu kennen. Ich hasste ihn. Ich wollte ihn nicht um mich haben. Doch was konnte ich tun? Sosehr ich auch nachdachte, mir fiel nichts ein.

»Nun gut«, sagte ich und wandte den Blick ab, um meine wahren Gefühle zu verbergen. »Ich nehme Ihr Angebot an und danke Ihnen dafür.«

Wohlwollend lächelte Tante Auguste mich an. Und auch Vater schmunzelte. Dieses Arrangement schien ihm zu gefallen. Aber er wusste ja auch nicht, was Max von Waldau und ich wussten. Hoffentlich würde mein neuer Lateinlehrer beim gemeinsamen Pfeifenrauchen auch weiterhin schweigen.

Nach dem Essen verabschiedete ich mich mit einem Hinweis auf meine angegriffene Gesundheit. Ich war verschnupft, und das in jeder Hinsicht. In meinem Herzen stritten sich widersprüchliche Gefühle um die Vorherrschaft. Schließlich siegte die Wut. Aber ich konnte mich nicht entscheiden, worauf ich wütend war. Auf mich selbst, weil ich mich durch den missglückten Buchkauf in diese Situation gebracht hatte? Auf Max von Waldau mit seiner Engstirnigkeit und Borniertheit? Oder auf das Schicksal, das diesen Mann immer wieder zu mir führte? Warum nur musste alles so schwierig sein?

Dr. med. Maximilian von Waldau, Berlin
an stud. med. Benjamin von Waldau, Jena

Lieber Ben,

ich brauche dringend deinen Rat. Ich muss nämlich eine Entscheidung treffen. Und zwar sofort.
Aus Zeitnot kann ich dir die Situation nicht näher schildern, nur so viel: Ich habe, wie im letzten Brief angekündigt, gestern mit Fräulein von Burow ein Gespräch unter vier Augen geführt. Der Verlauf war leider katastrophal. Jedes Wort, das ich in hehrer Absicht und mit großer Zurückhaltung zu ihr sagte, kam ganz falsch bei ihr an. Sie wurde wütend und verwies mich energisch des Hauses.
Ausgerechnet in diesem Moment traf ich aber auf ihre Tante. Und stell dir vor: Diese Tante war früher gut mit Großmutter befreundet.
Ist dir der Name Auguste von Burow ein Begriff? Mir kam er von Anfang an bekannt vor, aber ich hätte nicht sagen können, woher. Wie dem auch sei, Fräulein von Burow senior erwies sich als reizende Dame, die mich tatsächlich ein bisschen an Großmutter erinnerte, und im Gespräch mit ihr fühlte ich mich in Berlin erstmals heimisch.
Auch ihr Bruder, Elenas Vater Edgar von Burow, ist überaus liebenswürdig. Die beiden luden mich zu einem exzellenten Abendessen ein, das ich trotz der angespannten Stimmung zwischen mir und ihr nicht ausschlagen konnte.
So, und jetzt komme ich zu dem Punkt, an dem ich deinen Rat benötige: Als wir bei Tisch saßen, baten mich die beiden, der Tochter des Hauses Lateinunterricht zu erteilen. Elena von Burow selbst war sichtlich entsetzt von diesem Vorschlag, und ich suchte schon nach einer Ausrede. Doch dann kam mir ein wichtiger Gedanke: Ist es nicht vielleicht sogar gut, die junge Dame in den kommenden Wochen noch ein wenig im Auge zu behalten? Sie scheint ja zwei Gesichter zu haben. Auf der Zugfahrt wirkte sie kultiviert, klug und humorvoll. Aber

heute war sie ungewöhnlich schroff, ja, geradezu aggressiv. Und ihre sonderbaren Lektürevorlieben irritieren mich nach wie vor. Beides lässt möglicherweise auf eine krankhafte Entwicklung schließen.
Immerhin handelt es sich hier um die Nichte einer lieben Freundin unserer Großmutter. Ihre Gesundheit darf mir daher nicht egal sein, auch wenn sie nicht meine Patientin ist. Außerdem kann ich nicht verhehlen, dass ich mich zu ihr hingezogen fühle, um es mal ganz sachlich und neutral zu formulieren. Und da wüsste ich natürlich gern, wie sie wirklich ist.
Jetzt bin ich unsicher. Soll ich Fräulein von Burow unterrichten? Oder soll ich lieber Abstand von diesem Plan nehmen?
Fließ rät zu. Er meinte, ich könne ihr neben Latein auch behutsam etwas über wichtige Unterschiede zwischen Männern und Frauen beibringen. Genaues will er mir noch mitteilen.
Was meinst du?
Bitte schicke mir ein Telegramm, sobald du diesen Brief erhalten hast. Telegraphiere Ja, wenn du denkst, dass ich den Unterricht übernehmen sollte. Und Nein, wenn du mir abrätst. Falls du Bedenken hast, werde ich versuchen, mich irgendwie aus der Schlinge zu ziehen.

Antworte schnell!

Dein Max

PS: Leider sind meine Zahnschmerzen zurückgekommen. Bei diesem unseligen Abendessen scheinen winzige Metallpartikel in die Wunde geraten zu sein, und so kann ich diese Stunden wieder nur mit Hilfe von Kokain überstehen. Ich möchte es dir trotz deiner Skepsis noch einmal dringend ans Herz legen. Früher wäre man an diesen Schmerzen verreckt. Ich aber bin sogar in der Lage, dir einen Brief zu schreiben!

Kapitel 12

»Wer sich bei seinen Kranken überzeugen will, ob ihre Neurosen wirklich mit ihrem Sexualleben zusammenhängen, der kann es nicht vermeiden, sich bei ihnen nach ihrem Sexualleben zu erkundigen und auf wahrheitsgetreue Aufklärung über dasselbe zu dringen.«

Sigmund Freud, *Arzt*

Mit bangem Herzen öffnete ich die Tür zur Bibliothek. Es war später Nachmittag, und ich trug ein nagelneues lavendelblaues Kleid mit Keulenärmeln, das Tante Auguste mir aus den Kreationen von Madame Dubois für heute ausgesucht hatte, und wieder die wertvolle Perlenkette meiner Großmutter.

»Da bist du ja endlich, Elena! Hübsch siehst du aus!«

Tante Auguste saß am Kamin und bestickte ein Taschentuch. Das Feuer flackerte munter, ihre rosigen Bäckchen glühten vor Wärme und vielleicht auch aus Vorfreude. Mein sogenannter Nachhilfelehrer war zum Glück noch nicht da.

Ich trat zum Tisch und legte mein Lateinbuch sowie mein Schreibheft darauf. Seufzend ließ ich mich auf einen Stuhl sinken.

In Vaters Bibliothek hatte ich mich bisher immer wohlgefühlt. Die Vorhänge mit ihrem warmen Goldton, die goldglänzenden Buchrücken in den hohen Regalen, das schimmernde Walnussholz des großen Tisches, all dies erinnerte mich an Ali Babas Zauberhöhle, und es kam mir vor, als wären in den Büchern Schätze verborgen, die ich mit einem leisen *Sesam, öffne dich* für mich entdecken konnte.

Schade nur, dass es mit diesem Zauber vorbei sein würde, sobald Max von Waldau seinen polierten Schuh über die Schwelle setzte. Was hatte ich mir da nur eingebrockt?

Ich seufzte erneut. Diesmal so laut, dass Tante Auguste es sogar ohne Hörrohr vernahm. Sie sah von ihrer Handarbeit auf.

»Na?«, fragte sie. »Bist du aufgeregt?« Verschwörerisch blinzelte sie mir zu.

Ich schüttelte den Kopf. Aufgeregt? Nein. Übellaunig. Missmutig. Gereizt. Doch ich schwieg. Tante Auguste lächelte, als wüsste sie ohnehin mehr über mich als ich selbst.

Wenn ich an Max von Waldau dachte, tauchten in meinem Kopf drei Bilder auf. Da war einmal der glatt rasierte, freundliche, kluge Gesprächspartner, den ich im Zug kennengelernt hatte. Dann der förmlich vibrierende, schweigsame Tänzer im Frack. Und schließlich gab es noch den bärtigen, stotternden, ständig an seinem Kragen herumzupfenden Mann, der sich stammelnd in dunklen Andeutungen erging und sich ungefragt in Bereiche meines Lebens einmischte, die ich mit ihm nicht teilen wollte. Ich hatte nächtelang darüber nachgedacht, wie diese drei Bilder zusammenpassten, aber ich war zu keinem Ergebnis gekommen. Ich wusste nur eins: Ich wollte diesen Mann einfach nicht mehr sehen.

Doch leider schwebte Tante Auguste genau das Gegenteil vor. Und wenn ich mir jetzt einen Patzer erlaubte und sie verärgerte, konnte dies das Ende all meiner Pläne bedeuten. Das hatte Vater nur allzu deutlich klargestellt. Ich wusste zwar nicht, was er tun würde, wenn ich mein Versprechen brach, aber angenehm würde es sicher nicht werden.

Die Standuhr schlug fünf, und der wummernde Türklopfer riss mich aus meinen Gedanken. Max von Waldau nahte. Sofort begann mein Herz zu pochen wie das eines gejagten Hasen.

»Sitz gerade, Elena«, raunte Tante Auguste mir zu. »Und kneif dich mal in die Wangen. Du bist ja weiß wie ein Leintuch.«

Ich schüttelte den Kopf. Stattdessen sprang ich auf und lief zum Fenster, um es aufzureißen. Ich brauchte Luft.

Es klopfte. Klara kündigte unseren Gast an, und dann stand Max von Waldau in der Tür. Noch immer fühlte ich mich wie ein panisches Kaninchen.

Von Waldau trug einen schwarzen Anzug, eine ebenso schwarze Weste und darunter ein Hemd mit einer altmodischen Fliege. Keine Nachlässigkeit verriet, dass er aus privaten Gründen hier war. Er sah aus wie ein Arzt auf Visite. Sein Bart war weiter gewachsen, und auf seiner Nase klemmte wieder dieser alberne Zwicker, der meiner Meinung nach einzig und allein dem Zweck diente, ihn älter wirken zu lassen. Unter seinem linken Arm trug er eine Pappschachtel.

Er begrüßte Tante Auguste formvollendet mit einem Handkuss. Dann drehte er sich zu mir um. Ich lehnte immer noch am Fensterbrett, und von dort aus nickte ich ihm mit einem kühlen Lächeln zu. Trotz meines abweisenden Blicks kam er zu mir, streckte mir die Hand hin, und ich musste ihm meine reichen. Sein Blick war distanziert, sein Händedruck wohldosiert, der angedeutete Handkuss förmlich. Er verhielt sich geradezu überkorrekt.

»Ich danke Ihnen, dass Sie Zeit für meinen Unterricht gefunden haben«, sagte ich steif.

Er deutete eine Verbeugung an. »Es ist mir ein Vergnügen.«

Seine Lippen verzogen sich zu einem knappen Lächeln, doch seine Augen leuchteten nicht. Von der Vertrautheit, die sich bei unserem ersten Gespräch im Zug wie von selbst eingestellt hatte, war auch heute nichts zu spüren. An den Mann von damals erinnerten nur die dunklen Augen, die jedoch jeden Blickkontakt vermieden.

Max von Waldau stellte die Pappschachtel auf den Tisch, öffnete sie und wandte sich an Tante Auguste. »Ich habe mir aus dem Nachlass meiner Tante etwas schicken lassen«, sagte er.

»Und heute ist diese Sendung eingetroffen. Es handelt sich um die Briefe, die Sie, Fräulein von Burow, an meine Großmutter geschickt haben. Sie hat alle aufbewahrt.«

Er nahm ein Bündel Briefe aus der Schachtel, das mit einem grünen Seidenband zusammengebunden war. Als er es auf den Tisch legte, stob eine Wolke auf. Er entnahm der Schachtel ein weiteres Bündel und blies vorsichtig den Staub vom Papier. Es folgten noch zwei weitere, jedes war mit einer Schleife in einer anderen Farbe zusammengebunden. Auf den Briefumschlägen erkannte ich Tante Augustes Schrift.

Max von Waldau blickte von den Briefen zu Tante Auguste und wieder zurück. Er sah verunsichert aus, vermutlich, weil deren Gesicht förmlich verrutscht war. Sie wirkte, als könnte sie sich nicht entscheiden, ob sie lächeln oder weinen sollte. Und sie sagte kein einziges Wort.

Von Waldau räusperte sich. »Ich dachte, dass Sie vielleicht Freude daran haben, diese Briefe erneut zu lesen«, sagte er leise. »Oder war das unbedacht? Wühlt diese Lektüre Sie zu sehr auf?«

Jetzt kam Bewegung in Tante Auguste. Sie tupfte sich die Augen mit dem Taschentuch ab, das sie eigentlich hatte besticken wollen. »Sie lieber Junge, Sie!« Ihre Stimme bebte. »Was für eine wunderschöne Überraschung! Ich danke Ihnen sehr.« Sie lächelte und betupfte gleichzeitig wieder ihre Augen. »Verzeihen Sie, das ist ein sehr emotionaler Moment für mich.« Sie hielt kurz inne, um die Fassung zurückzugewinnen. »Ja, aufwühlen werden mich diese Briefe, das ist keine Frage«, fuhr sie dann fort, ihre Stimme klang jetzt trotz der Tränen klar. »Aber sie werden mir auch viel Gutes in Erinnerung rufen. Sie werden mich in alte Zeiten zurückversetzen, und dort werde ich sehr glücklich sein. Ich danke Ihnen von Herzen!«

Max von Waldau senkte ehrerbietig den Kopf. Er stapelte die Briefpakete wieder in den Karton, ging zu Tante Auguste und überreichte ihn ihr. Die Erleichterung war ihm deutlich anzusehen.

Tante Auguste nahm die Schachtel entgegen und strich mit der Hand darüber. »Ich danke Ihnen«, wiederholte sie. »Zu wissen, dass Käthe all diese Briefe aufbewahrt hat, bedeutet mir viel.«

Von Waldau deutete eine Verbeugung an. Dann kam er zum Tisch zurück und setzte sich auf den Platz mir gegenüber. Er räusperte sich erneut. »Beginnen wir mit dem Unterricht«, sagte er knapp.

Ich nahm einen Stift zur Hand und schlug mein Schreibheft auf. »Sehr gern.« Ich wollte die Sache schnellstmöglich hinter mich bringen.

»Latein ist eine schwierige Sprache«, begann er und betastete nervös seine Fliege. Ich wünschte, er würde das lassen. Ich wurde davon ebenfalls ganz nervös. »Man sollte sich beim Erlernen niemals mit Fragen aufhalten, die zu schwer verdaulich oder unverständlich sind«, fuhr er fort. »Manche Dinge muss man einfach hinnehmen, ohne sie zu hinterfragen.«

Bla, bla, bla. Als ob ich das nicht wüsste.

»Genau wie auch sonst im Leben.« Von Waldau machte eine künstlich lange Pause, um den Effekt seiner Worte zu verstärken, und zog streng eine Augenbraue hoch.

O nein. Er sprach schon wieder von dem Mantegazza. Musste das wirklich sein? Konnte er damit nicht endlich aufhören? Wieder trieften seine Worte nur so von überheblicher Moral. Fast hatte ich den Eindruck, etwas davon müsse in seinem lächerlichen Bart hängen bleiben. Auch wenn das natürlich Unsinn war, wurde ich diesen Gedanken nicht mehr los, und seine haarumwachsenen Lippen ekelten mich plötzlich an. Sosehr ich es auch versuchte, ich konnte mich beim besten Willen nicht auf die lateinische Grammatik konzentrieren, die er jetzt aufschlug. Ich war ganz und gar damit beschäftigt, mich innerlich gegen eine erneute Moralpredigt zu wappnen.

»Alles zu seiner Zeit«, sagten Max von Waldaus Lippen. »Das gilt es stets zu beherzigen, sonst verwirrt man seinen Geist. Es gibt für alles die richtige Zeit im Leben.« Er hielt kurz inne. »Und wahrhaft weise Menschen verstehen es, darauf zu warten.«

Himmel, was sollte dieses Gerede? Genoss er meine Verlegenheit etwa? Ich hatte stark den Eindruck, dass dem so war. Aber welches Recht hatte dieser Mann, sich mir so überlegen zu fühlen? Und das tat er eindeutig. Warum sonst hatte er mir den Mantegazza nicht einfach ausgehändigt? Und warum beließ er es jetzt nicht endlich dabei? Er wollte mir Latein beibringen. Gut, dann sollte er das doch einfach tun. Warum hielt er es für notwendig, mir weiter ins Gewissen zu reden und mich zu tadeln und zu erziehen wie ein kleines Kind? Die Situation war wirklich schwer erträglich. Meine Anspannung nahm weiter zu.

Zum Glück hatte Tante Auguste ihr Hörrohr niedergelegt und sich den Briefen zugewandt. Sie faltete einen auf und vertiefte sich in die Lektüre. So musste ich wenigstens auf sie keine Rücksicht nehmen.

»Latein ist eine eher männliche Sprache«, behauptete Max von Waldau jetzt. »Man benötigt Lebenserfahrung, um sie zu erlernen, sowie einen analytischen Verstand und klares Augenmaß. Man muss die Dinge mit Distanz sehen und richtig einordnen, man kann sie nicht intuitiv erfassen, wie Frauen es gern tun.«

Wieder bezog er sich vermutlich nicht auf die Sprache, sondern auf Bücher über die Liebe. Und die sollten Männersache sein? Glaubte er wirklich, der Verstand von Männern sei analytischer als der von Frauen? Langsam begann ich an *seinem* Verstand zu zweifeln. Ich hatte die Nase gestrichen voll von seiner oberlehrerhaften Überheblichkeit.

Und das nicht nur im übertragenen Sinne. Meine Nase juckte, und sie schwoll schon wieder zu, vermutlich wegen des Staubs, den Max von Waldau mit diesen alten Briefen überall verteilt hatte. Ich versuchte zu atmen, ohne dabei zu schniefen, aber das war fast unmöglich. Verstohlen zog ich mein Taschentuch hervor und betupfte so unauffällig wie möglich meine Nase.

»Und wie ist es mit der Sprache der Frauen?« Ich lehnte mich zurück und verschränkte die Arme vor der Brust. »Wo und wie kann man sie erlernen?«

Max von Waldau blickte erstaunt auf. »Wie meinen Sie das?«

Ich lächelte maliziös. »Ich spreche natürlich von den Frauen im alten Rom. Wenn Latein eine männliche Sprache ist, in welcher Sprache haben sich dann damals die Frauen ausgetauscht?«

Er schüttelte den Kopf. »Nein, nein, da haben wir uns missverstanden. Selbstverständlich haben die römischen Damen ebenfalls Latein gesprochen. Männlich sind eher der Aufbau und die Grammatik der Sprache. Daher fällt Männern das Erlernen leichter.«

»Wenn die römischen Damen Latein gesprochen haben, müssen sie es dann nicht ebenfalls erlernt haben?«, konterte ich.

Max von Waldau hielt inne. »Touché«, sagte er. »Sie haben recht.«

»Die meisten Dinge betreffen eben doch Männer *und* Frauen«, sagte ich scharf. »Man kann das nicht trennen. Doch viele Männer neigen vorschnell dazu, genau das zu tun.« Wieder zog ich mein Taschentuch hervor, denn meine Nase drohte peinlicherweise zu tropfen.

Max von Waldau sah auf, kurz duellierten sich unsere Blicke. Dann senkte er seinen. Offenbar hatte er nicht damit gerechnet, dass ich ihm so offen die Stirn bieten würde. Doch er hatte sich sofort wieder unter Kontrolle.

»Lassen Sie uns mit dem Unterricht beginnen«, sagte er.

Er hatte nachgegeben, und ich hätte triumphieren können. Doch ich fühlte mich nicht wie eine Siegerin. In Wahrheit hatte ich versucht, mit Max von Waldau die Klingen zu kreuzen, und er hatte die seine kampflos gesenkt. So behandelte man Kinder oder Kranke. Nicht mich. Also ließ ich nicht locker.

»Latein«, sagte ich versonnen. »Eine männliche Sprache. Ja, vielleicht ist es das heutzutage, aber in einer anderen Hinsicht. Kaum jemand spricht diese Sprache noch, außer verknöcherten Schulmeistern. Und natürlich arroganten Ärzten, die andere von ihrem Wissen ausschließen wollen. An überkommenen Sitten festzuhalten ist vielleicht wirklich eine männliche Eigenart.«

Max von Waldau atmete scharf ein. Doch wieder hatte er sich schnell unter Kontrolle. »Nun«, sagte er und klappte die lateinische Grammatik zu. »Sie müssen diese Sprache ja nicht lernen, wenn Sie es nicht wollen.«

Ich funkelte ihn wütend an. »Doch. Das muss ich«, sagte ich heftiger als beabsichtigt. »Sonst kann ich die Universität nicht besuchen und bin abgeschnitten von Bildung und Wissen.«

»Nun, Sie müssen auch nicht an die Universität, wenn Ihnen die Welt verknöcherter Schulmeister und arroganter Ärzte nicht gefällt«, entgegnete er sanft. »Aber warum sind Sie so wütend? Mir scheint fast, Sie sind es auf mich. Doch das ist unangebracht. Ich kann Ihnen Latein beibringen, wenn Sie es wünschen. Aber die Welt kann ich für Sie nicht ändern.«

Wieder sprach er mit mir wie mit einer Kranken. Unwillkürlich musste ich an die Gräfin denken, die mich mit einem ansteckenden Eitergeschwür verglichen hatte.

Von Waldau erhob sich, verneigte sich kurz, dann wandte er sich ab.

Erstaunt folgte ich ihm mit dem Blick. Hatte ich ihn beleidigt? Wollte er gehen? Hastig überlegte ich, ob ich ihn aufhalten sollte, entschied mich dann aber dagegen. Sollte er doch gehen. Dann war ich ihn endlich los und konnte mir die veraltete Sprache wieder selbst beibringen. Lieber brauchte ich Jahre dafür, als noch eine Stunde mit diesem Möchtegernlehrer durchstehen zu müssen.

Doch wie ich jetzt feststellte, war Max von Waldau keineswegs im Begriff zu gehen. Er schritt gelassen zu einem der Bücherregale, ließ seine Augen über die Reihen wandern und zog nach einer Weile einen schmalen Band heraus.

»Wir beginnen mit diesem Werk«, sagte er und setzte sich wieder. »Von Phaedrus. Lateinische Fabeln. Wolf, Fuchs, Rabe, Trauben, die zu sauer sind, all diese Dinge. Das scheint mir als Anfangslektüre für ein junges Mädchen gut geeignet. Und das Latein, das hier verwendet wird, ist eine stark vereinfachte Version der komplizierten antiken Sprache, die man an der Universität verwendet. Sie werden sehen, dass Sie dies rasch verstehen. Man nennt es auch *Küchen*latein.«

Mir stockte der Atem. Wie unverschämt er war! Ich wollte ihm eine scharfe Antwort entgegenschleudern, doch ich kam nicht dazu. Auf einmal füllte meine Lunge sich wie von selbst mit mehr Luft, als ich benötigte. Ich konnte gerade noch rechtzeitig mein Taschentuch gegen die Nase pressen, da entlud sich dieser Druck in einem gewaltigen Niesen.

Tante Auguste ließ vor Schreck ihre Handarbeit fallen, und Max von Waldau starrte mich an, als sähe er einen Geist.

»Verzeihung«, presste ich hervor. »Der Staub der Briefe ist mir wohl in die Nase gestiegen.«

»Ich ...«, stammelte von Waldau. »Also ... Nun ...« Sein Gesicht verfärbte sich rot, und er schien mehr als verwirrt.

»Alles ist in bester Ordnung«, beruhigte ich ihn. »Es ist nur ein Kitzeln.«

Sprachlos starrte er mich an.

»Herr von Waldau? Mir geht es gut!« Ich legte den Kopf schräg und sah ihn an. »Fahren wir mit dem Unterricht fort?« Meine Nase juckte noch immer, und ich wollte die Sache endlich hinter mich bringen. Ich stand auf, zog ihm das Buch aus der Hand und schlug es irgendwo auf. »*Vulpis et Corvus*«, las ich vor. »*Corvus* ist der Rabe, das weiß ich. Aber was heißt *vulpis?*«

»Fuchs«, antwortete er mechanisch. Er schien immer noch nicht ganz bei der Sache.

Langsam schritt ich durchs Zimmer und las dabei vor: »*Cum de fenestra corvus raptum caseum comesse vellet.*«

»Als der Rabe einen vom Fenster geraubten Käse verzehren wollte«, übersetzte Max von Waldau mit tonloser Stimme und starrte immer noch geistesabwesend auf die Stelle, an der ich gerade gesessen hatte.

»Dass *Sie* das können, weiß ich«, sagte ich spitz. »*Ich* muss es lernen.«

Er fuhr zusammen. »Oh, ja, bitte entschuldigen Sie, ich war ganz in Gedanken.«

»*Fenestra* heißt Fenster?«, wollte ich wissen und starrte auf die Zeile. »Und *caseum* Käse?«

»Richtig.« Er nickte.

»Das ist wirklich nicht schwer. Dann bedeutet das kleine Wörtchen *de* vermutlich von«, murmelte ich vor mich hin. »Genau wie im Französischen. *Cum* heißt demnach als. Nehme ich zumindest an. Denn *vellet* klingt ja schon förmlich nach wollen. Und bei *comesse* hört man das Essen auch heraus. Dann steht da also wörtlich: Als vom Fenster der Rabe einen geraubten Käse essen wollte.«

Mein Lehrer nickte schweigend.

»Herr von Waldau?«, fragte ich vorsichtig und klopfte mit dem Finger auf das Buch. »Der Rabe hat also einen Käse gestohlen.« Meine Nase kitzelte wieder, und ich blinzelte, um ein erneutes Niesen zu unterdrücken. »Wollen wir uns der Frage nähern, was danach geschah?« Ich trat zu ihm und legte das Buch vor ihm auf den Tisch.

Er räusperte sich und beugte sich vor. Jetzt hatte er sich wieder in der Gewalt. »*Celsa residens arbore*«, las er vor. »Das ist ein bisschen schwer, selbst wenn man die Bedeutung der Worte kennt.«

Ich nickte und setzte mich neben ihn. »Die Bedeutung ist mir bekannt. Hoher … sitzend … Baum. Aber das ergibt keinen Sinn.« Ich sah ihn fragend an.

»Sie müssen den Sinn aufschlüsseln. So übersetzt man lateinische Texte. Sitzend auf einem hohen Baum, muss es heißen«, sagte er.

»Wer sitzt?«, fragte ich.

»Der Rabe«, antwortete von Waldau.

Ich starrte auf den Text. »Aber wo steht, dass er *auf* dem Baum sitzt? Und nicht darunter oder daneben?«

»Das kann man aus dem Zusammenhang schließen«, sagte er. »Latein ist eine Sprache, bei der man mitdenken muss.«

Ich lehnte mich zurück. »Einfacher wäre es, direkt zu sagen, was gemeint ist.«

Max von Waldau zog eine Augenbraue hoch. »Sagte ich das nicht? Latein ist eine männliche Sprache. Man muss dabei *denken*.«

Schweigend musterte ich ihn. Betrachtete seinen lächerlichen Zwicker, hinter dessen ungeschliffenem Glas seine Augen triumphierend aufblitzten. Ließ meinen Blick über die sorgfältig gestutzten Barthaare wandern und über die Lippen, die sich spöttisch kräuselten. Fixierte schließlich die alberne Fliege, nach der er trotz seiner gespielten Überlegenheit schon wieder unwillkürlich tastete. Und in diesem Moment fasste ich den Entschluss, in kürzester Zeit besser Latein zu können als dieser eingebildete, selbstverliebte, lächerliche Möchtegerngelehrte. Einfach, um ihn zu ärgern.

»Machen wir weiter«, sagte ich knapp.

Exakt eine Stunde nach seiner Ankunft erhob Max von Waldau sich. »Bis Mittwoch versuchen Sie sich bitte selbst an der nächsten Fabel«, sagte er. »Alle erforderlichen Vokabeln finden Sie in diesem lateinischen Wörterbuch.« Er zog ein dickes grünes Buch aus der Tasche und legte es vor mich auf den Tisch.

Ich nickte. Und nahm mir vor, nicht nur eine, sondern drei Fabeln zu übersetzen. Fehlerfrei.

Unsere Verabschiedung fiel förmlich und kurz aus. Tante Auguste war dafür umso wortreicher. Nach der Lektüre der alten Briefe wirkte sie wie beschwingt.

»Es ist so eine Freude, Sie hier zu haben«, sagte sie und nahm von Waldaus Rechte in beide Hände. »Nicht wahr, Elena?«

Ich machte eine lange Pause. »Sicher«, sagte ich dann in einem Tonfall, der eindeutig das Gegenteil verriet.

Als Max von Waldau ging, schloss er die Tür energischer als erforderlich.

Ich erwachte durch dieses Geräusch wie aus einem bösen Traum und sah mich um. Nun umgab mich keine goldene Zauberbibliothek mehr. Nur noch ein stickiger Raum voller Bücher, in dem es nach Staub und kaltem Pfeifenrauch roch.

Dr. med. Maximilian von Waldau, Berlin
an stud. med. Benjamin von Waldau, Jena

Ben!

Ich bin schockiert! Entsetzt! Aufgewühlt! Elena von Burow niest bei meinem Anblick. Ja, es ist tatsächlich so. Ihre Nase tropft, und sie beginnt zu schniefen, sobald sie meiner ansichtig wird. Also stimmt alles, was Freud und Fließ vermuten. Sie ist der lebende Beweis.
Du verstehst jetzt natürlich kein Wort. O Himmel! Wo fang ich an, wo hör ich auf? Wie erkläre ich dir diesen Sachverhalt mit klaren Worten? All dies ist so unfassbar für mich.
Am besten ich atme tief durch und schildere dir dann die Symptome aus medizinischer Sicht, quasi von Arzt zu Arzt. So kannst du dir selbst ein Bild machen, und ich ordne dabei meine Gedanken.
So. Gut. Ich betrachte das alles nun einfach als medizinischen Bericht.

Die nasale Reflexzonenneurose im Falle Elena von B.

Kurz zum Hintergrund:
Der Befund wurde nicht bei einer ärztlichen Konsultation erstellt, sondern während einer Eisenbahnfahrt und während mehrerer privater Zusammentreffen.

Zu den Symptomen:
Die Patientin leidet an heftiger Rhinitis, sobald ein bestimmtes männliches Wesen in ihre Nähe kommt. Ihre Nase schwillt dann zu, die Nasenatmung ist deutlich erschwert, die Stimme der Patientin klingt nasal.

Zur Einordnung des Befunds:
Seit dem Fachgespräch, das ich vor einigen Tagen mit Dr. Wilhelm Fließ geführt habe, kenne ich eine plausible Erklärung für diese Symptome.
Dr. Fließ, Hals-Nasen-Ohren-Experte aus Berlin, steht in intensivem Austausch mit dem Wiener Nervenarzt Dr. Sigmund Freud. Die beiden sind – aus unterschiedlichen Richtungen kommend – auf eine gemeinsame Entdeckung gestoßen. Sie betrifft die Erkrankung Hysterie, die sich in den vergangenen Jahrzehnten wie eine Seuche unter den Frauen ausgebreitet hat.
Dr. Freud behandelt seine Patienten mit einer speziell von ihm entwickelten Redekur, die sehr erfolgreich ist. Dr. Fließ hingegen behandelt in seiner Praxis den Nasen- und Rachenraum von Patienten. Bei hysterischen Frauen haben die beiden nun eine Entdeckung gemacht: Offenbar gibt es einen Zusammenhang zwischen Nase und Psyche. Zumindest bei Frauen.

Zur Theorie der nasalen Reflexzonen nach Dr. Fließ und Dr. Freud:
Dr. Fließ konnte zeigen, dass Frauen über Bereiche in der Nasenschleimhaut verfügen, die sich bei geschlechtlichen Vorgängen verändern, während der Menstruation, in der Schwangerschaft, vermutlich sogar beim Koitus. Diese Bereiche nennt Fließ nasale Reflexzonen. Sie reagieren bei Frauen offenbar immer exakt gleich wie die Schleimhäute im Genitalbereich. Bei jeglicher geschlechtlichen Veränderung sowie bei sexueller Erregung werden sie gereizt. Frauen mit einer chronisch geschwollenen Nasenschleimhaut haben demnach auch eine chronisch geschwollene Genitalschleimhaut.
Dieser Befund ist offenbar bei vielen hysterischen Frauen gegeben. Sie haben oft ein abnorm großes sexuelles Verlangen und Dauerschnupfen. Sie neigen zu wollüstigen Gedanken, und sobald sie diese hegen, reagieren die Schleimhäute an Genital und Nase entsprechend. Das kann im Nasenbereich sogar zu Nebenhöhlenvereiterungen führen und daher im schlimmsten Fall tödlich enden.

Was folgt daraus?
Wenn eine Frau sich gedanklich mit Dingen beschäftigt, die sie erregen, wird sie krank. Erst zeigen sich Nasensymptome, später folgen weitere verheerende Auswirkungen auf Körper und Seele.

Zum Fall Elena von B.:
Die Patientin hat nachweislich ein seltsames Interesse an unpassender und vor allem aufpeitschender, sexuell erregender Lektüre. Und sobald sie mich sieht, muss sie niesen. Selbst ein Laie könnte hier zwei und zwei zusammenzählen.
Ich errege Wollust in ihr.
Damit fördere ich zum einen eine bereits vorhandene hysterische Neigung der Patientin. Zum anderen schädigt meine bloße Anwesenheit ihre Nasengesundheit – und auf Dauer womöglich ihre körperliche und seelische Gesundheit im Allgemeinen.

Was tun?
Im ersten Impuls wollte ich jedes weitere Treffen zwischen mir und der jungen Frau unterbinden. Doch Dr. Fließ appellierte an meine Verantwortung für sie und ihre Familie. Er trug mir auf, mich im Gegenteil so oft wie möglich mit Elena von Burow zu treffen und sie genau zu beobachten. Bei diesen insgeheim therapeutischen Treffen unter dem Deckmantel des Nachhilfeunterrichts solle ich gezielt abkühlend auf sie einwirken, denn nur dies könne ihre körperlichen und seelischen Reaktionen normalisieren. Würde ich dagegen weitere Treffen verhindern, würde Fräulein von Burow ihre Gelüste einfach auf einen anderen Mann übertragen. Dr. Fließ betonte, es sei gut möglich, dass dieser andere dem Verhalten des jungen Mädchens nicht so verständnisvoll gegenüberstehen würde wie ich. Vielleicht würde er ihre Notlage sogar ausnutzen und sie zu einer kompromittierenden Tat ermuntern.
Diese Sorge scheint mir berechtigt, und ich versprach Fließ, den Fall weiter zu verfolgen. Er brennt nun förmlich auf weitere Berichte

über meine Treffen, da es sich bei Elena von Burow mit großer Wahrscheinlichkeit um genau die Sorte von Patientinnen handelt, die er und Freud für ihre Forschung benötigen. Frauen mit schweren psychischen Problemen und gleichzeitig starken nasalen Symptomen. Ich erhalte hier also die Möglichkeit, an einem großen medizinischen Experiment mitzuwirken.

So weit zum medizinischen Befund. Nun zurück zu meiner persönlichen Notlage: Ich blicke dem nächsten Nachhilfeunterricht mit bangem Herzen entgegen. Denn ich frage mich: Wie um Himmels willen wirkt man unerotisch und abkühlend auf eine Frau? Bisher habe ich mir darüber nie Gedanken gemacht, das Gegenteil schien mir erstrebenswerter – Narr, der ich war.
Hast du vielleicht eine Idee?
Fließ rät, mich möglichst sachlich zu geben. Also möglichst pflichtbewusst und sehr neutral. Auf gar keinen Fall allzu männlich. Ich fürchte also, dass mein Bart ab muss. Vermutlich springt Fräulein von Burow darauf zu sehr an. Und allzu freundlich sollte ich auch nicht mehr sein. Mit ihr tanzen natürlich erst recht nicht.
Ach, es ist wie verhext! Sie war so zauberhaft. Und nun dieser Schlamassel!
Nein, dieses medizinische Experiment erfüllt mich nicht mit derselben Begeisterung, wie es meine anderen Experimente, selbst die Blutegel, geschafft haben. Ich hasse es!

Ben, ich weiß, was du denkst. Ich höre es dich fast sagen. Du mahnst mich zur Ruhe und rätst mir, meinen eigenen Kopf zu benutzen. Ich solle den Theorien von Freud und Fließ nicht vorschnell glauben, knurrst du leise vor dich hin. Aber ich habe das alles überprüft! Fließ forderte mich selbst dazu auf, und ich kam zum selben Schluss wie er. Er rief mich in den vergangenen Tagen dreimal in sein Ordinationszimmer und gewährte mir mit einem Spekulum Einblicke in die Nasen von Patientinnen.

Zwei waren schwanger, und bei beiden war die Nasenschleimhaut stark geschwollen. Im Gespräch mit Fließ räumten diese Damen außerdem ein, müde, reizbar und weinerlich zu sein und schlecht zu schlafen, was vor der Schwangerschaft nicht zu ihren Charakterzügen gehört habe. Hysterisch waren sie nicht, aber die natürlicherweise gereizte Schleimhaut im Genitalbereich weckte ähnliche Symptome bei ihnen wie eine Hysterie. Diese würden sich nach der Geburt jedoch legen. Die dritte Patientin war jung, unverheiratet und definitiv nicht schwanger. Aber ihre Nasenschleimhaut war ebenfalls hochgradig geschwollen. Fließ raunte mir schon im Vorzimmer zu, sie habe ihm unter vier Augen unzüchtige Träume gestanden. Dass sie nervös und weinerlich war, konnte ich leicht erkennen. Sie schluchzte schon, als wir eintraten. Bei ihr wies alles auf eine Hysterie hin.

Das also ist die Sachlage. Du kannst sicher nachvollziehen, dass mich dies alles belastet. Und zu meinem Wohlbefinden trägt es auch nicht bei, dass meine Zimmerwirtin bereits Kisten packt, um aufs Land zu ziehen. Leider habe ich immer noch keine neue Bleibe für mich und Salomé gefunden.
Ich habe gerade keine gute Zeit hier in Berlin.

Dein
matter, müder Max

Winter 1894/95

Kapitel 13

»Mit steigender Virtuosität führte ich ein Doppelleben: Ich vergrub mich stundenweise in meine Bücher, ich lebte mit meinen Gedanken in ihnen, während ich Hüte garnierte, schneiderte oder mit den Vorbereitungen zu den immer zahlreicheren Gesellschaften, Diners und Bällen beschäftigt war.«

Lily von Kretschmann, *Schriftstellerin*

In den kommenden Wochen flog die Zeit nur so dahin, wie die Zugvögel am Herbsthimmel. Meine Tage waren mit Lernen, Lesen, Spaziergängen und Kaffeekränzchen gefüllt.

Nach dem Rosenball hatte Tante Auguste zum Glück eingesehen, dass dies nicht meine Welt war. Nicht weil ich mich dort unwohl gefühlt hatte, sondern weil ich plötzlich so blass, krank und rotäugig ausgesehen hatte. Statt Bällen hätte sie mit mir gern Diners besucht oder selbst Gäste in unser Haus eingeladen. Aber das verhinderte ein lästiger Dauerschnupfen, den ich mir zugezogen hatte. Ständig schniefte und schnaubte ich, sodass wir diese Pläne immer wieder verschoben. Nie war ich richtig krank, aber stets kurz davor.

Tante Auguste nutzte die Zeit, um mir damenhafte Umgangsformen beizubringen, und das war manchmal sogar ganz unterhaltsam. Doch sobald diese Lektionen vorüber waren, beschäftigte ich mich nicht mehr damit. Die Worte meiner Tante wanderten durch ein Ohr in meinen Kopf hinein und durch das andere gleich wieder heraus.

Ich brauchte den Platz in meinem Kopf, um Latein zu lernen. Und obwohl ich große Fortschritte machte, verliefen die

Übungsstunden mit Max von Waldau viel quälender als die mit Tante Auguste. Zweimal wöchentlich kam er am späten Nachmittag zu uns und setzte sich zu mir in die Bibliothek, um mir grammatikalische Zusammenhänge zu erklären. Er hatte keinen Bart mehr, was ihm viel besser stand, und sah fast wieder aus wie damals im Zug. Aber sein Wesen hatte sich so grundlegend verändert, dass unsere erste Begegnung in meiner Erinnerung immer mehr verblasste. Er war langweilig, ernst, kurz angebunden, schroff, fast schon unhöflich. Ständig hatte er den Zwicker auf der Nase und nestelte nervös an seinem Kragen herum. Und wenn ich beim gemeinsamen Blick in ein Buch versehentlich seinen Ärmel streifte, fuhr er auf und rückte von mir ab.

Tante Auguste schien davon nichts zu bemerken. Sie war vor jeder Lateinstunde aufgeregt wie vor einer Prüfung und achtete stets sehr genau darauf, welches Kleid ich trug und wie ich frisiert war. Nie durfte ich zweimal hintereinander gleich aussehen. Doch Max von Waldau schien überhaupt nicht wahrzunehmen, dass ich überhaupt irgendwie aussah. Er hatte nur Augen für die lateinischen Texte.

Ich hatte jedoch beschlossen, mich von ihm und seiner merkwürdigen Stimmung nicht unterkriegen zu lassen. Und zum Glück hatte ich meine Kaffeekränzchen.

Johanna, Betty und ich waren inzwischen unzertrennlich geworden. Eifersüchteleien zwischen uns gab es nicht, wir besprachen heimlich alles, was uns bewegte, und ich lebte nur noch von einem Treffen zum anderen.

Bei unseren Zusammenkünften hatte sich ein fester Ablauf eingebürgert. Wir trafen uns stets am Nachmittag und gingen zunächst eine Runde durch den Tierpark, um Tante Auguste körperlich zu ermüden. Anschließend setzten wir uns zum Kaffee in den Salon, wo wir an Kuchen, Biskuit oder Gebäck knabberten – niemals gab es Torte –, während Tante Auguste uns Vorträge über richtiges Betragen hielt. Das ließ nicht nur uns ermatten, sondern auch sie. Und wenn sie dann zur Kräftigung ein, zwei Likörchen getrunken hatte, nickte sie ein. Danach begann für uns der interessante Teil, jetzt konnten wir uns endlich über die Dinge unterhalten, die uns wirklich beschäftigten.

Max von Waldau nahm in diesen Gesprächen einen großen Raum ein. Seine seltsame Wandlung vom klugen, freundlichen Mann zum besserwisserischen, selbstverliebten Sonderling konnte ich mir einfach nicht erklären. Johanna und Betty hätten ihn nur allzu gern persönlich kennengelernt, doch wir schafften es nicht, unauffällig ein Treffen zu arrangieren, und so waren die beiden ganz auf meine Erzählungen angewiesen.

Es war Betty, die eines Tages einen Verdacht äußerte, der uns zu denken gab. Tante Auguste war an diesem Tag spät eingeschlafen, und wir hatten leider nur wenig Zeit für ein offenes Gespräch, deswegen sprach sie hastig.

»Ich habe mir etwas überlegt«, sagte sie. »Vielleicht gehen wir ja von einer ganz falschen Grundannahme aus. Und vielleicht können wir deswegen nicht verstehen, warum dieser Mann sich so verändert hat, seit er Effi mit dem Buch erwischt hat.«

»Wie meinst du das?«, wisperte Johanna. »Was soll an unseren Annahmen falsch sein?«

Betty beugte sich vor und sah uns mit ihren großen blauen Augen eindringlich an. »Wir haben uns bisher immer mit der Frage beschäftigt, ob Frauen durch falsche Lektüre Schaden nehmen könnten. Aber betrachten wir es mal objektiv. Der Einzige, der sich bisher zum Schlechten verändert hat, ist dieser Max von Waldau. Und fällt euch was auf? Er ist auch der Einzige, der dieses ominöse Buch gelesen hat.«

Wir starrten sie an.

»Du meinst ...«, begann Johanna.

Betty nickte heftig. »Ich meine, dass solche Bücher vielleicht *allen* Lesern schaden. Frauen *und* Männern.«

Ich verschränkte die Arme vor der Brust und dachte nach.

»Das glaube ich nicht. Warum dürfen Männer so etwas dann lesen? In der Buchhandlung am Potsdamer Platz lag das Buch ja stapelweise. Ich halte das eher für einen typischen Fall von *cum hoc ergo propter hoc.*«

»Was?«, fragten Betty und Johanna wie aus einem Mund.

»Das ist lateinisch«, erklärte ich stolz. »Habe ich neulich gelernt. So nennt man einen Fehlschluss. Etwas steht nur scheinbar in Zusammenhang mit einem anderen Ereignis, wird aber gedanklich damit verknüpft. Es bedeutet im übertragenen Sinne so viel wie: Das eine hat mit dem anderen nichts zu tun.«

Johanna hörte mir gebannt zu. »Nenn mal ein Beispiel.«

Ich dachte kurz nach. »Stellen wir uns mal vor, jemand würde sagen: ›Je älter der Kaiser wird, desto mehr Berliner gibt es.‹ Das wäre nicht falsch. Der Kaiser wird wirklich immer älter, und es gibt immer mehr Menschen in der Stadt. Aber man kann daraus nicht schließen, dass die Bevölkerungszahl sinken würde, wenn wir einen jüngeren Kaiser hätten. Und man muss auch nicht damit rechnen, dass der Kaiser tot umfällt, sobald alle Berliner die Stadt verlassen.«

»Verstehe«, murmelte Johanna.

»Das ist ein sehr verbreiteter Denkfehler«, tröstete ich Betty.

»Und was heißt das jetzt für uns?«, wollte sie wissen.

»Dass Max von Waldaus Veränderung nichts mit dem Buch zu tun hat. Es muss einen anderen Grund dafür geben«, sagte ich und nahm mir noch ein Stück Kuchen. »Aber den werden wir nicht herausfinden. Wie auch? Wir sollten lieber überlegen, wie wir endlich an den Mantegazza kommen.«

Johanna zog eine Augenbraue hoch. »Du gibst nicht auf?«

Ich pikte mit der Gabel in meinen Kuchen. »Niemals. Dieses Buch hat mir schon so viel Ärger eingebracht. Ich will endlich wissen, warum. Und ich habe auch schon eine Idee, wie ich es bekomme.«

»Ist etwas passiert?« Frau Wingersdorff sah überrascht auf, als ich sie abends ganz gegen meine Gewohnheit im Hauswirtschaftsraum aufsuchte.

»Alles in bester Ordnung«, beruhigte ich sie. »Ich habe nur eine Frage. Haben Sie kurz Zeit?«

Frau Wingersdorff hatte gerade einen Anzug von Vater geplättet. Sie hängte ihn sorgfältig auf einen Bügel, dann wies sie auf einen Stuhl, der neben dem schmalen Bügeltisch stand. »Natürlich. Bitte schön!«

Ich setzte mich, sie nahm mir gegenüber Platz. Ihr Gesicht wirkte müde, und ich bemerkte, dass sie nervös ihre Hände knetete. Vermutlich wollte sie nach Hause. Daher beschloss ich, mich kurz zu fassen.

»Ihre Cousine«, begann ich. »Sie ist doch Mitglied in einem wohltätigen Verein.«

Frau Wingersdorff nickte. Sie wirkte irritiert.

Ich nahm all meinen Mut zusammen. »Ich möchte dort ebenfalls eintreten.«

»Wie bitte?« Frau Wingersdorff starrte mich fassungslos an.

»Nun«, sagte ich gedehnt. »Ich möchte mich ebenfalls für eine gute Sache einsetzen. Und eine Lesehalle ist sinnvoll und wichtig. Ich möchte daran mitwirken, dieses Projekt zu verwirklichen.«

»Mitwirken?«, fragte Frau Wingersdorff, als spräche sie nicht dieselbe Sprache wie ich.

»Genau. Ehrenamtlich mitarbeiten«, sagte ich. »Ich möchte für etwas nützlich sein, und Johanna und Betty wünschen sich das auch.« Als ich den völlig fassungslosen Blick der Hausdame bemerkte, wurde ich selbst unsicher. »Wir wollen Bücher katalogisieren und in Regale einsortieren. In der Bücherhalle gibt es doch Arbeit für Monate, das haben Sie selbst erzählt. Oder ist inzwischen schon alles erledigt?«

Frau Wingersdorff schüttelte den Kopf. »Nein. Aber das ist wohl eher nichts für Sie. Die Arbeit ist eintönig.«

»Und wenn schon«, widersprach ich. »Sie ist wichtig. Außerdem sind wir zu dritt, wir werden uns die Zeit schon vertreiben. Und wir haben alle drei eine schöne Handschrift. Das immerhin haben wir im Pensionat gelernt. Beim Katalogisieren könnten wir eine große Hilfe sein.«

Frau Wingersdorff wirkte noch immer unschlüssig.

»Bitte!«, sagte ich.

Sie zuckte mit den Schultern. »Ich kann dazu nichts sagen«, meinte sie. »Meine Cousine freut sich sicher über Unterstützung jeder Art. Aber Sie sollten erst mit Ihrem Vater sprechen. Und mit Ihrer Tante. Die werden wohl kaum einverstanden sein.«

Zufrieden erhob ich mich. Wenn sonst nichts dagegensprach, konnte das klappen. Nicht hundertprozentig sicher, aber ich sah gute Chancen.

»Die beiden werden begeistert sein«, behauptete ich.

Frau Wingersdorff sah nicht überzeugt aus.

Vater wirkte am nächsten Tag beim Mittagessen munter und aufgeräumt, und Tante Auguste freute sich auf einen weiteren Besuch der Schneiderin, der für den Nachmittag angekündigt war. Die Stimmung war deswegen äußerst günstig für mein Vorhaben. Ich beschloss, das Thema beim Dessert anzusprechen.

Als Frau Wingersdorff die Kristallschalen mit Vanillecreme vor uns abgestellt hatte, wandte ich mich an Tante Auguste. »Du sagtest doch, ich solle mehr ausgehen«, begann ich. »Sehen und gesehen werden. Du weißt schon. Und Betty hatte da eine ganz wundervolle Idee.«

Das entsprach zwar nicht ganz der Wahrheit, aber Tante Auguste fand stets alles bemerkenswert, was von Betty kam. Sie probierte allerdings gerade mit spitzen Lippen ein Löffelchen von der Creme. Die schien ihre Zustimmung zu finden, denn sie nickte Frau Wingersdorff zu. Anscheinend hatte sie mich gar nicht gehört.

»Betty hatte eine wundervolle Idee«, wiederholte ich ganz laut.

»Oh«, sagte Tante Auguste, griff nach ihrem Hörrohr und richtete es auf mich. »Wie interessant! Erzähle mir mehr davon.«

»Sie schlug vor, dass wir uns an einem wohltätigen Projekt beteiligen. Ihre Mutter ist sehr dafür. Sie hält nichts davon, wenn junge Mädchen ihre Zeit vertrödeln. Und sie meint, wir sollten uns mehr unter Menschen begeben.« Zumindest das mit dem Zeitvertrödeln stimmte.

Tante Auguste schluckte den Köder. »Da hat die Gräfin ganz recht«, sagte sie. »Bestimmt finde ich etwas Geeignetes. Die Auswahl ist ja groß. Zu anstrengend sollte es allerdings nicht sein. Denk an deine angegriffene Gesundheit.«

»Wir haben schon etwas gefunden«, sagte ich. »Ist das nicht wunderbar?«

Tante Auguste kannte mich inzwischen gut genug, um nicht gleich in meinen Jubel einzustimmen. Sie zog eine Augenbraue hoch und sah mich streng an. »Heraus mit der Sprache.«

»Frau Wingersdorff erzählte doch kürzlich von einem wohltätigen Vorhaben, an dem ihre Cousine mitwirkt. Diese Lesehalle, ihr erinnert euch? Vater sagte, viele kluge Köpfe aus der besten Gesellschaft würden sich dafür einsetzen.«

Vater betupfte seine Lippen mit der Serviette. »Ich erinnere mich«, sagte er.

»Man muss dort Bücher einsortieren und Karteikarten ausfüllen. Tausende von Karteikarten, für jedes Buch eine. Sonst können die Bücher nicht ausgegeben werden, versteht ihr? Man muss sie ja auf Wunsch sofort im Regal finden können. Und Johanna, Betty und ich, wir haben alle drei eine ordentliche Handschrift. Wir könnten dort eine große Hilfe sein.«

Tante Auguste bat Frau Wingersdorff um einen Likör zur Verdauung. Was zweifelsohne eine Ausrede war, denn kaum hatte die Haushälterin den Raum verlassen, wandte sie sich mit gesenkter Stimme an mich.

»Das ist sicher eine sinnvolle und ehrenwerte Arbeit«, sagte sie. »Aber doch nichts für eine junge Dame deiner Herkunft. Such dir lieber eine Tätigkeit, bei der du auch ein wenig an die Öffentlichkeit trittst. Du könntest zum Beispiel an einem Bazar mitwirken und zu einem mildtätigen Zweck zauberhafte Handarbeiten anfertigen und verkaufen. Das würde dir gut zu Gesicht stehen. Außerdem könntest du dabei Kontakte knüpfen, die dir später nützlich sind.«

»Aber Tante Auguste!«, sagte ich mit gespielter Entrüstung. »Man übernimmt doch kein Ehrenamt, um selbst davon zu profitieren. Man tut Gutes, um *anderen* Menschen zu helfen!«

Vater schmunzelte. »Lass sie nur, Auguste«, sagte er. »Ich kenne einen der Initiatoren, Professor von Gizycki. Was er unterstützt, ist über jeden Zweifel erhaben.«

»Und ihr Schnupfen?«, fragte Tante Auguste. »Elena sollte sich nicht überanstrengen.«

»Wenn er dadurch schlimmer wird, muss sie eben wieder damit aufhören«, sagte Vater. »Lass sie ruhig ein bisschen hinaus in die Welt.« Er zwinkerte mir zu.

Frau Wingersdorff betrat den Raum und stellte ein Tablett mit fein geschliffenen Likörgläsern und einer Flasche Portwein auf den Tisch. Sie füllte drei Gläser mit dem dunkelroten Elixier.

»Dann ist es also beschlossen«, sagte ich.

»Nun gut.« Tante Auguste nickte. »Nichts spricht dagegen. Und Frau Wingersdorff wird ihre Cousine gewiss in meinem Namen bitten, ein Auge auf euch zu haben.«

»Das wäre nett.« Ich schlug bescheiden die Augen nieder. Aber nur, damit niemand das triumphierende Funkeln darin sah.

Dr. med. Maximilian von Waldau, Berlin
an stud. med. Benjamin von Waldau, Jena

Ben,

ganz schnell eine wichtige Frage: Kannst du Salomé bei dir aufnehmen? Bitte frage deine Vermieterin!
Ich kann nur noch wenige Tage hier wohnen und stecke ihretwegen in großen Schwierigkeiten, möchte aber mein Versprechen Großmutter gegenüber auf keinen Fall brechen. Das Tier muss in der Familie bleiben.
Bitte frage deine Wirtin eindringlich und mit großem Ernst. Und schreib mir schnell, was sie geantwortet hat.
Falls Salomé kommen kann, bringe ich sie natürlich höchstpersönlich zu dir, versprochen!

Du wolltest neulich wissen, was Fließ über den Unterschied zwischen Männern und Frauen zu berichten hat.
Um seine Antwort zu verstehen, musst du wissen, dass er den menschlichen Organismus als ein weitverzweigtes, komplexes Netz versteht. Alles ist mit allem durch feine Nervenbahnen verbunden. Und diese Nerven stehen wiederum über feinste Membranen mit allem Lebendigen auf der Welt in Verbindung. Schmerzt also zum Beispiel die Galle, muss das nicht an einem Gallenleiden liegen. Es kann auch sein, dass ein anderes Organ krank ist und nur Nervenimpulse Richtung Galle sendet. Möglich ist aber auch, dass äußere Einflüsse oder sogar andere Menschen so auf den Patienten einwirken, dass er Gallenschmerzen bekommt.
Und nun zu den Frauen. Das ist kompliziert. Männer unterliegen offenbar einem anderen Biorhythmus als Frauen, und sie sind auch Umwelteinflüssen in anderer Weise ausgesetzt. So richtig erforscht ist das alles noch nicht, aber Fließ leistet auf diesem Gebiet Großartiges.

Alles weist darauf hin, dass bei Frauen sämtliche Verbindungen und Vernetzungen feiner und vielfältiger sind als bei uns Männern. Deswegen reagieren sie vermutlich stärker und empfindsamer auf äußere Einflüsse. Um sich vor Überreizung zu schützen, müssen sie sich deswegen von rauen Lebensbereichen fernhalten, die dem Manne nichts anhaben können. Aber weil sie das oft nicht von sich aus tun, müssen wir Männer sie davor beschützen.
Ich hoffe, ich habe das mit meinen laienhaften Worten richtig wiedergegeben.

Ach, da fällt mir ein: Deine Ratschläge waren gut. Mein neues Äußeres und mein ungehobeltes Benehmen wirken eindeutig abkühlend auf Fräulein von Burow. Sie beachtet mich kaum noch und konzentriert sich in den Übungsstunden ganz auf die lateinische Sprache. Ihre Fortschritte sind wirklich erstaunlich, was ich ihrem außerordentlichen Fleiß zuschreibe. Sie scheint fast besessen von dem Wunsch, die alte Sprache zu beherrschen. Noch sind die Nasensymptome nicht abgeklungen, aber ich denke, wir sind auf einem guten Weg.
Ich bin leider gar nicht abgekühlt. Ben, wenn Elena von Burow so über die Bücher gebeugt dasitzt, sich eine Haarsträhne aus dem Gesicht streicht, nachdenkt, schreibt, dann muss ich sie immerzu ansehen. Sie hat ein Grübchen in der linken Wange. Ihre Wimpern biegen sich an den Spitzen nach oben. Und sie kann so entzückend die Stirn runzeln. Aber das ist es nicht allein. Ich mag auch ihren Umgang mit den Dingen. Sie behandelt alles, als wäre es lebendig, und scheint es selbst nicht einmal zu wissen. Wenn sie ein Buch zuklappt, streicht sie danach gedankenverloren mit der Hand über den Einband. Und niemals schreibt sie etwas hinein oder legt ein Buch auf sein Antlitz.
Manchmal frage ich mich, ob ein Mensch, der gleichzeitig so temperamentvoll und so behutsam ist, überhaupt triebhaft und krank sein kann. Aber dann rufe ich mir in Erinnerung, wie fein

ihre Nervenverbindungen sein müssen und wie leicht sie gestört werden können. Und schon kommt mir die Theorie von Fließ plausibel vor.
Daher bleibt mir keine andere Möglichkeit, als sie zu schützen. Vor der Welt, aber auch vor sich selbst. Und mit aller Kraft nach einer Lösung für ihr medizinisches Problem zu suchen.

In Eile,
Max

Kapitel 14

»**Seufzer:** Der unartikulierte, wehende Laut bei Affekten des Gemütes durch Sorge, Sehnsucht, bei großer Ermattung, körperlicher Anstrengung oder auch Lungenbeschwerden, welcher durch ein langsames, tiefes Einatmen, begleitet von einem schnellen Ausatmen hervorgebracht wird. Tritt er bestimmter, stärker hervor, so geht er in Ächzen über, und endlich in seiner höchsten Steigerung erstöhnt er dumpfigtief, ein schweres, leeres, qualerpresstes Ach!«

Aus dem *Damen-Conversationslexikon*

»Ich kann nicht mehr.« Bettys Gesicht war rot vom frischen Wind, der uns entgegenfegte. Sie seufzte abgrundtief.

Wir hatten den Potsdamer Platz längst hinter uns gelassen, waren gerade durchs Brandenburger Tor geschritten und eilten nun die Straße Unter den Linden entlang. Hier lag Laden neben Laden, Schaufenster neben Schaufenster, Café neben Café. Wir passierten Modehäuser, Juweliere, Möbelgeschäfte, königliche und kaiserliche Hoflieferanten aller Branchen. Es gab wirklich nichts, was es nicht gab. Vor allem Menschen waren zahlreich vertreten. Wir bahnten uns einen Weg durch den Strom hastender Geschäftsleute, schlendernder Flaneure, zielstrebiger Dienstmädchen und trippelnder Damen. Ganz Berlin schien auf den Beinen zu sein. Die einen drängelten und schubsten, die anderen blieben stehen und schwatzten.

An einer Straßenecke fand Betty ein freies Fleckchen und blieb stehen. »Ich gehe keinen Schritt weiter.« Wieder seufzte sie. »Warum konnten wir nicht mit der Kutsche fahren?«

»Es ist nicht mehr weit«, behauptete ich. Was nicht stimmte. Ich hatte mir die Strecke auf dem Stadtplan angesehen und genau eingeprägt. Deswegen wusste ich, dass wir erst etwas mehr als die Hälfte des Weges zurückgelegt hatten. Aber wenn ich das jetzt zugab, würde Betty auf dem Absatz kehrtmachen. »Nächstes Mal nehmen wir unsere Kutsche«, versprach ich. »Aber ich wollte unangenehme Fragen vermeiden, deswegen hab ich Vater gesagt, wir könnten zu Fuß gehen. Er sollte glauben, die Lesehalle wäre ganz in der Nähe.«

»Was sie nicht ist«, stellte Betty fest.

»Nein«, gab ich zu.

Und das war auch nicht die ganze Wahrheit. Ich hatte mich für den Fußweg entschieden, weil ich unbedingt Auslauf benötigte. Ich wollte, nein, ich musste endlich raus aus dem Haus, raus auch aus engen Kutschen, hinein in die Stadt und die Welt. Ich wollte meine Schritte wenigstens im Kleinen endlich einmal selbst lenken.

»Sieh es mal so«, sagte ich zu Betty. »Wir betreten gerade Neuland. Wir machen Dinge, die wir noch nie getan haben. Du hast doch selbst mal gesagt, man müsse neue Ufer entdecken.«

Betty schwieg.

»Und wenn die den Mantegazza in der Lesehalle gar nicht haben?«, fragte Johanna. »Und auch sonst keine entsprechenden Bücher?« Auch sie klang atemlos.

»Das glaube ich nicht«, sagte ich forscher, als mir zumute war. »Und wenn die so etwas *noch* nicht haben, sorgen wir eben dafür, dass sie es bekommen. Das wird sich irgendwie regeln lassen.«

»Meine Schuhe drücken«, murrte Betty. »Außerdem ist mir kalt.«

Na und? So ging es mir auch.

»Wir sollten nicht hier im Schatten herumstehen«, sagte ich. »In der Sonne ist es herrlich. Und sieh mal, diese zauberhaften Hüte da hinten.« Ich zeigte auf ein Schaufenster, in dem federgeschmückte Kunstwerke ausgestellt waren, in der Hoffnung, Betty zum Weitergehen zu animieren.

»Als ob Hüte mich interessieren würden. Oder dich«, knurrte sie.

Ich schwieg. Sie wollte sich nicht aufheitern lassen, und dann würde sie sich auch nicht aufheitern lassen. Oder vielleicht doch?

»Wir könnten die Pferdebahn nehmen«, schlug ich vor. »Lasst uns zurückgehen, da war gerade eine Haltestelle.«

Betty drehte sich zweifelnd um. Gerade fuhr rumpelnd ein Wagen an der Haltestelle vor. »Wie macht man das?«, fragte sie mit ganz kleiner Stimme.

Ich war ebenfalls noch nie mit einer solchen Bahn gefahren, bei der die Wagen, von Pferden gezogen, auf Gleisen fuhren. Und genau deswegen reizte es mich.

»Das finden wir heraus.« Ohne auf eine Antwort zu warten, eilte ich auf die Bahn zu. »Fahren Sie Richtung Neue Schönhauser Straße?«, fragte ich den Fahrer.

Der nickte. »So unjefähr«, brummte er. »Aber nich janz.«

Das war besser als nichts. »Drei Billetts bitte«, sagte ich mit fester Stimme.

Wenig später standen wir dicht gedrängt im Gang zwischen den Sitzen der Bahn und hielten uns mühsam an den Lehnen fest, um in den Kurven nicht umzukippen. Leider waren alle Plätze besetzt, und das Betreten des Oberdecks war Damen nicht gestattet. Betty sah kein bisschen glücklicher aus als zuvor. Ich hatte außerdem den Eindruck, dass wir angestarrt wurden, vielleicht, weil wir ohne männliche Begleitung unterwegs waren. Deswegen fühlte ich mich ebenfalls ein bisschen unwohl. Gleichzeitig war ich aber auch stolz auf uns. Wir betraten wirklich Neuland.

»Endstation«, verkündete der Fahrer schon bald, und wir stiegen aus.

»Jetzt links«, sagte ich und steuerte auf eine Brücke zu.

»Bist du sicher?«, wollte Johanna wissen.

War ich nicht. »Würdest du denn rechts gehen?«

Johanna zuckte nur mit den Schultern. Offenbar hatte sie ebenfalls keine Ahnung, wo wir hinmussten.

Wir fragten einen Passanten mit Zylinder und Spazierstock, und er beschrieb uns eine Route, die kompliziert klang. Aber angeblich war sie in höchstens einer Viertelstunde zu bewältigen. Wir waren also fast da.

Betty sah das anders. »Sollen wir nicht lieber umkehren?«, fragte sie, sobald der Mann außer Hörweite war.

Ich war schon losgelaufen, doch nun blieb ich jäh stehen, und Betty wäre fast gegen mich geprallt.

»Was ist los?«, fragte sie erschrocken.

»Betty!« Ich stemmte die Hände in die Hüfte und drehte mich zu ihr um.

»Ja?«

»Denk mal an Kolumbus!«

»Warum?«

»Der hatte es auch nicht leicht auf seinen Entdeckungsreisen. Aber ist er umgekehrt, als er den Atlantik überquert hat?«

»Ist er nicht«, gab sie zu. »Aber er wollte den Seeweg nach Indien entdecken. Und da ist er nie angekommen. Um das zu schaffen, hätte er irgendwann umkehren müssen.«

»Das ändert nichts an den Tatsachen«, behauptete ich. »Er hat ein Abenteuer erlebt, er hat etwas Neues entdeckt, und er hat sich durch nichts abschrecken lassen. Genau so machen wir es jetzt auch. Wer weiß schon, was wir entdecken werden. Auf geht's!«

Ich marschierte einfach wieder los, und Johanna, die uns schweigend zugehört hatte, folgte mir.

»Wartet!«, rief Betty und setzte sich endlich auch wieder in Bewegung.

Nach etwa einer halben Stunde blieb sie erneut stehen. »Wir haben uns verlaufen. Wir müssten längst da sein.«

Wir standen mitten auf einem belebten Bürgersteig, und eine Gruppe von Männern, die uns entgegenkam, musste auf die Straße ausweichen. Die Männer trugen Arbeiterhosen und kamen vermutlich von der Frühschicht. Jeder trug ein Blechkesselchen, in dem er sein Essen transportierte. Als ich die Arbeiter sah, die seit den frühen Morgenstunden geschuftet hatten, schämte ich mich plötzlich für uns Luxusgeschöpfe. Sie mussten sich im wahren Leben zurechtfinden, und wir fanden nicht einmal den Weg durch die Stadt. Sie hatten stundenlang gearbeitet, und wir beschwerten uns schon, wenn wir eine Weile in zu engen Schuhen gehen mussten. Wir waren wirklich nur Schnörkel. Und die brauchte niemand. Ich war richtig froh, endlich einmal etwas Sinnvolles tun zu können, und so beschleunigte ich meinen Schritt.

An der nächsten Ecke stand ein kleiner Junge in kurzer Hose, der Barbarazweige für fünf Pfennige anbot. Wenn man sie jetzt in eine Vase stelle, würden sie an Weihnachten blühen, sagte er. Ich kaufte alle. Der Wind blies eisigkalt, und das Kerlchen sah mager und blass aus. Jetzt konnte er hoffentlich nach Hause gehen.

Kurz darauf bereute ich meinen Kauf, denn nun musste ich die Zweige mitschleppen, und bis ich sie heute Abend in eine Vase stellen konnte, waren sie bestimmt verwelkt.

Ein alter Pferdekarren ratterte die Straße entlang. Der Fahrer rief etwas, das ich erst beim Näherkommen verstand. »Bücklinge! Radieschen! Rettiche!«

Offenbar konnte man diese Dinge direkt bei ihm kaufen. Niemand sah auf. Für alle anderen schien das selbstverständlich zu sein. Nur wir drei blickten dem Wagen interessiert hinterher. Es war, als hätten wir bisher in einem Zookäfig gelebt und wären nun erstmals in freier Wildbahn unterwegs.

»Da ist es!« Betty wies quer über die Straße auf ein imposantes Gebäude mit verzierter Sandsteinfassade, auf dem in riesigen Lettern *Volks-Kaffee- und Speisehallengesellschaft* stand.

»Gut.« Ich straffte den Rücken. »Dann mal los. Beginnen wir unser Experiment.«

Ich reichte meine Barbarazweige ganz spontan einer jungen Frau, die gerade neben uns eine Haustür aufschloss.

Sie sah mich irritiert an. »Wofür is det jut?«, wollte sie wissen.

»Man stellt sie in eine Vase«, sagte ich. »Sie blühen dann an Weihnachten. Das bringt Glück.«

»Das weiß ich wohl, Gnädigste.« Die blonde Frau sprach jetzt betont vornehm, und mir kam es vor, als würde sie mich nachahmen. »Doch wofür gebührt mir diese Ehre? Kennen wir uns?«

Plötzlich fühlte ich mich, als hätte ich etwas Unangemessenes getan. »Verzeihen Sie!«, sagte ich verlegen und musterte die Frau genauer. Sie trug ein hübsches violettes Kleid und hatte sehr rote Lippen. »Ich habe diesen Strauß einem Kind abgekauft, ohne zu bedenken, dass er verwelkt sein wird, bis ich zu Hause bin. Möchten Sie ihn nicht mitnehmen? Es wäre schade darum.«

Sie nickte mir hoheitsvoll zu. »Geht doch«, sagte sie, nahm die Zweige, wandte sich ab und verschwand im Hauseingang.

Betty kicherte.

Mit hochrotem Kopf raffte ich meinen Rock und überquerte die Straße.

Die Räume der Lesehalle befanden sich nicht im Vorderhaus, sondern in einem Nebengebäude im Hinterhof, dessen Tür nicht verschlossen war. Vorsichtig öffnete ich sie. Dahinter lag ein düsterer, stiller Korridor. Keine der Türen war beschriftet, und so klopfte ich an die nächstbeste. Doch es kam keine Antwort. Ich drückte die Klinke hinunter, und auch diese Tür ließ sich öffnen. Wir betraten einen großen Raum, der offenbar als Möbellager genutzt wurde. Ich sah Bretter, Tische, stapelweise Stühle. Über allem lag eine dicke Schicht Staub.

»Kein Buch«, murmelte ich. »Seltsam.«

Ich öffnete die nächste Tür. Der Raum dahinter war vollkommen leer.

»Hört ihr das?«, flüsterte Betty, und ich hielt inne.

Tatsächlich. Von fern vernahm ich ein hämmerndes Geräusch, merkwürdig metallisch.

»Es kommt von dort«, sagte Betty und wies auf eine weiß lackierte Tür.

»Na, dann los!« Energisch ging ich voraus und klopfte an ebendiese Tür.

»Herein!«, sagte eine Frauenstimme.

Der Raum, den wir nun betraten, war sehr groß. Am Fenster saß eine Frau an einem Tisch und blickte uns entgegen. Vor ihr stand ein merkwürdiges Gerät, mit dem sie vermutlich die hämmernden Geräusche erzeugt hatte, die bei unserem Eintreten verstummt waren.

Die Frau erhob sich, um uns die Hand zu reichen. »Fräulein von Burow?«, fragte sie. »Baroness Günzel? Komtesse Aschersleben? Ich bin Bona Peiser.«

Sie war kleiner als wir und deutlich älter, mindestens dreißig. Sie trug ein schlichtes schwarzes Kleid, ihre Haare hatte sie zu einem Knoten aufgesteckt. Von Frau Wingersdorff wusste ich, dass sie nicht verheiratet war.

»Ich freue mich, Sie kennenzulernen, Fräulein Peiser«, sagte ich und lächelte.

Bona Peiser lächelte ebenfalls. »Ich freue mich, dass Sie unsere Arbeit unterstützen wollen. Vielleicht darf ich Ihnen zunächst die Räumlichkeiten zeigen?«

»Sehr gern«, antwortete ich.

Bona Peiser breitete die Arme aus. »Hier sehen Sie das einzige Zimmer, das wir jetzt schon nutzen können«, sagte sie. »Wir wollen die Lesehalle im Januar eröffnen und zahlen erfreulicherweise auch erst dann Miete für alle fünf Räume. Aber zum Glück können wir dieses Bücherlager schon jetzt einrichten, sonst könnten wir den Eröffnungstermin nicht einhalten. Hier also werden später die Bücher in den Regalen stehen, hier suchen wir sie heraus, und hier überreichen wir sie den Lesern gegen eine Unterschrift zur Benutzung in den angrenzenden Lesezimmern.«

Ich sah mich um. Die Wände des Raumes waren bereits mit grob gezimmerten Regalen bestückt, in denen einzelne Bände standen. Vor diesen Regalen sah ich lange Tische, die aus Brettern zusammengenagelt waren. Darauf türmten sich Bücher, Hunderte mussten es sein. Ungeöffnete Kisten und Kartons unter den Tischen ließen vermuten, dass dies nur ein Bruchteil des Buchbestands der zukünftigen Lesehalle war. Tatsächlich, es gab noch viel zu tun.

»Was ist das?«, fragte Betty und zeigte auf den Apparat, der auf dem Schreibtisch am Fenster stand.

»Eine Schreibmaschine«, erklärte Fräulein Peiser, und ich hörte Stolz in ihrer Stimme. »Eine echte Remington aus Amerika.«

Ich trat näher und betrachtete das Wunderding. Es war schwarz und erinnerte entfernt an ein winziges Klavier, nur dass die Tasten nicht lang und schmal waren, sondern klein und rund. Sie waren in vier Reihen übereinander angeordnet, und auf jeder war ein Buchstabe abgebildet. Über den Tasten sah ich ein walzenförmiges Gebilde, um das Papier gewickelt war. Und darauf waren Buchstaben, die sich zu Worten fügten. Sie sahen aus wie gedruckt. *Sehr geehrte Herren* stand dort. Hatte Bona Peiser das eben mit ihrem Gehämmere geschrieben?

Sie nickte, als hätte sie meine Frage gehört. »Man schlägt die Tasten an, und jede erzeugt einen eigenen Buchstaben«, erklärte sie.

»Darf ich das ausprobieren?«, fragte ich.

Sie nickte erneut. »Natürlich. Aber vertippen Sie sich nicht.«

»Nur ein Wort«, murmelte ich und setzte mich an den Tisch. »Was soll ich tun?«

Fräulein Peiser stellte sich hinter mich. »Das nächste Wort

ist *mein*. Drücken Sie einfach die Buchstaben in der richtigen Reihenfolge. Und zwar fest.«

Ich tat wie geheißen, und auf dem Papier erschien wie von Zauberhand das genannte Wort.

»Fantastisch!« Ich war ehrlich begeistert. »Wie gut, dass Kolumbus einst dieses wundervolle Amerika entdeckt hat! Sonst gäbe es so etwas jetzt nicht.« Ich warf Betty einen kurzen Seitenblick zu und grinste.

Bona Peiser runzelte die Stirn. »Er wollte eigentlich den Seeweg nach Indien entdecken«, sagte sie. »Und der Erfinder der Schreibmaschine war Engländer.«

Jetzt war es Betty, die grinste.

Bona Peiser zeigte uns noch die übrigen Räume, in denen später die Lesezimmer und die Büros der Bibliothekare untergebracht werden sollten. Zum Teil hatten wir sie ja schon gesehen, aber das erwähnten wir nicht.

Zuletzt führte Fräulein Peiser uns zurück in den Raum mit den Büchern, trat zu einem der Tische und wies auf einen Stapel bräunlicher Pappstücke. »Dies sind die Karteikarten. Jedes Buch erhält eine eigene. Sie werden dann alphabetisch in einen Kasten eingeordnet, und so können sich die Bibliothekare später rasch einen Überblick darüber verschaffen, welche Bücher vorhanden sind.«

Sie erklärte uns, wie die Karten ausgefüllt werden mussten. Erst kam der Nachname des Autors, dann der Vorname, darauf folgten der Titel, der Verlag, das Erscheinungsjahr, die Seitenzahl und zum Schluss einige Stichworte zum Inhalt. Sie nahm sich viel Zeit, um uns das zu erklären.

»Haben Sie noch weitere Fragen?«, wollte sie irgendwann wissen.

»Gehören auch wissenschaftliche Bücher zu Ihrem Bestand?«, fragte Johanna.

»Selbstverständlich«, antwortete Fräulein Peiser. »Das ist eine wichtige Säule unseres Angebots.«

Auch ich hatte noch ein Anliegen. »Wenn ab Januar die Leser kommen«, begann ich zögernd, »dürfen die dann jedes Buch lesen, nach dem sie fragen? Oder treffen die Bibliothekare eine Auswahl? Also, ich meine, verweigern sie manchen Lesern ein bestimmtes Buch, weil es ihnen nicht geeignet erscheint?«

Bona Peiser verschränkte die Arme vor der Brust. »Nun, man hat in diesem Beruf eine große Verantwortung seiner Leserschaft gegenüber. Man ist als Bibliothekar immer auch ein Erzieher des Volkes. Und es gibt Bücher, die man beispielsweise einem ungefestigten Jüngling niemals aushändigen sollte.«

Ich verdrehte innerlich die Augen. Ihre Stimme erinnerte mich plötzlich an die von Buchhändler Brögel und von Fräulein Grimaud. Es war erstaunlich, wie viele Erzieher die Menschheit bewachten. Wer hatte die eigentlich erzogen?

»Ich verstehe«, sagte ich. »Sie müssen einen Blick dafür haben, welche Pflanzen in welchem Garten gedeihen können, nicht wahr?«

»Genau so ist es«, sagte Bona Peiser.

»Welche Bücher halten Sie zum Beispiel für problematisch?«, fragte ich mit einer Miene, die nichts anderes als höfliches Interesse ausdrückte. Zumindest hoffte ich das.

Fräulein Peiser trat an einen der Tische und ließ ihren Blick über die Bücherstapel wandern. »Schlegels *Lucinde* beispielsweise«, sagte sie und zog ein Buch aus einem Stapel. »Ein zweifelhaftes Werk. Wir erhielten es als Spende und haben lange überlegt, ob wir es überhaupt aufnehmen sollen. Aber dann haben wir uns entschlossen, es für Leser bereitzuhalten, die über eine große Lebenserfahrung und über genaue Kenntnis von Schlegels Werk verfügen. Warum fragen Sie?«

»Nun, weil ich wissen will, ob wir so etwas auf den Karteikarten vermerken sollten«, sagte ich rasch.

Bona Peiser nickte. »Das ist eine gute Idee. Ich werde solche Bücher mit einem Zettel kennzeichnen, und Sie machen dann eine entsprechende Notiz auf der Karte. Sonst noch Fragen?«

Nun war es Betty, die geistesgegenwärtig reagierte. Sie griff nach einem schmalen Band mit Gedichten von Goethe.

»Ich weiß nicht, ob die Frage vermessen ist«, sagte sie zögerlich, »aber wäre es wohl möglich, dass wir ab und zu ein interessantes Buch mitnehmen, um es selbst zu lesen? Wir würden es selbstverständlich rasch zurückgeben. Und nur vor der Eröffnung, natürlich. Wir würden auch äußerst gewissenhaft damit umgehen.«

Bona Peiser neigte zustimmend den Kopf. »Selbstverständlich! Dass Sie die Bücher pfleglich behandeln, versteht sich ja von selbst. Leihen Sie sich also ruhig hin und wieder eines für ein paar Tage aus.«

»Wie nett, ich danke Ihnen!« Betty strich über den Einband des Gedichtbuches. »Wir werden alle unbeschadet zurückbringen.«

Als wir abends durch den Torbogen der *Volks-Kaffee- und Speisehallengesellschaft* traten, hatten wir einen hohen Stapel Karteikarten ausgefüllt. Unsere Füße schmerzten, unsere Mägen knurrten, denn außer einem Glas Wasser hatte Fräulein Peiser uns nichts angeboten. Doch in der Hand trug ich ein in Papier gewickeltes Buch, und innerlich triumphierte ich. Den Mantegazza hatte ich zwar nicht gefunden, aber was dieser Schlegel über jene Lucinde geschrieben hatte, wollte ich doch genauer wissen.

»Müssen wir den ganzen Weg zurücklaufen?«, fragte Betty und stöhnte mal wieder.

Mutig hob ich den Arm und winkte einer Mietdroschke, die langsam die Straße entlangratterte. Und tatsächlich, der Kutscher hielt an. Ich trat zu ihm und nannte ihm Bettys Adresse. Johanna und ich konnten von dort aus laufen.

Der Mann verlangte einen Preis, den ich hoch fand, aber ich wagte es nicht, mit ihm zu feilschen. Vielleicht würde er sonst einfach weiterfahren. Und immerhin waren wir ja zu dritt, das machte die Fahrt vielleicht teurer. Also stimmte ich zu.

Johanna und Betty kletterten in die Kutsche, und ich folgte ihnen. Als ich mich in die muffig riechenden Polster sinken ließ, war ich trotz des ungepflegten Zustands unseres Gefährts äußerst zufrieden.

»Spürt ihr es auch?«, fragte ich. »Wir haben neue Welten betreten, und ich finde, wir schlagen uns darin gar nicht so schlecht.«

»Na ja«, sagte Betty. »Spüren? Zumindest rieche ich es.« Sie rümpfte die Nase. »Aber so richtig heimisch fühle ich mich darin noch nicht.«

Die Kutsche fuhr ruckartig an, wir wurden tiefer in die schmutzigen Polster gedrückt.

»Betty, wo ist nur deine Abenteuerlust geblieben?«, fragte ich. So zurückhaltend kannte ich sie sonst gar nicht. »Wir haben jetzt endlich Zugang zu ganz vielen Büchern«, sagte ich. »Freust du dich nicht?«

Betty seufzte wieder, und nun rückte sie endlich mit der Sprache heraus. »Die Sache macht mir Angst«, gab sie zu.

»Warum?«, wollte ich wissen. »Was befürchtest du denn?«

Sie blickte nachdenklich aus dem Fenster. Ich betrachtete ihr zartes Profil und die sorgenvoll gerunzelte Stirn. »Ärger mit meiner Mutter«, sagte sie. »Wenn ich daran denke, was dir jedes Mal passiert ist, wenn du auch nur die Hand nach diesem Buch von Mantegazza ausgestreckt hast, mag ich mir gar nicht ausmalen, was mir blüht, wenn sie mich damit erwischen sollte. Sie ist einfach nicht wie dein Vater.«

Ich schwieg betroffen. Betty hatte recht. Ihre Mutter regierte die ganze Familie mit eiserner Hand, und im Zorn war sie unerbittlich. Konnte man aus einer Familie fliegen, so wie von der Schule? Darüber hatte ich mir noch nie Gedanken gemacht. Vater und selbst Tante Auguste waren wirklich ein anderes Kaliber als Bettys Mutter, und ich hatte sehr viel mehr Freiheit als die meisten Mädchen in meinem Alter.

»Du musst ja keins der verbotenen Bücher mitnehmen und lesen«, überlegte ich laut. »Wenn ihr wollt, lese ich sie allein und berichte euch dann, was darin steht.«

Johanna richtete sich auf. »Nein«, sagte sie barsch. »Ich lese auch!«

»Ich wohl besser nicht«, sagte Betty leise. »Aber ihr müsst mir alles erzählen.«

Ich nickte. »Natürlich! Beim Kaffeekränzchen erfährst du alles.«

»Und dass euch das schadet, schließt ihr wirklich aus?«, wollte Betty wissen. »Dieser von Waldau hat Effi doch eindringlich vor solchen Büchern gewarnt.«

»Aber er konnte mir kein einziges vernünftiges Argument nennen«, fuhr ich auf. »Und Kolumbus wurde auch von vielen Stimmen gewarnt. Seid ihr dabei?«

Ich streckte meine Hand aus, und Betty und Johanna legten ihre darauf. Endlich konnte auch Betty wieder lächeln.

Plötzlich fiel mir etwas ein. »Von Waldau. Ach du Schreck!« Ich setzte mich auf und zog die Hand zurück.

»Was ist denn los?«, wollte Johanna wissen.

»Mein Lateinunterricht! Wie viel Uhr ist es?«

Sie zuckte mit den Schultern. »Ich weiß es nicht genau. Ungefähr sieben?«

Ich sank in mich zusammen. »Den habe ich ja ganz vergessen! Um sechs wollte er zum Unterricht kommen!« Aber nach kurzer Überlegung richtete ich mich wieder auf. »Vielleicht ist das ja sogar gut so. Vielleicht habe ich ihn jetzt verärgert, und er kommt nie wieder.«

Betty knuffte mich in die Seite. »Das klingt kaltherzig und gemein«, sagte sie.

»Ich weiß.« Diesmal war ich diejenige, die abgrundtief seufzte. »Wenn ich es doch nur auch wäre.«

Jetzt tätschelte Betty meinen Arm. Sie wusste genau, dass mein Inneres beim Gedanken an Max von Waldau kein bisschen kalt blieb. Im Gegenteil. In mir brodelte noch immer eine Mischung aus Scham, Wut, Enttäuschung und gekränktem Stolz.

»Ich würde ihn am liebsten nie wieder sehen«, sagte ich heftig.

Dr. med. Maximilian von Waldau, Berlin
an stud. med. Benjamin von Waldau, Jena

Lieber Ben,

vielen Dank für deine schnelle Antwort. Natürlich bin ich nicht ärgerlich, dass du Salomé nicht aufnehmen kannst. Ich dachte mir schon, dass du in Jena auf dieselben Hindernisse stoßen würdest wie ich hier in Berlin. Glücklicherweise zeichnet sich momentan eine andere Lösung ab.
Als ich am Mittwoch wie vereinbart zur nächsten Lateinlektion bei den von Burows eintraf, war Fräulein von Burow nicht da. Ja, du liest richtig. Sie hat mich versetzt!
Ich tat gleichmütig, aber natürlich war ich verärgert. Auguste von Burow entschuldigte ihre Nichte wortreich. Sie behauptete, sie habe unvorhergesehen einen wichtigen Termin gehabt und offenbar vergessen, mich zu benachrichtigen.
Vergessen?!?
Nun, sei's drum. Ich stand da wie bestellt und nicht abgeholt, also bat mich der Herr des Hauses auf ein Gläschen in sein Arbeitszimmer. Und weil er ein kluger Kopf mit bemerkenswert modernen Ansichten ist, hatte ich nichts dagegen einzuwenden.
Das Gespräch nahm viele interessante Wendungen, und irgendwann fragte mich der alte Herr auch nach meinem Alltag. Ich berichtete ihm von meiner Arbeit und schließlich auch von meiner Wohnungssuche. Da erhob er sich und hieß mich, ihm zu folgen. Er führte mich in den wundervollen Garten seines Anwesens und zeigte mir ein kleines Häuschen, das versteckt zwischen Büschen steht.
»Hier hat einige Sommer lang ein alter Maler gewohnt, mit dem meine verstorbene Frau gut befreundet war«, erklärte Herr von Burow mir. »Aber nun steht es leer.« Er schloss das Haus auf, ich durfte es besichtigen, und mir stockte fast der Atem vor Begeisterung.
Ben, stelle dir einen verwunschenen Park mit uralten Bäumen vor.

Darin unweit der Villa ein kleines Gartenhaus, geradlinig und ganz ohne Schnörkel erbaut. Einzige Verzierung: Neben dem Eingang stehen rechts und links zwei Säulen, die dem Häuschen ein vornehmes Aussehen verleihen. Deswegen beginnt man zu schreiten, wenn man den Kiesweg durch den Garten verlässt und die flachen Treppenstufen zum Eingang betritt. Oben angelangt, passiert man ein ehrwürdiges Portal und kommt in einen Flur, von dem rechts und links jeweils eine Tür abgeht. Die linke führt in ein behagliches Schlafzimmer, und von dort gelangt man durch eine weitere Tür in einen winzigen Raum, der alles beherbergt, was man zur Körperpflege benötigt. Hinter der rechten Tür befindet sich ein geräumiger, geschmackvoll eingerichteter Wohnraum mit Sesseln, Klavier und einem Schreibtisch. Eine Küche gibt es nicht, aber ich kann ja ohnehin nicht kochen. Und man findet in Berlin zwar nur schwer ein Wohnquartier, aber leicht eine gute und günstige Mahlzeit.
Von Burow betonte, es sei ihm eine Ehre, wenn ich im Gartenhaus Quartier nähme, und Salomés Anwesenheit sei keine Bürde, sondern eine Bereicherung. Vielleicht könne sie als Gegenleistung im Garten die Mäuse verjagen, die den Gärtner durch ihre Wühltätigkeit in den Wahnsinn zu treiben drohten. Außerdem wäre er froh, jemanden zu haben, der das Haus im Auge behalten könne, wenn die Familie über Weihnachten auf dem Lande sei.
Erst war ich unschlüssig, ob ich dieses Angebot annehmen könne. Aber dann nahm ich mir ein Herz und sagte zu.
Ich werde Fräulein von Burow gewiss nicht zu nahe kommen, sie wird den Garten zumindest jetzt im Winter nicht nutzen und mich deswegen kaum bemerken. Und ich selbst bin gefestigt genug, um trotz der Gefühle, die ich für sie hege, keinen Vorteil aus dieser Wohnlage zu schlagen. Fließ hält die Sache ebenfalls für unproblematisch. Eine Dauerbleibe ist es sicher nicht, aber eine wundervolle Übergangslösung!

Erleichterte Grüße sendet
Dein Bruder Max

Kapitel 15

»Wenn er sie im Zauberschein einer milden Dämmerung hingegossen sah, konnte er nicht aufhören, die schwellenden Umrisse schmeichelnd zu berühren, und durch die zarte Hülle der ebnen Haut die warmen Ströme des feinsten Lebens zu fühlen. Auch Julius war männlich schön, aber die Männlichkeit seiner Gestalt offenbarte sich nicht in der hervorgedrängten Kraft der Muskeln. Vielmehr waren die Umrisse sanft, die Glieder voll und rund, und der glatte Körper schien dicht und fest wie Marmor.«

Friedrich Schlegel, *Lucinde*

Ich wurde ihn nicht los! Ich konnte machen, was ich wollte, ich schaffte es einfach nicht, Max von Waldau aus meinem Leben zu vertreiben. Irgendeine höhere Macht schien eine geradezu bösartige Freude daran zu haben, ihn immer wieder in meinen Alltag zu schubsen. Jetzt zog er auch noch in unser Gartenhaus ein. Aber unser Garten war *mein* Reich.

»Das hat auch Vorteile«, flüsterte Betty beim nächsten Kaffeekränzchen. »Jetzt können wir ihn vielleicht endlich auch mal sehen.«

Und tatsächlich, wir hatten Glück. Tante Augustes Kopf war gerade schnorchelnd gegen die Sessellehne gesunken, als von draußen das Klappern des Gartentors zu hören war. Katzengleich schlichen wir zum Fenster und spähten hinaus. Auf dem Kiesweg zwischen den kahlen Rosenbüschen sahen wir Max von Waldau, der gerade zum Gartenhaus ging. Er trug zwei große dunkle Koffer. Es schneite erstmals in diesem Jahr, und dicke, weiche Flocken fielen auf sein dunkles Haar. Er blieb stehen, setzte die Koffer kurz ab und strich sich eine Haarsträhne aus dem Gesicht.

»Er ist ja ausgesprochen ansehnlich«, zischte Betty mir zu. »Das hast du nie erwähnt.«

»Das ist mir nur beim ersten Treffen aufgefallen«, gab ich zurück. »Jetzt finde ich es gar nicht mehr.«

Johanna schüttelte fassungslos den Kopf. »Dann bist du blind«, sagte sie. »Er sieht wirklich auffallend gut aus.«

Max von Waldau wuchtete seine Koffer wieder hoch und ging weiter.

»Sind da Backsteine drin?«, murmelte Johanna.

»Vermutlich eher Bücher«, sagte Betty. »Der Mantegazza zum Beispiel.«

Ich seufzte. Wir hatten das Buch in der Lesehalle noch nicht gefunden. Und jetzt wurde es da draußen an uns vorbeigetragen, fast zum Greifen nah, und doch unerreichbar.

Johanna richtete sich auf. »Wir könnten bei ihm einbrechen und das Buch holen«, sagte sie. »Nur ausleihen, natürlich. Wenn er in der Praxis ist.«

Betty quietschte leise auf. »Nein! Wenn wir dabei erwischt werden, stecken sie uns ins Irrenhaus.«

Max von Waldau hatte die Koffer jetzt bis vor die Tür des Gartenhauses geschleppt. Er wühlte in seinen Manteltaschen nach dem Schlüssel und öffnete die Tür.

Kurz blitzte ein Gedanke in meinem Kopf auf. Es gab noch einen Zweitschlüssel, er hing an einem Haken in der Küche. Es wäre leicht, den Mantegazza zu holen. Aber dann verwarf ich diese Idee. Das ging wirklich zu weit. Und es war viel zu gefährlich.

Ich wandte mich meinen Freundinnen zu. »Wollen wir weitermachen? Oder interessiert euch Schlegels *Lucinde* nicht?«

Mehr musste ich nicht sagen, um die Aufmerksamkeit der beiden zurückzugewinnen, zumal Max von Waldau jetzt im

Gartenhaus verschwunden war. Auf Zehenspitzen schlichen wir zum Tisch zurück, wo Tante Auguste immer noch süß und selig schnarchte.

Schlegels *Lucinde* war wirklich ein höchst bemerkenswertes Buch.

»Schon allein dafür hat sich unsere Arbeit in der Lesehalle gelohnt«, wisperte ich. »Passt auf: Das Buch handelt von einem Mann namens Julius und ebenjener Lucinde. Die beiden lieben sich. Mit Leib und Seele. Und alles, was sie dabei fühlen, wird beschrieben.« Ich machte eine Kunstpause, um die Wirkung meiner Worte zu erhöhen.

»Alles?«, fragte Betty ungläubig.

»Ja«, hauchte ich. »Nicht sehr detailliert, aber so ungefähr erfährt man schon, worum es geht.« Ich spürte, wie mein Gesicht heiß wurde, und ich errötete. Doch ich musste weiterreden, obwohl es mir peinlich war. Das war schließlich Teil unseres Abkommens. »Und wisst ihr was? Schlegel erwähnt hier nichts, was beunruhigend klingt. Da ist nur die Rede von Glück.«

Bettys Augen wurden rund vor Staunen. »Glück?«, fragte sie.

Ich nickte. »Allerdings ungewöhnliches Glück, das schon. Julius und Lucinde werden erst durch ihre nackten Umarmungen zu vollständigen Menschen, sie sind zusammen mehr sie selbst, als sie es einzeln waren.« Ich war sicher, dass mein Kopf jetzt leuchtete wie eine Tomate. »So steht es da wirklich, und beim Lesen ist mir das alles ganz nachvollziehbar und folgerichtig vorgekommen. Kein bisschen peinlich. Eher natürlich. Als wäre gar nichts dabei.«

Flüsternd diskutierten wir, ob Schlegel in diesem Buch einen Ausflug in Fantasiewelten unternahm oder ob er autobiografisch die Realität des Liebesaktes beschrieb. Wir konnten uns nicht einigen. Betty tippte auf Fantasie, Johanna hielt die Schilderung für möglich, ich war unentschieden. Einiges klang wirklich sehr detailliert, so als wisse der Verfasser genau, wovon die Rede war. Aber wenn das, was Schlegel da beschrieb, richtige, echte Liebe war, warum sollte man irgendetwas davon verheimlichen? Und was konnte daran unmoralisch sein?

»Wie seht ihr das eigentlich«, flüsterte ich. »Wollt ihr später mal … also … ich meine, heiraten und so weiter?«

Betty zuckte mit den Schultern. »Da gibt es bei mir nichts zu wollen«, sagte sie. »Die Frage ist nur: wann, wen und wo?«

Johanna ließ sich Zeit mit ihrer Antwort. »Ich denke zurzeit viel über Fräulein Peiser nach«, sagte sie zögernd. »Sie hat einen interessanten Beruf, sie verdient eigenes Geld. Keine Ahnung, wie sie lebt, aber ich stelle mir ihren Alltag spannend vor. Sie leistet etwas und kann stolz darauf sein. Als verheiratete Frau ist so etwas nicht möglich.«

»Warum eigentlich nicht?«, überlegte ich laut.

»Weil du dann andere Verpflichtungen hast«, meinte Betty. »Kinder. Haushalt. Dienstboten anweisen. Gesellschaften geben.« Sie verdrehte die Augen.

»Dafür kann man Personal einstellen, wenn man genug Geld hat«, flüsterte ich. »Und dann selbst etwas anderes tun.«

»Dein Mann wird das nicht erlauben«, sagte Johanna.

Ich schüttelte ärgerlich den Kopf. »Ich bin schon jetzt wütend auf diesen Kerl!«, sagte ich. »Dabei kenne ich ihn noch gar nicht. Was fällt ihm ein? Ich verbiete ihm doch auch nichts.«

»Also willst du heiraten«, vermutete Betty.

»Eigentlich schon«, gab ich zu. »Aber ich wünsche mir beides: jemanden, den ich lieben kann wie Lucinde ihren Julius, und ein interessantes Leben.«

Wir seufzten alle drei, denn wir wussten, wie unrealistisch dieser Wunsch war.

Betty musterte Tante Auguste, die in ihrem Ohrensessel saß und leise schnorchelte. »Wie ist das eigentlich bei deiner Tante? Warum ist sie nicht verheiratet?«

»Vielleicht hat sie nie einen Antrag bekommen«, überlegte Johanna.

Doch Betty schüttelte den Kopf. »Unwahrscheinlich«, meinte sie. »Sieh sie doch an, sie war früher bestimmt wunderschön. Und reich ist sie auch.«

Ich betrachtete meine Tante, die mit leicht geöffnetem Mund vor sich hin schnarchte. Ihre Löckchen zitterten bei jedem Atemzug, und ich musste mir ein Lächeln verkneifen. Aber Betty hatte recht. Tante Auguste hatte noch immer ein ebenmäßiges Gesicht und glatte Haut. Bestimmt war sie früher ausgesprochen hübsch gewesen.

»Vater hat mal erzählt, dass sie zu lange gewartet hat«, flüsterte ich. »Sie hatte zu viele Verehrer und konnte sich nicht entscheiden. Und dann waren plötzlich alle verheiratet. Aber das glaube ich nicht. Sie hätte ja auch später, in höherem Alter, einen Witwer heiraten können, wenn sie gewollt hätte. Vielleicht frage ich sie mal, warum sie das nicht gemacht hat.«

Doch dazu kam es nicht. Und das lag daran, dass Max von Waldau nach seinem Einzug unser Alltagsleben langsam, aber sicher auf den Kopf stellte.

Wenn er in der Praxis arbeitete, war Salomé bei uns, doch das störte mich nicht, ich mochte sie gern. Störender waren seine medizinischen Ratschläge an Tante Auguste und Vater.

Eines Morgens zum Beispiel hörte ich Klavierklänge aus dem Musikzimmer, dann einen seltsamen Schrei. Als ich nach einem Schürhaken griff und ins Zimmer stürzte, erblickte ich Tante Auguste. Sie saß am Flügel und hämmerte mit beiden Händen auf die Tasten ein.

»Der Hölle Rache kocht in meinem Herzen«, schrie sie mir entgegen.

Ich stoppte mitten im Lauf und wäre fast gestürzt.

»Toood!«, stieß Tante Auguste nun hervor, hoch und gellend. »Verzweiiiflung!« Und dann legte sie richtig los. »Tod und Verzweiflung flaaaaaammet um mich her.«

Langsam begriff ich, dass sie sang, und zwar eine Arie der Königin der Nacht. Ihre Finger droschen auf die Tasten ein, ihr Mund öffnete und schloss sich wie ein klaffender Abgrund, wahre Tonwogen überrollten mich. Und dann schraubte sich die Tantenstimme in beängstigenden Staccato-Koloraturen in Höhenlagen, für die sie nicht geschaffen war.

Ich hatte *Die Zauberflöte* vor Jahren im Opernhaus gesehen. Damals hatte ich bei dieser Arie eine Gänsehaut bekommen, weil ich in der Musik die Wucht der königlichen Gefühle so real spüren konnte, als wären es meine eigenen. Jetzt hatte ich ebenfalls eine Gänsehaut, aber nur, weil ich Angst vor dem höchsten Ton hatte, den Tante Auguste gleich erreichen würde.

Mein Trommelfell zog sich in Erwartung dieses Kreischens zusammen, ich hielt den Atem an. Und da war es, das hohe F, schrill, schräg und nadelspitz traf es auf mein gespanntes Trommelfell. Am liebsten hätte ich in derselben Tonhöhe aufgejault.

Nach einer gefühlten Ewigkeit setzte Tante Auguste zu einem wahrhaft infernalischen Finale an. »Hööört der Mutter Schwuuur!«, schmetterte sie die letzten Worte, bevor sie endlich den Mund schloss und mit einem dramatischen Akkord endete.

»Was ist los?«, fragte ich, den Schürhaken noch immer in der Hand.

»Was soll denn los sein?«, fragte sie, leicht atemlos, aber strahlend. »Nichts ist los. Ich singe.«

»Aber das hast du doch noch nie getan!«

Lachend ließ Tante Auguste ein paar Töne durch ihre Kehle perlen wie eine Operndiva. »Der liebe Max hat mir dazu geraten.« Schwungvoll drehte sie sich auf dem Klavierschemel zu mir um. »Er hat während einer deiner Unterrichtsstunden offenbar festgestellt, dass ich, nun ja, nicht ganz geräuschlos schlafe.« Sie kicherte wie ein junges Mädchen. »Und er hat mir diese Arie empfohlen. Die schnellen, hohen Tonfolgen trainieren das Gaumensegel wie sonst nichts auf der Welt, hat er gesagt. Wer diese Arie beherrscht, schläft süß und leicht wie ein Kind.«

Ich war fassungslos. »Aber das ist eine der schwierigsten Arien der Welt, sie umspannt zwei Oktaven.«

Tante Auguste wischte diesen Einwand mit einer Handbewegung beiseite. »Ich muss sie nicht perfekt singen, hat er gesagt. Nur laut. Aus medizinischen Gründen.«

Sie drehte sich auf dem Schemel wieder in Richtung der Tasten und begann von vorn. Nicht perfekt, aber in der Tat sehr, sehr laut.

Der Hölle Rache kochte nun auch in meinem Herzen. Doch sie richtete sich nicht gegen Tante Auguste. Sie galt Max von Waldau. Der war jetzt in der Arztpraxis, umgeben von Stille. Ich hingegen musste diese Tortur wieder und wieder über mich ergehen lassen.

Tante Augustes grauenhafter Gesang war nicht das einzige Problem, das von Waldau mir mit seinem Ratschlag bereitet hatte. Viel schlimmer war, dass seine Methode wirkte. Tante Auguste schnarchte nach wenigen Tagen wirklich nicht mehr. Deswegen bemerkten wir es auch zunächst nicht, als sie beim nächsten Kaffeekränzchen einschlief.

Betty war die Erste, der Augustes geschlossene Augen auffielen. »Sie ist so weit!«, zischte sie uns zu.

»Auweia!«, sagte ich und betrachtete die völlig geräuschlos schlafende Tante. »Wir dürfen sie nicht aus den Augen lassen. Nicht auszudenken, was passiert, wenn sie unbemerkt aufwacht und uns belauscht.« Ich zog mein Taschentuch aus der Rocktasche und schnäuzte mich so leise wie möglich. Mein Schnupfen war in den vergangenen Tagen schlimmer geworden.

»Zum Glück ist sie ja fast taub«, wisperte Betty. »Solange wir leise sprechen, kann eigentlich nichts passieren.« Sie sah Johanna und mich an. »Also, wer hat was entdeckt?«

Beim letzten Besuch in der Lesehalle war es uns wieder gelungen, zwei Bücher mitzunehmen, die Fräulein Peiser mit einem Sperrvermerk gekennzeichnet hatte. Und jetzt brannte Betty darauf, mehr darüber zu erfahren.

»Ich habe *Die Leiden des jungen Werther* gelesen«, sagte ich.

»Und?«, fragten Johanna und Betty gleichzeitig.

Ich zuckte mit den Schultern. »Werther verliebt sich, wird aber nicht erhört. Und leidet. Und leidet. Und leidet. Und zum Schluss erschießt er sich.«

»Tragisch«, hauchte Betty. »Aus Liebe?«

Ich nickte und unterdrückte ein Niesen. »Das schon. Aber ehrlich gesagt konnte ich das nicht ganz nachvollziehen. Ich fand ihn sehr exaltiert. Der wollte einfach leiden. Neue Erkenntnisse über … na, ihr wisst schon, habe ich daraus nicht gewonnen.«

»Warum hat Fräulein Peiser das Werk dann als bedenklich eingestuft?«, fragte Johanna.

Schwierige Frage. »Vielleicht wegen des Freitods«, sagte ich. »Damit niemand auf dumme Ideen kommt.«

»Möglich.« Johanna nickte. »Dafür hab ich diesmal was entdeckt.«

»Wirklich?« Betty runzelte die Stirn. »Dein dicker Schinken sah so langweilig aus.«

»Es war ein medizinisches Nachschlagewerk«, flüsterte Johanna. »Mit Zeichnungen.« Sie zwinkerte uns zu. »Sehr interessanten Zeichnungen.«

»Heißt das …«, begann Betty, brach dann aber ab und errötete.

Johanna nickte. »Genau das heißt es. Ich weiß jetzt mehr über die männliche Anatomie.«

»Und?« Betty und ich sahen sie neugierig an.

Johanna wurde rot. »Denkt mal an die Schlossbrücke«, sagte sie.

Ich nickte, denn ich wusste, worauf sie hinauswollte. Wir

fuhren inzwischen immer mit der Kutsche zur Lesehalle. Auf der Fahrt in die Neue Schönhauser Straße passierten wir jedes Mal die steinerne Brücke über den Spreekanal, an die wir jetzt denken sollten. Dort standen auf hohen Sockeln höchst interessante Marmorskulpturen. Sie stellten antike Helden dar, nackte Helden, und bei manchen hatte der Bildhauer die entscheidenden Stellen nicht verhüllt. Wenn wir über die Brücke fuhren, taten wir stets, als sähen wir nicht hin. Doch natürlich hatte jede von uns schon heimliche Blicke riskiert.

»Ich weiß ja nicht, ob die Statuen lügen oder das Buch«, flüsterte Johanna. »Aber es gibt deutliche Unterschiede. Zum Beispiel in der Größe und …«

Sie stockte, und wir sahen sie ermunternd an.

»Und?«, fragte Betty wieder.

Johanna wurde richtiggehend dunkelrot. Sie wollte gerade antworten, als Tante Auguste auf einmal ein schmatzendes Geräusch von sich gab und sich aufrichtete.

»Ist noch Kaffee da?«, wollte sie wissen, wobei sie mehr schlecht als recht ein Gähnen unterdrückte.

Ich sog scharf die Luft ein. Noch zwei Sätze von Johanna, und wir hätten mehr gewusst. Zwei Sätze. Aber zu denen kam sie nicht mehr.

Betty unternahm noch einen letzten Versuch, mehr zu erfahren. Sie ergriff den Tortenheber, ließ ihn über der Platte mit dem Apfelkuchen kreisen, sah Johanna eindringlich an und fragte: »Wie war das? Größer? Oder kleiner?«

»Groß«, sagte Johanna, und ich wollte schon eine Augenbraue heben, doch da ergänzte sie noch: »Und bitte mit vielen Rosinen.«

Sie hatte die Doppelbedeutung von Bettys Frage wohl nicht verstanden, und wir erfuhren an diesem Tag leider nichts mehr über ihre Entdeckung.

Dr. med. Maximilian von Waldau, Berlin
an stud. med. Benjamin von Waldau, Jena

Lieber Ben,

nur kurz eine Nachricht, damit du rasch eine Antwort erhältst. Salomé behagt unser neues Quartier sehr. Sie liebt den winterlichen Park und streift oft stundenlang darin herum. Bestimmt fängt sie bald ihre erste Maus.
Ich selbst bin hier noch nicht richtig heimisch geworden, obwohl das Häuschen behaglich ist. Aber die ständige Nähe zu Fräulein von Burow beschäftigt mich doch mehr, als ich es vorhergesehen hatte. Ihr Schlafzimmer hat Fenster zum Garten, und manchmal sehe ich abends ihre schmale Gestalt hinter den hellen Vorhängen. Dann schlagen meine Gedanken eine Richtung ein, die ich nicht gutheißen kann. Doch ich bin sicher, dass ich dieses Problem in den Griff bekomme.
Fräulein von Burow scheint übrigens völlig unbeeindruckt von meiner Nähe zu sein. Nach wie vor sehen wir uns nur bei den Lateinstunden. Und selbstverständlich werde ich mich dabei kühl und abweisend verhalten, egal, welche Gefühle in mir brodeln.
Du hattest mich wegen Weihnachten angeschrieben. Und, ja, natürlich nimmst du die Einladung deines Freundes an! Ich selbst habe heute eine von Fließ erhalten und werde sie ebenfalls annehmen. So feiert keiner von uns dieses erste Weihnachtsfest ohne Großmutter allein.
Im Januar kannst du mich dann vielleicht hier in Berlin besuchen.
So, ich beende den Brief und bringe ihn rasch zur Post, damit du die Feiertage schnellstmöglich planen kannst.

Mit einer brüderlichen Umarmung grüßt
Max

Kapitel 16

»Wenn ein Mann in der Nacht durch böse Gedanken gequält wird, soll er seine Arme vor der Brust verschränken und sich ausstrecken, genau so, als ob er in seinem Sarg läge. Er soll an seinen eigenen Tod denken.
Wenn solch fromme Gedanken die bösen Vorstellungen nicht verdrängen können, soll der Mann von seinem Bett aufstehen und sich auf den Boden legen.«

Dr. William Acton, *Arzt*

Leider ließ mich der Gedanke an den männlichen Körperbau nicht mehr los, vermutlich, weil Johanna unterbrochen worden war und deswegen alle Fragen unbeantwortet blieben. Seit unserem Gespräch kreisten meine Gedanken ständig um dieses Thema, und das war ausgesprochen lästig.

Zwei Tage später saß ich abends mit Vater und Tante Auguste bei Tisch und bemühte mich um eine entspannte Konversation. Das Feuer im Kamin prasselte und knackte, der Tisch war weihnachtlich mit Tannenzweigen und roten Äpfeln geschmückt, Kerzen verbreiteten sanftes Licht, und Frau Wingersdorff hatte als Vorspeise passend zur Adventszeit eine Weinsuppe mit Käsesternen serviert. Aber ich dachte nicht an die bevorstehenden Feiertage, sondern an Johannas ledergebundenes Buch und an die Wahrheiten, die es enthielt. Und immer wieder wanderten meine Gedanken dann weiter zu Max von Waldau, nicht zuletzt, weil Tante Auguste und Vater ständig von ihm sprachen.

Tante Auguste erzählte begeistert von den Fortschritten ihres Gesangs. Und Vater berichtete von einem weiteren medizinischen Rat, den von Waldau ihm heute gegen sein Sodbrennen gegeben hatte.

»Man muss jeden Bissen einhundert Mal kauen.« Er nahm einen Schluck Wein und fuhr fort: »So wird die Verdauung vorverlegt. Vom Magen in den Mund.«

Das hätte ich lieber nicht gewusst. Ich verzog das Gesicht.

Tante Auguste hingegen sah interessiert auf. »Oh, wirklich? Warum tust du das dann nicht?«, fragte sie ihren Bruder. »Max gibt gute Ratschläge, er weiß, wovon er spricht.«

Vater zog eine Augenbraue hoch. »Das ist Suppe«, sagte er.

Erst schmunzelte ich, aber dann schwante mir, was gleich folgen würde. O nein. »Du könntest doch einfach eine Weile lang nur Suppe essen«, schlug ich Vater rasch vor. »Ganz viel. Dann musst du das nicht machen.«

Doch er schüttelte den Kopf. »Ich möchte das gern einmal ausprobieren.«

Es kam, wie es kommen musste. Als der Hauptgang serviert wurde, gebratenes Huhn mit Kartoffeln und Rosenkohl, setzte Vater sein Vorhaben um, und Tante Auguste tat es ihm gleich.

Sie kauten und kauten und boten dabei wirklich keinen schönen Anblick. Ich musste an Kühe auf der Weide denken. Unsere Mahlzeit zog sich dadurch quälend in die Länge, aber die Sache hatte auch eine positive Seite. Wenigstens konnten sie mit vollem Mund nicht sprechen, auch nicht über Max von Waldau.

Abends beschloss ich, meine unpassenden Gedanken mit lateinischen Vokabeln zu vertreiben. Ich beherrschte die Sprache inzwischen richtig gut und konnte schon recht schwierige Texte übersetzen. Bald würde ich keinen Unterricht mehr benötigen. Am Vokabular allerdings haperte es noch. Vater und Tante Auguste waren im Theater, doch ich hatte das Stück erst letztes Jahr in Dresden gesehen und mich dabei unendlich gelangweilt.

Ich kleidete mich aus, zog meinen Seidenkimono über, rief

Artus zu mir, um nicht allein zu sein, und machte es mir mit einer Tasse Tee auf dem Sofa im großen Salon gemütlich, den ich heute ganz für mich allein hatte.

»Du bist ja auch noch da«, sagte ich zu Salomé, die sich in einem Sessel vor dem Kamin zusammengerollt hatte. Also war Max von Waldau wohl noch nicht zu Hause.

Nein, ich durfte nicht schon wieder an ihn denken! Schnell schlug ich mein Buch auf und versuchte, mich auf die lateinischen Wörter zu konzentrieren.

Leider war das schwierig, denn jetzt erhob Salomé sich und schlich zu Artus. Der alte Hund war anfangs irritiert über ihre Anwesenheit in Haus und Garten gewesen und hatte sie bellend verfolgt. Aber seit sie einmal ihre Krallen ausgefahren hatte, hatten sich die beiden aneinander gewöhnt. Jetzt legte Salomé sich sogar neben Artus und wärmte sich an seinem Fell. Und ich musste schon wieder an ihren Besitzer denken. Wo steckte er nur? Es war doch schon spät.

Plötzlich sprang Salomé auf und lief zur Tür. Ich hörte das Gartentor klicken, jemand stapfte draußen durch den Schnee. Salomé miaute. Sie wollte nach Hause.

»Ich komme schon«, murmelte ich, erhob mich und ließ sie auf den Flur hinaus. Jetzt würde sie wie jeden Abend in die Küche huschen, wo die Köchin ihr die Hintertür zum Garten öffnen würde.

Ich stellte mich ans Fenster, sah hinaus und putzte mir gedankenverloren die Nase, die schon wieder tropfte.

Max von Waldau war schon im Gartenhaus verschwunden. Im Fenster seines Salons flammte Licht auf. Dann tauchte Salomé im Lichtkegel des Fensters auf, schritt die Stufen zum Häuschen empor und setzte sich vor die Tür. Vermutlich miaute sie laut, denn jetzt öffnete sich die Tür einen Spalt, und sie flitzte ins Haus.

Wenig später sah ich Max von Waldau in seinem Salon. Er streifte seinen Gehrock ab und hängte ihn über einen Stuhl.

Dann kniete er sich in Hemd und Hosenträgern vor den Kamin und entzündete ein Feuer. Salomé schmiegte sich an ihn, er streichelte sie und sagte etwas zu ihr.

Nun erkannte ich in ihm plötzlich den Mann wieder, den ich im Zug kennengelernt hatte. Er richtete sich auf, glättete mit der für ihn typischen Handbewegung seine widerspenstigen Haare, setzte sich in einen Sessel am Kamin und blickte gedankenverloren ins Feuer. Ruhig und entspannt wirkte er, und er griff sich kein einziges Mal an den Hemdkragen. Was er wohl zu Salomé gesagt hatte? Und warum war er in meiner Gegenwart ein anderer Mensch? War ich es, die ihn so nervös machte?

Plötzlich erhob Max von Waldau sich, nahm die Lampe, die neben ihm auf dem Tisch gestanden hatte, und verließ den Raum, der im Halbdunkel des flackernden Kaminfeuers zurückblieb. Ich wollte mich schon zurückziehen, da tauchte das Licht auf der anderen Seite des Gartenhauses wieder auf, in seinem Schlafzimmer. Jetzt konnte ich sehen, wie er die Petroleumlampe auf ein Tischchen stellte und seine Hosenträger über die Schultern streifte. Dann knöpfte er sein Hemd auf.

Ich hätte wegsehen können. Und sogar müssen. Aber das tat ich nicht. Stattdessen trat ich näher ans Fenster und verbarg mich in den Falten des langen Vorhangs.

Max von Waldau streifte sein Hemd über die Schultern und hängte es sorgfältig in den Schrank. Nun stand er in einem ärmellosen weißen Unterhemd mitten im Raum. Er hob einen Arm, packte den Stoff an seinem Rücken und zog sich das Kleidungsstück mit einer einzigen Bewegung über den Kopf.

Ich war überrascht. Vater trug unter seinen Anzügen Hemdhosen aus einem Stück. Das wusste ich, weil ich früher gern in der Waschküche gesessen hatte. Ein Unterhemd, wie Max von Waldau es trug, das offenbar nur locker in die Hose gesteckt wurde, hatte ich noch nie gesehen.

Noch viel überraschter war ich von seinem Körperbau. Von

Waldau hatte auffallend breite Schultern und sehr muskulöse Arme. Das fiel unter normalen Umständen gar nicht so auf. Zur Hüfte hin wurde er schmaler, und auf seinem Bauch formten die Muskeln ein Rechteck, wie ich es selbst nicht besaß. Die antiken Helden auf der Schlossbrücke allerdings schon. Bis jetzt konnte ich noch keine gravierenden Unterschiede zwischen Max von Waldau und ihnen feststellen. Die mussten tatsächlich tiefer liegen, wie Johanna angedeutet hatte.

Das Blut schoss mir bei diesem Gedanken in den Kopf, und plötzlich wurde mir klar, was ich hier tat. Trotzdem blieb ich wie angewurzelt stehen. Ich konnte gar nicht anders.

Von Waldaus Hände wanderten zu seinem Hosenbund. Sie tasteten nach den Knöpfen, und ich schluckte. Doch auf einmal hielt er inne und sah in meine Richtung. Es war, als hätte er meinen Blick gespürt. Er trat ans Fenster, sah hinaus, reckte sich und zog mit einem energischen Ruck die Vorhänge zu.

Jetzt starrte ich auf eine undurchdringliche, dunkle Wand. Mein Gesicht wurde heiß vor Scham. Am liebsten hätte ich ebenfalls die Vorhänge zugezogen, doch das wagte ich nicht. Max von Waldau hätte es bemerken können, und damit hätte ich mich nachträglich verraten. Also wandte ich mich ab, ging zum Sofa zurück und ließ mich darauf sinken. Auf die Vokabeln konnte ich mich nun nicht mehr konzentrieren, das versuchte ich gar nicht erst.

Hatte von Waldau mich wohl gesehen? Eigentlich war das unmöglich. Ich hatte in einem dämmrigen Winkel gestanden, und der Vorhang hatte mich fast ganz verborgen. Trotzdem fühlte ich mich wie ertappt.

Meine Hände zitterten, ich konnte keinen klaren Gedanken mehr fassen, mein Puls raste. Ich fühlte mich krank. In so einem Zustand sollte man sich schonen und sich nicht auch noch mit Lateinlernen belasten. Den Unterricht morgen würde ich ausfallen lassen. Ich brauchte dringend eine Pause. Ganz dringend.

Fast panisch kritzelte ich ein paar Worte auf ein Blatt Papier, klingelte nach Klara und bat sie, mein Schreiben zum Gartenhaus zu bringen.

»Nicht klopfen«, sagte ich. »Schieben Sie es einfach unter der Tür durch. Ich muss die morgige Lateinstunde absagen, ich fühle mich nicht gut.«

Das entsprach den Tatsachen. Aber viel wichtiger war: Ich wollte Max von Waldau auf keinen Fall unter die Augen treten.

Tja. Wie dämlich kann ein Mensch sein? Natürlich fand er mein Schreiben sofort. Er musste Klara gehört haben. Und ich hatte noch einen zweiten unverzeihlich dummen Fehler begangen. Ein Treffen mit einem Arzt sollte man nie, wirklich nie, mit der Begründung absagen, krank zu sein.

Wenige Minuten später klopfte jemand an die Tür des Salons. In der Annahme, es sei Klara, rief ich: »Herein.«

Doch in der Tür erschien nicht Klara, sondern Max von Waldau. Atemlos.

Artus sprang auf und begrüßte den Überraschungsbesuch mit freudigem Schwanzwedeln. Ich blieb sitzen, denn meine zitternden Beine versagten mir den Dienst.

Von Waldau trug wieder sein weißes Oberhemd, er hatte sogar seinen Gehrock übergestreift, und noch beim Eintreten glättete er seine Haare mit beiden Händen.

»Hier bin ich!«, stieß er hervor, als hätte ich ihn bestellt.

Jetzt wurde mir klar, dass meine Absage auf ihn wie eine dringende Bitte um ärztliche Konsultation gewirkt haben musste. Was für eine Katastrophe! Mir fehlte doch gar nichts, bis auf ein bisschen Schnupfen, und das würde er als Experte sofort durchschauen. Außerdem fühlte ich mich in meinem hellen Kimono nicht angemessen bekleidet. Ich erhob mich nun doch, um den Seidenstoff enger um meinen Körper zu ziehen.

»Bitte bleiben Sie sitzen«, sagte Max von Waldau und trat näher. Forschend sah er mich mit seinen dunklen Augen an. »Sie sind blass. Haben Sie Schmerzen?«

Vor Schreck gaben meine Knie nach, und ich sank wieder aufs Sofa. »Nein«, gab ich zurück. »Sorgen Sie sich nicht.«

Unwillkürlich musste ich an sein Unterhemd denken, und an die kraftvolle Bewegung, mit der er es über den Kopf gezogen hatte. Trug er es jetzt wieder? Mein Blick wanderte zu seinem Hemdkragen, der offen stand. Ich sah glatte, gebräunte Haut, sonst nichts.

Er räusperte sich, und sofort riss ich mich zusammen und sah ihm wieder in die Augen. Den albernen Zwicker hatte er in der Eile wohl vergessen.

»Es ist nur ein kleiner Schnupfen«, sagte ich. »Aber ich will ihn doch lieber auskurieren, deswegen habe ich unser morgiges Treffen abgesagt.«

Bei dem Wort *Schnupfen* zuckte Max von Waldau zusammen. »Was haben Sie eben getan, als diese Symptome auftraten?«, fragte er knapp, fast barsch.

»Ich? Nichts! Lateinische Vokabeln gelernt.« Entsetzt spürte ich, wie ich errötete.

Er runzelte die Stirn. Sein Blick wanderte zum Fenster, mit drei Schritten war er dort und sah hinaus.

»Hören Sie, es ist nichts!«, beteuerte ich hastig. Mein Gesicht brannte regelrecht. »Mir geht es schon viel besser. Ich brauche keinen Arzt.«

»Ich werde Sie jetzt verlassen.« Max von Waldau deutete zackig eine Verbeugung an. Seine Stimme klang barsch. »Und Sie sollten sich dringend zur Ruhe begeben. Was auch immer Sie getan haben, fahren Sie nicht damit fort. Und schieben Sie auch alle Gedanken beiseite. Waschen Sie sich mit eiskaltem Wasser, und dann schlafen Sie! Das ist das Beste.«

Mein Gesicht wurde noch heißer. Welche Gedanken sollte ich beiseiteschieben? Was wusste er?

Doch von Waldau lieferte mir keine weitere Erklärung. Er verließ mit hastigen Schritten den Raum.

Ich blieb wie erstarrt sitzen, und meine Gedanken wirbelten durcheinander wie die Funken, die aus den knackenden Holzscheiten im Kamin stoben. Ich konnte keinen der Gedanken fassen, außer dem einen: Wusste Max von Waldau über alles Bescheid?

Aber das konnte nicht sein. Wenn überhaupt, dann hatte er nur Verdacht geschöpft. Und ich konnte und würde alles leugnen, falls er mich je darauf ansprach.

Verwirrt beschloss ich, genau das zu tun, was er mir geraten hatte. Ich rief Artus zu mir und brachte ihn in die Eingangshalle, wo er stets schlief. Dann wandte ich mich um und wollte zur Treppe gehen.

Doch diese Nacht hielt noch eine weitere Überraschung für mich bereit.

Dr. med. Maximilian von Waldau, Berlin
an stud. med. Benjamin von Waldau, Jena

Lieber Bruder,

ich habe etwas Schreckliches getan! Nur die Hoffnung, dass dieser Brief meine Gedanken klärt, gibt mir die Kraft, ihn zu schreiben. All mein Denken kreist nur um eins: Ich will zu ihr!
Doch halt! Von vorn! Ich zwinge mich jetzt zur Ruh und schildere dir, was vor wenigen Stunden geschah.

Ich hatte einen langen, anstrengenden Arbeitstag hinter mir, und als ich spät abends nach Hause kam, war ich kraftlos und müde. So beschloss ich, den Tag zu beenden und früh zu Bett zu gehen.
Gedacht, getan. Ich ging in mein Schlafgemach und entkleidete mich. Leider vergaß ich, zuvor die Vorhänge zu schließen. Ich befürchte, dass ich damit auslöste, was im Folgenden geschah. Denn mein Schlafzimmer ist jetzt im Winter, da Bäume und Büsche keine Blätter haben, vom Hause der von Burows aus gut einzusehen. Und im Salon brannte Licht.
Ich wollte gerade zu Bett gehen, da hörte ich Geräusche an der Haustür, und als ich in den Flur eilte, fand ich auf zart duftendem Papier einen Hilferuf von Elena von Burow vor. Sie sei erkrankt, schrieb sie, und zu schwach für den Lateinunterricht am folgenden Tag.
Alarmiert eilte ich hinüber ins Herrenhaus, in der Hoffnung, mit ihrer Tante oder ihrem Vater sprechen zu können, doch beide waren ausgegangen. Also entschied ich, mir selbst ein Bild der Kranken zu verschaffen. Zu meinem Entsetzen stellte ich fest, dass sie sich im Salon aufhielt. Hatte sie mich beobachtet? Hatte das ihre Beschwerden ausgelöst? Ich wimmelte das Dienstmädchen ab und eilte zu ihr.
Als ich sie sah, wuchs meine Bestürzung. Fräulein von Burows Gesicht verfärbte sich bei meinem Anblick dunkelrot. Und sie hatte starken

Schnupfen! Mehr Beweise benötigte ich nicht. Sie musste mich durchs Fenster gesehen haben, und mein Anblick hatte bei ihr offenbar einen schweren nasalen Reflexzonenanfall ausgelöst. Am liebsten hätte ich mich selbst geohrfeigt. Warum war ich so unbedacht gewesen?

Es gab nur eine Lösung: Ich musste mich rasch aus ihrer Nähe entfernen. Und genau das tat ich.

Doch als ich in der dunklen Eingangshalle des Hauses stand, schon fast an der Hintertür, die in den Garten führt, kamen mir Bedenken. Konnte ich Fräulein von Burow in diesem Zustand allein zurücklassen? Tante und Vater waren noch immer nicht da. Was, wenn ein hysterischer Anfall bevorstand? Ich blieb stehen und überlegte, was zu tun war. Sollte ich wenigstens die Dienstboten aufsuchen und sie bitten, mich zu alarmieren, falls in der Nacht irgendetwas Ungewöhnliches geschah? Doch ich wusste nicht, wo sie zu finden waren.

Bevor ich eine Entscheidung treffen konnte, hörte ich auf einmal Schritte und sah einen schwachen Lichtschein. Fräulein von Burow hatte die Tür des Salons geöffnet, ich sah ihre schlanke Silhouette, dann betrat sie die Eingangshalle. Sie hatte die Hand auf den Rücken des großen, alten Jagdhunds gelegt, der ihrem Vater gehört.

Schnell verbarg ich mich im Schatten eines Schranks. Der Hund bemerkte mich trotz der Dunkelheit und wedelte schwach mit dem Schwanz, doch Fräulein von Burow wurde nicht auf mich aufmerksam. Sie begleitete das Tier durch die halbdunkle Halle zu einem Kissen neben der Haustür, auf dem es sich seufzend niederließ.

Und dann wurde ich Zeuge einer anrührenden Szene. Fräulein von Burow kniete sich neben das Hundekissen und deckte den alten Hund mit einer Wolldecke zu. Dann strich sie ihm über den Kopf und wünschte ihm mit leiser Stimme eine Gute Nacht. »Ach Artus«, murmelte sie. (So heißt das Tier.) »Alle wissen immer ganz genau, was zu tun ist. Nur ich nicht. Ich weiß gar nichts mehr.« Sie verharrte noch einen Moment auf den Knien, als warte sie auf eine Antwort. Doch als der Hund nur leise seufzte, erhob sie sich.

Und da stand sie nun, mit dem Rücken zu mir, im sanften Schein der Lampe und sah auf den Hund hinab. Mein Blick verfing sich in ihrem aufgesteckten Haar, streifte ihren überaus zarten Nacken, ihre schmalen Schultern und wanderte dann zu der zierlichen Taille. Ein schimmerndes Band hielt dort den seidigen Stoff ihres Kimonos zusammen. Und plötzlich wurde mir fast schmerzlich bewusst, dass ich nur dieses Band öffnen müsste, und schon würde die Seide über ihre Schultern gleiten und deren Rundung entblößen.

Ich eilte zu ihr und tat genau dies. Aber natürlich nur in Gedanken. In Wahrheit blieb ich stehen und hielt erschrocken über mich selbst den Atem an.

Dann war es, als würde meine Person sich spalten. Die eine Hälfte stand weiter atem- und regungslos da. Die andere allerdings sagte ganz leise: »Bitte erschrecken Sie nicht.«

Doch das tat sie. Sie fuhr mit einem leisen Aufschrei herum. Also hatte ich die Worte wirklich ausgesprochen! Der reglose Beobachter in mir war entsetzt, als ich langsam auf sie zuging.

»Ella«, sagte ich, denn so nenne ich sie schon lange in Gedanken.

»Was ...«, begann sie.

Doch schon stand ich vor ihr, und sie verstummte.

Sie wich nicht zurück. Ihre Augen weiteten sich, sie suchte meinen Blick. Als sie ihn fand, verflüchtigte sich der Schreck, und ich las etwas anderes darin. Verwirrung. Und noch etwas, das ich noch nie gesehen hatte und dennoch erkannte. Es gibt keine Worte dafür. Überhaupt scheitern Worte an diesem Blick.

Meine Hände umfingen ihr Gesicht. Meine Finger ertasteten die Haarnadeln in ihrer Frisur. Ich zog sie heraus, und Ella erschauderte. Leise klirrten die Nadeln auf dem Steinboden, und ihre Haare ergossen sich in seidigem Fall um ihr Gesicht. Sie sah zu mir auf. Ich beugte mich über sie. Und nun war ich nicht mehr gespalten. Jeder winzige Teil von mir fühlte und küsste sie. Und sie küsste mich. Ja, wirklich, das tat sie.

Vergingen Sekunden? Oder Stunden? Ich weiß es nicht.

Doch irgendwann riss sie sich los. Wandte sich ab. Und nieste.

Alles Weitere verschwimmt in meiner Erinnerung wie ein Traum. Ich erinnere mich an Pferdegetrappel vor der Haustür, an rumpelnde Kutschenräder, die Stimme ihres Vaters und die ihrer Tante. Und ich floh.
Irgendwann stand ich draußen im Garten und kühlte mein Gesicht mit Händen voll eiskaltem Schnee. Ich muss wohl irgendwie das schützende Dunkel des Gartenhauses erreicht haben, denn meine nächste Erinnerung setzt im Flur dieses Hauses ein. Dort stand ich in der Dunkelheit und war verzweifelt. Und wütend. Auf mich und die Welt. Mir geht es genau wie Ella: Ich weiß gar nichts mehr.
Und hier sitze ich nun und kann an nichts anderes mehr denken als an dieses Zauberwesen. Ich bin entflammt. Besessen. Wahnsinnig vor Leidenschaft. Wären wir nicht unterbrochen worden, ich weiß nicht, was ich noch getan hätte.
Ich weiß, ich sollte mich schämen, für meinen Wahn, für meine Küsse. Ich habe sie gefährdet und vielleicht noch kränker gemacht. Doch ich schäme mich nicht. Stattdessen will ich zurück zu ihr. Und hielte ich sie wieder in den Armen, ich würde sie wieder küssen.

Ben, was soll ich nur tun? Ich kenne mich nicht mehr.
Ich bin doch ihr Arzt.

Aber ich bin auch
Max

Kapitel 17

»Hat man die Empfindung, dass ein Kuss nicht ungelegen käme, so legt man die Rechte zart um die Mitte des geliebten Gegenstandes und nähert sich mit einer wohlgezielten Kopfbewegung den zu küssenden Lippen. Man schließe hierbei die Augen. Die Damen sehen es gerne. Laute und schnalzende Küsse sind nur auf dem Lande üblich.
Der Kuss des Städters sei lautlos. Hat die Dame den Kuss empfangen, so weiche sie ein wenig zurück und rufe: Aber was haben Sie getan! Der Herr fasst hierauf beide Hände der sich zur Flucht Anschickenden und flüstert: Du mein Abgott! Die Dame erwidert mit schmollendem Ton: Wie schlimm Sie sind!«

Aus dem Buch *Der Kuss und das Küssen*

Meine Vorhänge blieben am nächsten Morgen geschlossen. Ich blieb im Bett, und meine Augen blieben ebenfalls geschlossen. Ich musste nachdenken. Lange nachdenken. Am besten mehrere Jahre lang.

Was war das gewesen? Ein Kuss? Ich war mir nicht sicher. Seine Lippen auf meinen, seine Arme, seine Wärme, das war so anders gewesen als alles, was ich bisher über Küsse gelesen hatte. Es hatte keine Fragen mehr gegeben. Max und ich waren die Antwort auf alles gewesen. Unsere Körper hatten sich berührt, genau wie unsere Seelen, beides ließ sich nicht mehr trennen. Unsere Umarmung hatte uns vollständig und ganz gemacht, so wie bei Julius und Lucinde. Wir waren nicht nackt gewesen wie diese beiden, aber ich hatte mich nach seinem Körper gesehnt, ich wollte ihn spüren, seine heiße Haut, seine Muskeln. Meine Finger hatten auf seiner hemdbedeckten Brust schon nach den Knöpfen getastet, als uns Geräusche aufgeschreckt hatten und wir auseinandergewichen waren.

Jetzt war er weg, was ich kaum ertrug, und ich war eine einzige flammende Frage. Wo war er?

Als Tante Auguste kam, um nach mir zu sehen, sagte ich, ich hätte Migräne. Ich musste wirklich elend aussehen, denn sie zog sich sofort zurück.

Gegen Mittag klopfte Klara und gab mir einen Brief. Mein Atem stockte, mein Herz raste. War er von ihm?

Doch auf den Umschlag hatte Vater ein paar Worte gekritzelt. *Vielleicht macht dich dies schneller gesund?*, stand dort.

Erst jetzt bemerkte ich, dass der Brief offiziell aussah und eigentlich an Vater adressiert war.

Mit zitternden Fingern zog ich das Schreiben aus dem Kuvert und erkannte, dass es sich um eine Antwort des Ministeriums handelte. Ich durfte an der Universität studieren, stand da, sofern die Professoren, deren Vorlesungen ich besuchen wollte, keine Einwände erhoben.

Kraftlos ließ ich das Blatt auf die Bettdecke sinken. Der Brief war mir egal. Der Minister ebenfalls. Und selbst die Universität war mir ganz und gar gleichgültig. Ich wollte nur noch eins: Max.

Also wartete ich. Und wartete. Und wartete. Er würde zu mir kommen oder ein Zeichen schicken, das wusste ich. Irgendetwas musste geschehen.

Doch die Zeit verging, und niemand kam. Nur Klara mit einer Tasse Bouillon.

Dr. med. Maximilian von Waldau, unterwegs
an stud. med. Benjamin von Waldau, Jena

Ben,

antworte mir nicht an meine Berliner Adresse. Dort bin ich nicht mehr. Ich sitze gerade im Zug und fahre mit Wilhelm Fließ nach Wien. Es hat sich ganz spontan so ergeben.
Gott sei Dank, dass ich in ihm einen Freund gefunden habe! Er weiß, was jetzt zu tun ist.

Bald mehr von
Max

Kapitel 18

»Küsse sind das, was von der Sprache des Paradieses übriggeblieben ist.«

Joseph Conrad, *Schriftsteller*

Ich hatte einmal gelesen, Küssen sei wie Reden, nur ohne Worte. Wenn das stimmte, hatte Max unser Gespräch nach der Begrüßung abgebrochen und war einfach abgehauen. Aus beruflichen Gründen, wie mir Tante Auguste erzählte, der er für diese Zeit seine Katze anvertraut hatte. Mehr hatte er offenbar nicht gesagt.

Das zerriss mich. So fühlte es sich wenigstens an. Es schmerzte so sehr, dass mir die Worte fehlten und ich nicht einmal mit Betty darüber sprechen konnte.

Als der erste Schmerz verebbt war, kam die Scham. Die zarte Berührung seiner Lippen hatte mich in eine andere Welt versetzt. Eine, in der Gefühle die Vorherrschaft hatten und in der man ihnen blind folgte, weil man gar nicht anders konnte. In dieser Welt hatte es nur Max und mich gegeben.

Doch dann war ich hart auf dem Boden der Tatsachen gelandet. In der echten Welt gab es andere Menschen, es galten andere Gesetze. Und eine Dame durfte einem Herrn keinerlei Freiheiten zugestehen, ohne ihrem Ruf zu schaden. Ein Kuss aber war mehr als ein Zugeständnis. Ließ eine Dame sich dazu hinreißen, hatte sie jedes Recht auf Respekt verloren. Wenn ein Gentleman nach einem geraubten Kuss nicht unverzüglich auf die Knie sank und um die Hand der Dame anhielt, war das wie ein Schlag ins Gesicht.

Vor mir kniete niemand. Und meine Wangen brannten.

Das Einzige, was meinen Ruf retten konnte, war die Tatsache, dass niemand von dem Kuss wusste. Doch wie lange noch?

Bestimmt würde Max unter dem Siegel der Verschwiegenheit mit Doktor Fließ über mich sprechen. Und ich wusste, wie solche Dinge liefen. Der Doktor würde es mit der strengen Bitte um Geheimhaltung seiner Frau berichten, die würde ihren Freundinnen das Versprechen abnehmen, nichts weiterzuerzählen, und die Sache dann mit ihnen diskutieren. Von da an würde sich das Gerücht ausbreiten wie die Fäden eines Spinnennetzes, und ich wäre die Mücke, die darin zappelte.

Schmerz, Scham, Schande. Ich wollte nicht mehr essen, nicht mehr schlafen, niemanden mehr sehen. Also blieb ich im Bett. Salomé war die Einzige, deren Anwesenheit ich noch ertrug.

Und dann wurde ich krank. Es war, als würde mein Körper um eine Pause vom Leben bitten.

Dr. med. Maximilian von Waldau, Wien
an stud. med. Benjamin von Waldau, Jena

Lieber Ben,

wir sind in Wien angekommen. Allerdings ohne mein Herz. Es muss noch in Berlin sein, in meiner Brust fühle ich es nicht mehr. Ben, ich liebe sie. Ich vermisse sie. Ich will zurück.
Fließ sagte, wenn ich Ella wirklich liebte, führte der einzige Weg zu ihr zunächst einmal in weite Ferne. Sie müsse gesund werden, an Körper und Geist, und das könne sie nur ohne mich. Deswegen hat er mir geradezu befohlen, ihn auf diese lange geplante berufliche Reise zu begleiten.
Eigentlich sollte ich ihn während seiner Abwesenheit in der Praxis vertreten. Aber die hat er nun für ein paar Tage geschlossen. Meine und Ellas Gesundheit seien wichtiger, sagte er, und dafür müsse auch er jetzt Opfer bringen.
Ben, alles in mir schreit, dass Fließ unrecht hat und ich in Berlin hätte bleiben sollen. Doch er sagt, das sei normal. Liebe sei physiologisch betrachtet genau wie ein Drogenrausch. Wenn man sich vom geliebten Subjekt entferne, sehne man sich danach und fühle sich deswegen, als sei man schwer krank. Aber ein Arzt müsse solche Gefühle beherrschen, und ein wahrer Mann würde die Liebe seines Lebens niemals aus egoistischen Gründen einer Gefahr aussetzen.
Ich hätte Ella gern wenigstens eine Nachricht hinterlassen. Oder ihr von unterwegs einen Brief gesandt. Doch Fließ versicherte mir mit großer Bestimmtheit, dass ich sie damit nur quälen würde. Und das will ich auf gar keinen Fall! Er sagte, ich müsse mir klarmachen, dass sie ein kranker Mensch sei und deswegen momentan ohnehin keine Liebe empfinden könne, allenfalls eine Art Besessenheit. Deswegen könne sie auch keinen echten Kummer fühlen, höchstens Hysterie und Raserei.

Später dann, so beteuerte Fließ mir, nach ihrer Genesung, sei das anders, und dann könnten wir gemeinsam noch einmal von vorn anfangen. An die derzeitige Phase würde sie sich dann nur noch wie an einen Traum erinnern.

»Vertrauen Sie mir«, sagte er und sah mich geradezu väterlich an. »Ich kenne das.«

Also halte ich alles aus und hoffe und wünsche, dass Doktor Fließ recht behält.

Ich fragte ihn, ob es denn gut und sinnvoll sei, wenn ausgerechnet jetzt, wo Ella krank sei, beide Hausärzte der Familie Hunderte von Kilometern entfernt weilten. Doch er beteuerte, die Hysterie sei eine Erkrankung, die sich langsam steigere, und in einer Woche seien wir ja zurück. Wobei ich ihr gerade ohnehin keine Hilfe sein könne. Er selbst wolle Ella nach unserer Rückkehr behandeln.

Nun will ich mich zusammennehmen und dir alles berichten, was sich seit unserer Ankunft in Wien ereignet hat.

Am Bahnhof eingetroffen, nahmen wir eine der Droschken, die hier Fiaker heißen. Fließ ließ sich zu seinen Schwiegereltern kutschieren (seine Frau ist Wienerin), und ich fuhr zu einer netten kleinen Pension, die Fließ mir empfohlen hatte.

Am nächsten Morgen trafen wir uns gleich nach dem Frühstück bei Sigmund Freud in der Berggasse, wo dieser in einem schmucken Neubau im Renaissancestil eine geräumige Wohnung besitzt. Dort ist auch seine Praxis untergebracht.

Freud war hocherfreut, Fließ zu sehen, und angemessen interessiert, mich kennenzulernen. Er ist ein zierlicher Mann mit dichtem dunklen Haar und einem sorgfältig gestutzten Vollbart. In seiner Ausstrahlung liegt nicht dasselbe Feuer wie bei Fließ, und seine Augen wirken fast scheu. Auch materiell scheint er nicht so gut gestellt zu sein wie Fließ in Berlin. Aber welcher Arzt ist das schon?

Nach der Begrüßung bat Freud uns in seinen Salon, wo er und Fließ innerhalb von Sekunden ins Fachsimpeln gerieten, so speziell und so detailliert, dass selbst ich als Arzt ihnen kaum folgen konnte. Es war, als hätten sie sich erst gestern gesehen und ihr Gespräch nur kurz unterbrochen. Dabei ist ihr letztes Treffen Monate her. Zwischen ihnen scheint eine Art Seelenband zu bestehen, und ich spürte deutlich, dass Freud meinem Freund Fließ dieselbe Bewunderung entgegenbringt wie ich.

Freud kündigte an, er wolle uns gleich drei Patientinnen vorstellen. Alle drei litten unter anderem unter Nasenbeschwerden. Er schlug vor, an diesen Patientinnen die gemeinsam mit Fließ entwickelte Theorie der nasalen Reflexzonenneurose experimentell zu testen.

Freud hatte die drei Patientinnen bereits psychiatrisch untersucht und seine Diagnose aus Sicht des Nervenarztes gestellt. Eine der drei Damen betrachtete er als triebhaft und psychisch krank, die anderen beiden nicht. Alle drei hatten Schnupfen.

Fließ sollte die psychisch erkrankte Patientin nun mit einem einzigen Blick in die Nase identifizieren. Wenn das gelänge, stimmte die Theorie, nach der zwischen Nase, Geschlechtsorganen und Psyche von Frauen ein enger Zusammenhang bestünde.

Fließ nahm diese Herausforderung gerne an, und schon kurze Zeit später traf die erste Patientin ein. Nach einem Blick mit dem Spekulum in ihr Naseninneres tippte Wilhelm Fließ auf normalen Schnupfen, eine psychische Ursache schloss er aus.

Anders bei der zweiten Patientin, einer unverheirateten jungen Frau namens Emma Eckstein. Ihre Nasenmuscheln zeigten genau an den kritischen Stellen eine auffallend starke Schwellung, von der sich selbst Freud und ich mit einem Blick durchs Spekulum überzeugen konnten.

Die dritte Patientin litt Fließ zufolge wiederum lediglich an einem wässrigen Katarrh und wurde mit dem Hinweis auf Lindenblütentee verabschiedet.

Nach dem Experiment war Freud bester Stimmung, denn das war auch seine Diagnose gewesen. Emma Eckstein war genau die Patientin, bei der er selbst ebenfalls eine psychische Erkrankung diagnostiziert hatte.

Die beiden Ärzte diskutierten nun das weitere Procedere im Fall Emma Eckstein. Wenn ich es richtig verstanden habe, deutete Freud an, die junge Frau sei sexuell triebhaft und neige zur Masturbation, daher die Nasenschwellung. (Ja, ich errötete auch, als die beiden davon sprachen.)
Fließ wies darauf hin, dass in diesem Fall keine der üblichen Nasenbehandlungen von Dauer wäre. Würde er die Nasenschleimhaut wie gewohnt mit Kokain und dann galvanisch mit Strom behandeln, könne er zwar eine Linderung, aber keine dauerhafte Heilung bewirken. Bei erneuter Masturbation würde Emma Eckstein wieder erkranken. Und mit einer solch enormen Schleimhautschwellung wie in ihrem Fall könne sie vermutlich durch eigene Kraft gar nicht mit dieser Angewohnheit brechen. Vermutlich sei nämlich ihre Genitalschleimhaut ähnlich stark geschwollen wie die der Nase, und die Arme befinde sich in einem ständigen Zustand der Erregung.
Fließ riet deswegen zu einer Operation der Nasenmuschel. Damit könne man auf einen Schlag Teufel und Beelzebub vertreiben. Nicht nur die Nasenbeschwerden wären anschließend dauerhaft beseitigt, auch der sexuelle Erregungszustand fände ein Ende. Emma Eckstein könne dann endlich ein ganz normales Frauenleben führen.
Freud und Fließ beschlossen daraufhin, dass Fließ Fräulein Eckstein bei seinem nächsten Besuch höchstpersönlich operieren würde. Und ich solle dabei assistieren, was für mich eine große Chance für meine Karriere sei.

Im Moment kann ich mich nicht wirklich darüber freuen, meine Gedanken sind anderweitig beschäftigt.

Fließ reist in zwei Tagen zurück nach Berlin, wo er Weihnachten verbringen wird. Ich allerdings habe mich spontan dagegen entschieden, die Festtage bei ihm zu verbringen. Ich muss jetzt allein sein.
Ich werde mir ein Quartier in den Bergen suchen und die Feiertage dort in stiller Einkehr verbringen. Von dort aus werde ich dann im

kommenden Jahr zurück nach Wien reisen, um bei der Operation zu assistieren. Vielleicht ist Ella bis dahin gesund, und wir können wie versprochen ganz von vorn beginnen. Nichts hoffe ich mehr.
Dir wünsche ich fröhliche Festtage bei deinem Freund! Mach dir keine Sorgen um mich, ich werde in den Bergen mein Gleichgewicht wiederfinden.

Glückliche Weihnachten wünscht
Max

Kapitel 19

»**Fieber** nennt man den krankhaften Zustand, welcher sich besonders durch veränderte Tätigkeit des Herzens und der Gefäße äußert. Im Allgemeinen sind Unruhe, wechselnde Empfindung des Fröstelns und der Hitze, Schauder, Ziehen in den Gliedern, Mattigkeit, Blässe, trüber Blick, bläulich umränderte Augen zu den Zeichen des Fiebers zu rechnen. Das Fieber ist eigentlich ein Kampf, in welchem die richtig geleitete Natur bei heilbaren Übeln den Sieg davonträgt, und bei unheilbaren der vergeblichen Anstrengung endlich unterliegt.«

Aus dem *Damen-Conversationslexikon*

Weihnachten ging in diesem Jahr völlig an mir vorbei. Und auch Tante Augustes Geburtstag und der Jahreswechsel versanken in fiebrigem Nebel. In meinen wenigen klaren Momenten fragte ich mich, ob jetzt eingetroffen war, wovor mich alle hatten warnen wollen. Hatten die verbotenen Bücher mich erst verrückt und dann krank gemacht? Bevor ich eine Antwort auf diese Fragen finden konnte, tauchte ich wieder in meine Fieberträume ab.

Später erzählte man mir, dass Vater Doktor Fließ gerufen hatte und er mehrfach an meinem Krankenbett gewesen war. Nur er. Max nicht. Ich habe keine Erinnerung an diese Arztbesuche. Dafür entsinne ich mich an Geierschnäbel, die mich zerfetzten, unheilvolle Stimmen, die mich riefen, und eine fürchterliche Hitze, die meine Haut verbrannte.

Irgendwann wich diese Hitze, und in meinen Fieberträumen

sah ich einen winterlichen See, zugefroren und nebelverhangen, eine riesige Fläche aus tröstendem Weiß. Dann teilte sich die weiße Fläche geräuschlos, und ich versank in der Kälte, tiefer und tiefer. Am liebsten wäre ich nie wieder aufgetaucht, obwohl ich in der eisigen Dunkelheit entsetzlich fror.

Dr. med. Maximilian von Waldau, Reichenau an der Rax,
an stud. med. Benjamin von Waldau, Jena

Lieber Ben,

vielen Dank für die guten Wünsche. Möge das Jahr 1895 auch für dich glücklich beginnen!

Ben, ich komme gleich zum Punkt. Ich verstehe die Schärfe in deinem letzten Brief nicht. Mir geht es dabei nicht um die Wortwahl, die unter Brüdern durchaus einmal derb ausfallen darf. Aber wie kannst du aus der Ferne feststellen, dass ich »ein Trottel« bin, wie du schreibst?
Ich weiß, dass die Menschheit küsst, seit es Menschen gibt. Und ich bin weit davon entfernt, jede küssende und lesende junge Frau für hysterisch zu erklären. Glaub mir, auch Freud und Fließ machen es sich nicht so leicht.
Wir haben es weder bei Fräulein Eckstein noch bei Fräulein von Burow mit gesunden, fröhlichen, küssenden Frauen zu tun. Beide sind schwer krank. Drei Ärzte sind nach gründlicher Untersuchung einvernehmlich zu diesem Ergebnis gekommen. Ist es nicht ein bisschen vermessen, dass du als Student der Medizin die Theorie von Freud und Fließ als wilde Hypothese ohne jede Grundlage abtust? Und das auch noch aus der Distanz?
Fräulein Eckstein räumte sogar selbstkritisch alle triebhaften Gedanken ein, als Freud sie sehr direkt danach fragte. Und Fräulein von Burow liegt derzeit fieberkrank darnieder, wie Fließ mir schrieb. Aber ich bin ein Trottel? Und soll zurück nach Berlin? Und weiterküssen?
Ben, das ist eines angehenden Arztes nicht würdig! Ich mache mir Sorgen um dich! Studierst du noch? Oder feierst du nur noch? Trinkst du gar? Hast du Frauengeschichten?

Bitte halte dich an alles, was Großmutter uns gelehrt hat, und zwar umgehend, sonst komme ich nach Jena und nehme deinen Zustand selbst in Augenschein.

Sieh dies bitte als ernst zu nehmende Warnung an!

Max

PS: Ja, hin und wieder nehme ich Kokain. Wohlüberlegt und passend dosiert.

Kapitel 20

»Unter sonst gleichen Umständen ist die Summe der Genüsse, welche das Leben erfreuen, bei der Frau immer geringer. Der Mensch hat also als Mann von vornherein mehr Wahrscheinlichkeit glücklich zu sein denn das Weib.«

Paolo Mantegazza, *Die Physiologie des Genusses*

Eines Nachts lichtete sich der Nebel, die Kälte wich. Ich tauchte auf und war wieder da. Ausgelaugt, aber bei klarem Verstand.

Auf meinem Nachttisch brannte eine Kerze, und in ihrem Schein sah ich Tante Auguste, die an meinem Bett saß. Sie hatte sich den Ohrensessel herangezogen, der normalerweise am Fenster stand, und war darin eingenickt. Ihr Atem ging leicht und geräuschlos, auf ihrem Schoß lag Salomé, zusammengerollt wie ein kleiner Eisfuchs.

Mit ihrem weißen Spitzennachthemd, dem lachsfarbenen Bettjäckchen und der ebenfalls lachsfarbenen Schlafhaube auf den grauen Löckchen sah Tante Auguste ein bisschen so aus, wie ich mir früher Rotkäppchens Großmutter vorgestellt hatte. Aber gleichzeitig bekam ich plötzlich auch eine Ahnung davon, wie sie als Kind ausgesehen hatte. Ihre Hand lag auf meinem Arm, als hätte sie versucht, mir Halt zu geben. Als ich das sah, musste ich weinen.

Am nächsten Tag hatte ich kein Fieber mehr. Dafür loderte Wut in mir. Unbändige Wut. Ich wusste selbst nicht, worauf. Auf Max. Auf mich. Auf die Welt. Ich wäre am liebsten aufgestanden und hätte irgendetwas zertrümmert. Oder wenigstens eine Beethovensonate in den Flügel gedroschen. Doch Vater und Tante Auguste bestanden darauf, dass ich zur Erholung weiter das Bett hütete, zumal mein Schnupfen immer noch nicht abgeklungen war und mein Atem rasselte.

Tagsüber schlief ich viel, dafür lag ich nachts wach, und meine dunklen Gefühle wurden noch schwärzer. Irgendwann hielt ich es im Bett nicht mehr aus, erhob mich und tastete mich zum Fenster. Die ersten Schritte gerieten noch ein wenig wackelig, aber dann fühlte ich mich immer sicherer auf den Beinen.

Es war schon nach Mitternacht. Draußen sah ich durch die blattlosen Zweige das Gartenhaus. Kein Licht drang durch die Fenster. Max war immer noch nicht zurückgekehrt, wie Tante Auguste mir erzählt hatte. Würde er das jemals tun? Er hatte es ja nicht einmal für nötig befunden, sich als Arzt ein Bild von meiner Krankheit zu verschaffen.

Plötzlich loderte erneut die Wut in mir auf, und diesmal richtete sie sich ganz allein gegen ihn. Sollte er doch wegbleiben! Ich brauchte ihn nicht, er quälte mich nur. Dieser ständige Wechsel aus Zuwendung und Abweisung war seltsam und grausam. Ständig tauchte Max auf und verschwand dann wieder, wie damals im Rosengarten.

Auf einmal reifte in mir eine Idee. Erst war sie winzig, aber je länger ich darüber nachdachte, desto mehr Raum nahm sie ein. Johanna hatte schon einmal vorgeschlagen, den Mantegazza einfach aus dem Gartenhaus zu entwenden. Damals war mir das zu gefährlich vorgekommen. Aber was konnte mir jetzt noch passieren? Ich wusste genau, wo der Schlüssel hing: in der Küche, an einem Nagel in der Wand. Nach all den Erlebnissen der letzten Monate stand es mir ja wohl zu, dieses Buch zu lesen. Wer, wenn nicht ich, hatte ein Recht darauf?

Nicht nachdenken, befahl ich mir. Einfach machen. Und schon schlüpfte ich in meinen Kimono.

Ich verließ das Haus durch die Küche. Kerze und Streichhölzer trug ich bei mir, doch ich wollte erst im Schutz des Gartenhauses ein Licht anzünden, um vom Haus aus nicht gesehen zu werden. Eisiger Wind blies mir entgegen, als ich vorsichtig dem hellen Kiesweg folgte, und ich bereute, dass ich mich nicht wärmer angezogen hatte.

Die Stufen zur Tür des Häuschens waren rutschig, fast wäre ich gestürzt, doch ich konnte mich gerade noch abfangen. Geräuschlos steckte ich den Schlüssel ins Schloss und öffnete die Tür.

Im Flur roch es nach Holz und ein bisschen nach Staub. Es war fast so kalt wie draußen, und wieder bereute ich, dass ich über meinem Kimono nur einen Wollschal trug. Unter meinen Füßen knirschte ein Steinchen, das sich in meiner Schuhsohle verfangen haben musste. Obwohl niemand da war, erschrak ich und streifte die Schuhe ab. Barfuß betrat ich den Salon. Prompt musste ich niesen.

Ich huschte zum Fenster und zog zuallererst die Vorhänge zu. Dann erst zündete ich mit zitternden Fingern die Kerze an und sah mich um. Max schien in großer Eile aufgebrochen zu sein. Über die Lehne seines Schreibtischstuhls war ein Wollschal geworfen, das Tintenfass auf dem Tisch stand offen, die Feder lag achtlos auf einem Blatt Papier, wo sie einen Klecks hinterlassen hatte. Neugierig trat ich näher, in der Hoffnung, dort ein paar Worte erkennen zu können. Doch der Briefbogen war leer.

Ich erschrak, als unter meinem Fuß etwas raschelte. Ein zusammengeknüllter Briefbogen war neben den Papierkorb gefallen. Ich hob ihn auf und entfaltete ihn mit zitternden Fingern. *Fräulein von Burow!* stand darauf. Mehr nicht. Und diese Zeile war auch noch durchgestrichen.

Mein Herz pochte laut. Ich beugte mich über den Papierkorb und entdeckte dort einen weiteren Zettel. *Ella!*, las ich. Darunter wieder nichts.

Ich sank auf den Schreibtischstuhl, unfähig, einen klaren Gedanken zu fassen. Was hatte Max mir schreiben wollen? Und warum hatte er es nicht getan?

Die Kerze war schon ein ganzes Stück heruntergebrannt, als ich mich endlich erhob und vor das Bücherregal trat. Ich ließ meine Augen über die Bände gleiten, große, kleine, dicke, schmale. Da war er, der Mantegazza. Ich zog ihn heraus und wog ihn in der Hand. So wenig Gewicht, so viel Ärger. Mein Blick blieb an einem medizinischen Lexikon hängen, und ich dachte an Johannas Schilderung medizinischer Zeichnungen. Zögernd zog ich es ebenfalls heraus.

Die verbliebenen Bücher verschob ich so, dass keine Lücke mehr sichtbar war, dann löschte ich die Kerze, öffnete die Vorhänge wieder und hinterließ das Haus genau so, wie ich es angetroffen hatte.

Auf dem Rückweg durch den eisigen Wind wurde mir klar, welches Risiko ich hier auf mich nahm. Nicht nur, weil ich gerade erst eine schwere Erkrankung hinter mir hatte und nun viel zu leicht bekleidet in der Winterkälte herumlief. Auch, weil es nichts gab, was ich sagen konnte, falls Vater oder Tante Auguste mich ertappen sollten.

Mit angehaltenem Atem schlich ich die Treppe hinauf und erreichte mein Zimmer. Alles blieb still. Ich hatte es beim dritten Versuch tatsächlich geschafft, dieses Buch in meine Gewalt zu bringen, ohne erwischt zu werden. Und vor mir lag eine lange, stille Nacht, in der ich ungestört darin lesen konnte.

Zwei Kerzen später war ich schockiert. Nicht vom Inhalt des Buches, sondern vielmehr von seiner Inhaltslosigkeit.

Dafür war ich von der Schule geflogen? Das sollte mich Max zufolge krank machen? Warum um Himmels willen durfte irgendjemand auf der Welt so etwas nicht lesen? Ob man es lesen wollte, war eine andere Frage. Ich jedenfalls hatte schon bald keine Lust mehr dazu.

Paolo Mantegazza widmete sich in seiner *Physiologie des*

Genusses allen denkbaren Genüssen dieser Welt. Fühlen, Hören, Sehen, Tasten, Essen, Trinken, Tabakrauchen, Trunkenheit, die Freude an schönen Dingen, an Tieren, an der Religion, am Denken, Lernen und Streben. Die Liebe war nur einer dieser Genüsse und wurde auf wenigen Seiten abgehandelt. Und auf diesen Seiten beschäftigte Mantegazza sich keinesfalls mit wissenschaftlichen Erkenntnissen über die Liebe, wie ich erwartet hatte. Er hatte lediglich notiert, was er selbst darüber dachte. Mit keinem Wort verwies er auf die Quellen, aus denen er seine Ansichten nährte. Es war also weder ein Buch über die Liebe noch über den Genuss, es war einfach ein Buch darüber, was Paolo Mantegazza über bestimmte Themen dachte.

Sicher, da waren viele kluge Gedanken dabei. Aber an einigen Stellen, die ich aus eigener Erfahrung beurteilen konnte, standen so viele Unwahrheiten, dass ich auch das Vertrauen in alle anderen Aussagen verlor.

Wenn Mantegazza beispielsweise über Frauen schrieb, konnte er nun wirklich nicht aus eigener Erfahrung schöpfen. Und trotzdem hatte er zu diesem Thema sehr viel Meinung für ganz schön wenig Ahnung. So ließ er sich etwa über das natürliche Schamgefühl aus, das sich angeblich bei allen Menschen automatisch nach der Kindheit einstelle. Er behauptete, Frauen würden von Natur aus schon bei der Entblößung ihres rosigen Füßchens erröten, oder sogar, wenn nur die Spitze ihres Unterrocks sichtbar sei.

Ich lachte laut auf, als ich das las. Von Natur aus? Das konnte nur behaupten, wer nie auf einem Mädchenpensionat gewesen war. Mantegazza hatte eindeutig nie jemanden wie Fräulein Grimaud erlebt, die mit Habichtsaugen darüber gewacht hatte, dass keine von uns je ein Füßchen oder einen Streifen Spitzenunterrock blitzen ließ. Warum hätte sie das tun sollen, wenn sich unser Schamgefühl ohnehin von Natur aus entwickelte? Nein, dieses Erröten, das Mantegazza beschrieb, entstammte ganz bestimmt nicht der Natur, sondern jahrelangem Drill.

Und überhaupt, war dem guten Manne denn noch nie aufgefallen, dass es die Mode war, die einem vorschrieb, was man an seinem Körper schamhaft zu verhüllen hatte? Wer je eine antike Skulptur betrachtet hatte, konnte niemals auf die Idee kommen, zur Zeit der Griechen oder Römer sei ein nackter Fuß peinlich gewesen.

Nur mal angenommen, wir würden alle von klein auf darauf achten, niemals ein nacktes Ohr zu zeigen, wie würden wir erschrecken, wenn wir plötzlich eins dieser obszönen Gebilde mit all seinen Knorpeln und Windungen zu Gesicht bekämen.

Wir wären vermutlich ähnlich irritiert wie ich, als ich den Mantegazza beiseitelegte und mein Interesse stattdessen auf die Zeichnungen der männlichen Anatomie in dem anderen Buch lenkte.

Ich las die ganze Nacht in den beiden Büchern, und meine Wut auf Max wuchs und wuchs. Wie konnte er glauben, dass mir eine solche Lektüre schaden würde? Ich hatte doch selbst einen Kopf. Und damit konnte ich denken, und zwar eigene Gedanken. Ich war nicht so leicht beeinflussbar, wie er offenbar glaubte. Bei ihm allerdings war ich mir da langsam nicht mehr so sicher.

Vielleicht war es mein Zorn, der mich rascher genesen ließ, als alle erwartet hatten. Vielleicht gab mir aber auch der Plan, den ich in dieser Nacht gefasst hatte, neuen Schwung.

Was auch immer der Grund war, am nächsten Tag stand ich auf, am übernächsten machte ich einen ersten Spaziergang in der Wintersonne, und am dritten Tag war ich nicht mehr zu halten. Die Lesehalle wurde an diesem Tag eröffnet, und da wollte ich unbedingt dabei sein, um ebendiesen neuen Plan umzusetzen. Ich ließ nicht locker, bis Vater und Tante Auguste nachgaben, obwohl meine Nase immer noch verstopft war und meine Stimme klang, als hätte jemand die Stimmbänder mit einem Reibeisen bearbeitet.

»Aber nur mit Schal und wollenen Strümpfen«, sagte Tante Auguste.

»Aber nur eine Stunde«, fügte Vater hinzu.

Und dann mischte sich auch noch Frau Wingersdorff ein. »Nicht ohne Wärmflasche in der Kutsche«, ordnete sie an.

Mir war alles recht. Hauptsache, ich konnte das Haus verlassen.

Da ich nur eine Stunde zur Verfügung hatte, ersparte ich mir die offiziellen Feierlichkeiten zu Beginn. Ich richtete es so ein, dass ich erst kurz vor Schließung der Pforten bei der Lesehalle eintraf. Ich hoffte, dass dann der Trubel vorbei sein und ich freie Bahn haben würde.

Doch als Jakob die Pferde vor der *Volks-Kaffee- und Speisehallengesellschaft* anhalten ließ, sah ich in dem schmalen Durchgang zum Hinterhof immer noch viele Menschen. Und in den Räumen der Lesehalle herrschte dichtes Gedränge. Das neue Angebot schien ein großer Erfolg zu sein. Fräulein Peiser, die unermüdlich Bestellungen entgegennahm, hatte vor Eifer ganz rote Wangen. Hinter ihr wirbelten Johanna und Betty förmlich von Regal zu Regal, um das Gewünschte zu bringen.

»Effi!«, rief Betty mir zu. »Wie schön, dich zu sehen!«

Aber für eine ausführliche Begrüßung war jetzt keine Zeit.

Ich ließ mich von den Menschenströmen mitreißen und besichtigte die neuen Räume, die während meiner Krankheit renoviert, gereinigt und eingerichtet worden waren. Überall saßen Lesehungrige und blätterten in Büchern und Zeitungen. Alle wirkten begeistert. Dass dieses Angebot kostenlos war, konnten viele erst gar nicht fassen. War es aber. Unter anderem, weil wir hier ehrenamtlich mitgeholfen hatten. Ich war richtig stolz auf uns.

Eine Frauenstimme riss mich aus meinen Gedanken. »Hübsch hier«, sagte sie.

Ich drehte mich um und sah die junge Frau, der ich vor einigen Wochen die Barbarazweige geschenkt hatte. Sie trug ein hellblaues Kleid mit passendem Umhang, ihre Augen blitzten vor Lebenslust.

»Wie schön, Sie zu sehen«, sagte ich und reichte ihr die Hand. »Bücher können Sie im Raum hinten rechts an der Theke bestellen. Zeitungen gibt es hier links.«

»Lesen is' nich' so meine Sache«, sagte sie. »Ich bin nur zum Kucken hier.« Ihr Blick folgte einem breitschultrigen jungen Mann, der an uns vorüberging.

»Lesen eröffnet neue Welten«, gab ich zurück.

»Kann sein«, sagte die Frau. »Aber ich bleibe lieber in meiner Welt.« Von Weitem sah sie jemanden, den sie kannte. Sie winkte und verschwand im Gedränge.

Irgendwie hatte sie recht, dachte ich, und auch wieder nicht. Paolo Mantegazza hatte mir *seine* Welt offenbart, und die hatte mit *meiner* wenig zu tun. Andererseits hatte ich an seinem Buch meinen Verstand geschärft wie ein Messer an einem Schleifstein. Und jetzt war ich einen Schritt weiter: Ich wusste endlich, was ich wollte. Lesen eröffnete also nicht nur neue Welten, es half auch dabei, die eigene besser zu verstehen.

Trotzdem. Mein Entschluss stand fest. Die Zeit des Lesens war auch für mich erst einmal vorbei.

Als sich die Menge lichtete, ging ich zu Bona Peiser und stellte ihr endlich die Frage, wegen der ich gekommen war. »Wo kauft man Schreibmaschinen?«

Pünktlich eine Stunde nach meiner Ankunft holte Jakob mich ab.

»Bitte fahren Sie über die Leipziger Straße nach Hause«, sagte ich. »Hausnummer 112. Ich muss dort etwas besorgen, es dauert nicht lang.«

Zum Glück reichte mein Erspartes, und kurz darauf besaß ich eine solche Maschine. Es war keine Remington wie die in der

Lesehalle, sondern eine von Frister & Roßmann. »Das Neuste, was es auf dem Markt gibt«, hatte der Verkäufer gesagt.

Zu Hause half Jakob mir, die klobige Holzkiste mit meiner Neuerwerbung ins Haus zu tragen.

Vater und Tante Auguste waren mehr als erstaunt, als ich ihnen meine Wundermaschine vorführte. Ich bekam sie kaum davon weg. Erst nach dem Abendessen konnte ich den Apparat endlich in mein Zimmer tragen und die Tür hinter mir schließen. Ich stellte ihn auf mein Nähtischchen, schlug eine Taste an und lauschte dem mechanischen Klacken.

Nun begann eine neue Zeit. Ich würde nicht länger Bücher lesen, deren Inhalt für mich nicht wirklich wichtig war. Ich würde selbst eins schreiben. Von einer Frau. Für Frauen. Und über Frauen. Oder besser gesagt, über eine Frau, nämlich über mich selbst. Nicht, weil ich mich für etwas Besonderes hielt, sondern weil ich wirklich wusste, worüber ich schrieb, wenn es um mein eigenes Leben ging. Und dieses Leben wollte ich mit Erfahrungen anfüllen, die auch für andere Frauen wichtig waren.

Wie mein Buch heißen würde, wusste ich noch nicht. Und auch nicht, wie es ausging. Aber ich hatte mich schon entschieden, wie ich beginnen wollte. Mit einem Buch, das am Flussufer unter einem Stein lag und von dem nur eine winzige Ecke sichtbar war.

Dr. med. Maximilian von Waldau, Wien
an stud. med. Benjamin von Waldau, Jena

Lieber Ben,

ich nehme deine Entschuldigung an und bin dir nicht böse. Und ich verstehe durchaus, was du mir sagen wolltest, als du mich einen Trottel nanntest. Auch mir widerstrebt es, überall gleich Triebhaftigkeit zu wittern. Auch ich würde gern aus Herzenslust die Frau küssen, zu der ich mich hingezogen fühle. Doch wenn man ihre Erkrankung einmal unter den Vorzeichen betrachtet, die Freud und Fließ herauskristallisiert haben, fügen sich tatsächlich viele Mosaiksteinchen zu einem glaubhaften Bild, und das macht mich nachdenklich. Liebe hin oder her, ein Arzt muss objektiv bleiben.
Dennoch sind auch mir in den vergangenen Tagen Zweifel an Fließ und Freud gekommen. Sie betreffen allerdings nicht die Theorie der nasalen Reflexzonenneurose, sondern einen anderen Aspekt ihrer Arbeit. Du hast ja schon einmal kritisiert, dass Fließ Schauspielerei als Teil der ärztlichen Heilkunst betrachtet. Und ich frage mich nun auch, ob er hier nicht mitunter zu weit geht.

Doch von vorn. Die Weihnachtstage und die folgende Woche habe ich in einer einsamen Berghütte verbracht. Dort habe ich kaum eine Menschenseele getroffen, nur eine alte Bäuerin kam regelmäßig vorbei, um mich mit Lebenswichtigem zu versorgen. Tagsüber bin ich stundenlang durch den Schnee gestapft oder habe Holz gehackt, bis ich abends so müde war, dass ich nur noch auf mein hartes Lager fiel, in die Flammen im Kamin starrte und von der Welt nichts mehr wissen wollte. Ich hoffte in dieser Zeit auf eine Beruhigung meiner Gefühle für Ella, doch die blieb aus.
Hin und wieder telegraphierte ich Fließ und fragte, ob in Berlin alles gut sei. Seine Antworten waren erfreulich. Ella gehe es gut.

Seit zwei Tagen bin ich nun wieder in Wien, und gestern habe ich Fließ bei der Operation von Emma Eckstein assistiert.

Nun komme ich zum Grund meiner Skepsis. Dieses Erlebnis ließ mich verwirrt zurück. Wir operierten in den Praxisräumen eines mit Freud befreundeten Arztes, und als ich dort gegen elf Uhr eintraf, fand ich sowohl Freud als auch Fließ in schlechter Verfassung vor. Freud litt unter einer schweren Nebenhöhlenvereiterung, und Fließ war auf der Bahnfahrt Opfer eines Migräneanfalls geworden. Ich schlug daher vor, die Operation um einen Tag zu verschieben, denn dabei sollte Knochengewebe im Nasenbereich weggemeißelt werden, und das erfordert eine ruhige Hand. Fließ wollte den Eingriff selbst übernehmen, doch er hatte ihn nie zuvor ausgeführt.
Von einer Vertagung wollten die beiden jedoch nichts wissen. Innerhalb von kürzester Zeit kurierten sie sich selbst, und zwar mit Hilfe von Kokain, das sie sich in die Nase pinselten. Als Fräulein Eckstein eintraf, taten die beiden, als wären sie wie von Zauberhand wiederhergestellt. Sie strotzten nur so vor Witz, Energie und Lebenskraft.
Vertrauensvoll folgte Fräulein Eckstein den Ausführungen von Doktor Fließ, und geradezu hingebungsvoll beteuerte sie, wie glücklich sie sei, dass auch Doktor Freud ihrer Operation beiwohne. Als sie sich auf den Operationstisch legte, wirkte sie geradezu glücklich.
Dann war meine Aufmerksamkeit anderweitig gefesselt, denn Fließ überließ die Narkose mir. Ich tat sorgfältig, was getan werden musste, und erst, als die Patientin schlief, achtete ich wieder auf Freud und Fließ. Die beiden waren mittlerweile in einen fachlichen Disput verwickelt, den sie fortführten, während Fließ operierte.
Ich weiß wohl, dass man sprechen kann, während die Hände etwas ganz anderes tun. Dennoch, dies war ein komplizierter Eingriff. Und die beiden Ärzte wirkten so durchdrungen von sich selbst und ihrer eigenen Bedeutung, dass sie gar nicht richtig auf die Patientin achteten. Pulsschlag, Atmung, Hautfarbe, Körpertemperatur, außer mir kümmerte sich niemand darum. Außerdem hielten sie ständig

inne, um beim Reden zu gestikulieren, und verlängerten so den Eingriff.

Ben, vielleicht reagiere ich übertrieben. Die Operation ist ja nun überstanden, der Patientin geht es gut. Aber wenn ich selbst unter dem Messer gelegen hätte, wäre es mir doch wichtig gewesen, die ungeteilte Aufmerksamkeit meiner Ärzte zu haben. Und wenn ich an den geradezu vertrauensseligen Ausdruck denke, mit dem sich Fräulein Eckstein auf die Behandlungsliege legte, und an die gefühllose Art, wie die beiden sie operierten, bekomme ich erneut eine Gänsehaut.

Freud und Fließ palaverten so viel, dass sich die Operation bis in die Mittagszeit zog. Freuds Frau wartete mit dem Essen, und Fließ entschied sich nun, ihn und mich vorzuschicken und die Operation allein fortzuführen. »Die Suppe verpasse ich vielleicht, aber danach bin ich fertig, und eine Krankenschwester kann sich beim Aufwachen um Fräulein Eckstein kümmern«, sagte er.

Wenn das meine Patientin gewesen wäre, hätte ich sie begleitet, bis sie zu sich gekommen wäre. Aber kaum hatten wir die Suppe verspeist, gesellte sich Fließ zu uns.

Du kannst dir vielleicht vorstellen, wie ich erschrak, als Fließ nach dem Mittagessen das Gespräch auf Ella lenkte und ankündigte, sie ebenfalls operieren zu wollen. Offenbar war sie über Weihnachten krank gewesen, was er mir aus ärztlicher Vernunft verschwiegen hatte, um meine überstürzte Rückkehr abzuwenden.

Als er an ihrem Krankenbett saß, hatte er auch einen Blick in ihr Riechorgan geworfen. Er berichtete, ihre nasalen Genitalzonen seien hochgradig geschwollen. Er wolle Ella deswegen nach seiner Rückkehr zu einem operativen Eingriff bewegen, denn ihre Schnupfensymptome schienen sich auch in meiner Abwesenheit nicht gebessert zu haben.

Ich widersprach Fließ aufs Heftigste und schlug zunächst eine konventionelle Behandlung vor.

»Sie sind aufgrund Ihrer Gefühlslage nicht objektiv, mein Lieber«,

behauptete Fließ. »Man sollte sich als Arzt niemals von persönlichen Beweggründen leiten lassen.«
Doch das wies ich von mir. »Ich spreche als Arzt und Wissenschaftler, wenn ich vorschlage, mit weiteren Eingriffen unbedingt zu warten, bis Emma Eckstein sich vollkommen erholt hat und wir sicher sein können, dass der Eingriff auch wirklich Erfolg gezeigt hat«, sagte ich.
Glücklicherweise stellte sich heraus, dass ich nicht ohne Grund eine hohe Meinung von Wilhelm Fließ hatte und habe. Er nahm mir meine Worte nicht übel, sondern ließ sich überzeugen. Wir diskutierten den Fall und verständigten uns darauf, tatsächlich abzuwarten.
»Natürlich nur, sofern wir diese Zeit auch haben«, sagte er. »Sollte sich Fräulein von Burow auffällig verhalten oder irgendwelche Absonderlichkeiten zeigen, müssen wir sofort handeln.«
Da hat er wohl recht.

Ich frage mich nun, ob die Unterhaltung bei der Operation eine einmalige Entgleisung war, die möglicherweise auf die Wirkung des Kokains zurückzuführen ist. Du erwähntest ja schon mehrfach Nebenwirkungen dieses Medikaments. Ich werde das beobachten. Fräulein Eckstein geht es außerdem gut. Vielleicht war ich zu kritisch. Fließ und ich bleiben nun noch einige Tage hier und beobachten die Genesung der Patientin. Sobald ich nach Berlin zurückkehre, schreibe ich dir. Bis dahin verwende die Wiener Adresse.

Bis bald,
Max

Kapitel 21

»Ich glaube an das Pferd.
Das Automobil ist eine vorübergehende Erscheinung.«

Kaiser Wilhelm II.

Sonntag. Kaffeekränzchentag. Erstmals flanierten wir wieder zu viert durch den Tierpark, trotz meiner roten Nase und meiner Krächzestimme. Es hatte ein bisschen geschneit, Bäume, Büsche und Skulpturen sahen aus wie mit Puderzucker bestäubt.

Tante Auguste tippelte wacker voran, Betty an ihrer Seite, und dahinter gingen Johanna und ich, eingehakt und ein bisschen fröstelnd. Meine Tante berichtete uns von einer sehr entfernten Verwandten, die auf einem sehr entfernten Gut ein Leben führte, das mit unserem nur sehr entfernt etwas gemein hatte.

»Was ist da los?«, unterbrach Johanna sie, was sehr untypisch für sie war, und zeigte nach vorn.

Mitten auf der Allee, wo im Sommer Reiter trabten, hatte sich ein Menschenauflauf gebildet. Ein Schutzmann mit Pickelhaube eilte herbei. Er hob die Arme. »Zurücktreten! Herrschaften, bitte zurücktreten!«

Wenn man wirklich will, dass sich Berliner von etwas fernhalten, sollte man sie niemals dazu auffordern, zurückzutreten. Die Warnung des Schutzmanns lockte noch mehr Schaulustige an. Herren mit schwarzen Hüten, Damen in Pelzen, Kinder mit Wollfäustlingen, Kindermädchen, Handwerker, Fabrikarbeiterinnen, Touristen. Alle strömten näher und drängten sich um etwas, das ich nicht sehen konnte.

Zum Glück hatten wir Tante Auguste. In ihrem gewaltigen

Pelzmantel bahnte sie sich einen Weg wie ein Schlachtschiff. »Nun machen Sie doch Platz!«, befahl sie mit gebieterischer Stimme, und die Menge teilte sich.

Ich folgte ihr dicht auf den Fersen, und es gelang mir, mich neben sie zu schieben.

In der Mitte der Menschenansammlung stand ein merkwürdiges Vehikel. Es sah aus wie eine leichte Kutsche, nagelneu, grün lackiert, mit goldenen Verzierungen. Pferde allerdings waren nicht vorgespannt.

»Was ist das?«, wollte Tante Auguste wissen.

»Eine Art Motorpferd«, sagte ein bärtiger Mann neben ihr. »Der Wagen fährt von ganz allein.«

»Papperlapapp«, sagte Auguste. »Nichts fährt von allein.«

Vor dem ominösen Gefährt stand ein breitschultriger Mann. Er war ungefähr dreißig Jahre alt, trug einen langen dunklen Staubmantel und eine Ballonmütze, wie Männer sie gern beim Golfspiel tragen. In der Stadt wirkte diese Kleidung abenteuerlich. Der Mann hatte Tante Augustes Behauptung gehört und drehte sich zu ihr um.

»Sie irren sich, werte Dame«, sagte er. »Dieser Wagen besitzt einen Motor mit der Kraft von vier Pferden. Er kann eine Geschwindigkeit von sage und schreibe zwanzig Kilometern pro Stunde bewältigen. Einzylindermotor, Schwungrad und Achsschenkellenkung machen es möglich, falls einer der Herren weiß, wovon ich spreche.«

Einer der Umstehenden nickte. »Ein Benz Victoria?«, fragte er.

»Oha«, sagte der Mann mit der Mütze. »Da kennt sich jemand aus. Tatsächlich, das ist ein nagelneuer Victoria.« Er breitete die Hände aus wie ein Schauspieler auf der Bühne. »Meine Damen und Herren, Pferdefuhrwerke gehören bald der Vergangenheit an. Hier und jetzt stehen Sie vor der Zukunft.«

»Ick gloob et hackt«, sagte eine mollige Frau, die in einen warmen Wollschal gehüllt war.

Auch einer der Männer mit Hut und teurem Mantel schüttelte amüsiert den Kopf. »Die Dinger sind viel zu kompliziert«, sagte er. »Und die Fahrt ist zu unbequem. Ein nettes Spielzeug, mehr nicht. Das wird sich niemals durchsetzen.«

»Kompliziert?«, fragte der Mann mit der Ballonmütze und zog höhnisch eine Augenbraue hoch. »Unbequem? Jedes zarte Fräulein könnte dieses Gefährt durch die Straßen steuern. Kein Ross scheut oder geht durch, keine Muskelkraft ist vonnöten.« Er stemmte die Hände in die Hüften. »Na, die Damen, wie sieht's aus? Wagt eine den Versuch?«

»Nich für Jeld und jute Worte«, sagte die Matrone im Wollschal.

Mein Herz flatterte. Ein Abenteuer! Sollte ich es wagen? Vielleicht wäre das eine spannende Geschichte für mein Buch?

»Hallo?«, sagte eine zittrige Mädchenstimme, die ein wenig heiser klang. »Ich würde es gern einmal ausprobieren.«

Erst als die Worte heraus waren, merkte ich, dass ich das gewesen war.

Betty sog scharf die Luft ein. Johanna tastete nach meiner Hand. Tante Auguste machte vor Schreck einen kleinen Hopser und durchbohrte mich mit ihrem Blick. »Elena!«, sagte sie streng.

Mit drei hastigen Schritten war ich neben dem Mann. »Ich würde gerne fahren«, sagte ich mit fester Stimme. »Was muss ich tun?«

»Na, denn kommen Sie mal mit«, sagte der Mann. Er trat hinter die merkwürdige Kutsche und öffnete einen Holzverschlag. Darin sah ich Dinge, die mir tatsächlich sehr kompliziert vorkamen. Räder, Rohre, Leitungen, Schrauben. Alles war schmutzig und roch scharf. Er reichte mir schwarze Herrenhandschuhe aus fleckigem Leder. »Ziehen Sie die über, der Motor ist ein bisschen ölig.«

»Elena!«, rief Tante Auguste wieder. Ein Tuscheln ging durch die Menge.

Ich mied ihren Blick und streifte die Handschuhe über. »Und jetzt?«

»Hier hinstellen. Und dann dieses Rad da anpacken und mit ordentlich Schwung drehen, wenn ich es sage. In Ihre Richtung, verstanden?«

Ich nickte und legte eine Hand an das Rad. Jetzt war mir doch ein bisschen mulmig zumute. Was, wenn das Ding explodierte? Aber diesen Gedanken schob ich beiseite.

»Ich bin bereit«, sagte ich.

Der Mann fingerte irgendwo in dem Holzverschlag herum und trat dann beiseite. »Jetzt«, rief er. »Aber mit einem ordentlichen Wuppdich!«

Ich packte das Rad und drehte es, so fest ich konnte, in meine Richtung. Hustend und spuckend erwachte das Ungetüm zum Leben. Der Wagen erbebte, das Rad gewann an Geschwindigkeit, das Gefährt ratterte und dröhnte wie ein fahrender Zug, und nun war ich es, die sich mit einem ordentlichen Wuppdich rückwärts in Sicherheit brachte. Beißender Qualm stieg mir in die Nase. Das Ding würde doch nicht wirklich explodieren? Die Menschenmenge wich zurück.

»Gemach, gemach!«, rief der Mann mir zu. »Alles in Ordnung. Genau so muss das klingen. Die Hufe von vier Pferden klappern ja auch nicht gerade leise, nicht wahr?« Er klatschte in die Hände. »Wie sieht's aus, Frollein? Fahren wir?«

Ich nickte, und er reichte mir die Hand, um mir beim Aufsteigen auf den Kutschbock der Motorkutsche behilflich zu sein. Aus den Augenwinkeln sah ich, wie sich Tante Auguste die Hände auf den Mund presste.

Der Wagen war ähnlich gebaut wie eine leichte Sommerkutsche, er hatte keine Türen und keinen festen Aufbau. Vor Regen und Sonne schützte nur ein klappbares schwarzes Verdeck. Ich ließ mich auf den Ledersitz sinken und sah mich um. Es war seltsam, in einem kutschenähnlichen Gefährt zu sitzen und nicht den vertrauen Anblick von Pferdehintern vor sich zu haben. Stattdessen war vor uns einfach nur die Allee, und hätte das Gefährt nicht so ohrenbetäubend geklappert und gerattert, hätte ich nicht damit gerechnet, dass es sich jemals in Bewegung setzen würde. Mit dieser beindruckenden Geräuschkulisse allerdings traute ich ihm einiges zu.

Der Mann zeigte auf ein Rad mit Holzgriff, das zwischen uns auf einer hohen Stange angebracht war. »Hier festhalten«, rief er laut, um den Lärm zu übertönen. »Das ist das Lenkrad. Wenn Sie beim Fahren daran drehen, verändert sich die Richtung der Räder. Wollen Sie nach rechts, drehen Sie nach rechts. Und umgekehrt. Alles klar?«

Ich nickte und nahm den Griff in die Hand. Meine Finger zitterten.

»Los geht's«, sagte der Mann und hantierte an irgendetwas herum.

Was genau er tat, konnte ich nicht sehen, denn plötzlich machte das Fahrzeug einen kleinen Satz, und wir fuhren tatsächlich los. Von selbst! Mir entfuhr ein leiser Schrei. Vor mir das große Nichts, hinter mir das stampfende und schnaubende Ungetüm, neben mir ein wildfremder Mann. Ja, war ich denn verrückt geworden?

»Alles in Ordnung?«, fragte der Mann.

Plötzlich erwachte mein Ehrgeiz, ich wollte nicht feige und ängstlich sein. »Schneller«, presste ich zwischen zusammengebissenen Zähnen hervor. »Wenn schon, denn schon. Vier Pferde müssten ja eigentlich etwas mehr Tempo draufhaben, oder?«

Er lachte laut auf. »Üben wir erst mal das Lenken. Versuchen Sie es mal nach rechts. Aber nur ein bisschen drehen.«

Leider hatte ich das mit dem Wuppdich noch verinnerlicht, und als ich das Rad schwungvoll drehte, machte das Fahrzeug einen scharfen Schlenker nach rechts.

»Vorsicht!«, rief der Mann, griff ins Lenkrad und brachte uns wieder auf den richtigen Kurs. »Langsam und ruhig, auf keinen Fall ruckartig. Versuchen Sie es noch einmal.«

Mein Herz schlug bis zum Hals, aber wir waren wirklich nicht schnell unterwegs, deswegen wagte ich einen zweiten Versuch. Und nun hatte ich den Dreh heraus. Wir tuckerten in einer sanften Rechtskurve an den Rand der breiten Allee.

»Jetzt in die andere Richtung«, befahl mein Nebensitzer, und auch das schaffte ich.

In Schlangenlinien lenkte ich das seltsame Gefährt nun mitten durch den Tiergarten. Die Fußgänger hörten uns alle von Weitem und hatten genug Zeit, an den Wegesrand auszuweichen.

»Schneller?«, fragte der Mann und sah mich von der Seite an.

Ich nickte und fasste das Lenkrad fester. »Schneller!«, befahl ich.

Plötzlich wurde der Motor noch viel lauter, wir gewannen an Fahrt. Die Bäume jagten förmlich an mir vorbei, und eiskalte Winterluft blies mir fast den Pelzhut vom Kopf.

»Sehr gut!«, rief der Mann mir zu.

Ich lachte befreit auf. Herrlich war das!

»Noch schneller!«, befahl ich. Und nun flogen wir förmlich dahin. Es war, als würde man in einer Kutsche mit durchgehenden Pferden sitzen. Nur viel, viel schöner. Denn Pferde haben einen eigenen Willen, und dieses Gefährt tat einzig und allein, was ich wollte.

Irgendwann drosselte der Mann die Geschwindigkeit. »Ich glaube, wir müssen zurück«, rief er mir ins Ohr. »Ihre Mutter bekommt sonst einen Herzanfall.«

»Das ist nicht meine Mutter«, rief ich zurück. »Nur meine Tante!«

»Na dann«, antwortete er und beschleunigte noch einmal.

Aber kurz darauf drosselte er das Tempo dann doch auf Schrittgeschwindigkeit und wies mich an, vorsichtig zu wenden.

Ich fuhr eine enge Kurve, als hätte ich nie etwas anderes getan, und langsam tuckerten wir fast leise auf die Menschenansammlung zu.

»Ich liebe Pferde«, sagte ich. »Aber ich glaube, Sie haben recht. Das hier ist die Zukunft.«

Der Mann grinste. »Sie sind eine kluge Frau. Entschuldigen Sie, ich habe mich gar nicht vorgestellt. Karl Wittig mein Name.«

»Von Burow«, sagte ich und neigte den Kopf. »Elena von Burow!«

»Herzlich willkommen in der Zukunft, Elena von Burow«, sagte Karl Wittig.

Auf dem Heimweg war Tante Auguste außer sich vor Empörung. Sie war der Meinung, ich hätte gegen jedes geschriebene und ungeschriebene Gesetz der guten Gesellschaft verstoßen, als ich vor den Augen von halb Berlin mit einem wildfremden Mann auf dieses Vehikel geklettert und durch den Park geknattert war.

Ich allerdings sah das anders. »Es gibt doch noch überhaupt keine Benimmregeln für das Fahren solcher Gefährte«, sagte ich. »Also kann ich auch nicht dagegen verstoßen haben.«

Betty unterdrückte ein Lachen und gab stattdessen ein ersticktes Husten von sich.

Tante Auguste benötigte heute drei Gläser Likör, bevor sie gnädig in ein kräftigendes Schläfchen versank. Kaum war sie eingenickt, wollten Johanna und Betty alles über die wilde Fahrt wissen.

»Dass du das gewagt hast!«, sagte Betty. »Und auch noch bei Schnee.«

»Es war atemberaubend«, erzählte ich und putzte mir die Nase. Draußen in der Kälte hatte sich mein Schnupfen verbessert, in der vom Kamin aufgeheizten Luft kehrte er leider wieder zurück. »So schnell. Und so wackelig, ohne Deichsel und Gespann. Aber gleichzeitig habe ich mich machtvoll gefühlt, weil ich es war, die alles in der Hand gehalten und die Richtung bestimmt hat.«

Johanna nickte. »Wann erlebt man das schon?«

Ich dachte kurz nach. »Ich mach so was jetzt öfter«, sagte ich. »Das hab ich mir geschworen.«

»Was? Ohne Pferde Kutsche fahren? Wie denn?«, fragte Betty.

»Das meine ich nicht«, sagte ich. »Ich wage einfach ab sofort mehr.«

»Noch mehr?«, hakte Johanna nach.

»Na, bis jetzt war ich ja wohl brav und zahm«, entgegnete ich.

»Hm«, machte Johanna. »Deswegen bist du ja auch von der Schule geflogen, nicht wahr?«

»Das war nur dieses verflixte Buch«, sagte ich. »Aber mit Büchern halte ich mich nicht mehr auf.«

Und dann erzählte ich ihnen, dass ich den Mantegazza endlich gelesen hatte.

Meine Geschichte schlug ein wie eine Granate. Aber nicht wegen des Buchs, das interessierte die beiden kaum. Sie waren fassungslos, als sie erfuhren, dass ich heimlich ins Gartenhaus geschlichen war.

»Nachts?«, fragte Betty. »Und da hast du zwei Bücher entwendet?«

»Ich bringe sie ja wieder zurück«, murmelte ich beschämt.

»Effi«, sagte Betty halb entsetzt und halb ehrfürchtig und lehnte sich zurück. »Ich finde es grandios, was du alles wagst.«

»Gelohnt hat sich der Einsatz für das Buch aber auch diesmal nicht«, sagte ich und erzählte meinen Freundinnen von dem enttäuschenden Inhalt.

»Steht nichts über, du weißt schon was, drin?«, wollte Johanna wissen.

»Doch«, sagte ich. »Einiges. Aber der Autor scheint mir nicht vertrauenerweckend zu sein. Ich habe ihn bei vielen Beschönigungen und Unwahrheiten ertappt. Und wisst ihr was? Im Kapitel über die Liebe hat er sogar selbst zugegeben, dass jede kluge Frau mehr darüber wisse als er. Meine Güte, und wegen dieses Buchs habe ich so viel auf mich genommen! Manchmal kommt es mir geradezu verflucht vor.«

Betty runzelte die Stirn. »Ich finde dich da nicht ganz gerecht«, sagte sie. »Stell dir mal vor, du hättest es nie gefunden. Dann würdest du jetzt immer noch sittsam ein langweiliges Leben führen. Stattdessen bist du heute mit einer Geschwindigkeit von zwanzig Kilometern ohne Pferde durch den Tiergarten gebraust. Das Buch hat dich aufgeweckt und dir Glück gebracht.«

Nachdenklich trank ich einen Schluck Kaffee. Vielleicht hatte Betty recht. Das Buch hatte mich wirklich weit geführt. Aber gleichzeitig hatte sie auch unrecht, ohne es zu wissen, denn von Max und dem Kuss hatte ich ihr nie etwas erzählt. Sie konnte also nicht ahnen, dass sich mein Herz insgeheim anfühlte wie von einem Motorpferd überrollt, wenn ich an ihn dachte. Was ich deswegen so selten wie möglich tat.

»Wer weiß, wohin dich dieses Buch noch führt«, orakelte Johanna jetzt.

Eher nirgendwohin, da war ich mir sicher.

»Ich glaube, es hat seine Aufgabe erfüllt«, sagte ich. »Jetzt beginnt etwas Neues.« Und ich erzählte Johanna und Betty von meinem Plan, selbst ein Buch zu schreiben.

»Sehr gut«, sagte Johanna. »Ein Exemplar hast du schon verkauft. Ich will es unbedingt lesen.«

»Kommen wir auch darin vor?«, wollte Betty wissen.

»Natürlich!« Ich schmunzelte. »In tragenden Rollen.«

»Und deine Tante?«, fragte Johanna.

»Aber ja!«, sagte ich. »Ohne sie würde die besondere Würze fehlen.«

Liebevoll betrachtete ich die friedlich schlummernde Tante in ihrem geblümten Ohrensessel. Seit der Nacht, in der sie rosa gekleidet an meinem Bett gesessen hatte, mochte ich sie richtig gern. Auch heute hatte sie sich eigentlich ganz passabel verhalten. Sie hatte zwar geschimpft, aber sie hatte mich nicht bei Vater verpetzt.

»Und was ist mit Max von Waldau?« Betty sah mich mit ihren großen blauen Augen so unverwandt an, dass ich mich fragte, ob sie doch mehr ahnte, als mir bewusst war.

»Der taucht natürlich auch auf«, sagte ich betont forsch. »Als Laune der Natur, als Mann mit zwei Gesichtern. Aber das Kapitel ist eigentlich schon abgeschlossen.« Ich wich Bettys Blick aus und schnäuzte mich.

Leider weckte ich damit Tante Auguste. Sie richtete sich auf, warf mir durch ihre Lorgnette einen durchdringenden Blick zu und orderte bei Frau Wingersdorff Salbeitee und Zwieback für mich.

»Dieser Schnupfen muss endlich aufhören!«, verkündete sie, während sie sich ein weiteres Stück Kuchen auf den Teller lud. »Habe ich dir eigentlich schon erzählt, dass der liebe Max in einigen Tagen zurückkommt? Heute kam ein Brief.«

»Ach«, sagte ich. »Nein. Hast du nicht.« Und dann fragte ich ganz beiläufig: »Was hat er sonst geschrieben?«

»Nichts«, sagte Tante Auguste ebenso beiläufig. »Nur, dass er zurückkommt. Salomé wird sich freuen.«

Ich blickte zu der Katze, die auf einem Kissen am Fenster lag, und spürte, wie sich mein Herz zusammenzog. »Ja«, sagte ich. »Das wird sie wohl.«

Tante Auguste nahm an diesem Abend ein Schlafmittel und ging früh zu Bett. Vater besuchte einen Freund, und so hatte ich den Abend für mich. Sinnend stand ich im Salon am Fenster, sah in den dunklen Garten hinaus und dachte über den Tag nach.

Wie würde ich die Fahrt mit dem Motorpferd in meinem Buch beschreiben? Wie funktionierten diese Dinger überhaupt? Das sollte ich herausfinden, bevor ich darüber schrieb.

Dann wanderten meine Gedanken weiter. Das Gartenhaus lag im Dunkeln, doch bald würde wieder Licht hinter den Fenstern brennen. Und dann? Würden Max und ich über den Kuss sprechen? Wohl kaum, er hätte mir bestimmt längst geschrieben, wenn ihm dieser Moment irgendetwas bedeutet hätte. Also würden wir wohl so tun, als wäre nie etwas geschehen. Aber konnte ich das? Würden wir den Lateinunterricht einfach fortsetzen? Ich konnte mir das im Moment nicht vorstellen. Als ich behauptet hatte, dieses Kapitel wäre abgeschlossen, hatte ich gelogen.

Plötzlich fuhr ich zusammen. Max kam zurück? Meine Güte, ich hatte seine Bücher vergessen! Die lagen immer noch in meinem Zimmer unter der Matratze. Ich musste sie zurück ins Gartenhaus bringen, und zwar schnell. Wenn der Mantegazza fehlte, würde Max sofort wissen, wer ihn entwendet hatte.

Wieder verließ ich das Haus durch die Küche. Ein paar winzige Schneeflocken rieselten vom Himmel, eher Graupel als Schnee, aber sie blieben zum Glück nicht liegen. Ich wollte bei meinem heimlichen Besuch im Gartenhaus auf keinen Fall Fußspuren hinterlassen.

Doch als ich im dunklen Flur stand, wurde mir klar, dass ich genau dies tun würde, wenn ich mit nassen Sohlen den Salon betrat. Also streifte ich auch diesmal die Schuhe ab. Ich suchte mir meinen Weg, ohne Licht anzuzünden. Der Mond schien hell genug, dass ich mich an Tisch und Sesseln vorbei zum Bücherregal tasten konnte.

Als ich die Bücher zurückgestellt hatte, wollte ich zurück ins Haus gehen. Doch im Flur beschloss ich, noch rasch einen Blick in Max' Schlafzimmer zu werfen. Ich kannte es ja schon durchs Fenster. Nun wollte ich es wenigstens ganz kurz von innen sehen. Leise betrat ich den Raum, der nach Rasierseife roch, doch hier waren die Vorhänge geschlossen, und in der Dunkelheit konnte ich nichts erkennen.

Ich überlegte, ob ich aufgeben sollte, aber meine Neugier war zu groß. Damals, bei meinem ersten heimlichen Besuch im Gartenhaus, hatte ich zerknüllte Briefbögen mit meinem Namen gefunden. Vielleicht gab es hier weitere Briefentwürfe. Oder etwas anderes, was mir endlich Auskunft darüber gab, was in diesem Mann vorging.

Ich tastete mich zurück in den Salon und entdeckte im Mondlicht auf dem Fensterbrett eine Lampe. Jetzt brauchte ich nur noch Streichhölzer. Wo konnten sie sein? Auf dem Kaminsims ertastete ich nichts. Doch als ich meine Finger vorsichtig über die polierte Platte des Schreibtischs gleiten ließ, fand ich eine kleine Pappschachtel, die beim Schütteln klapperte.

Ich nahm Lampe und Streichhölzer mit und machte mir im Schlafzimmer Licht. Auch in diesem Raum sah ich deutliche Spuren eines eiligen Aufbruchs. Das Bettzeug war zerwühlt, die Schranktüren standen offen, ein schneeweißes Hemd war vom Bügel gerutscht und lag auf dem Boden. War es das Exemplar, das Max getragen hatte, als wir uns küssten, und das ich dabei fast aufgeknöpft hätte? Am liebsten hätte ich es aufgehoben, doch ich bezwang diesen Drang und wich einen Schritt zurück. Beinahe wäre ich dabei über einen Schuh gestolpert, der mitten im Weg lag. Es sah aus, als wäre Max vor etwas geflohen. Vor mir?

Gedankenverloren schob ich meine Füße in seine schwarzen Schuhe, um nicht länger auf dem eisigen Boden stehen zu müssen. Natürlich waren sie viel zu groß. Trotzdem konnte ich spüren, wie weich ihr Leder war und wie fest ihre Sohle. Ich wagte drei schlurfende Schritte und stellte erstaunt fest, was für ein anderes Gehen das war. Kein unsicheres Getrippel wie mit Damenschuhen. Dank des niedrigen Absatzes stand ich mit beiden Füßen fest auf dem Boden. Kein Wunder, dass man als Mann dem Leben sicherer begegnete, wenn man nicht vom kleinsten Fehltritt umgeworfen werden konnte. Ich hatte in den vergangenen Wochen viel über die Unterschiede zwischen Männern und Frauen nachgedacht. Jetzt fühlte ich sie, und zwar mit den Füßen. Ich wollte auch solche Schuhe haben.

Ich hob das weiße Hemd nun doch vom Boden auf und betrachtete es. Wie weit es geschnitten war. Plötzlich wurde mir fast schmerzhaft bewusst, wie sehr mich mein Kleid einengte und wie stark es mich dadurch behinderte. Manchmal waren es winzige Dinge, die gewaltige Folgen hatten. Und oft waren sie einem nicht einmal bewusst. Waren Männer und Frauen wirklich von Natur aus so unterschiedlich, wie alle behaupteten? Oder wurden sie dazu gemacht?

Aus einem Impuls heraus öffnete ich die Knöpfe an meinem Kleid, einen nach dem anderen, und ließ es über meine Schultern gleiten. Ich wusste, dass das verrückt war. Aber es war ein Experiment. Und Experimente waren nun mal verrückt. Außerdem hatte ich mir vorgenommen, künftig mehr zu wagen. Vielleicht würde ich Max besser verstehen, wenn ich selbst einmal erlebte, wie es war, er zu sein – oder zumindest in seinem Hemd zu stecken. Und wäre es nicht grandios, wenn ich in meinem Buch beschreiben könnte, wie es war, Männerkleidung zu tragen?

Wenig später betrachtete ich mich in dem großen Spiegel am Kleiderschrank. Auf dem Kopf trug ich einen Herrenhut. Er war viel zu groß und rutschte mir über die Augen, aber trotzdem war er deutlich leichter als die Hutungetüme, an die ich gewöhnt war. Das weiße Hemd, das eben noch am Boden gelegen hatte, umbauschte meinen Oberkörper. Es roch ein bisschen nach Max. Darunter trug ich nur noch mein Leibchen, das ich kaum spürte. Die Männerhose, die an meinen Hüften hing, hatte ich mit Hosenträgern befestigt, damit sie nicht rutschte. Die lasteten zwar geringfügig auf meinen Schultern, aber dafür wurde mein Bauch durch nichts eingeengt. Es war fast, als hätte ich gar nichts an, dabei war mein Körper überall ordnungsgemäß bedeckt. Nichts störte, nichts drückte, nichts wogte, und trotzdem war mir nicht kalt.

Schön war ich so nicht, das musste ich zugeben. Ich sah nicht aus wie eine hübsch verpackte Praline, sondern eher wie ein schlichter Zwieback. Die Kleidungsstücke hingen an mir wie Säcke. Aber ich fühlte mich, als gehöre mir die ganze Welt.

Auf einmal flackerte das Licht, und ich erschrak. Ich war schon viel zu lange hier. Rasch streifte ich Max' Kleidung ab und zog meine eigene wieder an. Dann drapierte ich alles so, wie ich es vorgefunden hatte. Ich löschte die Lampe und brachte sie zurück in den Salon. Danach schlich ich in den dunklen Flur und schlüpfte in meine eigenen Schuhe. Als ich sie zuschnürte, nahm ich mir vor, morgen beim Schuster neue zu bestellen. Flachere, weitere, bequemere.

Ich war bester Stimmung, als ich die Tür des Gartenhauses hinter mir zuzog.

Dr. med. Maximilian von Waldau, Berlin
an stud. med. Benjamin von Waldau, Jena

Ach Ben!

Ich bin wieder in Berlin. Und ich wage kaum, es dir zu gestehen, aber nun kannst du schreiben: Habe ich es dir nicht gleich gesagt?
Ja, das hast du. Und ja, du hattest recht. Ich war wohl zu begeistert von Wilhelm Fließ. Aber nun bin ich aufgewacht.

Folgendes hat sich ereignet: Wir wollten ursprünglich noch bis Samstag in Wien bleiben, doch dann berechnete Fließ aufgrund von Biorhythmuskurven, dass er dringend nach Hause fahren müsse. Und weil sich Fräulein Eckstein gut erholt hatte, schloss ich mich ihm an.
Es war spät, als wir in Berlin eintrafen, und Fließ litt unter starker Migräne. Das verdross ihn sehr, denn wie er mir in der Kutsche, die wir gemeinsam nahmen, anvertraute, wollte er noch in dieser Nacht seiner Frau beiwohnen, um einen Sohn zu zeugen. Schon am nächsten Tag würde es seinen Berechnungen zufolge ein Mädchen werden. Nun aber fühlte er sich in seiner Manneskraft geschwächt und hatte leider kein Kokain mehr, um seine Migräne zu behandeln.
Als er hörte, dass ich noch ein Fläschchen in meiner Wohnung hatte, wollte er mich begleiten, und natürlich gestattete ich es ihm. Mir war seine Offenheit ehrlich gesagt unangenehm, aber Fließ schien nichts dabei zu finden.
Wir fuhren also zuerst zu mir. Doch als wir zu meinem kleinen Häuschen kamen, das einsam im dunklen Garten lag, bemerkten wir hinter den Schlafzimmervorhängen einen hellen Schimmer. Ich war wie erstarrt. Wer konnte das sein?
Wir schlichen zum Fenster, spähten durch einen Spalt zwischen den Vorhängen und sahen Ella. Und was sie tat, war äußerst schockierend. Ben, sie entkleidete sich! Sie stand wirklich und wahrhaftig heimlich

nachts in meinem Schlafzimmer, knöpfte ihr Kleid auf und ließ es von ihren Schultern gleiten.

Ich weiß, wir hätten einschreiten müssen, doch Fließ hielt mich zurück.

»Warten Sie«, flüsterte er. »Das ist interessant. Aus medizinischen Gründen, versteht sich.«

Also beobachteten wir weiter, was geschah. Ella zog sich nicht ganz aus. Und kaum stand sie in Leibchen und Höschen da, zog sie sich auch schon wieder an. Aber sie griff nicht nach ihrem Kleid. Es waren mein Hemd und meine Hose, die sie überstreifte. Fließ neben mir keuchte schwer, als er das sah.

Plötzlich sah Ella auf und blickte zum Fenster. Hatte sie uns gehört? Rasch zogen wir uns zurück wie ertappte Einbrecher. Erst an der Kutsche verlangsamten wir unseren Schritt.

»Das ist ungeheuerlich!«, brach es aus Fließ hervor. »Wie sie sich mit sinnlichen Bewegungen langsam entkleidet hat! Wie sie da stand, fast nackt! Und wie lasziv sie nach dem Männerhemd gegriffen hat, um sich in seinen Stoff zu hüllen! Wer weiß, was noch gefolgt wäre.«

Mich irritierte seine Reaktion. Nichts, wirklich gar nichts an Ellas hastigen Bewegungen beim An- und Auskleiden war aufreizend, lasziv oder sinnlich gewesen. Sie hatte sich einfach nur umgezogen. Sicher, das hatte auch mir den Atem geraubt. Aber das war nicht ihre Schuld, sie wusste ja nicht einmal, dass sie beobachtet wurde.

Als Fließ dann auch noch hervorstieß, Ella sei triebhaft, wahrhaft irregeleitet und müsse behandelt werden, konnte ich seiner Argumentation beim besten Willen nicht mehr folgen. Zumal er nicht sachlich und analytisch wirkte, sondern ausgesprochen emotional. Sicher, was wir gesehen hatten, war ungeheuerlich, mit dieser Einschätzung hatte Fließ recht. Ella war in meine Wohnung eingebrochen und hatte meine Kleidung gestohlen. Das war ausgesprochen merkwürdig. Aber doch nicht triebhaft.

Mit ein bisschen Fantasie waren dafür auch ganz normale Erklärungen denkbar. Vermutlich hatte Ella für irgendetwas eine männliche Verkleidung benötigt und meine Abwesenheit genutzt,

um an eine zu gelangen. Oder es handelte sich um eine Wette unter Freundinnen. Oder sie hatte eins dieser Märchen vor Augen gehabt, in denen Prinzessinnen nachts in Männerkleidung aus ihrem Palast ausreißen, um Abenteuer zu erleben.
Meine Güte. Sie ist jung. Ich kann ihr Verhalten nicht gutheißen, aber ich kann mich deswegen auch nicht so aufregen, wie Fließ es tat.
Doch bevor ich diese Überlegungen vorbringen konnte, bestieg er hastig die Kutsche. Er müsse jetzt schleunigst zu seiner Frau, um zu vollziehen, was geplant war, sagte er. Vom Kokain und von seiner Manneskraft war nicht mehr die Rede. Stattdessen betonte er, ich könne jetzt unmöglich in mein Quartier zurückkehren. Ein Zusammentreffen mit Ella müsse unbedingt vermieden werden. Also würde er mich noch ein Stück mitnehmen und bei einem Hotel absetzen, wo ich die Nacht verbringen solle.
So geschah es dann auch, worüber ich in diesem Moment sogar froh war. Die Reise war lang gewesen, und ich fühlte mich strapaziert. Ich hatte nichts dagegen, erst einmal allen Konflikten aus dem Weg zu gehen.

Nun sitze ich also hier in diesem Hotel unweit meines eigenen Häuschens und frage mich, was in Wilhelm Fließ wirklich vorgeht. Eben dachte ich: Wäre er eine Frau, würde man, seinen eigenen Theorien folgend, vielleicht zu dem Schluss kommen, er sei einer Hysterie nahe. Ich muss zugeben, er schien mir heute Nacht recht triebhaft. Und genau wie Freud kämpft er ständig mit Nebenhöhlenbeschwerden. Aber das hilft mir nun auch nicht weiter. Er ist ja ein Mann. Allerdings ein seltsamer, das sehe ich jetzt ein.
Ich glaube, ich wollte ihn einfach mögen. Ich brauchte in der schwierigen Zeit nach Großmutters Tod einen festen Anker hier in Berlin. Doch dazu eignet Wilhelm Fließ sich nicht.

Sehr enttäuscht,
Max

Kapitel 22

»Väter sind eigentlich nur dazu da, um schließlich in Widerspruch mit ihren Lieblingssätzen zu geraten.«

Theodor Fontane, *Schriftsteller*

Als ich am nächsten Morgen aus dem Fenster sah, war die ganze Welt weiß. Schneehäubchen schmückten die Zweige der Bäume im Garten, und die Rasenflächen waren unter einer geschlossenen Schneedecke verschwunden. Schnell stellte ich fest, dass es nirgends Fußspuren gab, und aus dem Schornstein des Gartenhauses stieg kein Rauch auf. Max war also noch nicht da.

Ich zog ein warmes Wollkleid an, denn ich hatte an diesem Tag einiges vor. Ich wollte zum Schuster, um mir flache Schuhe anfertigen zu lassen. Außerdem wollte ich zwei oder drei meiner bequemsten Kleider zu Madame Dubois bringen, um sie kürzen zu lassen. Sie würden sonst über den Boden schleifen, wenn ich keine hohen Absätze trug. Das sollte dann meine Abenteuerkluft sein, die ich tragen wollte, wenn ich etwas vorhatte, was Standfestigkeit erforderte.

Im Speisezimmer war ich an diesem Morgen die Erste. Es duftete ausgesprochen anregend nach gebratenem Speck, denn Frau Wingersdorff hatte, inspiriert vom Schnee, ein herzhaftes Hüttenfrühstück serviert. Hungrig griff ich zu.

Wenig später betrat Vater den Raum. Er trug noch seinen Hausmantel, offenbar hatte er heute keine Termine. Das kam meinen Plänen entgegen, denn dann konnte ich die Kutsche benutzen.

Doch bevor ich ihn darum bitten konnte, brachte Vater ein

anderes Thema zur Sprache. »Elfchen, wir haben einen Brief erhalten.« Er setzte sich.

»Von der Universität?«, fragte ich und häufte einen Berg Rührei auf meine Gabel.

»Nein. Bitte erschrick nicht.«

Ich fuhr hoch und ließ die Gabel fallen. Das war ja wohl förmlich eine Aufforderung zu erschrecken. »Von wem? Was stand darin?«

»Doktor Fließ hat geschrieben. Er bittet dich in seine Praxis.«

»Was?« Ich starrte ihn an. »Warum?«

Vater zog einen Umschlag aus der Tasche seines Hausmantels und entnahm ihm ein Schreiben. *»Sehr geehrter Herr von Burow«*, las er vor. *»Bitte verzeihen Sie mir die Einmischung* ... und so weiter und so fort.«

»Lies bitte alles vor«, unterbrach ich ihn.

»Bitte verzeihen Sie mir die Einmischung«, wiederholte Vater, *»aber meine ärztliche Pflicht gebietet es mir, Ihnen Folgendes mitzuteilen.«*

Ich schluckte. War ich etwa schwer krank? »Weiter«, bat ich.

»Ich habe in den vergangenen Wochen bei Ihrer Tochter Elena die Symptome einer chronischen Rhinitis diagnostiziert und behandelt«, las Vater weiter vor.

»Was ist eine Rhinitis?«, fragte ich.

»Schnupfen«, sagte Vater.

Ich atmete auf.

Er las weiter vor: *»Leider hat die Behandlung nicht so angeschlagen, wie ich es mir gewünscht habe. Auf meiner Reise nach Wien habe ich nun eine Behandlungsmethode erprobt, die bei genau solchen Symptomen ausgezeichnete Erfolge zeigte. Bitte suchen Sie mich daher mit Ihrer Tochter in meiner Praxis auf. Hochachtungsvoll, Doktor Wilhelm Fließ.«* Vater blickte auf.

»Puh«, sagte ich und griff wieder nach meiner Gabel. »Und ich dachte schon, es wäre was Schlimmes.«

»Du hast also keine Einwände?«

Ich zuckte mit den Schultern. »Nein. Warum?«

»Ich dachte, du magst den Doktor nicht.«

»Stimmt.« Ich nickte. »Aber diesen ewigen Dauerschnupfen mag ich noch weniger. Bis das Semester beginnt, muss ich ihn los sein. Kann ich nachher die Kutsche haben? Ich muss in die Stadt und ein paar Besorgungen machen. Dann vereinbare ich gleich einen Termin.«

Vater lächelte mich an. »Schön, dass du so zielstrebig bist. Ich habe schon befürchtet, du hättest deine Studienpläne aufgegeben.«

Nachdenklich trank ich einen Schluck Kaffee. »Du hast mir doch prophezeit, dass ich das irgendwann tun würde. Und jetzt hoffst du auf das Gegenteil?«

Vater hob den Deckel einer silbernen Platte an und betrachtete die Würstchen, die darunterlagen. »Nun, dass Bälle und Gesellschaften nichts für dich sind, muss ich wohl einsehen.« Er schloss den Deckel wieder und nahm sich statt der Würstchen ein Stück Weißbrot. Plötzlich schmunzelte er. »Ich habe übrigens von deiner rasenden Fahrt mit der motorisierten Kutsche gehört.«

Ich erschrak. »Hat Tante Auguste …?«

Begütigend hob Vater die Hand. »Nicht Auguste«, sagte er. »Die ganze Stadt spricht darüber.« Er wandte seine Aufmerksamkeit wieder dem Brot zu und bestrich es mit goldgelber Butter.

Ich fand ihn unerwartet gelassen. »Du bist nicht böse auf mich?«

Vater seufzte. »Wie könnte ich? Deine Mutter hätte das auch getan. Und dafür liebe ich sie.«

Mir fiel auf, dass er nicht die Vergangenheitsform verwendete. Natürlich, er liebte sie immer noch.

»Hättest du ihr das erlaubt?«, wollte ich wissen.

Vater hatte gerade Marmelade auf seinem Brot verteilt. Jetzt blickte er überrascht auf. »Erlaubt? Sie war doch kein Kind.«

Offenbar lag es außerhalb seiner Vorstellungskraft, seiner Frau irgendetwas vorzuschreiben. Wieder einmal stellte ich fest, dass mein Vater ein ganz besonderer Mensch war.

»Und ich bin noch ein Kind?« Fragend neigte ich den Kopf.

»Wie siehst du das denn?«, fragte er zurück.

Ich wollte schon mit einem heftigen Nein antworten, da stockte ich. Auf einmal kam mir das Leben ziemlich groß vor, und ich selbst schien furchtbar klein. Andererseits, größer würde ich garantiert nicht werden. Höchstens klüger und reifer. Und das wohl auch nur, wenn ich Verantwortung für mein Leben übernahm. Man konnte nicht neue Wege gehen und gleichzeitig andere für sich entscheiden lassen.

Und dann sprach ich es aus: »Auch wenn ich vor dem Gesetz noch nicht volljährig bin, bin ich kein Kind mehr.« Dabei blickte ich Vater fest in die Augen.

Er musterte mich aufmerksam, bevor er nickte. »Ich denke, die Welt verändert sich. Und dein alter Vater kann manches nicht mehr beurteilen. Vermutlich musst du wirklich selbst entscheiden, wo künftig dein Platz sein soll.«

»Danke«, sagte ich. Irgendwie fühlte ich mich plötzlich seltsam, leicht und schwer zugleich.

Ich bekam schon für den nächsten Tag einen Termin bei Doktor Fließ. Und ich beschloss, ganz allein dorthin zu gehen. Mir war gerade noch rechtzeitig eingefallen, dass Max dem Arzt von der Sache mit dem Buch erzählt hatte, und vielleicht sogar noch viel mehr. Am liebsten hätte ich nun doch auf einen Besuch in der Praxis verzichtet. Ich wollte dieses Thema mit niemandem diskutieren. Aber Doktor Fließ war nun einmal auf mein Leiden spezialisiert, und wenn ich es loswerden wollte, musste ich zu ihm. Ich würde die Nasenbehandlung einfach mit Eselsgeduld über mich ergehen lassen und allen weiteren Gesprächsthemen ausweichen.

Zur Praxis war es nur ein Fußweg von fünf Minuten, und als ich um kurz vor vierzehn Uhr dorthin aufbrach, fragte ich mich nervös, ob ich Max treffen würde. Im Gartenhaus hatte am Vorabend Licht gebrannt, er musste also wieder da sein. Doch als ich pünktlich in der Praxis eintraf, sah ich ihn nirgends. Doktor Fließ hingegen öffnete mir höchstpersönlich die Tür. Er schien schon auf mich gewartet zu haben.

»Fräulein von Burow!« Er nahm meine Hand und deutete einen Handkuss an.

Dabei erhielt ich einen unverstellten Blick auf sein bereits deutlich lichter werdendes Haupthaar, und als er sich wieder aufrichtete, fielen mir seine merkwürdigen Ohren auf. Sie waren groß, auffallend flach und sahen aus, als wären sie nachträglich an den Kopf geklebt worden. Der buschige dunkle Bart, der an den Schläfen in schwarzes Haar überging, ließ diese Ohren wie teigige Riesenmuscheln in einem Meer aus dunklem Seegras erscheinen. Nein, ich mochte diesen Mann nicht. Das spürte ich deutlich.

Ihm schien es mit mir ganz und gar nicht so zu gehen, denn jetzt wanderte sein Blick geradezu aufreizend langsam über meine Gestalt. Obwohl einige Patienten im Wartebereich saßen, führte er mich gleich in sein Ordinationszimmer.

Der große Raum war mit schweren, dunklen Möbeln eingerichtet. In der Mitte stand ein gewaltiger Schreibtisch aus poliertem Walnussholz. Ich sah halbhohe Bücherregale mit gewichtigen Lederschwarten und oben auf den Regalen Fläschchen, Ampullen, Tiegel und sogar einen Totenschädel. Darüber hingen goldgerahmte Urkunden, auf denen überall Fließ' Name stand.

»Setzen Sie sich bitte«, sagte er und wies auf einen Ledersessel, der dem Schreibtisch gegenüberstand. Dann nahm er selbst hinter dem Tisch Platz. »Ich freue mich, dass Sie gekommen sind. Wie geht es Ihnen, Fräulein von Burow?«

»Gut«, sagte ich. »Nur dieser lästige Schnupfen! Er kommt und geht. Manchmal ist er wie weggeblasen, aber dann kehrt er in kürzester Zeit und mit großer Macht zurück und quält mich. Ich kann dann kaum atmen, mein Kopf wird schwer, die Stimme rau, meine Augen brennen. Und ständig muss ich niesen.«

Fließ nickte und beugte sich vor. »Haben Sie noch andere Symptome? Magen? Darm? Frauengeschichten?«

Ich errötete und schlug die Augen nieder. »Nein«, sagte ich rasch, was den Tatsachen entsprach.

Er beugte sich vor und starrte mich an. »Und Ihr monatlicher Zyklus ist regelmäßig?«

Ich nickte.

Doktor Fließ stützte die Ellenbogen auf den Tisch und legte die Fingerspitzen aneinander. »Nun«, sagte er gedehnt, als würde er mir nicht ganz glauben. »Gibt es da vielleicht etwas, das Sie mir verschweigen? Gedanken? Gefühle? Oder, nun ja, Handlungen? Sprechen Sie offen! Ich bin Arzt.«

»Ich weiß nicht, was Sie meinen«, sagte ich und setzte eine abweisende Miene auf, obwohl ich natürlich genau wusste, worauf er hinauswollte.

Er lehnte sich vor. »Starke Gefühle vielleicht?«, hakte er nach und räusperte sich. »Leidenschaften?« Er benetzte seine Lippen mit der Zunge.

»Ich habe starken Schnupfen«, sagte ich kühl. »Und ich möchte ihn leidenschaftlich gern loswerden.«

Doktor Fließ lehnte sich in seinem Sessel zurück und musterte mich wieder von oben bis unten. Kam es mir nur so vor, oder blieb sein Blick länger an meinem Dekolleté hängen als medizinisch vertretbar?

Wie auch immer, ich empfand seinen Blick als aufdringlich, und er stieß mich ab. Das hatte so keinen Sinn. Ich suchte schon nach einem Vorwand, um das Gespräch abzubrechen, da änderte Fließ plötzlich seinen Tonfall.

»Was ich hier beobachte, passt alles sehr gut in das Bild Ihrer Erkrankung«, sagte er mit ganz sachlicher Stimme. »Leiden Sie gerade an Schnupfen? Also jetzt, in diesem Moment?«

Ich nickte. »Ein bisschen. Nicht so stark wie heute früh, aber meine Nase ist immer noch verstopft.«

Doktor Fließ erhob sich. »Dann möchte ich Ihnen etwas vorführen.« Er trat zu einem der Regale, nahm ein grünes Fläschchen und einen langen dünnen Gegenstand, der dort bereitlag, und kam mit beidem auf mich zu. »Legen Sie bitte den Kopf in den Nacken und sehen Sie mich an.«

Gehorsam lehnte ich mich zurück. Er öffnete die kleine Flasche und tauchte die Spitze des langen Gegenstands hinein. Ich erkannte, dass es sich um einen dünnen Pinsel handelte.

»Das kann jetzt ein bisschen brennen«, murmelte Fließ, führte den Pinsel in mein linkes Nasenloch ein und kitzelte mich damit.

Ich nahm einen leicht stechenden Geruch wahr, dann brannte es kurz, aber nicht schmerzhaft.

»Geht es Ihnen gut?«, wollte Doktor Fließ wissen.

Ich blinzelte, weil meine Augen tränten. »Ja«, sagte ich. »Es ist nur ein ungewohntes Gefühl.«

Er nickte und nahm sich mein rechtes Nasenloch vor. Wieder dieselbe Prozedur, dann schraubte er die Flasche zu. Jetzt sah ich, was darauf stand: *Cocainum*.

»Wir müssen kurz warten.« Fließ begab sich wieder hinter seinen Schreibtisch.

Doch ich bemerkte bereits eine Wirkung. Meine Nase schwoll spürbar ab, und ich konnte endlich frei atmen. Auch mein Kopf war auf einmal nicht mehr schwer und dumpf, sondern leicht und klar.

»Herrlich!«, sagte ich. »Ich fühle mich schon deutlich besser.«

Fließ lächelte. »Und der Schnupfen?«, wollte er wissen.

»Wie weggeblasen!« Ich konnte es selbst kaum glauben. Und diesen Mann hatte ich nicht gemocht? »Ich schwebe förmlich«, sagte ich. »Ist das Zauberei?«

Er schüttelte den Kopf. »Nein. Moderne Medizin. Und das ist auch genau der Zustand, den Sie durch eine winzige Operation für immer erreichen können. Ohne Operation allerdings wird sich der Effekt leider bald wieder verflüchtigen. Ich kann nämlich mit diesem Medikament nur kurzfristig Ihre Symptome beseitigen. Die wahre Ursache muss operativ entfernt werden, sonst tritt der Schnupfen schon bald wieder auf.«

Ich atmete tief durch die Nase ein. Das hatte ich schon lange nicht mehr vermocht. »Wenn dies das Ergebnis ist, lasse ich mich gerne operieren«, sagte ich und lächelte den Doktor an. »Ich fühle mich großartig! Können Sie gleich loslegen?«

Fließ lachte. »So schnell wird es nicht gehen«, sagte er, schlug ein Notizbuch auf und betrachtete eine Tabelle. »Für übernächste Woche können wir einen Termin vereinbaren. Am Freitag um siebzehn Uhr ginge es noch.«

Erst so spät? Noch mehr als zwei Wochen Schnupfen? Nun gut, wenn es keinen früheren Termin gab.

»Ist dieser Eingriff riskant?«, wollte ich wissen.

Doktor Fließ schüttelte den Kopf. »Ich habe ihn gerade mit großem Erfolg an einer Patientin in Wien vorgenommen. Ihr geht es hervorragend.«

»Gut. Dann nehme ich diesen Termin. Was muss ich vor und nach dem Eingriff beachten? Kann ich anschließend gleich nach Hause?«

»Eine Stunde müssen Sie danach noch hierbleiben. Zur Beobachtung. Und Sie müssen sich mit der Kutsche abholen lassen«, sagte er. »Am Wochenende werde ich dann täglich nach Ihnen sehen. Nur zur Sicherheit. Ich schicke Ihnen einen Brief mit allem, was Sie und Ihre Familie wissen müssen.«

Ich erhob mich und reichte Doktor Fließ die Hand. »Dann bis nächste Woche bei der Operation.«

Er deutete einen Handkuss an. »Es wird mir ein Vergnügen sein.«

Dr. med. Maximilian von Waldau, Berlin
an stud. med. Benjamin von Waldau, Jena

Lieber Ben,

du hast meinen Brief noch nicht erhalten, da folgt schon der nächste. Es ist etwas passiert. Setz dich, bevor du weiterliest!
Als ich heute in die Praxis kam, wollte ich mit Doktor Fließ über Ella sprechen. Doch als ich sein Ordinationszimmer betrat, war er noch nicht da. Auf seinem Schreibtisch aber lag ein Schreiben, und bei einem flüchtigen Blick darauf erkannte ich die Handschrift von Sigmund Freud. Mir fiel der Name Eckstein auf, darum las ich es ganz. (Ja, ich weiß. Das tut man nicht. Ich habe es dennoch getan. Hättest du auch.)
Dieser Brief war nur kurz, und trotzdem brachte er mich völlig aus der Fassung. Ich habe ihn dir im Wortlaut abgeschrieben:

»Liebster Wilhelm!
Mit der Eckstein kann man nicht zufrieden sein. Anhaltend noch Schwellung, auf und ab, wie eine Lawine, Schmerzen, so dass das Morphin nicht zu entbehren ist, schlechte Nächte. Vorgestern gab es eine massenhafte Blutung, wahrscheinlich in Abstoßung eines hellergroßen Knochenplättchens; es waren zwei Eiterschalen voll.
Herzliche Grüße
Dein Sigmund«

Als Fließ einige Zeit später die Praxis betrat, saß ich längst wieder in meinem Zimmer und war in eine Patientenakte vertieft. Er grüßte durch die geöffnete Tür, ich erhob mich und fragte ihn nach Neuigkeiten aus Wien.
»Oh, alles bestens, nehme ich an«, sagte er zerstreut. Und dann setzte er noch eins drauf. »Ich habe seit Längerem nichts von Freud gehört, das ist ein gutes Zeichen.«

Diese Lüge brachte er vollkommen überzeugend vor. Fast, als glaube er sie selbst. Offenbar versucht er nicht nur, seine Patienten durch Schauspielerei zu beeindrucken, sondern wendet diese Methode auch mir gegenüber an. Und hätte ich es nicht besser gewusst, ich hätte nichts davon bemerkt.

Aber damit noch nicht genug. Trotz der Komplikationen bei Fräulein Eckstein entdeckte ich heute in unserem Operationskalender den Namen Elena von Burow.

Ich kann es noch immer kaum glauben. Ella soll tatsächlich schon nächste Woche an der Nase operiert werden.

Wie hat Fließ das nur eingefädelt? Warum habe ich nichts davon erfahren? Und warum macht er das überhaupt, trotz der schlechten Nachrichten aus Wien? Das ist mysteriös.

Ich will dich noch an einer weiteren Beobachtung teilhaben lassen, damit du das ganze Bild vor dir siehst.

Nach meiner Entdeckung verließ ich aufgebracht die Praxis und eilte nach Hause. Als ich das von Burow'sche Gartentor hinter mir schloss, begann es erneut zu schneien. Schon heute Morgen war der ganze Garten weiß gewesen. Nun schwebten dicke Flocken langsam zu Boden und verzauberten mich.

Ich betrat mein Häuschen, legte meinen Mantel ab und ließ mich im Salon kraftlos in einen Sessel fallen. Statt ein Kaminfeuer zu entzünden, wickelte ich mich in eine Decke. Als es draußen dämmerte, entzündete ich kein Licht, denn es tröstete mich, wie die Welt still und friedlich im Schnee versank.

Nach einiger Zeit sah ich Salomé, die draußen in der weißen Pracht herumspazierte. Ich wollte mich schon erheben, um sie einzulassen, da sah ich, dass sie daran überhaupt kein Interesse hatte. Ihr Augenmerk war auf etwas anderes gerichtet.

Auf dem Gartenweg erschien jetzt Ella. Sie warf einen prüfenden Blick auf mein Häuschen, aber weil es hinter den Fenstern dunkel war und kein Rauch aus dem Schornstein quoll, muss sie es wohl für leer

gehalten haben. Sie blieb stehen, legte den Kopf in den Nacken und sah den Flocken beim Schweben zu. Nach einem kurzen Moment öffnete sie den Mund, streckte die Zunge heraus und versuchte, Schneeflocken einzufangen. Als sie davon genug hatte, bückte sie sich und begann, aus dem Schnee etwas zu formen.
Salomé schlich auf leisen Pfoten näher und beobachtete, was Ella tat. Und nun konnte auch ich es erkennen: Aus der weißen Masse war eine Schneekatze entstanden, ein Ebenbild Salomés. Zum Schluss verzierte Ella ihr Kunstwerk mit zwei schwarzen Steinen, die Augen darstellen sollten, und feinem Reisig, Schnurrhaaren gleich. Dann trat sie zurück und betrachtete stolz ihr Werk.
Schon wieder war ich ihr heimlicher Beobachter. Und ich war froh, dass ich diese kleine Szene gesehen hatte. Sie bildete in meinem Kopf ein weiteres Steinchen in dem Mosaikbild, das Ella heißt. Es gesellte sich zu all den anderen Eindrücken, die ich von ihr gewonnen hatte.
Ella, lächelnd, mit ihrer unendlich verdrießlichen Lehrerin im Eisenbahnabteil. Ella, blütengleich, auf dem Rosenball. Ella, verwirrt, als sie in der Buchhandlung gegen mich stieß. Ella, später beim Lateinunterricht, gereizt wie eine Wespe. Und dann seidig und zart in meinem Arm, beim Kuss in der Eingangshalle. Schließlich Ella, die mein Hemd und meine Hose trug. Und nun spielend im Schnee.
Ben, da habe ich begriffen: Sie ist nicht krank. Sie ist einfach nur Ella.

Ja, ich weiß, ich muss mit ihr reden. Ich habe es eben bereits versucht und bin hinaus in den verschneiten Garten getreten. Aber sie ist weggelaufen.

Verzweifelt,
Max

Kapitel 23

»Eine gescheite Frau hat Millionen geborener Feinde: alle dummen Männer.«

Marie von Ebner-Eschenbach, *Schriftstellerin*

Nach dem Kuss in der Eingangshalle war Max wochenlang weg gewesen. Ich hatte kein Wort von ihm gehört. Jetzt war er wieder da, und plötzlich wollte er unbedingt mit mir reden. Aber jetzt wollte ich nicht mehr.

Er belagerte mich regelrecht. Sandte mir Briefe, die ich ungeöffnet ins Gartenhaus zurückbringen ließ. Kam persönlich vorbei und bat durch Klara um ein Gespräch, was ich ablehnte. Ich sagte einfach nur Nein und ließ mich durch nichts dazu bewegen, mit ihm zu reden.

Schließlich sah ich ihn sogar vor unserem Haus stehen, wohl in der Hoffnung, mich beim Verlassen abzupassen. Doch ich gab ihm keine Gelegenheit dazu. Er hatte mich zwei Mal einfach stehen lassen. Ein drittes Mal würde ich das nicht zulassen.

Ein bisschen handelte ich aus Rache so, aber zum größten Teil war es reiner Selbstschutz. Ich hatte viel über Max nachgedacht und wusste, dass er durchaus eine liebenswerte Seite besaß. Aber er war in seinen Gefühlen so wechselhaft wie Quecksilber, und Quecksilber ist nun einmal giftig. Ich konnte dieses ständige Auf und Ab nicht länger ertragen, ich brauchte einen klaren Schnitt. Ich wünschte, er würde das Gartenhaus verlassen. Und so, wie wir jetzt zueinander standen, war das wohl nur noch eine Frage der Zeit.

Dr. med. Maximilian von Waldau, Berlin
an stud. med. Benjamin von Waldau, Jena

Lieber Ben,

es ist nicht zu fassen! Sie spricht nicht mit mir. Ich schaffe es nicht, auch nur ein einziges Wort mit ihr zu wechseln. Und heute traf erneut ein Brief aus Wien ein.
Ich habe ihn morgens schon auf der Ablage mit der Post entdeckt, und als Fließ mittags nach Hause ging, suchte ich ihn überall und fand ihn schließlich in seiner Schreibtischschublade. Ich las ihn, und ich schäme mich dafür nicht, denn nun weiß ich, dass es Emma Eckstein erneut schlechter geht. Sie musste sich sogar in Behandlung eines Chirurgen namens Rosanes begeben, und es ist unglaublich, was dieser Arzt entdeckte. Aber lies selbst, was Freud berichtete. Mir zittern die Hände beim Abschreiben:

»... Rosanes reinigte sich die Umgebung der Öffnung, zog Blutgerinnsel heraus, die anhafteten, und plötzlich zog er an etwas wie einem Faden, zog weiter an; ehe einer von uns Zeit zum Überlegen gehabt hatte, war ein gut ½ Meter langes Stück Gaze aus der Höhle herausbefördert. Im nächsten Moment folgte ein Blutstrom, die Kranke wurde weiß, mit hervorquellenden Augen und pulslos. Allerdings im nächsten wieder hatte er Jodoformgaze hineingestopft und die Blutung stand, sie hatte ½ Minute etwa gedauert, aber ausgereicht, um das Geschöpf, das wir dann flach hinlegten, unkenntlich zu machen.«

Ben! Jodoformgaze! Fließ hat in der Eile Verbandsmaterial in der Wunde vergessen! Und wie ich dem Schreiben weiter entnahm, wäre Fräulein Eckstein fast daran gestorben. Sie war sogar noch immer in Todesgefahr, als Freud den Brief abschickte.

Aber was tat Fließ? Nichts! Er gab seinen Fehler nicht einmal zu.

Ich musste handeln, und das tat ich auch. Nach der Mittagspause bat ich ihn um ein Gespräch. Dass ich die Briefe kannte, erwähnte ich zunächst nicht. Ich thematisierte lediglich Ellas Operation, denn der Kalender ist ja für uns beide offiziell zugänglich.
Doch Fließ wiegelte ab. »Was wollen Sie eigentlich, Herr von Waldau?«, herrschte er mich an. »Sie sind verliebt in das Mädchen, gut, daran ist nichts auszusetzen. Aber in diesem Zustand können Sie sie doch ohnehin nicht heiraten. Dieses überschäumende Temperament. Diese zügellosen Triebe. Das wird keine brave, treusorgende Ehefrau, glauben Sie mir. Es ist doch in Ihrem Sinne, wenn ich das Mädchen mit einem kleinen operativen Eingriff endlich mannbar mache. Sie profitieren selbst am allermeisten davon.«
Mir blieb die Luft weg, als ich das hörte. Mannbar? Profitieren? Bruder, ich wurde plötzlich so wütend, einen solchen Zorn habe ich niemals zuvor gespürt. »Wie reden Sie über eine Patientin?«, fuhr ich Fließ an. »Und wie reden Sie über mich?«
Er zog eine Augenbraue hoch und sah mich nur an. Da brach alles aus mir heraus. Ich gab zu, die Briefe gelesen zu haben und zu wissen, dass er mich belog. Und dann sagte ich ihm in schonungslosen Worten, wofür ich ihn hielt. Für einen verantwortungslosen, selbstverliebten Scharlatan nämlich.
Zuletzt schlug ich mit der Hand auf den Tisch und stieß nur noch zwei Worte hervor: »Ich kündige.« Dann sprang ich auf und stürmte aus der Praxis.

Ich bereue nichts, auch wenn ich jetzt ohne Stellung bin. Aber ich bebe noch immer vor Zorn.
Nun merke gut auf. Ich möchte hier und jetzt einen Schwur leisten:

Benjamin Eduard von Waldau, ich, Maximilian Ferdinand von Waldau, schwöre dir, die Operation der Patientin Elena Sophie von Burow zu verhindern!

Noch weiß ich nicht, wie, aber ich werde es schaffen, und wenn es das Letzte ist, was ich tue.

Bald mehr von
Max Ferdinand

Kapitel 24

»Darf ein Mädchen Bücher schreiben, die es nicht lesen sollte?«

Otto Weiss, *Feuilletonist*

Ich saß in meinem Zimmer und hackte mit den Zeigefingern auf die Schreibmaschine ein. Inzwischen kam ich schon ganz gut voran. Klackernd und tackernd füllte sich langsam und stetig Seite um Seite. Ich schrieb alles auf, was mir durch den Kopf ging, und manchmal wurde ich dabei traurig. Doch wer ein eindringliches Buch schreiben will, dem muss das Herz dabei bluten, das wusste ich wohl.

Leider wackelte bei jedem Buchstaben das zierliche Nähtischchen, auf dem die Schreibmaschine stand. Irgendwann war ich so gereizt, dass ich ein Blatt Papier faltete, unter den Tisch kroch und es unter eins der Tischbeine schob. Zur Prüfung ruckelte ich kräftig an dem Tisch. Jetzt stand er fest.

In meinem Eifer überhörte ich das Klopfen an der Zimmertür. Oder vielleicht hatte Tante Auguste auch gar nicht geklopft. Als ich wieder auftauchte, stand sie auf jeden Fall mit gezückter Lorgnette neben dem Tischchen und las, was ich gerade geschrieben hatte.

»Tante Auguste!«, rief ich empört.

Sie zuckte zusammen. »Elena, ich muss mit dir sprechen.«

Ich klopfte mir eine Staubfluse vom Rock. »Bitte. Nur zu. Aber setz dich doch.« Ich wies auf den Sessel, der am Fenster stand. Ich wollte sie unbedingt von meinem Manuskript weglocken.

Widerspruchslos nahm sie Platz, womit ich nicht gerechnet hatte.

Ich setzte mich auf die Bettkante. »Worum geht es?«, wollte ich wissen und konnte mich eines gewissen Misstrauens nicht erwehren.

»Elena«, begann Tante Auguste. »Ich habe schon mit Edgar gesprochen, und nun sage ich es auch dir. Ich reise bald ab.«

Ich sah sie erschrocken an. »Habe ich dich verärgert?«

Beruhigend tätschelte sie mir den Arm. »Nein«, sagte sie. »Aber meine Aufgabe hier ist erledigt. Edgar sagte, du würdest nun für dich selbst einstehen. Nach der Operation fahre ich deswegen nach Hause. Ich sollte dort dringend mal wieder nach dem Rechten sehen.«

Ich nickte. »Bist du enttäuscht?«, fragte ich und sah sie zerknirscht an.

Erstaunt hob sie den Kopf. »Nein. Warum sollte ich?«

Ich zuckte mit den Schultern. »Keine Bälle. Keine Diners. Keine Nichte im Brautkleid.«

Meine Tante schmunzelte. »Noch ist nicht aller Tage Abend.« Dann wurde sie aber doch nachdenklich. »Du hast recht, Elena, ich habe mein Ziel nicht erreicht. Ich wollte dich auf ein anderes Leben vorbereiten als das einer Studentin. Aber ich habe nicht das Gefühl, gescheitert zu sein. Im Gegenteil. Ich glaube, dass du das Richtige tust. Das Richtige für dich.«

Ich sah sie an. Sie saß kerzengerade da. Ihre Löckchen waren akkurat gedreht, ihre Miene war unergründlich. Auf den ersten Blick verkörperte sie alles, was ich nicht war. Doch auf den zweiten hatte sie ein goldenes Herz.

»Darf ich dir eine Frage stellen?«, wollte ich zögernd wissen.

»Natürlich.« Sie nickte mir aufmunternd zu.

»Warum hast du nie geheiratet, Tante Auguste? Du hattest doch bestimmt Anträge wie Sand am Meer.«

»Ach«, sagte sie leichthin. »Das lag mir nie.«

»Tante Auguste!« Ich sah sie vorwurfsvoll an. »Du hast gesagt, dass ich dich was fragen darf. Dann musst du auch richtig antworten.«

Sie seufzte. Dann dachte sie lange nach. »Nun«, begann sie schließlich. »Es ist, wie du sagst, ich hatte viele Anträge. Aber ich konnte mir ein Leben als verheiratete Frau einfach nicht vorstellen. Weißt du, das waren andere Zeiten damals. Wir durften als Gattinnen ja *nichts*.« Sie rümpfte die Nase.

»Und deswegen hast du ganz auf die Liebe verzichtet?«

Sie zögerte. Lange. Zu lange. »Wer sagt das?«, fragte sie dann.

»Tante Auguste!«, rief ich überrascht.

Jetzt musste sie lachen und wurde dabei tatsächlich rot. Ich war fassungslos.

»Weißt du, Elena«, sagte sie. »Wer unbemerkt Regeln brechen will, muss drei Dinge beherrschen.«

Ich konnte kaum glauben, was ich da hörte. »Welche?«, stieß ich hervor.

Sie hob ihren Daumen. »Erstens: Du musst die Regeln genau kennen, die du brichst. Deswegen habe ich dir so viel darüber beigebracht.«

»Deswegen?«, fragte ich. »Damit ich sie breche?«

»Nur, wenn du willst, natürlich«, sagte sie, als wäre das der Punkt, um den es mir ging.

»Und zweitens?«

Jetzt streckte Tante Auguste auch den Zeigefinger aus. »Zweitens: Du benötigst Menschenkenntnis. Du musst wissen, wem du vertrauen kannst. Darin bist du schon ganz gut.«

»Und was noch?«

»Drittens.« Sie hob nun auch den Mittelfinger. »Du musst schweigen können. Absolut schweigen. Immer.«

»Verstehe ich das richtig?«, fragte ich. »Du hast also hinter der Fassade guten Benehmens alles getan, was dir gepasst hat?«

Sie nickte.

»Was denn?«

Tante Auguste zwinkerte mir zu. »Hatte ich drittens noch nicht erwähnt?«, fragte sie. »Man muss schweigen können.« Ihr war deutlich anzusehen, dass sie zu diesem Thema kein weiteres Wort sagen würde.

Plötzlich fiel mir an ihr etwas auf, und ich erschrak.

»Stimmt«, sagte Tante Auguste. »Da gibt es noch viertens.«

»Dein Hörrohr«, sagte ich leise.

Sie nickte.

»Du brauchst es nicht«, flüsterte ich entgeistert.

»Nur selten«, sagte das Tantchen und wirkte jetzt richtig verlegen. »Und wo wir gerade dabei sind, reinen Tisch zu machen. Ich brauche auch nicht so unendlich viel Schlaf, wie du glaubst.«

»Wie konntest du?«, fuhr ich auf. »Das ist hinterlistig! Was hast du mitbekommen?«

»Vergiss drittens nicht«, sagte sie und hob wieder drei Finger. »Ich kann schweigen wie ein Grab.«

Sie erhob sich, gab mir einen Kuss auf die Stirn und verließ den Raum. Dieses Schlitzohr!

Dr. med. Maximilian von Waldau, Berlin
an stud. med. Benjamin von Waldau, Jena

Ben!

Nur rasch ein paar Zeilen.
Worte können nicht ausdrücken, wie froh ich bin, einen solchen Bruder zu haben. Deine klugen Überlegungen im letzten Brief haben dazu geführt, dass ich nun ahne, was Ella wirklich fehlt, und auch, wie ich diese Operation verhindern kann.
Ich glaube, ich kann nun beweisen, dass ihr Schnupfen nichts mit meiner Anwesenheit zu tun hat. Dafür muss ich nur unter ganz speziellen Bedingungen Zeit mit ihr verbringen.
Das wird zwar nicht einfach werden, aber zum Glück habe ich eine Mitstreiterin gefunden, die schweigen kann und wird.

Wünsche mir Glück, es geht um alles!

Dein überaus dankbarer Bruder
Max

Kapitel 25

»Ach, was für eine bedauernswerte Kreatur der Mann doch ist! Jedes andere Tier darf seine Gefühle nach Lust und Laune zeigen. Es muss nicht lächeln, wenn ihm eigentlich zum Weinen ist. Wenn es seine Freunde nicht sehen will, trifft es sie einfach nicht. Der Mann jedoch ist der Sklave von allem und jedem!«

Marie Konstantinovna Bashkirtseff, *Malerin*

Max hörte ganz plötzlich auf, mich zu einem Gespräch zu drängen. Er war wie vom Erdboden verschluckt. Gut so! Ich brauchte ihn nicht.

Ich verkürzte mir die Wartezeit bis zur Operation, indem ich Briefe an zwei Psychologie-Professoren schrieb und sie bat, an ihren Vorlesungen im Sommersemester teilnehmen zu dürfen. Beim nächsten Kaffeekränzchen ging es dann ganz allein darum. Ich erzählte Johanna und Betty, welche Vorlesungen ich mir ausgesucht hatte, und sie bestürmten mich mit Fragen zum Studium, die ich alle nicht beantworten konnte. *Noch* nicht.

Tante Auguste schlief bei diesem Kaffeekränzchen nicht ein. Sie verabschiedete sich nach einer Weile und zog sich zurück. Trotzdem erzählte ich Johanna und Betty nichts von dem, was mir meine Tante insgeheim anvertraut hatte. Ihre Menschenkenntnis hatte sie auch in meinem Fall nicht getrogen, ich konnte ebenfalls schweigen.

An anderer Stelle allerdings versagte diese Menschenkenntnis: Tante Auguste versuchte ständig, mit mir über Max zu sprechen. Kaum war ich mit ihr allein, fing sie von ihm an.

»Ich will nichts mehr von ihm hören«, sagte ich, als sie wieder einmal in meinem Zimmer kam und seinen Namen nannte.

»Elena! Lass mich doch wenigstens ausreden!« Tante Auguste sah mich streng an.

»Nein!« Ich wandte mich ab. »Kein Wort über ihn. Kannst du nicht hinnehmen, dass ich nichts mehr mit ihm zu tun haben will?«

»Aber warum denn?«, fragte Tante Auguste. »Er hat dir doch nichts getan. Und vielleicht kann er dir sogar helfen.«

Ich fuhr herum und starrte sie an. »Woher willst du wissen, was er getan hat?«

Erschrocken trat sie näher und legte mir die Hand auf den Arm. »Das könnte doch alles ein Missverständnis sein.«

»Ein Missverständnis?«, fuhr ich auf. »Ausgeschlossen! Und jetzt lass mich bitte allein. Verstehst du denn nicht? Wenn ich ihn vergesse, geht es mir gut. Aber nur dann. Bitte, Tante Auguste!«

Sie schüttelte den Kopf, aber sie ließ mich allein.

In den restlichen Tagen vor der Operation lenkte ich mich von Max ab, indem ich intensiv an meinem Buch arbeitete.

Als ich am Freitag zu dem Eingriff aufbrechen musste, war ich ruhig und entspannt. In wenigen Stunden würde ich endlich wieder befreit durchatmen können.

Überrascht stellte ich fest, dass Jakob mit der Kutsche vor dem Haus wartete.

»Ich hätte doch laufen können«, sagte ich und reichte ihm die Hand.

Er schüttelte den Kopf. »Ihre Tante wollte, dass ich da bin, wenn Sie mit der Operation fertig sind. Also warte ich vor der Praxis. Und da kann ich Sie ja wohl auch gleich hinbringen.«

Er lächelte, und um seine Augen erschienen die Lachfältchen, die ich so liebte. Kassandra legte ihre Nase an meine Schulter und schnaubte.

»Danke!«, sagte ich leise.

Jakob öffnete mir die Tür, und ich stieg ein. Doch er fuhr noch nicht gleich los. Durchs Fenster sah ich, wie er sich an Kassandras Zaumzeug zu schaffen machte. Es dämmerte schon, und wieder fiel Schnee, fein und zart.

Ich lehnte mich zurück und dachte an die bevorstehende Operation. Doktor Fließ hatte mir in seinem Brief versichert, dass ich dank modernster Medikamente keine Schmerzen erleiden müsste. Ich mochte ihn persönlich noch immer nicht, aber fachlich vertraute ich ihm.

Plötzlich wurde die Tür der Kutsche noch einmal geöffnet und Jakob stieg ein.

Nein. Nicht Jakob.

Voll Entsetzen erkannte ich, wer der Mann in dem dunklen Mantel war. Max.

»Was soll das?«, fragte ich scharf und versuchte, durch die Tür auf der anderen Seite zu entkommen. Doch sie schien verriegelt zu sein.

Jakob ließ die Peitsche knallen, und Kassandra zog an.

»Ruhig«, sagte Max. »Ella, ganz ruhig! Es ist alles in Ordnung. Bitte verzeih, dass ich dich erschreckt habe.«

»Nein!«, fauchte ich ihn an. »Ich verzeihe gar nichts! Sind Sie verrückt geworden? Und warum duzen Sie mich?«

Er hob beschwichtigend die Hände. »Fräulein von Burow«, sagte er. »Ich verstehe Ihren Zorn. Doch ich habe nicht grundlos so gehandelt. Hier ist ein Schreiben Ihrer Tante.«

»Warum tut sie so was?« Ich rang um Atem. »Warum redet sie nicht einfach mit mir?«

Statt einer Antwort reichte Max mir einen Zettel. *Es ist wirklich alles in Ordnung, Elena*, stand darauf in Tante Augustes Handschrift. *Bitte vertrau mir und Max. Nur dieses eine Mal.* Und darunter war noch etwas gekritzelt: *Wer nicht hören will, muss fühlen.*

Ich hätte sie würgen können, diese intrigante Tante.

Stattdessen funkelte ich Max wütend an. »Ich finde das kein bisschen lustig. Dass Tante Auguste mich so hintergeht, hätte ich nie von ihr gedacht.«

»Das ist kein Spaß, das ist ein Experiment«, sagte Max. »Und mir gefällt es auch nicht.« Er runzelte bekümmert die Stirn. »Auguste und ich haben eine Theorie, die Ihren Schnupfen betrifft. Und nun müssen wir herausfinden, ob sie zutrifft. Ihre Tante hat mehrfach versucht, mit Ihnen darüber zu sprechen. Da das nicht möglich war, hat sie mir zu diesem Schritt geraten.« Max sah mich eindringlich an. »Fräulein von Burow! Bitte! Lassen Sie sich auf dieses Experiment ein. Danach werde ich abreisen, und Sie müssen mich nie wieder sehen.«

»Ich kann jetzt nicht. Doktor Fließ wartet auf mich«, wandte ich ein.

Er schüttelte den Kopf. »Ihre Tante hat den Termin abgesagt.«

Ich schnappte nach Luft. Was für eine Unverschämtheit!

»Ich möchte kein Versuchstier sein«, sagte ich heftig. »Nicht auch noch das.«

Max beugte sich vor, und sein Blick war so eindringlich, dass ich erschrak. »*Ich* werde das Versuchskaninchen sein, nicht Sie«, sagte er. »Bitte!«

Ich wich seinem Blick aus. »Sie verlangen viel.«

»Ich weiß«, gab er zu. »Und ich wünschte, ich müsste es nicht. Aber es geht nicht anders.«

Seine Stimme war tief und ruhig, und sie klang so sicher, dass ich nachdenklich wurde. Außerdem, ich gestehe es, war ich neugierig auf dieses Experiment.

»Also gut«, sagte ich zögerlich. »Dieses eine Experiment. Und danach sehen wir uns nie wieder.«

Er reichte mir ein Taschentuch. »Benutzen Sie das bitte. Sie werden es brauchen.«

Statt einer Antwort nieste ich.

»Machen Sie sich keine Sorgen«, sagte Max von Waldau. »Das Niesen ist Teil meines Experiments.«

»Ich dachte, *Sie* wären das Versuchstier«, murmelte ich dumpf durch das Taschentuch hindurch.

»Mein Part beginnt gleich«, beruhigte er mich.

Jakob zügelte die Pferde, offenbar hatten wir unser Ziel erreicht.

Max sah mich beschwörend an. »Nun ist es wichtig, dass Sie genau das tun, worum ich Sie bitte. Befolgen Sie bitte wirklich jedes Detail mit wissenschaftlicher Akribie. Das ist für diesen Versuch unerlässlich. Einverstanden?«

Ich nickte.

»Gut.« Er kletterte aus der Kutsche und hielt mir die Tür auf. »Steigen Sie bitte aus.«

Ich gehorchte und sah mich um. Wir standen an einer Straße, die ich nicht kannte. Max wechselte ein paar Worte mit Jakob, dann wandte er sich wieder an mich.

»Bitte legen Sie Ihren Mantel in die Kutsche, ebenso Ihren Schal, Ihren Muff, Ihren Hut und das Taschentuch.«

»Wie bitte?« Ich starrte ihn an. »Es ist Winter.«

Er nickte. »Ich weiß. Vertrauen Sie mir. Sie werden nicht frieren.«

Kopfschüttelnd gehorchte ich.

Max wies Jakob an, meine Sachen nach Hause zu bringen. Wirklich, nach Hause! Dieser ließ die Peitsche knallen, die Pferde zogen an, und mein warmer Mantel entschwand mit der Kutsche in der Dunkelheit. Jetzt war ich völlig fassungslos. Was sollte das heißen, *Sie werden nicht frieren?* Und wie ich fror!

»Schnell«, sagte Max. »Hier hinein.« Er wies auf die gläserne Tür eines Geschäftshauses. Rasch eilte er voraus und hielt sie mir auf.

Gleißendes Licht empfing uns. Ich sah Menschen, die sich um Warentische drängten. Darauf Teller, Gläser, Besteck und etwas weiter entfernt sogar Stoffe und Hüte. Eine große Treppe führte nach oben in weitere Etagen. Wir waren in einem Warenhaus. Ich hatte von diesen Etablissements schon gehört, aber noch nie eins besucht. Unter anderen Umständen hätte ich mich jetzt neugierig umgesehen, aber im Moment wollte ich nur eins: weg.

Wie angewurzelt blieb ich mitten im Trubel stehen, obwohl ich von allen Seiten geschoben und gestoßen wurde. »Was um Himmels willen tun wir hier?«, fragte ich Max.

»Kommen Sie!«, sagte er. »Ich bringe Sie in die richtige Abteilung. Vertrauen Sie mir!«

Ganz schön viel Vertrauen, das er da gerade von mir forderte. Dennoch folgte ich ihm die Treppe hinauf. In der oberen Etage war es zum Glück deutlich ruhiger und leerer.

»Was kann ich für Sie tun?« Eine junge Verkäuferin begrüßte uns mit respektvollem Kopfnicken. Sie war ausgesprochen modisch gekleidet.

»Der Mantel meiner Frau wurde eben bei einem Zwischenfall beschmutzt«, sagte Max. »Sie benötigt dringend einen neuen.«

Ich hob eine Augenbraue. *Seine Frau?* Erstaunlich, wie gekonnt er log. Wüsste ich es nicht besser, ich hätte ihm geglaubt.

»Und nicht nur einen Mantel«, sagte er jetzt. »Außerdem einen Schal, einen Hut, einen Muff sowie ein Taschentuch.«

Die Verkäuferin nickte wieder. Sie schien genau zu wissen, was zu tun war. Ich nicht.

»Meine Liebe, suche dir etwas Schönes aus«, sagte Max, ganz treusorgender Ehemann. »Der Preis ist egal. Nur warm muss es sein. Und ziehe die Sachen bitte gleich an. Ich habe selbst noch Besorgungen zu machen und hole dich gleich wieder hier ab.«

Bevor ich weitere Fragen stellen konnte, war er verschwunden.

»Was für ein charmanter Mann, Ihr Herr Gemahl«, sagte die Verkäuferin.

Ich nickte verlegen. »Gewiss.«

Als Max eine halbe Stunde später zurückkam, sah ich aus, als würde ich auf eine Beerdigung gehen. Mantel, Hut, Schal, Muff, alles an mir war schwarz. Aber das passte zu meiner Stimmung.

Erstaunt stellte ich fest, dass Max ebenfalls neu eingekleidet war. Ich hatte ihn vorher nicht genau angesehen, aber zumindest beim Mantel war ich mir sicher. Der war eben noch schwarz gewesen, und nicht dunkelgrau wie jetzt.

Er lächelte mich an. »Wunderschön siehst du aus, meine Liebe. Lass uns zur Kasse gehen.« Galant reichte er mir den Arm.

»Ich möchte nicht, dass Sie für mich bezahlen«, raunte ich ihm zu.

Er zückte unbeeindruckt sein Portemonnaie. »Ich bezahle trotzdem«, sagte er leise. »Ich bin ja schuld daran, dass Sie einen neuen Mantel gebraucht haben.«

Ich schüttelte den Kopf. Ich wollte nichts von ihm annehmen.

»Keine Widerrede«, sagte Max. Er besaß plötzlich eine Bestimmtheit, die ich bisher nicht von ihm kannte. »Sie können mir die Sachen ja später zurückgeben, wenn Sie möchten.«

Ich nickte. So fühlte sich das schon besser an.

Ich rechnete fest damit, dass wir das Warenhaus nach dem Bezahlen verlassen würden, aber stattdessen führte Max mich noch eine Treppe höher.

»Wir müssen hier für unser Experiment noch etwas Zeit miteinander verbringen«, sagte er. »Sehen wir uns doch einfach ein bisschen um.«

In diesem Stockwerk war es fast leer. Nur zwei Ehepaare wandelten durch die Verkaufsräume, und wir taten es ihnen gleich. Offenbar waren wir in die Möbelabteilung geraten. Ich sah Standuhren, samtbezogene Stühle und zierliche Tische. Plötzlich hörte ich etwas.

»Was ist das?«, fragte ich.

Max zuckte mit den Schultern. »Klingt wie Musik. Wollen wir nachsehen?«

Ich nickte. »Irgendetwas müssen wir ja tun.«

Die Töne kamen von einem Tisch, auf dem sechs wunderschön polierte Holzkästen standen. Eine dieser Schatullen war aufgeklappt, und daraus ertönte die Melodie. Es klang, als würden Elfen tanzen. Ein Verkäufer stand neben dem Tisch und blickte uns entgegen.

»Was ist das?«, fragte ich.

»Ein Symphonium«, sagte er. »Eine Lochplattenspieldose. Eine echte Sensation.«

Ich beugte mich über den Kasten. In seinem Inneren sah ich eine hauchdünne Metallplatte, die sich langsam drehte. Sie hatte unzählige winzige Löcher, die irgendwie die Töne zu erzeugen schienen, die aus dem Kasten hervorperlten.

Ich legte den Kopf schräg. »So etwas Schönes habe ich noch nie gehört«, sagte ich zu dem Verkäufer.

»Oh, dann habe ich etwas für Sie«, erwiderte er. »Hören Sie sich dieses Modell an, gnädige Frau. Wenn überhaupt möglich, klingt es noch schöner.«

Er stoppte die Scheibe, öffnete eine andere Schatulle und drehte an einer Kurbel. Wieder ertönte Musik. Diesmal klang es wie Harfe spielende Engel. Ich erkannte das *Ave Maria* von Gounod.

Als ich mein Taschentuch hervorzog und meine Augen betupfte, sah Max mich erschrocken an. »Wieder Schnupfen?«

Ich schüttelte den Kopf und räusperte mich. »Wenn ich das höre, muss ich immer weinen.«

»Warum?«, fragte er und entspannte sich sichtlich.

»Na, weil es so schön ist.« Beschämt wandte ich mich ab.

»Vielleicht möchte die Dame etwas Fröhlicheres hören?«, wollte der Verkäufer wissen.

»Erst, wenn das Stück zu Ende ist.«

Wir lauschten den vielstimmigen Glockenspielklängen, die mir fast überirdisch schön erschienen. Als der letzte Ton verklungen war, öffnete der Verkäufer einen dritten Kasten, betätigte eine Kurbel, und nun hörten wir den *Rosenwalzer*. Ausgerechnet.

»Ich möchte jetzt gehen«, sagte ich schroff. »Und zwar sofort.«

Max nickte und dankte dem Verkäufer für die Darbietung.

»Ich denke, nun haben wir genug Zeit hier verbracht«, sagte er anschließend zu mir.

Vor dem Warenhaus warteten Mietdroschken, und wir nahmen eine davon. Ich war mehr als erleichtert, als ich hörte, wie Max dem Kutscher unsere Adresse nannte. Das Experiment schien beendet zu sein.

Als der Kutscher die Droschke vor unserem Haus zum Stehen brachte und uns die Tür öffnete, schneite es stark. Im Licht der Straßenlaterne tanzten die Flocken wie Glühwürmchen. Max bezahlte den Mann und wartete, bis sich die Kutsche entfernt hatte. Dann wandte er sich mir zu.

Eine Schneeflocke blieb in seinen Wimpern hängen, und er blinzelte. »Atmen Sie bitte tief ein«, sagte er. »Das ist der letzte Teil meines Experiments.«

Ich gehorchte.

»Nun?«, wollte er wissen.

»Was?« Ich sah ihn fragend an.

»Wo ist Ihr neues Taschentuch?«

Ich tastete in meiner Manteltasche danach. »Hier. Warum?«

»Benötigen Sie es?«

Ich schüttelte den Kopf. »Nein. Momentan nicht. Mein Schnupfen hat sich beruhigt.«

Max nickte. »Haben Sie schon einmal von Heufieber gehört?«, fragte er. »Oder von Rosenfieber?«

Ich schüttelte den Kopf.

»Das sind auch seltene Erkrankungen«, sagte er. »Es gibt

Menschen, die an Fieber und Schnupfen erkranken, wenn sie Heustaub oder Blütenduft einatmen. Mein Bruder hat mich darauf gebracht.«

»Dazu gehöre ich nicht.«

»Ich weiß«, sagte er. »Aber Sie haben etwas Ähnliches. Das andere Taschentuch eben in der Kutsche ist der Beweis. Ich hatte es auf Salomés Katzenkissen gelegt, und sie hat heute den ganzen Tag darauf geschlafen.«

»Igitt!«, entfuhr es mir spontan.

»Ach, Salomé hat das nicht gestört«, sagte er und grinste. »Es war ja zuvor gewaschen worden.« Erstmals sah ich wieder die Kringel in seinen Mundwinkeln, und ich musste ebenfalls lächeln.

»Sie meinen also …«, begann ich.

Er nickte. »… dass Sie Schnupfen bekommen, wenn Sie Katzenhaare einatmen, ja. Deswegen haben Sie jetzt eine freie Nase. Dank unserer neuen Mäntel können sich gerade nicht mehr als ein paar wenige Katzenhaare in Ihrer Atemluft befinden. Wenn überhaupt.«

Ich blickte zum Haus. »Und wenn ich da hineingehe, werde ich wieder niesen?«

Max nickte. »Salomé war dort überall. Aber nach einem gründlichen Frühjahrsputz wird es bestimmt bald besser werden. Und solange ich noch hier wohne, darf die Katze eben nicht mehr hinüber ins große Haus.«

Ich sah ihn an. »Solange Sie noch hier wohnen?«

Er räusperte sich. »Ich arbeite nicht mehr bei Fließ. Vielleicht mache ich irgendwo eine eigene Praxis auf. Oder eine Gemeinschaftspraxis mit meinem Bruder. Ich weiß es noch nicht.« Er räusperte sich wieder. »Die Operation bei Fließ werden Sie auf jeden Fall nicht mehr benötigen.«

»Danke«, sagte ich. Und hätte gern mehr gesagt. Aber nichts von dem, was mir durch den Kopf jagte, passte.

Max wartete noch einen Augenblick, dann deutete er eine Verbeugung an. »Ich danke Ihnen für das Experiment. Alles Gute, Fräulein von Burow!« Er wandte sich ab und ging.

Ich blickte ihm nach, und je weiter er sich entfernte, desto mehr verdichteten sich die Flocken zwischen ihm und mir, wie eine weiße Wand standen sie zwischen uns.

Als Max das Gartentor geöffnet hatte und ganz vom Schnee verschluckt worden war, lief ich ins Haus, stürzte hoch in mein Zimmer, warf mich aufs Bett – und nieste.

Dr. med. Maximilian von Waldau, Berlin
an stud. med. Benjamin von Waldau, Jena

Lieber Ben,

der erste Teil meines Experiments ist gut über die Bühne gegangen. Ich konnte tatsächlich beweisen, dass Ella in meiner Gegenwart nicht etwa niest, weil ich sie auf ungute Weise errege. Sie leidet vielmehr an einer Überempfindlichkeit gegen Katzenhaare. Und davon befinden sich ja immer welche an meiner Kleidung.

So. Und morgen wage ich den zweiten Teil meines Plans.

Ich danke dir sehr für das Angebot, Salomé bei dir aufzunehmen. Es ist fantastisch, dass du deine Vermieterin mit dem Hinweis auf meine tragische Liebesgeschichte dazu überreden konntest, die Katze zu tolerieren. Wenn alles klappt wie geplant, werde ich gerne darauf zurückkommen.

Sehr nervös,
Max

Kapitel 26

»Eine Seele, die durch die Augen zu sprechen vermag, kann auch mit Blicken küssen.«

Gustavo Adolfo Bécquer, *Dichter und Schriftsteller*

Am nächsten Morgen, kurz nach dem Frühstück, saß ich am Flügel und spielte das *Ave Maria* von Gounod. Eigentlich hätte ich mich freuen müssen, denn ich war um die Operation herumgekommen. Frau Wingersdorff hatte bereits mit dem Frühjahrsputz angefangen, und mein Schnupfen würde bald der Vergangenheit angehören. Ich hätte mich also ganz auf mein bevorstehendes Studium konzentrieren können.

Aber genau das schaffte ich nicht, deswegen saß ich am Flügel und spielte. Ich fühlte mich traurig und leer. Durchs geschlossene Fenster drang lauter Straßenlärm herein, doch ich schenkte ihm kaum Beachtung, sondern lauschte der melancholischen Melodie.

Erst als jemand die Tür öffnete, sah ich auf. Es war Vater.

»Elfchen, da ist jemand für dich im Salon.«

Ich ließ die Hände sinken. »Wer denn?«

»Herr von Waldau.«

Ich schüttelte heftig den Kopf. »Bitte sag ihm, dass ich nicht zu sprechen bin.«

Vater räusperte sich. »Elfchen, erinnerst du dich noch, was ich dir damals gesagt habe, als du aus dem Pensionat zurückgekommen bist?«

Wieder schüttelte ich den Kopf. »Ich weiß nicht, was du meinst.«

Er trat an den Flügel, nahm meine Hand und zog mich hoch. »Ich sagte sinngemäß, dein alter Vater könne sehr wohl erkennen, ob ein junger Mann ein Prachtkerl oder ein Windhund sei.«

Ich nickte. Das kam mir bekannt vor.

»Jetzt geh schon zu ihm«, sagte Vater. »Und höre dir wenigstens an, was er zu sagen hat. Ein Windhund ist er jedenfalls nicht.«

Ich seufzte. Aber ich gehorchte. Ich wollte auf keinen Fall, dass Tante Auguste oder sonst jemand wieder heimlich die Fäden zog. Er wollte mit mir sprechen? Nun gut. Aber er würde sich einiges anhören müssen. Ich stürmte die Treppe hinab und öffnete die Tür des Salons.

Max stand mitten im Raum. Er wippte nervös auf den Zehen. Wieder trug er einen neuen Mantel, diesmal war es ein grauer Staubmantel, der ihn noch größer erschienen ließ. Seine Haare waren sorgfältig frisiert, aber wie immer tanzten ein paar davon aus der Reihe und führten ein Eigenleben.

»Guten Morgen, Fräulein von Burow!«, sagte er. »Verzeihen Sie, dass ich den Mantel nicht ablege, aber ich möchte verhindern, dass Katzenhaare daran geraten.«

Energisch schloss ich die Tür. Ich wollte bei diesem Gespräch keine Mithörer haben.

»Hören Sie«, begann ich. Doch plötzlich hörte ich selbst etwas. Einen feinen Klang, wie aus einer Spieluhr. Ich erkannte die Melodie des *Rosenwalzers*.

»Ich wollte an dieser Stelle noch einmal anfangen«, sagte Max leise. »Beim *Rosenwalzer*. Und ab da wollte ich alles anders machen. Besser.«

»Aber …«, versuchte ich zu Wort zu kommen, doch er ließ mich nicht.

Er trat zum Fenster, das einen Spalt weit geöffnet war, und wies in den Park. »Sehen Sie mal! Da draußen ist das Symphonium.«

Mein Blick folgte seiner Hand, und ich sah ein grün-golden glitzerndes Ungetüm. Vor unserer Veranda stand ein Benz Victoria. Aus seinem Inneren erklang Musik.

»Ich bitte um eine Fahrt«, sagte Max. »Nur eine einzige.«

»Aber«, begann ich erneut, doch wieder unterbrach er mich.

»Der Wagen ist garantiert neu und katzenhaarfrei. Genau wie ich«, sagte er und breitete die Arme aus. »Also, ich meine, neu bin ich natürlich nicht. Aber völlig entkatzt. Und ich hätte auch noch einen zweiten nagelneuen Mantel für Sie.« Er ließ die Arme sinken. »Ich dachte, wir fahren irgendwo ins Grüne«, sagte er leise. »Und tanzen. Und reden.«

»Ins Grüne?« Ich zog eine Augenbraue hoch. »Es schneit.«

»Dann eben ins Weiße.« Mit seinen dunklen Augen blickte er mich so intensiv an, dass mir schwindelig wurde.

»Wo ist dieser zweite Mantel?«, fragte ich mit rauer Stimme.

Max nahm ein in Papier gewickeltes Paket von einem der Sessel, riss es auf und entfaltete mit einem kräftigen Schütteln einen weiteren Staubmantel. Mit einem Schritt war er hinter mir und legte ihn um meine Schultern.

»Max?«, fragte ich, einer plötzlichen Eingebung folgend, und wandte mich zu ihm um.

»Ella?« Sein Gesicht war ganz nah.

»Ich finde, wir fangen an einer anderen Stelle noch einmal an«, sagte ich.

Er sah mich fragend an, und in seinen Augen las ich, wie sehr er mich liebte. Da stellte ich mich auf die Zehenspitzen, legte meine Hände an seine Brust und küsste ihn.

Sommer 1895

Epilog

»Was für eine dunkle, sonderbare Vorstellung,
dass die Liebe zur Erhaltung der menschlichen Gattung da sei,
wie die Befriedigung des Hungers zur Erhaltung des Leibes.
Die Erregung des Blutes ist wegen der Fortpflanzung da,
aber nicht die Liebe, nicht die Liebe.«

Hedwig Dohm, *Schriftstellerin*

Das Buch lag am Flussufer unter einem Stein. Nur eine braune Ecke des Ledereinbands ragte hervor. Unauffällig legte ich den Kopf schräg und blinzelte gegen die Sonne.

Genau so hatte alles angefangen.

»Zufrieden?«, fragte Max hinter mir, legte seine Arme um mich und zog mich an sich.

»Mehr als das.« Ich lehnte mich an ihn. »Glücklich.«

Er drehte mich zu sich um, nahm mein Gesicht in beide Hände und küsste mich sanft.

Irgendwann löste ich mich aus seiner Umarmung. »Wir müssen noch die anderen Bücher verstecken«, sagte ich. »Und ich weiß auch schon, wo.«

Ich nahm seine Hand und führte ihn vom Elbufer zu dem Baum, an dem Fräulein Grimaud mir aufgelauert hatte. Zwischen seinen Wurzeln hatte damals ein Igel gesessen, und genau an dieser Stelle versteckte ich ein weiteres Buch. Keins von Mantegazza. Mein eigenes: *Kluge Frauen leben gefährlich* von Elena Sophie von Waldau. Ein weiteres Exemplar verbarg ich zwischen den Rosenranken am Brunnen vor dem Pensionat. Und eines legte ich einfach auf die Stufen der Steintreppe.

»Wir kommen jetzt jedes Jahr«, sagte ich zu meinem frischgebackenen Ehemann. »In meinen Semesterferien. Mit dem Benz und neuen Büchern, voll mit psychologischen Forschungsergebnissen.«

Statt einer Antwort griff Max nach meiner Hand, zog mich an sich und küsste mich erneut. Ob uns von den Fenstern des Internats aus jemand sah, war uns egal. Hören würde die Gräfin auf jeden Fall von mir, da war ich sicher. Und darum ging es mir.

Nachwort

Die Geschichte, die dieser Roman erzählt, erscheint aus heutiger Sicht bizarr: Eine eigenwillige junge Frau gerät im prüden Wilhelminischen Kaiserreich in die Hände zweier selbstverliebter Ärzte, die sie mit einer Nasenoperation von vermeintlichen sexuellen Trieben heilen wollen.

Trotz ihrer Kuriosität ist diese Geschichte allerdings wirklich passiert. Nicht Elena Sophie von Burow, die rein fiktiv ist, sondern der ebenfalls in diesem Roman erwähnten Emma Eckstein.

1895 ereignete sich im Umfeld von Sigmund Freud ein Medizinskandal, den seine Nachfahren lange verborgen hielten. Der damals noch fast unbekannte Freud war in dieser Zeit eng mit dem erfolgreichen Berliner Arzt Wilhelm Fließ befreundet. Beide hielten sich für genial, und beide wollten die Medizin mit neuartigen Ideen revolutionieren.

Während Freud an einer Theorie über die Macht unbewusster Gedanken und Gefühle arbeitete, glaubte Fließ, grob vereinfacht, im menschlichen Körper und im menschlichen Leben hänge letztlich alles irgendwie mit allem zusammen. Geheimnisvolle Verbindungen bestanden seiner Ansicht nach nicht nur zwischen den einzelnen Organen, sondern auch zwischen den einzelnen Lebensphasen eines Individuums und sogar zwischen Blutsverwandten. Er selbst betrachtete sich als einen der ersten Ärzte, der zumindest einige dieser Zusammenhänge erkannte.

Fließ stellte bei seiner täglichen Arbeit fest, dass seine Patientinnen immer öfter und immer offener über seelische und sexuelle Probleme sprachen, und gleichzeitig immer häufiger auch an chronischem Schnupfen litten. Daher lag für ihn die

Vermutung nahe, dass eine besondere Beziehung zwischen Nase und Geschlechtsorganen bestehe und psychische Probleme sich einfach mit einer Nasenoperation behandeln ließen.

Da Sigmund Freud bei seinen Patientinnen ähnliche Beobachtungen gemacht hatte, stand er dieser Theorie aufgeschlossen gegenüber. Und als die beiden dann auch noch feststellten, dass man die Nasenmuscheln einer Patientin nur mit Kokain »betäuben« musste, um sämtliche Symptome zu beseitigen und bei den Patientinnen wahre Glücksgefühle auszulösen, waren sie von dem Wahrheitsgehalt ihrer Überlegungen überzeugt.

Man muss diese Geschichte natürlich in ihrem historischen Kontext sehen. Die Auswirkungen von Hormonen auf Wassereinlagerungen im Körper waren damals noch nicht erforscht. Es gab also keine Erklärung dafür, dass die Nasenschleimhaut genau wie die Genitalschleimhaut bei hormonellen Veränderungen, zum Beispiel in der Schwangerschaft, manchmal an- oder abschwillt.

Sexualität galt in dieser Zeit zudem als dunkle, gefährliche Macht, die gesunde Menschen, vor allem Frauen, bedrohte. Kein Wunder, dass die beiden Ärzte sexuelle Gedanken oder Fantasien als schädlich betrachteten.

Und nicht zuletzt steckte auch die Allergieforschung noch in den Kinderschuhen, nicht einmal das Wort *Allergie* war schon erfunden. Gleichzeitig nahmen aber gerade in den Großstädten, unter Einfluss der zunehmenden Luftverschmutzung, die Allergien rapide zu.

Wenn man außerdem bedenkt, welche Erklärungen Ärzte in früheren Jahrhunderten für psychische Erkrankungen von Frauen anführten, wirken die Überlegungen von Freud und Fließ geradezu modern. Seit der Antike glaubten Mediziner nämlich, eine nicht ausreichend ausgelastete und deswegen nach Sperma hungernde Gebärmutter könnte suchend durch den

Körper wandern und sich dabei irgendwann wütend im Gehirn festbeißen.

Als Sigmund Freud dann genau in dieser Zeit die unverheiratete und an zahlreichen chronischen Krankheiten leidende Emma Eckstein behandelte, die seiner Meinung nach genau in das von Fließ beschriebene Krankheitsbild passte, beschlossen die beiden befreundeten Ärzte, die neue Theorie an dieser Patientin zu überprüfen und ihre Nasenmuscheln operativ wegzumeißeln.

Zu diesem Zweck reiste Wilhelm Fließ nach Wien, und zunächst verlief auch alles nach Plan. Die Operation gelang, die Patientin schien sich gut zu erholen. Aber dann trat plötzlich eine bedrohliche Verschlechterung auf, und weil Fließ bereits abgereist war, zog Sigmund Freud einen Wiener HNO-Experten zurate.

Der war mehr als entsetzt, als er in der völlig vereiterten Nasenmuschel der Patientin ein Fädchen entdeckte, vorsichtig daran zog und einen halben Meter Verbandsgaze zum Vorschein brachte. Material, das Wilhelm Fließ bei der Operation dort vergessen hatte.

Obwohl dieser Wiener Arzt das übel riechende Verbandsmaterial sofort entfernte, wäre Emma Eckstein dabei fast verblutet. Anschließend kämpfte sie noch wochenlang mit dem Tod. Antibiotika, die die gefährlichen Eiterbakterien abgetötet hätten, gab es nämlich auch noch nicht.

Auch diesen medizinischen »Kunstfehler« (was für ein schreckliches Wort!) muss man natürlich im historischen Kontext betrachten. Jodoformgaze war ein Material, das sehr leicht riss. Und Komplikationen nach operativen Eingriffen waren zu damaliger Zeit nicht ungewöhnlich. Außerdem sind Ärzte Menschen, und Menschen machen leider Fehler.

Unentschuldbar ist dennoch die Reaktion der beiden beteiligten Ärzte, damals wie heute. Die mittlerweile veröffentlichten Briefe von Sigmund Freud an Wilhelm Fließ belegen eindrucksvoll, wie rasch beide ihre anfänglichen Schuldgefühle beiseiteschoben und schließlich übereinstimmend zu dem Schluss kamen, Fließ sei überhaupt kein Fehler unterlaufen. Schuld war ihrer Ansicht nach der Wiener HNO-Arzt, der das Verbandsmaterial angeblich zu unvorsichtig entfernt hatte. Und dann verstiegen die beiden Ärzte sich sogar zu der Behauptung, sie wären in diesem Fall nicht die Täter, sondern die Opfer gewesen. Emma Eckstein sei nämlich eine Bluterin »aus Hysterie und Sehnsucht«. Sie giere nach ärztlicher Zuwendung und habe die Situation deswegen unbewusst herbeigeführt. Freud entschuldigte sich sogar bei seinem Berliner Kollegen, dass er ihm eine so neurotische Patientin weitervermittelt und ihm damit »peinliche Angelegenheiten« verschafft habe.

Emma Eckstein hatte Glück. Sie überlebte den Eingriff. Und obwohl ihr Gesicht danach auf einer Seite dauerhaft eingefallen war, hat sie offenbar weder Freud noch Fließ jemals Vorwürfe gemacht. Sie hat ihren Ärzten wohl einfach geglaubt, genau wie auch später noch viele weitere Patientinnen. Selbst heute noch findet man Verweise auf die Theorie von Wilhelm Fließ auf Internetseiten von Heilpraktikern. (Allerdings rät heute meines Wissens niemand mehr zur Operation oder behandelt die vermeintlichen Reflexzonen mit Kokain.)

Apropos Kokain. Auch viele andere heute kurios anmutende Details in diesem Buch sind nicht frei erfunden. Coca-Cola enthielt in den Anfangsjahren wirklich Kokain. Und wahr ist auch, dass viele Ärzte, unter anderem Sigmund Freud und Wilhelm Fließ, die Droge für ein Wundermittel hielten und nicht nur großzügig verschrieben, sondern auch selbst einnahmen, obwohl Berichte über gravierende Nebenwirkungen bereits veröffentlicht waren.

Manche Ärzte hielten damals tatsächlich auch Bärte für geeignet, um Schadstoffe aus der Atemluft zu filtern.

Wahr ist auch, dass gerade für adlige Mädchen und Frauen in der zweiten Hälfte des 19. Jahrhunderts extrem strenge Anstandsregeln galten. Man konnte damals wirklich von der Schule fliegen, wenn man die falschen Bücher las. Fanny zu Reventlow beispielsweise ist das 1887 passiert. Sie hat verbotenerweise einen Band mit Liebesgedichten ins Pensionat geschmuggelt und wurde damit erwischt.

Ebenso wahr ist, dass viele junge Frauen von Adel trotzdem ausgesprochen selbstbewusst und erfolgreich gegen die überkommenen Moralvorstellungen aufbegehrten und ihre privilegierte Lage dazu nutzten, neue Regeln einzuführen. Man denke nur an Maria von Linden, die erste Tübinger Studentin der Naturwissenschaften, an die bereits erwähnte Fanny zu Reventlow, die als »Skandalgräfin« in München ein Bohème-Leben führte, oder auch an Lily von Kretschmann (später Lily Braun), die sich als Sozialdemokratin für Frauenrechte einsetzte.

Nicht erfunden ist übrigens auch Bona Peiser, die als erste deutsche Bibliothekarin tatsächlich die erste öffentliche Lesehalle Berlins mitbegründet hat.

Max, Effi und ihre Familien allerdings sind fiktive Figuren. Natürlich sind deswegen auch alle Dialoge von Sigmund Freud und Wilhelm Fließ rund um Effi und ihre Operation erfunden. Es gibt auch keinen Bericht über den Eingriff an Emma Eckstein. Was Max in seinen Briefen über diese Operation erzählt, ist bis auf die Originalzitate aus Freuds Briefen reine Fiktion.

Wilhelm Fließ kommt in diesem Roman nicht gut weg. Als Grundlage für diese Darstellung dienten mir die Briefe von Sigmund Freud, aus denen man teilweise auf den Empfänger und dessen Reaktionen schließen kann. Mittlerweile wurden auch Briefe von Wilhelm Fließ an den Schriftsteller Hermann Sudermann veröffentlicht, und auch aus diesen Zeilen spricht ein selbstherrlicher Arzt, der geradezu beleidigt reagierte, wenn ein Patient sich in kleinen Details über seine Weisungen hinwegsetzte. Es scheint mir anhand der überlieferten Briefe erwiesen, dass Fließ seinen Patienten gegenüber Grenzen überschritten hat, die Ärzte nicht überschreiten sollten.

Trotzdem ging es mir bei meiner Darstellung nicht darum, einen Arzt als Bösewicht abzustempeln, nur weil eine gute Geschichte eben einen Bösewicht braucht. Ich wollte mit diesem fiktiven Roman vielmehr eine Episode aus der Medizingeschichte in Erinnerung rufen, die so lange zurückliegt, dass man sie aus der Distanz nüchterner betrachten kann als aktuelle ärztliche Fehldiagnosen und Kunstfehler.

Cum hoc ergo propter hoc, wie Effi zu Recht sagt. Ein vermeintlicher Zusammenhang muss kein echter Zusammenhang sein. Das sollten auch heute weder Heilende noch Kranke vergessen. Ebenso wie die Tatsache, dass wir alle immer in unserem historischen Kontext handeln. Was wir tun, kommt zukünftigen Generationen in hundert Jahren vielleicht genauso bizarr vor wie diese Geschichte aus dem ausgehenden 19. Jahrhundert. Auch das ist ein überlegenswerter Gedanke. Von ganz besonderer Brisanz ist außerdem eine Tatsache, die mittlerweile von vielen Studien belegt wird: Ärzte behandeln ihre Patientinnen auch heute noch oft schlechter als ihre männlichen Patienten.

Ich habe diesem Buch keine Widmung vorangestellt. Wer es aufschlägt, soll nicht als Erstes darauf stoßen, dass es vermeintlich für andere geschrieben wurde. So ist es nämlich nicht. Ich habe es für alle geschrieben, die sich für die angesprochenen Themen interessieren.

Hier am Schluss möchte ich aber doch zwei Menschen erwähnen, an die ich beim Schreiben oft voll Liebe gedacht habe. Das war einmal mein Vater, der 2013 an den Folgen einer unnötigen Nasenoperation gestorben ist. Und außerdem mein Mann, der eindeutig ein Prachtkerl und kein Windhund ist.

Beide waren und sind der Überzeugung, dass sowohl Frauen als auch Männer grundsätzlich das tun sollten, was sie gern und gut machen. Und das denke ich auch.

Außerdem möchte ich mich bei meinen Lektorinnen bedanken, Anne Rudolph und Lena Schäfer. Für ihre tolle Arbeit, ihr enormes Engagement und den Freiraum, den sie mir bei diesem Buch gelassen haben. Und mein Dank gilt auch meinen Töchtern und meinen Freundinnen Susanne, Kathrin und Miriam, die kluge und einfühlsame Testleserinnen sind.

Zuletzt möchte ich noch zwei Institutionen erwähnen, die bei der Recherche sehr hilfreich waren, die Tübinger Universitätsbibliothek und das Mercedes-Benz-Museum in Stuttgart. Wie gut, dass es solche Bibliotheken und Sammlungen gibt!

Was braucht die Liebe, um zu bleiben?

Sarah Fischer
ZEILEN ANS MEER
Roman
272 Seiten
ISBN 978-3-7857-2642-6

Der Australier Sam findet auf seiner Joggingrunde eine Flaschenpost. Die hat vor über fünfzehn Jahren die junge Deutsche Lena am Ende ihres Work & Travel-Jahres ins Meer geworfen, darin ein Brief mit ihren Wünschen und Träumen für die Zukunft.
Er schreibt ihr, ohne mit einer Antwort zu rechnen. Doch Lena bedankt sich beim Finder, und es beginnt eine Freundschaft, die sich mit jedem Brief vertieft. Bis die Liebe ins Spiel kommt. Doch kann man sich in einen Menschen verlieben, den man noch nie gesehen oder gesprochen hat? Dem man sich nah fühlt, obwohl er so weit weg ist?

Bastei Lübbe

Ein Schatzkästchen voll kostbarer Augenblicke

Julia Kaufhold
ALL DIE SCHÖNEN TAGE
Roman
432 Seiten
ISBN 978-3-431-04096-8

Stella liebt Max. Und Max liebt Stella. Schon immer. Aber Max hat Stella verraten. Zutiefst verletzt verbannte sie Max aus ihrem Leben und mit ihm ihre Schöne-Tage-Box – ein hölzernes Kästchen, in dem sie all die besonderen Momente ihres Lebens auf Karten notiert. Als Max Jahre später plötzlich vor ihr steht, weist sie ihn ab. Immer wieder, bis sie zufällig auf ihre alte Box stößt und all die schönen Tage ihrer Liebe ihr entgegenleuchten. Doch gibt es für Stella und Max überhaupt eine zweite Chance? Julia Kaufhold erzählt einfühlsam diese mitreißende Geschichte über Vertrauen und Verrat, Liebe und Mut.

Bastei Lübbe